KOHLRABENSCHWARZE MAGIE

(LEGACY SERIE BUCH 2)

MCKENZIE HUNTER

Übersetzt von
ANNA DRAGO

McKenzie Hunter

Kohlrabenschwarze Magie

Covergestaltung: Yocla Designs

Übersetzung: Anna Drago

Lektorat: Katrin Dolle

ISBN: 978-1-946457-26-4

DANKSAGUNGEN

Das wird sich für mich nie ändern. Ich bin immer dankbar und glücklich, Menschen zu haben, die mir durch den Prozess helfen. Ich möchte meinen Beta-Lesern meine aufrichtige Wertschätzung aussprechen: Angie „Nana" Hatcher, Kathy Beard, Kylie Kniese, Marla Maslan, Misty Chancellor und Ryan Sundy für ihre harte Arbeit und ihr ehrliches Feedback. Meinen Freunden und meiner Familie, die mich während des gesamten Prozesses begleitet und mich immer unterstützt und ermutigt haben.

Besonderen Dank möchte ich auch meiner geduldigen und wunderbaren Herausgeberin Luann Reed-Siegel aussprechen, die so fleißig daran arbeitet, meine Geschichten zum Leben zu erwecken.

Last but not least möchte ich mich bei meinen Leser*innen bedanken, dass ich sie mit meinen Geschichten unterhalten darf.

KAPITEL 1

Dreimal griff ich zum Telefon, um die Nummer zu wählen, nur um sie dann anzustarren, ohne den Anruf zu tätigen. Was würde ich Gareth sagen? Bildete ich mir das ein oder wusste Gareth, der Kommandant der Gilde der Übernatürlichen und Mitglied des Magischen Rates, dass ich eine *Legacy* war? Nein, ich bildete es mir nicht ein – er hatte mir meinen richtigen Namen ins Ohr geflüstert. Ich atmete tief durch. Er hatte den Eindruck erweckt, als würde er es geheim halten wollen. Und ich war mir sicher, dass das seine Absicht gewesen sein könnte, doch er hatte die Verantwortung und die Verpflichtung, Menschen vor Leuten wie uns, vor *mir* zu schützen.

Als ich diesmal die Nummer tippte, drückte ich auf die Wähltaste, bevor ich es mir wieder ausreden konnte.

Gareth antwortete mit tiefer, samtiger Stimme. „Miss Livy Michaels", schnurrte er. Wie schaffte er es, dass sich seine Stimme gleichzeitig so sexy und hochmütig anhörte? „Ich hätte nicht gedacht, dass es zwei Tage dauern würde, bis du mich anrufst. Du bist eine seltsame Frau, nicht wahr?"

„Erwartest du, dass ich das bestätige?"

„Das war nur eine Beobachtung. Was verschafft mir die Ehre deines Anrufs?"

Wirklich? *Okay, ich werde dein Spiel spielen.* „Ich habe mich nur gefragt, ob du zum Harvest Festival gehst", fragte ich mit süßlicher Stimme. „Ich habe gehört, dass es wirklich schön werden soll." Jedes Jahr gab ich mir größte Mühe, es zu verpassen, und ich hatte das Gefühl, dass es dieses Wochenende wahrscheinlich nicht auf seiner To-do-Liste stand.

„Hmm. Ich hatte nicht darüber nachgedacht. Sollte ich? Ich war vor ein paar Jahren dort. Es ist eine gute Gelegenheit, die besten Bäckereien der Stadt auszuprobieren. Hast du die Sharonpasteten probiert? Die gibt es nur um diese Jahreszeit. Und anscheinend macht Claires Bäckerei den besten Zucchinikuchen, den man für Geld kaufen kann; Und es gibt ihn zum Sonderpreis auf dem Festival. Vielleicht sollte ich ein paar kaufen und den Rest für später einfrieren. Ah, und die Kürbis –"

„Okay, okay. Du hast gewonnen. Ich habe dich nicht angerufen, um über Bäckereien, Pasteten oder Kuchen zu sprechen, aber das weißt du sicher." Er hatte nicht übertrieben. Es war ein Rätsel, wie Claire aus dem widerlichsten Gemüse, das je angebaut wurde, den besten Kuchen machen konnte, das ich je gegessen hatte. „Wir müssen reden."

„Nun, du weißt, wo mein Büro ist. Wann kann ich dich erwarten?", fragte er.

„Ist es sicher, dort sensible Angelegenheiten zu besprechen?"

Er lachte, ein melodiöser, sanfter Klang. „Livy, wenn du mich privat treffen willst, sei bitte nicht schüchtern. Frag mich einfach."

Ich hatte seine Arroganz und seinen Narzissmus für einen Moment vergessen, doch als ich sie in seiner Stimme hörte, während er sprach, bekam ich eine dringend benötigte Erinnerung. „Ich bin um elf da."

„Du willst zu Mittag essen, denke ich? Nochmals, *Miss Michaels*, wenn du –"

„Gib mir eine Stunde; Ich werde da sein."

Er war frustrierend. Ich schnallte mir die Sai auf den Rücken und griff nach meiner Jacke. Ich schaffte es kaum aus meinem Zimmer, bis ich meine Mitbewohnerin Savannah fand, die auf einer Yogamatte ausgestreckt auf dem Boden lag, ihren Körper in eine seltsame Position verdreht. Sie musste beschlossen haben, ihren Kult auch zu Hause zu praktizieren. Ich zog Savannah regelmäßig damit auf, dass ihre Besessenheit von Fitness einem Kult gleichkam. Sie würdigte Bikram und Vinyasa. Und verehrte das falsche Idol Lululemon. Neben ihrem Vollzeitjob als Verwaltungsassistentin und Yoga und Pilates sah ich sie morgens nur selten, und an ihren freien Tagen schien sie das Bedürfnis zu verspüren, den Göttern zusätzlichen Tribut zu zollen.

„Wann gehst du arbeiten?"

„Später. Wir haben mehrere Abholungen, und dann müssen wir sie durchgehen." Das war der langweiligste Teil des Antiquitätenerwerbs – das Abholen von Kisten mit Dingen, von denen wir entweder von jemandem erfahren haben, der uns kontaktiert hat, oder aus verschiedenen Anzeigen im Internet und auf Craigslist. Meistens fanden wir ein paar magische Objekte, doch viel öfter fanden wir einfach nur alten Schrott. Doch das war ein Risiko, das wir einzugehen bereit waren, denn wenn wir eine gute Kiste bekamen, war sie normalerweise verdammt gut. Leute riefen an und sagten, sie hätten Antiquitäten, die sie verkaufen wollten. Und wir holten nicht nur ein oder zwei Kisten ab. Oft präsentierten sie einen vollgestopften Schuppen, eine Garage, einen Dachboden, einen Keller, eine Scheune oder was auch immer und überließen es uns aufzuräumen. Das geschah eher, wenn das Kind uns in das Haus eines verstorbenen Elternteils bestellte. Ich nahm an, dass sie glaubten, dass sich alle wertvollen Dinge wahrscheinlich im Hauptteil des Hauses befanden. Genau darin irrten sich viele. Doch sie benutzten uns im Wesentlichen als Entrümpelungsdienst. Wir bezahlten ihnen eine Pauschale und nahmen den Inhalt des gesamten Raumes mit.

Am Wochenende hatten wir den Inhalt einer Scheune erworben. Wir waren von der Enkelin des Verstorbenen angerufen worden, die sich anhörte, als konnte sie sich einfach nicht darum kümmern. Ich rechnete damit, dass viel Arbeit auf uns zukam.

„Ich habe Frühstück gemacht", sagte Savannah mit ihrer typischen Morgenstimme, die viel munterer war als meine, selbst, nachdem ich mehrere Tassen Kaffee getrunken hatte. Ich lächelte, stöhnte aber innerlich. Ich wollte nicht nur Eiweißomelette mit sautiertem Gemüse ohne Butter oder Salz essen. Ich wollte Speck, das ganze Ei und Waffeln mit Bergen von Butter und Sirup. Und nur um es gesund zu halten, würde ich Blaubeeren als Beilage akzeptieren.

„Muffins", bot sie an. Mein Lächeln erblühte, und meine Stimmung änderte sich augenblicklich. Das bevorstehende Treffen mit Gareth belastete mich immer noch, doch mit Muffins war das Leben immer besser.

Abgesehen von diesen Muffins. Als ich zum Tisch ging, runzelte ich die Stirn. Meine Stimmung sank in Richtung Keller. *Was zum Henker ist das?*

„Das sind Eiweiß-Muffins mit jeweils nur vierzig Kalorien. Du kannst mehrere davon essen, ganz ohne Schuldgefühle."

Wirklich, kann ich alle deine leckeren Muffins haben?

„Mhm. Jippie." Da sie mich beobachtete, nahm ich zwei und wickelte sie in eine Serviette.

„Ich kenne dich lange genug, um dein sarkastisches ‚Jippie' zu kennen", sagte sie und nahm die nächste Position ein. Ich erinnerte mich, dass sie sie Krieger-II-Pose nannte, doch ich nannte sie den sterbenden Kranich.

„Und dennoch hast du beschlossen, mir diese Dinger zum Frühstück zu servieren."

Sie grinste und zeigte die kleinen Grübchen neben ihren Lippenwinkeln. Ihr hellblondes Haar war zu einem Pferdeschwanz zusammengebunden, und ich warf einen Blick auf ihren Hals und suchte nach Bissmalen. Savannah liebte Vampire. Sie war ein riesiger Fan mit einer Besessenheit, die eine fleißige und pragmatische Frau zu einem hoffnungslosen Fangirl machte, die zu Ohnmachtsanfällen neigte, wann immer Vampire in der Nähe waren. Und nachdem sie mit Lucas, dem Master der Stadt, zu Abend gegessen hatte, war sie besonders von ihm verzaubert und verliebt.

„Wohin gehst du?"

„Gareth treffen."

„Oh, gib mir eine Minute zum Duschen und Anziehen."

„Savannah, ich gehe allein. Ich erzähle dir alles, wenn ich zurückkomme. Vielleicht gehen wir was trinken, denn ich könnte sicher einen Drink gebrauchen."

Sie stand auf und streckte sich mit geschmeidiger Anmut. Bei jedem Positionswechsel wurde deutlich, dass Savannah eine Tänzerin war. „Gut, wir gehen ins *Devour*. Lucas erwartet mich", sagte sie.

„Warum erwartet uns Lucas in seiner Vamp-Bar? Savannah, du weißt, was ich von diesem Laden halte."

„Du bist paranoid. Er ist cool." – Das war Savannahs Meinung, nicht meine. Es gab zwei Clubs in der Stadt, in denen hauptsächlich Vampire abhingen. Sie wurden auch von Menschen besucht, die es cool fanden, mit den Untoten zu feiern und gelegentlich für die Nacht und manchmal länger ihre Mahlzeit zu sein. Das *Crimson* war der Treffpunkt der neuen Vampire; Ich hielt es für sicherer. Nichts weiter als ein Haufen grüblerischer junger Vampire, die zu viel Angel, The Originals, Vampire Diaries und Buffy gesehen hatten, um mehr als unterhaltsam zu sein. Die meisten von ihnen versuchten immer noch, sich selbst zu finden, freundeten sich mit ihren Rollen des wahlweise mürrischen oder ängstlichen Vampirs oder der gequälten Seelen an, während sie den Großteil des Abends damit verbrachten, sich gegenseitig anzuschweigen. Einige von ihnen waren verführerisch genug und spielten die Rolle des Verführers ziemlich gut, doch sie waren neu, leicht zurückzuweisen oder zu ignorieren. Oder in meinem Fall zu verspotten.

Doch der Name *Devour* passte. In dem Moment, wenn ein Mensch hereinkam, gab es keinen Zweifel daran, dass er auf der Speisekarte stand, ob er wollte oder nicht. Die älteren Vampire besuchten diesen Club. Die meisten von ihnen hatten Hunderte von Jahren Zeit gehabt, die Kunst der Verführung zu perfektionieren, und sie waren gut. Sehr gut. Es war für Vampire illegal, Menschen zu zwingen, doch das hinderte die älteren Vampire nicht daran, trotzdem willige Spender zu finden. Ihre Manieren und Worte konnten einen mehr bezaubern als jede Magie, und ehe man sich's versah, war man verzaubert, erlaubte alles, was sie wollten, und es geschah legal und ohne den Einsatz von Magie.

Das *Devour* war auch das Zuhause von Lucas, einem der ältesten Vampire der Welt. An dem Abend, an dem wir mit ihm gegessen hatten, war Savannah verzaubert gewesen, und ich war mir nicht sicher, ob sie ihre eigenen Wünsche im Griff hatte. Vampire hatten keine Wirkung auf mich, nicht weil ich gegen ihren Charme immun war, sondern weil ich kampfbereit in seinen Sündenpfuhl gekommen war. Er hatte mir immer wieder Alkohol angeboten, um mich zu beruhigen. Doch ich konnte nicht, ich hatte auf uns beide aufpassen müssen. Als er gefragt hatte, ob wir ihn wieder zum Abendessen begleiten würden, hatte ich das Wort ergriffen, bevor sie uns zu einer weiteren Mahlzeit verpflichtete. Ich war überzeugt, dass das ein Vorspiel dafür war, dass eine von uns zum Hauptgericht wurde. Trotz meiner wiederholten

Einwände schien er nur Savannahs begeisterte Zustimmung gehört zu haben.

„Egal, was du tust, geh nicht ohne mich", sagte ich.

„Oh, hör auf, du bist albern."

„Ich meine es ernst. Ich möchte unbedingt dahin. Ich liebe das Essen, und alle Getränke sind erstklassig, ohne dass man danach fragen muss." Und billig. Ich vermutete, dass uns das nicht nur entspannen sollte, sondern dass betrunkene Menschen eine ungehemmte Beute darstellten, was für die Vampire eine nette Unterhaltung war.

Uns. Ich runzelte die Stirn bei dem Gedanken. Es gab kein Wir, weil ich kein Mensch war. Ich hatte mich so lange versteckt, dass meine menschliche Rolle zu einem Teil von mir geworden war, genauso wie ich meinen angenommenen Namen Olivia – Livy – Michaels. So kannte mich diese Welt. Anya Kismet war ich in einem früheren Leben gewesen, damals, als Kind. Bevor Tracker hinter uns her waren und mir klar geworden ist, dass mein Leben anders sein würde als das der meisten.

„Geh nicht ohne mich", wiederholte ich, bevor ich zur Tür hinaus zu meinem Auto ging. Es war schön, zuversichtlich zu sein, dass es höchstwahrscheinlich anspringen würde, als ich mein Auto anließ. Ein neues Gefühl für mich, denn in der Vergangenheit hatte ich mich geweigert, das Geld auszugeben, um alles reparieren zu lassen, also war mein Auto launisch gewesen. Wann immer es zu kalt, zu heiß oder zu regnerisch gewesen war, schien es nicht starten zu wollen. Sich auf öffentliche Verkehrsmittel oder Savannahs Auto zu verlassen, wenn meines ausfiel, war keine Option mehr. Die Reparatur hatte einen ordentlichen Teil meiner Ersparnisse gekostet, war aber immer noch billiger gewesen, als ein neues Auto zu kaufen. So hatte ich immer noch Geld übrig, um mich zu verstecken oder zu verschwinden, wenn es irgendwann nötig sein sollte. Ich hatte keine Ahnung, was passieren würde, jetzt, wo Gareth meinen wahren Namen kannte. Vielleicht würde ich verschwinden müssen.

Ich hätte die Sai im Auto lassen sollen, doch ich konnte mich nicht dazu überwinden. Sie waren verzauberte Waffen, die ich verwenden konnte, um zu verhindern, dass Wandler sich wandelten, seltene magische Objekte, gegen die sie nicht immun waren. Der Selbsterhaltungstrieb und das Erwarten des Unerwarteten waren so tief in mir verwurzelt, dass mit einigen der elitärsten Wandler, Magier, Feen und Hexen der Stadt unbewaffnet in ein Gebäude zu gehen, um darüber zu diskutieren, dass ich eine *Legacy* war – jemand, der, wie den meisten beigebracht wurde, bei Sichtkontakt sofort zu töten war –lächerlich schien. Selbst wenn ich nur da war, um mit dem Kommandanten der Gilde der Übernatürlichen zu sprechen, durfte ich nicht unbewaffnet sein.

„Weshalb sind Sie hier?", fragte der desinteressierte junge Mann am Empfang und hob kaum den Blick von seinem Handy. Ich war die freundliche ältere Frau gewohnt, die mich bei früheren Besuchen begrüßt hatte. Ihr strahlendes Lächeln und ihre einladende Art waren ansteckend, und es schadete nicht, dass sie eine Fee war. Wenn ihre Persönlichkeit einen Besucher nicht in eine bessere Stimmung versetzen konnte, ihre Magie konnte es sicher. Kognitive Manipulation war gegen das Gesetz, doch wenn man für die Leute arbeitete, die sie durchsetzten, gab es wahrscheinlich einen gewissen Spielraum.

Er lehnte sich in seinem Stuhl zurück, seine emotionalen, stürmischen blauen Augen flogen über mich, sein zerzaustes walnussbraunes Haar war zu einem unordentlichen Man Bun zusammengebunden. Die silbrig-blauen Wandlerringe, die um seine Augen tanzten, waren lebhafter als er und wahrscheinlich begeisterter über den Job.

Wo zum Teufel haben sie diesen Typen aufgegabelt?

„Name", brummte er, als wäre das Anfordern der Information der letzte Punkt auf seiner umfangreichen To-Do-Liste, gleich nach Rumsitzen und Nichtstun.

„Olivia Michaels."

„Ich habe keine Olivia Michaels."

„Was ist mit Livy?"

„Oh ja." Seine Augen blitzten. Er wiederholte meinen Namen und warf mir dann einen langen, abschätzenden Blick zu. Ich war mir nicht sicher, ob er mich als die Olivia „Livy" Michaels kannte, die vor etwas mehr als einer Woche dreier Morde verdächtigt worden war, oder als diejenige, die entlastet worden war. Die Verwirrung war verständlich. Die übernatürliche Gemeinschaft unternahm solche Anstrengungen, ihren Aktivitäten eine schöne Wendung zu geben und die harmonische Beziehung zu den Menschen aufrechtzuerhalten, dass sie berechtigterweise den Nachrichten gegenüber, die sie lasen oder hörten, skeptisch waren.

Er griff nach dem Telefon. „Onkel Gar, sie ist hier. Soll ich sie hochschicken?"

Ich konnte nicht hören, was Gareth am anderen Ende der Leitung sagte, doch Neffe Man Bun runzelte die Stirn. „Gut, du willst, dass sie hier unten bleibt? Wofür triffst du sie dann, wenn sie hier unten bleibt? Für mich ergibt das keinen Sinn, aber du bist der Boss." Dann brummte Gareth etwas laut genug, dass ich das Knurren hören konnte, doch die Worte verstand ich nicht. Wieder grinste Neffe Man Bun, als er seinem Onkel antwortete. „Woher hätte ich wissen sollen, dass das *sarkastisch* gemeint war? Hat sich nicht sarkastisch angehört."

Gareth sagte noch etwas, doch ich konnte die Worte wieder nicht verstehen. „Beruhige dich, Onkel Gar, es ist nicht meine Schuld, dass du nicht lustig bist." Worüber Gareth auch schimpfte, spielte keine Rolle, denn sein Neffe hatte den Hörer vom Ohr genommen und hörte nicht mehr zu.

„Sie können hochgehen. Fünfter Stock. Er hat schlechte Laune, viel Glück."

Mit einem Lächeln sagte ich: „Danke, dass Sie ihn in diese Stimmung versetzt haben."

Er gluckste. „Gern geschehen. Jederzeit wieder. So bin ich."

<hr>

Gareth war nicht schlecht gelaunt. Tatsächlich umspielte sein typisches schiefes Grinsen seine Lippen. Seine schönen Lippen in seinem schönen Gesicht, und ich hasste es, dass ich es immer wieder bemerkte. Und er sah aus, als wüsste er, dass ich es bemerkte. Kristallblaue Augen waren auf mich gerichtet, als ich durch die Tür gekommen war. Es wurde immer schwieriger, seinen wohldefinierten Körper zu ignorieren, oder seine starken Arme, die sein kurzärmliges T-Shirt entblößte.

Du bist dir deiner Sache verdammt sicher, oder?

„Kommst du rein, oder hast du vor, in der Tür stehenzubleiben und mich anzustarren?"

„Ich habe nicht gestarrt. Ich versuche nur, die Familienähnlichkeit zu sehen. Wo ist …?"

Ich wartete darauf, dass er den Namen ergänzte. Ich konnte nicht glauben, dass ich schon viele Male in der Gilde gewesen war und den Namen der Frau, die normalerweise am Empfang war, nicht erfragt hatte. Ich wartete, und Gareth grinste und ließ mich mich winden. „Tut mir leid, ich weiß ihren Namen nicht."

„Ihr Name ist Beth. Also, *Miss Michaels*." Er trat auf mich zu. Ein intensiver Duft von Eiche und Moschus flutete den kleinen Abstand zwischen uns. Ich liebte seinen Duft. Ich atmete ein und trat dann einen Schritt zurück, um den

Abstand zwischen uns zu vergrößern. Er verringerte ihn sofort wieder und warf einen Blick auf die hervorstehenden Griffe meiner Sai.

„Erwartest du einen Kampf?" Er machte einen Ts-Laut. „Ich denke, jemand wie du sollte ein bisschen vorsichtiger sein als die meisten anderen. Richtig?" Dann ging er zur Tür und schloss sie. „Schließlich haben die Leute ziemlich Angst vor dir, nicht wahr?"

„Dazu gibt es keinen Grund", sagte ich leise.

„Bist du sicher? Immerhin hat deinesgleichen fast alle auf der Welt getötet, oder zumindest in den Vereinigten Staaten. Ich denke, es wäre ein bisschen naiv anzunehmen, dass du, eine *Legacy*, völlig harmlos bist." Seine Stimme veränderte sich, wurde kühl und ruhig. Professionell distanziert.

„Ich kann so sowas nicht im großen Stil tun."

Gareth ging langsam um mich herum, und das machte mich nervös. Ich drehte meinen Hals, um ihm so gut wie möglich zu folgen. In diesem Moment wurde mir bewusst, dass er ein Raubtier war, *Panthera leo spelaea*, ein Höhlenlöwe. Ein Tier, das älter war als die Menschen. Eine riesige Kreatur mit der Fähigkeit, Beute mit einem einzigen Schlag seiner riesigen Tatze zu erledigen. Und selbst wenn das zu seinem Vorteil war, war ich wahrscheinlich eine größere Gefahr für ihn als er für mich. Das musste ihn stören. Legacymagie war die einzige Magie, die eine Wirkung auf Wandler hatte.

Als er wieder vor mir stand, sagte ich: „Lass uns die Spielchen beenden. Wir müssen reden."

Wieder verringerte er die Distanz zwischen uns, und als er sprach, streifte sein warmer Atem über meine Lippen. „Dann rede."

„Woher weißt du es?"

„Du hast einen Schild an deinem Fuß." Er grinste. „Erinnerst du dich, als ich in deinen Haaren danach gesucht habe? Du warst ruhig, weil du wusstest, dass ich ihn nicht finden würde." Er lehnte sich an mich und fuhr leise schnurrend fort. „Wie ich schon sagte, dein Körper wird dich immer verraten. Dein Herzschlag hat sich beschleunigt und deine Atmung auch, als ich dich aufgefordert habe, deine Schuhe auszuziehen. Ich wusste, dass ich ihn dort finden würde, bevor ich überhaupt nachgesehen hatte. Aber es war süß zu sehen, dass du gedacht hast, du bist damit durchgekommen. Nur Leute, die etwas ziemlich Schlimmes zu verbergen haben, haben solche Schilde. In unseren Aufzeichnungen stand nicht, dass du ein Verbrechen begangen hast, das dazu geführt hätte, dass deine Magie eingeschränkt worden wäre, und ich bin sicher, ich hätte mich an dich erinnert, wenn ich dir schon einmal begegnet wäre. Ich wusste nicht, welchen Grund du haben solltest zu verbergen, dass du Magie besitzt. Ich dachte mir, es muss einen Grund geben, warum du verheimlicht hast, dass du welche hast. Dann hat mich unser Gespräch über das Aussterben gestört. Du schienst zu wollen, dass ich das wirklich glaube. Es hat nicht lange gedauert, bis ich darauf gekommen bin, dass du eine Legacy bist."

„Es ist ein großer Sprung vom Vorhandensein eines Schildes dazu, dass ich eine Legacy sein soll. Was ist mit all den Dingen dazwischen?"

„Natürlich. Erinnerst du dich, als du in meinem Bett gelegen hast?", fragte er mit einem verschmitzten Blick, der Hauch eines Lächelns umspielte seine Lippen.

„Dein Gästezimmer", bot ich an. „Ich war in deinem Gästezimmer."

„Alles darin ist meins. Mein Haus, mein Bett", sagte er, und er hätte sein Grinsen nicht sündhafter machen können, wenn er es versucht hätte.

Ich denke, nach dieser Logik sollte ich nicht in sein Haus zurückkehren.

Sein Finger strich sanft über meine Hand, die vor Wärme prickelte, was aber wahrscheinlich Einbildung war. Ich erinnerte mich daran, dass alles bei Gareth auf nichts anderes als fleischliche Instinkte reduziert werden konnte. Er schien sie einfach in mir zu wecken. Und das war die Geschichte, bei der ich bleiben wollte. Es hatte nichts damit zu tun, dass er gutaussehend war und eine rohe Sinnlichkeit ausstrahlte, die man nicht ignorieren konnte. *Hör auf, ein Wandler-Fangirl zu sein!*, schalt ich mich selbst.

Zurückzuweichen, als seine Lippen sich meinen näherten, hätte meine erste Reaktion sein sollen, die ideale Reaktion – die logische Reaktion. Aber ich tat es nicht. Kurz bevor seine Lippen meine berührten, klopfte jemand an die Tür. Ich nahm die Ablenkung zum Anlass, ein paar Meter Abstand zwischen uns zu bringen.

Sein Neffe spähte herein. „Beth ist zurück, ich gehe."

Gareths Brauen hoben sich. „Im Ernst? Du hast ganze" – er sah auf die Uhr – „eineinhalb Stunden gearbeitet und willst schon Feierabend machen?"

„In zwei Wochen muss ich wieder zur Schule; willst du mich etwa die ganze Zeit hier behalten?" Sein verächtlicher Blick spiegelte den seines Onkels wider.

„Genau das ist mein Plan."

Er betrat den Raum, und als er seinem Onkel gegenüberstand, gab es nur eine Spur von Ähnlichkeit. Die Wandleraugen und die scharf geschnittenen Gesichtszüge. Er trug eine Khakihose und ein Hemd und wirkte unbehaglich und sehr unglücklich darüber.

„Ich habe mir nur dein bescheuertes Auto ausgeliehen. Im Ernst, mach kein Ding daraus", sagte er und tat den strengen Blick seines Onkels mit einem Augenrollen ab.

„Es ist ein ‚Ding'. Du hast gestohlen–"

„Geliehen. Du wusstest, dass ich es nehmen würde. Es ist ein Tesla, du weißt, dass ich Teslas liebe, also wusstest du, dass ich es mir ausleihen würde, sobald du mich damit allein bei dir zu Hause gelassen hast." Mit einem schweren Seufzen fuhr er fort. „Und es hat nicht einmal Spaß gemacht – du hast mich fünfmal von deinen Leuten anhalten lassen. Ich hatte dein blödes Auto drei Stunden, und du hast mich fünfmal angehalten!"

Gareth schmunzelte.

Sein Neffe ignorierte den Spott. „Es hat mich nicht gestört, das hat nur zu meiner Glaubwürdigkeit beigetragen." Gareths Lachen verblasste, und sein Blick wurde finster. Der Junge wusste wirklich, wie man bei Gareth aneckte. Ich mochte ihn.

„Gut, das nächste Mal werde ich dich verhaften lassen – das sollte deine Glaubwürdigkeit wirklich steigern."

Sein Neffe murmelte etwas vor sich hin, als er rückwärts aus dem Zimmer ging.

„Avery, was auch immer du umgefahren hast, es hat einen Lackschaden im Wert von sechshundert Dollar verursacht. Das musst du abarbeiten. Geh runter und frag' Beth, was du tun kannst. Beim Mindestlohn solltest du das in kürzester Zeit erledigt haben."

Sein finsterer Blick hatte keine Wirkung auf Gareth. Tatsächlich schien der gesamte Austausch seine Stimmung aufgehellt zu haben.

„Mom hat dir einen Scheck gegeben."

„Meine Schwester hat mein Auto nicht beschädigt, das warst du."

Avery funkelte seinen Onkel unter seinen langen Wimpern hervor an, was die Wirkung wirklich schmälerte, und murmelte noch etwas vor sich hin, bevor er den Raum verließ. Er blickte über seine Schulter, um einen weiteren verstohlenen Blick in die Richtung seines Onkels zu werfen.

Gareths Lächeln blieb auf seinem Gesicht, als er seine Aufmerksamkeit wieder auf mich richtete. „Wo waren wir? Oh ja, du warst in meinem Bett" – er kam auf mich zu – „und du hast es mir gesagt."

Ich hätte es ihm nie gesagt. Ich kannte die Konsequenzen, wenn ich es jemandem offenbarte, dessen Aufgabe darin bestand, die übernatürliche Gemeinschaft zu schützen und dabei zu helfen, die Optik aufrechtzuerhalten, dass Übernatürliche für Menschen nicht gefährlich sind. Er wäre so ziemlich der Letzte, dem ich es freiwillig erzählen würde. Soweit es die Welt betraf, war ich die größte Gefahr die überhaupt existierte, und kein noch so großes Geschwätz oder gute PR würde etwas daran ändern.

Meine Art war für die Säuberung verantwortlich, ein Zauber, der sich an allem Magischen wie ein Virus festsetzte und eine beträchtliche Anzahl von Übernatürlichen und Menschen mit schlafenden übernatürlichen Fähigkeiten getötet hatte, die das Ergebnis der vergessenen Verbindung eines einzelnen Familienmitglieds mit einem Übernatürlichen vor Generationen waren. Meinesgleichen blieb hinter einem Schleier und einer Bastion starker Schutzzauber, die sie geschützt haben, während die Welt um sie herum gestorben war – und all das, um sicherzustellen, dass sie die mächtigsten Wesen der Welt sein würden.

Meine Eltern und eine kleine Gruppe von Widerstandskämpfern hatten versucht, sie aufzuhalten, doch es war zu spät. Es endete, als die übernatürliche Gemeinschaft und die Menschen eine Allianz gebildet hatten; Magie und Wissenschaft haben sich zusammengetan und einen unheiligen Krieg geführt, der schlimm genug war, um als Teil unserer Geschichte betrachtet zu werden.

Bei allen historischen Kriegen liegt der Bösewicht immer im Auge des Betrachters und das zu Recht. Eine Geschichte hat immer zwei Seiten, außer wenn es um die Legacy geht. Alle waren eine vereinte Front gegen uns. Wir wurden eine der meistgehassten Gruppen, die es je gegeben hat. Erst vor ein paar Wochen hatte ich herausgefunden, dass wir diese Ehre mit den Vertu teilten, die sowas wie Legacy im Quadrat waren. Legacy galten oft als die reinste und stärkste Magie, die es gibt, und alle übernatürliche Magie war mit unserer verbunden. Doch die Vertu waren die Vorfahren dieser Magie. Einige spekulierten, dass wir ihr Werk sind und die einzigen Nachkommen, die sie für würdig hielten, ihnen ebenbürtig und Gefährten zu sein. Andere magische Wesen waren nur fehlerhafte Nachkommen, denen sie wenig bis gar keine Beachtung schenkten. Ich hatte die unglückliche Erfahrung gemacht, einem zu begegnen und zu versuchen, ihn zu bekämpfen. Es war ein magischer Arschtritt, wie ich ihn in meinem ganzen Leben noch nicht erlebt hatte.

„Das ist Bullshit, ich habe es dir auf keinen Fall gesagt."

Gareth war zu nah, und seine Augen waren azurblaue Diamanten, die im Schein der Deckenlampe glitzerten. „Doch, das hast du. Denk daran, ich musste dich aufwecken. Ich habe dir immer wieder eine Reihe von Fragen gestellt, und als ich dich das erste Mal nach deinem Namen gefragt habe, hast du ‚Anya Kismet' gesagt. Vieles wurde nach dem Krieg zerstört, aber es wurden Aufzeichnungen über eure Existenz gerettet, und der Name Kismet war darin enthalten." Er trat näher, überwand den geringen Abstand, den ich behauptet hatte, und sein Finger strich über eine Strähne meines Haares. „Und du verwendest Walnusspulver, um dein Haar zu färben – ich nehme an, weil es weniger schädlich ist als kommerzielle Farbstoffe und du es tun musst, um das Rot zu verbergen."

Im Ernst, wie ist er an diese nutzlosen Informationen gekommen? Doch so nutzlos waren sie gar nicht. Ich benetzte mir die Lippen, mein Mund wurde trocken.

Sein Blick fiel auf meine Lippen. „Willst du Wasser?"

Ich brauchte mehr als Wasser, ich hätte alles trinken können – egal was. War Gareth so gut, oder waren all die Dinge, die ich getan hatte, um zu verbergen, wer ich war, nur gegenüber Otto Durchschnittsbürger wirkungsvoll gewesen? Als er in dem wohnungsgroßen Büro eine Flasche aus dem Kühlschrank holte, überlegte ich, was ich als Nächstes tun sollte. Er war der Einzige, der es wusste – hoffte ich. Ich konnte ihm die Erinnerung nehmen, und eine Weile dachte ich darüber nach. Der kühle, räuberische Blick, den er mir von der anderen Seite des Raums zuwarf, ließ mich mich fragen, ob er wusste, dass ich das konnte, und wenn ja, ob ich darüber nachdachte, es ihm anzutun.

„Was jetzt?", fragte ich, nachdem ich einen langen Schluck aus der Flasche getrunken hatte, dankbar für den Abstand, den wir zwischen uns hatten, als er sich gegen die Wand lehnte.

„Was meinst du?"

„Verhaftest du mich?"

„Warum sollte ich das tun?"

Ich zuckte mit den Schultern. „Ich weiß nicht. Es scheint der erste Impuls zu sein. Du hast gerade gedroht, deinen Neffen verhaften zu lassen, und du hast schon gedroht, mich für weniger zu verhaften."

Er gluckste. „Mein Neffe scheint nur zu lernen, wenn die Lektion hart ist. Du warst bockig, also war es notwendig. Du bist jetzt ruhiger, weniger aggressiv. Fast unterwürfig." Seine Stimme sank zu einem leisen, tiefen Krächzen. „Ich mag das."

Gareth kannte die richtigen Knöpfe, die es zu drücken galt, und er schien es zu genießen, es bei jeder Gelegenheit zu tun. Die tiefen Schatten seiner Arroganz und Einbildung verschlimmerten die Situation nur noch. Ich trank einen weiteren langen Schluck aus der Flasche und zügelte meinen Sarkasmus und die Drohung, die darauf wartete, losgelassen zu werden.

„Siehst du, selbst wenn du ein bisschen angepisst bist, hast du die Kontrolle über deine Magie. Du bist nicht die wilde und unkontrollierte Degenerierte, als die die Bücher und Historiker euch alle dargestellt haben." Er stieß sich von der Wand ab. „Ich habe immer erwartet, dass Legacy schänd-liche Monster sind, die nach Macht dürsten und von ihren Begierden getrieben werden. Du bist nichts davon." Er warf mir einen abschätzenden Blick zu, der einen Moment zu lange dauerte. Ich wandte meinen Blick von ihm ab und konzentrierte mich auf alles im Raum: die großen Fenster zu meiner Rechten, die einen ungehinderten Blick auf die Bäume neben dem Gebäude boten. Als ich mich wieder auf ihn konzentrierte, hatte sich sein Blick beruhigt zu einer seltsamen Kombination aus Neugier, Faszination und Vorsicht. Sein wildes Interesse war geweckt, und sein Lächeln geriet ins Stocken und machte einem Grinsen Platz.

„All die Bücher haben mich wirklich nicht auf dich vorbereitet." Er musterte mich nochmal und ging zu seinem Bücherregal, zog ein ledergebundenes Buch heraus und blätterte es durch, bis er fand, wonach er suchte. Er reichte es mir, und ich warf einen Blick darauf. Das war alles, was ich brauchte – nur einen flüchtigen Blick. Ich wusste aus Erfahrung, dass es ein Lehrbuchbericht über die Legacy und unsere Sünden sein musste. Unsere Vergehen gegen die Menschlichkeit waren angemessen dokumentiert. Wir hatten einen kleinen Abschnitt in den Geschichtsbüchern, weil sich die Welt durch das, was wir getan hatten, verändert hatte. Für viele wurden die Dinge zu vorher und nachher vereinfacht. Durch unsere selbstsüchtige Tat war eine neue Welt geschaffen worden. Definierende Momente in der Geschichte waren einfach auf die Perioden vor und nach der Säuberung reduziert worden. Als niemand wusste, dass es Übernatürliche gab und dann *danach*, jetzt, wo die ganze Welt weiß, dass es sie gibt.

Wir wurden als Kreaturen mit einer rücksichtslosen Gier nach Magie dargestellt, die uns dazu gebracht hatte, die Weltbevölkerung auszulöschen. Wortreiche, blumige und intellektuelle Sprache wurde verwendet, um uns eloquent als Soziopathen zu beschreiben. Die Legacy, die sich widersetzt hatten, wurden in solch leuchtenden Worten dargestellt, dass sie im Wesentlichen heiliggesprochen wurden.

Ich gab ihm schnell das Buch zurück, und er behielt mich aufmerksam im Auge, als er es zum Schreibtisch mitnahm.

„Ich gebe zu, es ist ziemlich interessant, in Gegenwart eines Einhorns zu sein."

„Du bist ein Höhlenlöwe. Ich denke, man kann mit Sicherheit sagen, dass ich nicht das einzige Einhorn im Raum bin."

Er zuckte mit den Schultern. „Der verwöhnte junge Mann unten, der mein Auto gestohlen hat, ist einer. Meine Schwester" – er blickte auf sein auf dem Schreibtisch vibrierendes Telefon – „die nicht aufhört, mich anzurufen, ist auch einer."

Seufzend nahm er den Hörer ab. „Ja, Liebes", sagte er mit leiser, zuckersüßer Stimme. Amüsiert über das, was sie gesagt hatte, lachte er. „Charlotte, ich nehme kein Geld von dir." Sie sagte noch etwas, und das Lächeln verwelkte zu einer strengen Linie, der Kiefer trotzig angespannt, und wenn Charlotte sein Gesicht hätte sehen können, hätte sie gewusst, dass die Diskussion vorbei war. Sie hatte verloren.

„Er hat den Wagen verkratzt. Ich weiß, dass er die süßesten Hundeaugen hat, und er hat wahrscheinlich seinen Charme spielen lassen und dir Schuldgefühle eingeredet, und du hast nachgegeben, wie du es immer tust. Es ist gut, dass dein Mann und ich dagegen immun sind. Du kannst mir später danken."

Er kam zentimeterweise nah genug an mich heran, damit ich mithören konnte, als sie ihre Rolle als ältere Schwester erwähnte, um zu versuchen, ihn dazu zu bringen, das zu tun, was sie wollte. Ich kannte den Mann seit drei Wochen und wusste, dass das nicht funktionieren würde, und es funktionierte nicht. Ein tiefes, melodiöses Lachen erfüllte den Raum. „Denkst du wirklich, die Tatsache, dass du die Welt zehn Jahre vor mir gesehen hast, gibt dir als Erwachsener ein Vetorecht über mich? Du spielst diese Karte oft, doch wann hat es jemals funktioniert?", fragte er.

„Charlotte, dieses Gespräch ist beendet. Er arbeitet den Schaden diese Woche ab. Hab dich lieb." Und damit legte er auf. Bevor ich etwas sagen konnte, führte er mich zur Tür hinaus.

„Wir beenden unser Gespräch beim Mittagessen."

Ich zog mich von ihm zurück. Es war meine persönliche Mission geworden, ihm die Arroganz aus dem Gesicht zu wischen und ihn wissen zu lassen, dass die Leute der Gilde die einzigen waren, die er herumkommandieren konnte. Es war offensichtlich, dass er davon ausging, dass seine Dominanz über die Grenzen des Gebäudes und der Organisation hinausging, und niemand hatte ihm jemals erklärt, dass dem nicht so war.

„Ich kann nicht mit dir zu Mittag essen. Ich muss zur Arbeit."

„Wann?", fragte er.

Ich wollte nicht mit ihm zu Mittag essen. Ich wollte das so professionell wie möglich halten, und dieses Boot verließ langsam das Dock, unbemannt, und trieb ziellos auf turbulenten Gewässern, die täuschend ruhig wirkten.

„Bald."

„Also das ist kaum eine Zeit. Arbeitest du etwa so? Es scheint, als müsste es mehr Struktur geben. Warum rufst du nicht Kalen an und lässt dir eine Uhrzeit sagen?" Er grinste verspielt.

Ich warf einen Blick auf meine Uhr. Ich hatte vier Stunden, bevor ich Kalen treffen musste, und ich wollte wirklich nur mit Gareth sprechen, seine Position zu meiner Existenz sehen, ihm von Conner erzählen, dem abscheulichen Vertu mit dem Gottkomplex, der eigentlich ziemlich gut beschrieb, was er *war*, und mich zu einem netten Mittagessen einladen lassen. Ich musste Gareth wissen lassen, dass Connor plante, die Säuberung diesmal langsamer durchzuführen als bisher. Er hatte vor, mit anderen zusammenzuarbeiten, die die übernatürliche Gemeinschaft für das Versprechen von mehr Macht verraten und sich bei den Legacy anbiedern würden. Er baute langsam eine Armee auf. Ich wollte nicht mit Gareth zu Mittag essen. Ich wollte, dass er mir bei dem Coup half, den ich planen musste; vielleicht könnte er mir auch bei dem Bürgerkrieg helfen, den ich damit anzetteln könnte.

„Deinem Gesichtsausdruck nach zu urteilen, brauchst du ein Mittagessen und vielleicht sogar was zu trinken. Dann kannst du mir von Conner erzählen und was er vorhat, das diesen ängstlichen Ausdruck auf dein Gesicht gebracht hat.”

Ich blieb stur. „Was ist mit Clive und Humans First?” Diese kleine Gruppe von Agitatoren, kurz HF genannt, glaubte, dass Menschen besondere kleine Schneeflocken seien, die von den rücksichtslosen Übernatürlichen getrennt und geschützt werden müssten. Sie waren der Ausbund an Heuchelei. Der Grund, warum die Säuberung mit der Niederlage der Legacy geendet hatte und Millionen von Leben gerettet worden waren, war, dass die Hexen und Magier in der Lage gewesen waren, die Schutzzauber zu brechen, hinter denen sich die Legacy verborgen hatten, und durch ihre Schleier zu gelangen. Die besonderen kleinen Schneeflocken wären ohne die Hilfe der Übernatürlichen verloren gewesen. Doch das war ein vergessener Teil der revisionistischen Geschichte, die oft die Rhetorik der HF begleitete.

„Was ist mit ihnen?”

„Sie haben gesehen, wie ich gezaubert habe, und Jonathan hat ihnen sicher gesagt, was ich bin.” Als ich diesen Namen erwähnte, runzelte ich die Stirn und Gareths Angebot eines Drinks wurde immer verlockender. Jonathan, ein Magier, der im Magischen Rat gesessen hatte, hatte seine Art verraten, um sich auf die Seite von Conner zu stellen, nur um die Chance auf mehr Macht zu bekommen. Der Durst nach mehr Macht auf Kosten des Lebens anderer ließ mich schaudern, und wenn ich ein wenig Mitgefühl für die Art und Weise hatte, wie sein Leben geendet hatte, schwand es, wenn ich an seine Grausamkeit und seinen Verrat dachte.

„Jonathan ist tot, er kann ihre Geschichte nicht bestätigen. Sie sind eine fundamentalistische Gruppe, die sich mit übertriebener Rhetorik für die Segregation einsetzt. Ich bezweifle, dass ihnen irgendjemand glauben wird."

Tracker waren auch Fundamentalisten. Pseudomilitärisch ausgebildete Leute, die uns jagten und töteten, während sie einer Welt, die glauben wollte, dass wir nicht existierten, die ganze Zeit erzählten, dass wir sehr wohl existierten. Sie wollten, dass alle es glaubten. Sie hatten meine Eltern und zahllose andere getötet, und zwei hatten mich gefunden. Ich hatte Magie einsetzen müssen, um ihre Erinnerungen auszulöschen, und ich hatte dem letzten eine falsche Erinnerung daran gegeben, dass er mich getötet hatte. Ich hoffte, dass ich mir keine Sorgen mehr machen musste.

Humans First war anders. Sie würden nicht versuchen, mich zu töten, sie würden mich wahrscheinlich zum Kaffee einladen und für eine weitere Säuberung plädieren, um die anderen Übernatürlichen auszulöschen. Sie würden sich wahrscheinlich die ganze Zeit die Nase zuhalten und beschämt von dannen ziehen, wenn sie unseren Treffpunkt verließen, doch sie würden alles opfern, um die utopische Welt zu erreichen, in der es keine Magie gab. Da die Legacy und Vertu vor der Säuberung abgeschieden gelebt hatten, weg von der unreinen Magie, würde es für sie alle von Vorteil sein. Zumindest wollte Humans First das glauben.

Gareth drückte seine Hand in meinen Rücken und versuchte erneut, mich aus seinem Büro zu führen. Ich trat zur Seite, bewegte mich aus seiner Reichweite und verschränkte die Arme vor meiner Brust. Ich stand in der Mitte des Zimmers und weigerte mich, seinen Forderungen nachzugeben.

Er richtete sich größer auf, verschränkte auch die Arme vor der Brust, und Trotz zeichnete sich in seinen Zügen ab.

Komm schon. Frag einfach. Alles, was du tun musst, ist, es als Frage zu formulieren. Ich habe mich heute schon wie eine Erwachsene benommen, jetzt bist du dran.

Ich fand es nicht sehr schwer zu fragen, doch Mr. Ichbekomme-immer-was-ich-will benahm sich, als könnte es ihm einen Zacken aus der Krone brechen, als wäre es Verrat. Ein Verrat an dem großen Staat Gareth. Er kaute auf den Worten herum und sah aus, als würde er auf einer Glühbirne herumkauen und nicht auf *Bitte* oder *möchtest du.*

Seine Zunge glitt über seine Lippen, bevor sie sich öffneten, doch die Worte kamen nicht heraus.

Nimm dir nur Zeit, *Mr. Reynolds,* ich habe vier Stunden totzuschlagen. Aber du wirst fragen.

„Hast du was dagegen, wenn wir diese Diskussion beim Mittagessen fortsetzen?"

„Danke, dass du das vorschlägst, gerne." Ich zwang ein Lächeln auf meine Lippen, anstatt zu tun, was er tun würde, und breit über das ganze Gesicht zu grinsen. Es funktionierte fast zehn Sekunden lang und dann war es doch ein Grinsen.

„Normalerweise muss ich nicht so hart arbeiten, um eine Frau dazu zu bringen, mit mir zum Mittagessen zu gehen", sagte er in sanftem und unbeschwerten Ton. Doch Gareth wäre nicht Gareth, wenn es nicht von Süffisanz durchzogen gewesen wäre.

„Nun, dann macht mich das zu etwas Besonderem. Ich glaube, ich bin doch ein Einhorn."

Unten saß Avery auf einem Stuhl im Wartezimmer, seine Augen auf den Bildschirm seines Handys geheftet, während seine Finger über die Tasten tanzten. Als wir näherkamen, blickte er auf, wandte sich aber schnell wieder seinem Handy zu.

„Nennst du das Arbeit?", fragte Gareth mit strenger Stimme, während sich tiefe Falten um seinen Mund bildeten und er die Stirn runzelte.

„Beth hat nichts für mich. Sie ist wirklich effizient. Du solltest ihr eine Gehaltserhöhung geben." Seine Augen begegneten kurz denen seines Onkels. Der Wandlerring schien für einen Moment zu glühen, bevor er wieder auf sein Handy starrte.

„Ah ja. Tut mir leid, ich habe den Fehler gemacht, dich der falschen Kollegin zuzuweisen."

Gareth zog ihn auf die Füße und in das Großraumbüro. Als er zurückkam, hatte er ein zufriedenes Lächeln im Gesicht.

„Was haben Sie gemacht?", fragte Beth mit tiefen Falten um den Schmollmund. Feen alterten, doch dank ihrer Magie alterten sie besser als andere. Oft war das Einzige, das sie älter wirken ließ, ihr graues Haar. Waren ihre Falten magisch verstärkt? Ich konnte nicht anders, als mich zu fragen warum. Vielleicht, weil sie ihrer Erscheinung Charakter verliehen, sie edler wirken ließen, gesetzter, großmütterlich und harmlos, was ihr wahrscheinlich half, mit gewissen Dingen durchzukommen. *Es konnte unmöglich sein, dass es die süße ältere Frau war, die uns jeden Morgen mit ihrem ansteckenden Lächeln begrüßte.* Doch ich hatte ihr Feen-Mojo erlebt, als sie es benutzt hatte, um meine Gefühle zu manipulieren. Es war illegal, doch ich hatte das Gefühl, dass „illegaler" und „legaler" Gebrauch von Magie innerhalb der Grenzen der Gilde der Übernatürlichen nicht strikt getrennt wurden. Ich vermutete, dass der Versuch, den Frieden und das Bündnis mit den Menschen fortzusetzen und die Wahrnehmung aufrechtzuerhalten, dass Magie nicht so schlimm war, sie oft in sehr graue Grauzonen brachte.

Gareth grinste. „Er ist jetzt der Büroassistent. Das sollte ihn beschäftigen."

„Du gibst dir keine Mühe, der Lieblingsonkel zu sein", bemerkte ich, als ich ihm zur Tür folgte.

„Wenn es mir wichtig wäre, der Lieblingsonkel oder beliebt zu sein, bezweifle ich, dass ich gut in meinem Job wäre. Diese Eigenschaften kommen bei einer guten Führungskraft selten nebeneinander vor."

„Von wem beziehst du deinen Rat über das Führen von Untergebenen, Amanda Waller?"

Seine Stirn runzelte sich. „Von wem?"

„Aus *Suicide Squad*, dem Comic. Da ziehen sie ein paar Außenseiter zusammen und benutzen sie für Regierungsoperationen. Die Anführerin ist ein bisschen tough, muss es aber sein, weil sie es mit den wahnsinnigsten und verrücktesten Kriminellen der Welt zu tun hat", erklärte ich.

Ich erntete dafür einen ausdruckslosen Blick und hätte es aber nur mit anderen Comic-Verweisen weiter erklären können. „Vergiss es."

„Du bist eine seltsame Frau."

Ich ließ seine Beobachtung oder Beleidigung – es war mir egal, was es war – von mir abprallen, während ich zu meinem Auto ging, das gegenüber seinem geparkt war.

„Wo gehst du hin?", fragte er, als ich meine Tür öffnete.

„Ich werde dir hinterherfahren."

Er war stehengeblieben und stand einfach auf dem Bürgersteig vor dem großen beigefarbenen Gebäude, das mich wegen seiner Größe an ein Regierungsgebäude erinnerte. Gut gepflegte Büsche rahmten es. Beete mit bunten Blumen, von denen ich vermutete, dass sie magisch verbessert waren, zogen sich an der Fassade entlang und schienen das bedrohliche Gefühl zu mildern. Mir war klar, dass ein Gebäude keine Persönlichkeit haben konnte, doch es hatte etwas Kaltes und Steriles an sich. Selbst mit Leuten, die den Begriff Business-Casual weit in Richtung Casual dehnten, die ein- und ausgingen, wirkte der Ort streng. Eine Organisation, die sich mit den magischen Außenseitern und Kriminellen der übernatürlichen Welt auseinandersetzte, sollte sich wahrscheinlich nicht weich und kuschelig anfühlen.

„Nein", sagte er einfach ohne Erklärung. *Nein. Hatte ich gefragt?* Ich würde meine Meinung nicht ändern, es sei denn, er gab mir eine Erklärung. Ein beiläufig amüsiertes, trotziges Lächeln blieb auf seinem Gesicht, als er nur ein paar Meter von meinem Auto entfernt stehenblieb. Ich war mir nicht sicher, warum ich das gewinnen musste. Wem versuchte ich etwas vorzumachen? Gareth war von Anfang an der Dirigent dieser Situation gewesen und hatte mir jedes bisschen Kontrolle abgerungen, und ich hasste es. Er war narzisstisch und herrschsüchtig, und ich hielt es für meine persönliche Pflicht – nein, meine *Mission* –, mich dagegen zu wehren, dass er das mit mir tat.

Ich war in sein Büro gekommen, um mit ihm zu reden – er hatte gewonnen. Ich hatte dem Mittagessen zugestimmt, obwohl ich nur ein Treffen gewollt hatte. Wir würden zum Mittagessen gehen – er hatte gewonnen. Ich brauchte das zu meinen Bedingungen. Ich begann zu denken, dass er für jeden Zentimeter, den ich ihm erlaubte, definitiv eine Meile nehmen würde. Ich war nicht bereit nachzugeben.

Ich stieg ins Auto. Er lachte, drehte sich um und ging zurück ins Gebäude. Ich sprang aus dem Wagen. „Wo gehst du hin?"

Mit einem Achselzucken und einem vorwurfsvollen Lächeln sagte er: „Ich glaube, dass es in unserem Gespräch dringende Dinge gibt, die ein gewisses Maß an Privatsphäre rechtfertigen. Ich denke, es ist mir genauso wichtig wie dir. Vielleicht habe ich mich geirrt. Aber wenn du bereit bist, Dinge zu besprechen, steht meine Tür immer offen. Ich wünsche dir einen schönen Tag, *Miss Michaels*."

Steppenläufer hätten wie in alten Western über den Bürgersteig hüpfen sollen – ich hatte das Gefühl, dass das eine Pattsituation war, bei der unsere Hände auf den Auslösern unserer Sturheit lagen und jeder darauf wartete, dass der andere nachgab. Ich weigerte mich, diejenige zu sein, der es tat. *Ich werde es nicht tun. Nein. Passiert nicht.*

Dann fing er wieder an zu laufen.

Verdammt.

Ich stöhnte, schnappte mir meine Sai, die ich auf die Beifahrerseite gelegt hatte, und ging zu seinem Auto hinüber.

„Also gut." Er blieb stehen und drehte sich um. Er sah die Sai mit hochgezogener Augenbraue an, sagte aber nichts. Jahrelang hatte ich in diesem ewigen Zustand des Schreckens gelebt, dass jeder versuchen könnte, mich zu töten, wenn jemand jemals herausfinden sollte, wer ich bin. Gareth war von der Sorte, die mich gejagt hatte. Ich hatte sogar Tracker erlebt, die Wandler und Magier gewesen waren. Er wusste, wer und was ich war, und die Angst, der Zweifel und der Selbsterhaltungstrieb saßen so tief in mir, dass ich sie kaum aufgeben konnte. Ich konnte mich in der Nähe von Savannah wohlfühlen, doch es war schwer, mich bei jemand anderem zu entspannen.

„Wohin gehen wir?"

„Antonio's. Er hat ein Nebenzimmer, also bleibt unser Gespräch privat."

„Wie lange musstest du auf diese Reservierung warten?", fragte ich beeindruckt. Kalen hatte fast drei Monate lang versucht, dort eine Reservierung zu bekommen; das war etwas, wovon ich öfter hören musste, als ich zugeben wollte.

„Ein paar Stunden. Als du gesagt hast, du kommst ins Büro, habe ich reservieren lassen."

„Ein paar Stunden? Jemand hat Einfluss in der Stadt." Ich versuchte, den Sarkasmus auf ein Minimum zu beschränken, doch ich konnte nicht anders. Er bekam regelmäßig, was er wollte.

Er lachte. „Oder eine Mutter, die Einfluss hat." Das war Gareth, Anführer der Gilde der Übernatürlichen, Mitglied des Magischen Rates und Sohn einer Business-Magnatin, der mit ein paar Stunden Vorlauf Reservierungen in einem Restaurant mit dreimonatiger Warteliste bekommen konnte.

Wenigstens war er ein guter Sieger – der höhnische Ausdruck des Triumphs war nur ein minimales Funkeln in seinen Augen und flackerte für ein paar Sekunden auf seinem Gesicht. „Ich weiß es zu schätzen, dass du mitkommest. Ich beiße nicht, weißt du?", sagte er, als ich es mir auf der Beifahrerseite bequem machte.

„Du bist ein Löwe, *genau* das tust du mit deiner Beute. Du benutzt deine Krallen und Reißzähne. Ist das der richtige Zeitpunkt für mich, darauf hinzuweisen, dass ich *gesehen* habe, wie du einen anderen Wandler gebissen hast? Ja, du beißt."

„Das ist anders." Verwirrt schweigend saß er neben mir, und als er sprach, war es mit einem tiefen, seidigen Grollen. „Du hältst dich für Beute?"

„Nein, aber ich denke du schon."

Er grinste, als er vom Parkplatz fuhr, und ich versuchte, auf die vorbeiziehende Gegend zu achten, anstatt auf die regelmäßigen Blicke, die er mir zuwarf.

„Was ist mit deinen Eltern passiert?", fragte er leise, als wüsste er die Antwort bereits, wollte sie aber bestätigt wissen.

„Tracker haben sie gefunden. Ich war fünfzehn, als es passiert ist." Ich kniff meine Augen zusammen, kämpfte gegen die Tränen an und versuchte, die Erinnerungen und die Schwere, die sie immer begleitete, wegzuschieben. Trauer half nicht; sie machte mich nur wütend, und ich konnte die Wut nicht richtig lenken, weil es so viele Leute gab, die sie verdient hatten. Machte ich die Legacy für ihren schändlichen, verdrehten Machthunger verantwortlich, die Menschen, die sie zu Recht zerstört hatten, doch gleichzeitig dafür gesorgt hatten, dass die Welt wusste, dass ein toter Legacy der einzig akzeptable Legacy war, oder die Tracker, die die Gerüchte über unsere Existenz nicht aussterben ließen? Diejenigen, die existierten, waren harmlos, und ich war es leid, für die Übel anderer zu bezahlen. Diese Überzeugung hatte sich gehalten, bis ich Conner kennengelernt hatte. Conner hatte meine Welt auf den Kopf gestellt und alles durcheinander gebracht.

„Conner will eine weitere Säuberung", sagte ich schließlich nach Momenten unangenehmen Schweigens.

„Ja, das habe ich unserem letzten Gespräch entnommen. Er ist verschwunden. Ich bin mit mehreren hochrangigen Magiern an die Stelle zurückgekehrt, an dem ich dich das letzte Mal gefunden habe, und sie konnten keinen Schleier finden und keinen Schutzzauber fühlen."

Ich war vor zwei Tagen genau an der Stelle gewesen und hatte auch nichts finden können. Konnte er immer noch da sein und so etwas wie den Schild haben, den ich an meinem Fuß hatte, der meine Magie maskierte, sodass sie praktisch nicht nachweisbar war? Konnte er dasselbe mit seinen Schutzzaubern tun? Meine Eltern hatten versucht, mich zu beschützen, und ich verstand, warum sie mir einige Dinge vorenthalten hatten, doch ich bezweifelte, dass sie jemals daran gedacht hatten, dass ich versuchen würde, einen Abtrünnigen aufzuhalten, der seine Armee aufstellte, um eine weitere Säuberung durchzuführen. Als Panik in mir aufflammte, fühlte es sich an, als würde ein Waldbrand in meiner Brust lodern, und es war nicht mehr so einfach, ihn zu löschen wie zuvor.

Es war real. Ich hatte einen Kampf vor mir, und es stand mehr auf dem Spiel als nur ein verletztes Ego und verletzte Gefühle, wenn ich versagte. Wenn ich vorher versagt hätte, wäre ich die Einzige gewesen, die darunter litt. Doch so war es nicht mehr.

„Er ist stärker als jeder Magier, den du benutzen kannst. Selbst wenn sie ihn finden, würden sie es schaffen, ihn zu Fall zu bringen?" Weniger als hundert Legacy und Vertu hatten die Säuberung durchgeführt; Hunderte von mächtigen Magiern, Hexen und Feen waren nötig gewesen, um Schutzzauber niederzureißen und den Schleier zu öffnen.

„Vielleicht nicht, aber zumindest können sie ..." Er hielt abrupt inne. Ich sah sofort, was seine Aufmerksamkeit erregte. In der Mitte des Platzes, über den wir fuhren, fand eine Schlägerei statt. Körper flogen über die Straße, und starke Magie lag in der Luft, legte sich um meine Haut und ließ meine Haare zu Berge stehen. Ich spürte es und drückte dagegen, schob sie von mir weg. Gareth sah mich an und hielt meinem Blick mit zusammengekniffenen Augen stand.

Er nahm sein Handy, doch bevor er wählen konnte, kamen Gilde-Wagen aus mehreren Richtungen. Gewalt vibrierte durch die Luft, zusammen mit Magie – anderer Magie. Ich ließ sie einen Moment über mich wehen, versuchte, sie zu identifizieren und mich zu vergewissern, dass es nicht meine oder Conners Magie war. Das war sie nicht – sie war anders, doch böswillig und dunkel. Ich musste sie mit Anstrengung von mir stoßen. Ich brauchte ein paar Minuten, um die Gefühle, die sie entfesselt hatte, unter Kontrolle zu bringen. Gewalt, Angst, Wut. Magie, mit der ich nicht vertraut war und die ich nie wieder spüren wollte. Sie hinterließ einen schweren, düsteren Nebel über mir.

Der Center Square war wahrscheinlich der bunteste Bereich der Stadt, gefüllt mit Boutiquen, Cafés, Restaurants und Fachgeschäften. Ein paar Hexen hatten Läden in der Gegend, doch das war keine Hexenmagie – sie war zu dunkel, böse und stark. Möglicherweise Magier, aber wenn ja, benutzten sie dunkle Magie. Sie erfüllte die Luft mit Gewalt und Zwietracht.

Gareth hielt den Wagen mitten auf der Straße an und stieg als Erster aus. Ich schnappte mir meine Zwillings-Sai und folgte ihm. Zwei Männer tauschten Schläge aus, und Blut spritzte. Ich versuchte, sie mit einer sanfteren Technik auseinanderzuziehen als Gareth, der Streitende auseinandergerissen und sie ein paar Meter weiter zu Boden geschleudert hatte. Sobald sie getrennt waren, fesselte er ihre Hände mit Kabelbindern. Ich bemerkte, dass er viele Kabelbinder mit sich herumzutragen schien. Da die meisten Beteiligten Menschen waren, reichten Kabelbinder.

Mit den Zwillingen in der Hand rannte ich durch die

Straße und führte so viele Leute wie möglich zu den Zauber-
läden. Eine Hexe, die etwas wert war, würde einen Schutzzauber errichtet haben. Selbst ein schwacher konnte
zumindest die Wirkung der seltsamen Magie verringern, die
Wut und Gewalt entfacht hatte. Eine dünne Frau, deren
Augen vor Wut blitzten, wollte einer anderen Frau gerade
einen acht Zentimeter hohen Absatz über den Schädel
ziehen, als ich sie am Arm packte. Sie richtete ihren magisch
induzierten Zorn auf mich und ohrfeigte mich. Doch es war
nicht sie. Das war mir klar, aber ich musste sie dazu bringen,
sich zurückzuziehen. Ich stieß sie von mir. Einen Hüftwurf
später landete sie mit dem Gesicht nach unten am Boden,
während sie wild um sich schlug und die Androhung
weiterer Maßnahmen meinerseits nicht half.

Als ich das Chaos um mich herum überblickte, streifte
mich eine vertraute starke Magie, und ich wusste, wer es
war, bevor sie sprach.

„Ich kümmere mich darum", sagte Harrah, ihre Stimme so
weich, sanft und engelsgleich wie ihre Gesichtszüge. Sie eine
Fee zu nennen, schien eine zu harmlose Verwendung des
Wortes zu sein. Sie war der PR-Guru der übernatürlichen
Welt und Mitglied des Magischen Rats. Sie war diejenige, die
oft als Vermittlerin zwischen Menschen und der übernatürlichen Gemeinschaft auftrat, und das Gesicht dessen, was die
Menschen unter Magie wahrnahmen: Sanftheit, Güte und
Wohlwollen. Und Magie konnte all das sein und unbe-
schwert wie das *herba terrae*, Hexenkraut; doch sie konnte
auch gewalttätig, dunkel und gefährlich sein. Es war ihre
Aufgabe, dafür zu sorgen, dass kein Mensch sie jemals so
wahrnahm. Harrah machte Magie für Menschen harmlos
und verdaulich, weil sie sie mit einem angenehmen engels-
haften Gesicht, sanften runden Bernsteinaugen und einer
zuckersüßen Stimme repräsentierte. Magie war nicht bösar-
tig, weil Harrah ihr nicht bedrohliches Gesicht war.

Und wenn sie zufällig eine andere Seite davon sahen,

brachte sie die Situation in Ordnung. Sie war gut in ihrem Job. Ich vertraute ihr nicht und sie machte mich nervös. Sie war knapp über eins siebzig groß, hatte eine zierliche Figur und ihr langes braunes Haar zu einem ordentlichen, niedrigen Pferdeschwanz zurückgebunden. Sie war in einen schlichten dunklen Anzug gekleidet, als wäre sie bereit, eine Pressekonferenz zu geben, sobald dieser Aufruhr vorbei war.

Ich hob mein Sai auf, das ich hatte fallen lassen müssen, um mit der Frau fertig zu werden, rannte los und versuchte, der Magie auf die Spur zu kommen, wobei ich spürte, wie große Mengen davon von der Straße kamen – der Quelle. Drei Gestalten, die ich nicht entziffern konnte. Sie sahen mich, sobald ich um die Ecke bog, und zogen sich zurück. Ich rannte durch die Straße, kürzte durch die Gassen ab, wann immer ich konnte, und versuchte, ihnen den Weg abzuschneiden und sie einzufangen. Als ich um eine Ecke bog, bekam ich einen besseren Blick auf sie. In dem Moment, als ich in ihre Sichtlinie kam, änderten sie die Richtung. Ich musste sie aufhalten. Ich konnte Magie anwenden, doch nicht im Freien, vor Fremden – besonders, wenn Harrah so nah war. Ich bezweifelte, dass sie der verständnisvolle Typ war, besonders nachdem ich gesehen hatte, wie sie den Befehl gegeben hatte, jemanden zu ermorden, und garantiert hatte, dass die Optik funktionieren würde, was sie auch getan hatte.

Ich rannte keuchend schneller; die Magie schwebte immer noch in der Luft, doch sie waren zu abgelenkt, während sie versuchten, von mir wegzukommen, um so effizient zu sein wie zuvor, als sie den normalerweise friedlichen Platz in ein Kriegsgebiet verwandelt hatten. Ich war nur Zentimeter von ihnen entfernt, als sie sich gleichzeitig umdrehten, und ich konzentrierte mich auf ihre Augen: eine seltsame grüngelbe Farbe. Ihre Gesichtszüge waren ähnlich, vielleicht waren es Drillinge. Sie bewegten sich als Einheit, richteten ihre Magie auf mich und trafen mich, bevor ich einen Schutzzauber aufrufen konnte. Ich stolperte zurück, schaffte es aber, eins meiner Sai ins Gras zu rammen, um mich festzuhalten, als ich mit stärkerer Magie verprügelt wurde. Als ich mich erholt hatte, waren sie weg.

Ich blieb am Boden liegen und schloss die Augen, um die Sonne auszublenden, während die Magie immer noch um mich herum und in mir zurückprallte. Ich wartete, bis sie sich beruhigte und nichts weiter als ein lästiger Schmerz war. Meine Hände taten weh, weil ich den Sai zu fest umklammert hatte. Ich wollte gerade aufstehen, als Gareth sich über mich beugte.

„Brauchst du Hilfe? Ich weiß, wie du es hasst, die Jungfrau in Nöten zu sein. Ich will meine Ritter-in-glänzender-Rüstung-Nummer nicht auf dich loslassen, wenn ich nicht muss", sagte er, und Belustigung breitete sich schnell auf seinen Zügen aus, als er sich neben mich kniete.

„Mir geht's gut", sagte ich und stand auf. „Nur eine Erinnerung daran, sich nicht allein mit den tödlichen Magierdrillingen oder was auch immer sie waren anzulegen. Ist alles unter Kontrolle?" Ich klopfte den Staub von mir ab. Magie schwebte immer noch durch die Luft, stark und mächtig. Ich runzelte die Stirn, hasste das schwere Gefühl der düsteren Restmagie, die sie zurückgelassen hatten.

Ich musterte Gareth, der finster dreinblickte. Seine Nasenflügel bebten. Er senkte die Augen, als er die Gegend studierte. „Hast du sie gut sehen können?", fragte er, während er sich weiter umsah. Wenn ich zufällig vergessen hatte, dass er ein Raubtier war, war es im Moment überdeutlich. Angst und Sorge stiegen in mir auf, und ich umklammerte meine Sai fester. Ich nahm an, dass er meine Stimmungsänderung gespürt hatte, denn er trat einen Schritt zurück und versuchte, sein Stirnrunzeln zu entspannen. Seine Bemühungen um ein Lächeln scheiterten. Seine Lippen waren eine strenge Linie. „Beschreib sie."

„Drei Leute, zwei Männer und eine Frau. Die Männer

waren groß, etwas über eins achtzig, dünn – sehr schlaksig gebaut. Einer war ein bisschen breiter und schwerer als der andere, vielleicht zehn Pfund, und sein Haar war eine Spur länger. Der breitere hatte eine Narbe …”

„Linke Wange, direkt unter dem Auge", ergänzte Gareth. „Die Frau: war sie ungefähr eins achtzig, sandblondes Haar wie das der Männer?"

Ich nickte. Und er fuhr fort: „Seltsam aussehende Augen, grün, fast fluoreszierend, und ihre Magie fühlt sich an wie ein starker Wind. Und dunkel. Tödlich – so beschreiben Magier sie."

„Du bist ihnen schon einmal begegnet?"

„Meinetwegen hat er die Narbe." Er holte sein Handy heraus, tippte eine Nummer, drehte sich dann um und fing an zu gehen und zu reden. Er ging so schnell, dass ich hinter ihm her joggte, um ihn einzuholen. Es gab nur sehr wenige Worte, die ich verstand, doch ich musste nicht das ganze Gespräch hören, um das Wesentliche zu verstehen. Die Chaosdrillinge waren entkommen. Ich nahm an vom *The Haven*, dem Gefängnis für Übernatürliche. Es war nicht nur von genügend magisch blühenden Ranken umgeben, um jeden zu beruhigen, der versuchte, aus einem Fenster zu entkommen, es gab auch Siegel und Runen in den meisten der Räume, um Magie einzuschränken.

Gareth lehnte an seinem Auto, wartete auf mich und ließ den Blick schweifen. Normalerweise ein sauberes und unberührtes Gebiet, war es jetzt chaotisch mit erheblichen Sachschäden: zerbrochenes Glas von geborstenen Fenstern und Flaschen war auf den Straßen verstreut, Kleidung lag auf dem Bürgersteig, die Türen mehrerer Geschäfte hingen kaum noch an den Angeln. Blutspuren auf dem Asphalt, Essen von den Restaurants und Cafés am Boden verstreut. Es war ein einziges Chaos, und als Krankenwagen Leute abtransportierten, die mehr als nur eine kleine Schnittwunde oder Prellung erlitten hatten, stand Harrah mittendrin, ihr Gesicht gerötet.

Hinter ihren sanften, bernsteinfarbenen Augen konnte ich sehen, wie der Verstand der PR-Frau arbeitete. Dieser Ausbruch musste bearbeitet und auf etwas reduziert werden, das eher durch Banalität als durch den Missbrauch mächtiger, bedrohlicher Magie erklärt werden konnte.

Finde sie, formte sie lautlos mit den Lippen. Gareth antwortete mit einem knappen Nicken.

„Wer sind sie und wie sind sie aus *The Haven* geflohen?", fragte ich, als ich mich auf den Beifahrersitz fallen ließ, nachdem er ins Auto gestiegen war.

„Sie sind nicht aus *The Haven* geflohen."

Er seufzte und schien eine Weile über meine Frage nachzudenken. Ich nahm an, dass er die Antwort wusste, doch es schien, als überlegte er, ob er es mir sagen sollte oder nicht. Als er schließlich sprach, war es langsam und zurückhaltend, da er seine Worte sorgfältig wählte. „Nicht alle Leute, die inhaftiert sind, sind im *The Haven*. Wenn wir vermuten, dass sie entkommen könnten und eine große Gefahr darstellen, schicken wir sie woanders hin, nach Baratrum." Seine Stimme war leise, ernst.

Mein Latein war rudimentär, doch als Anwender von Magie kannte ich die Grundlagen. Sie waren an einem Ort untergebracht, dessen Name lateinisch für Hölle war. Wie schlimm waren diese Drillinge, dass *The Haven* nicht für sie reichte und sie an einen solchen Ort gebracht worden waren?

„Technisch gesehen ist es nicht die Hölle. Wir wissen nicht, was es ist. Es ist ein Gefängnis in einem Schleier, den wir benutzen. Es ist sehr stark, doch es erfordert viel Personal, um es zu öffnen und geschlossen zu halten – und anscheinend den Einsatz dunkler Magie. Das Öffnen ist so schwierig, dass es der letzte Ausweg ist. Doch für die

Maxwells hielten wir es für notwendig. Sie sind Chaosmagier."

„Okay, ist das wirklich ein Ding oder wolltest du sie nicht einfach die Drillinge nennen, weil ich denke, dass es einen zu netten Klang hat?"

Seine Stimmung war zu mürrisch, um sie mit meinem lahmen Versuch eines Witzes aufzuhellen. „Sie sind sehr real. So real wie die Legacy und die Vertu. Magier – stärker als selbst hochrangige Magier. Sie üben dunkle Magie nicht aus – sie *sind* dunkle Magie. Es gibt ein paar von ihnen; die meisten entschieden sich dafür, nicht zu zaubern, und haben sich mit dem Rat darauf geeinigt, Eisenkragen zu tragen, damit sie es nicht konnten. Sie wurden nicht dazu gezwungen, sie haben von sich aus zugestimmt. Ich kann nicht zaubern, ich weiß sehr wenig über das Bedürfnis, dauernd Magie zu benutzen, doch anscheinend trifft das auf einige zu."

„Nicht wirklich. Ich kann und ich habe nicht das Bedürfnis."

„Warum?"

„Weil ich sterben könnte, wenn ich es tue." Es fühlte sich seltsam an, es ihm gegenüber zuzugeben. Gareth nahm seine Hand von der Mittelkonsole des Autos und legte sie auf mein Bein. Ich forderte ihn nicht auf, sie wegzunehmen, doch ich war mir der Berührung sehr bewusst.

„Ich denke, dass sich was für dich ausarbeiten lässt. Ich muss das mit dem Magischen Rat besprechen."

„Tu das nicht!", platzte ich heraus.

Er sah überrascht aus. „Warum?"

Ich konnte einfach nicht erklären, warum. Meine Art war für die Säuberung verantwortlich, wie konnten sie mir vertrauen? Es half mir nicht, dass ich es ihnen nicht gesagt hatte, als ich die Gelegenheit hatte, es offenzulegen und möglicherweise eine Vereinbarung zu treffen. Ich war in keiner guten Position, um zu erwarten, dass sie mir vertrauten.

„Nur jetzt nicht."

„Wenn es ein Vertrauensproblem ist, stimmst du einfach zu, für eine Weile einen Kragen zu tragen. Wir können ihn so klein wie nötig und nahezu unsichtbar machen."

„Eisen hat keinen Einfluss auf meine Magie."

„Ich weiß. Wir brauchen Iridium. Wir müssen deine Magie auch nicht vollständig deaktivieren, sondern sie nur so weit schwächen, dass wir, wenn die Situation außer Kontrolle gerät, eine gute Chance haben, dich zu überwältigen, wenn es nötig ist."

Überwältigen. Ich hasste dieses Wort wirklich. Und die Menge an Iridium, die ich tragen müsste, um das zu tun, würde dazu führen, dass ich im Allgemeinen nicht mehr funktionieren konnte. Das sagte ich ihm jedoch nicht. Ich wollte einfach nicht, dass er alles über mich wusste, wenn er es nicht schon selbst wusste.

„Kannst du das erstmal unter uns belassen?"

Sekunden verstrichen, während er mehr Zeit damit verbrachte, mich anzusehen, als auf die Straße zu blicken. Der indigoblaue Wandlerring schien dunkler und definierter, als er seine Augen zusammenkniff, um mich anzusehen. Die Anspannung und Sorge, die er wegen der Maxwells gehabt hatte, schien sich jetzt auf mich zu richten. Ich hatte nie daran gezweifelt, dass Gareth seine Position bekommen hatte, weil er genauso beharrlich wie gefährlich war, und im Moment arbeiteten diese Eigenschaften nicht zu meinen Gunsten.

„Ich halte nichts geheim", sagte ich.

„Das habe ich nicht behauptet", war seine knappe Antwort, als wir vor der Gilde anhielten. Ich behielt meine Sai in den Händen. Ich war mir nicht sicher, warum es mich tröstete, sie in Gareths Anwesenheit bei mir zu haben, doch es war so.

„Das erfordert meine Aufmerksamkeit. Wir können unser Gespräch später beenden. Ich hole dich um acht ab."

Er sagte es in solch einem Befehlston, dass ich für einen kurzen Moment das Gefühl hatte, ich könnte nicht nein sagen, und ich tat es nicht. Erst als ich schon auf dem Weg zu meinem Auto war, blieb ich stehen. *Moment. Er hat nicht einmal gefragt?*

„Ich habe heute Abend schon was vor. Ich kann mich morgen früh mit dir treffen."

Amüsiert blieb er stehen. „Was vor? Dann musst du *ihm* wohl absagen." Er wartete auf meine Reaktion, doch ich sagte nichts. Er entspannte sich in sein Lächeln hinein, eingebettet in eine Arroganz, die für ihn typisch zu sein schien, lachte er. „Nun, ich bin zuversichtlich, dass du die richtige Entscheidung treffen wirst, mit wem du lieber Zeit verbringen möchtest. Mit mir, dem Kommandanten der Gilde der Übernatürlichen und Mitglied des Magischen Rates, der wirklich viele wichtige Dinge mit dir zu besprechen hat, oder irgendeinem dahergelaufenen Typen."

„Das riecht sehr nach Erpressung."

Das diabolische Grinsen verschwand nicht, als er sich umdrehte und zur Tür ging. „Das ist keine Erpressung, nur strategisches Verhandeln."

Hmm. Strategisches Verhandeln klingt sehr nach Erpressung für mich.

Als ich bei der Arbeit ankam, verzog sich Kalens Gesicht zu einem Ausdruck völliger Verachtung und des Ekels, als er mich abschätzend ansah. Wir sahen nicht so aus, als würden wir zum selben Termin gehen. Er trug eine blaue Hose, ein weißes Hemd und ein dunkelgraues Jackett, das einen schönen Kontrast zu seinem blonden Haar bildete. Der spöttische Blick machte sein außergewöhnlich majestätisches Auftreten noch herablassender, als er mir seine Hakennase zuwandte.

„Ich muss wirklich einen Dresscode festlegen. Vielleicht hält dich das davon ab, so zur Arbeit aufzutauchen." Er machte eine dramatische Handbewegung über meiner Kleidung.

„Vielleicht höre ich auf zu kommen, wenn das Arbeitsumfeld weiterhin so feindselig ist. Es ist Arbeit, kein Laufsteg", antwortete ich und schüttelte den Kopf über seinen verächtlichen Blick. Ich lächelte ihn an. „Vielleicht habe ich keine Lust, mit einem solchen Snob zu arbeiten."

Er schnaubte. „Snob. Das glaube ich nicht." Ich war kurz davor, sein Mantra zu hören. Der lange Monolog darüber, dass er sein Erbe zugunsten des Kampfes des einfachen

Mannes, der ein Unternehmen gründet, verweigert. Er schien das Konzept nicht zu verstehen, dass der „einfache Mann" diesen Begriff nie benutzen würde. Und wenn ich ihn darauf hinwies, musste ich mir seinen vermeintlichen Kampf anhören, der nichts weiter war als das abgehobene Gerede eines Trustfund-Babys. Doch ich hörte mit einem gelassenen Lächeln zu und behielt ein Fünftel meiner Meinung für mich, während ich versuchte, meine Augen davon abzuhalten, mir aus dem Kopf zu rollen.

Mitten in seinem Monolog klopfte jemand an die Tür. Das erste, was wir sahen, waren dicke Locken aus blauschwarz ombriertem Haar, und dann spähte ein bekanntes Gesicht herein.

„Hi", sagte Blu, als sie den Raum betrat.

„Wow, genau das meine ich." Und wieder einmal wurde ich mit einem weiteren von Kalens Blicken bedacht, als sein Blick von meinen rosa Chucks über meine dunkelblaue Jeans wanderte, die ein paar Risse am Oberschenkel hatte, aber trendiger war, als meine ausgewaschenen Exemplare, die fast auseinanderfielen. Dann schoss er zu meinem karierten Hemd, das ich bis zur Mitte des Unterarms hochgekrempelt hatte. Er warf sogar einen Blick auf meinen Hals und meine Ohren, die ohne Schmuck waren, in seinen Augen die ultimative Modesünde. Letztes Jahr hatte er mir zu Weihnachten ein Paar Ohrringe und ein Medaillon geschenkt. Ich hatte beides ein paar Wochen lang getragen, aber irgendwann aufgegeben. Falls er es bemerkt hatte, hatte er es nicht kommentiert.

Blu hingegen sah aus, als käme sie zu spät zum Laufsteg. „Ihre Jeans ist auch zerrissen", betonte ich mit einem Grinsen. Und das war sie. Eine eng anliegende schwarze Jeans schmiegte sich an ihre Kurven. Weißes Trägertop, geschmückt mit einer langen mehrfarbigen Halskette, die einen Hauch von Farbe hatte, der zu ihrer weinrot-schwarz gemusterten Jacke passte. Und sogar ich musste ihre Stiefel bewundern. Jedes Mal, wenn ich sie sah, trug sie ein einzigartiges und modisches Outfit. Es war mir weitgehend gleichgültig, doch Kalen war eindeutig von ihr beeindruckt. Sein Lächeln wurde breiter, als sie näherkam.

„Ah", sagte er, als er mit der Hand über die Jacke strich und dann auf ihre Armbänder klopfte. „Ich glaube, wir haben hier einen Fan von Betsey Johnson."

Sie sah hinunter auf seine Hand, scheinbar nicht irritiert von seinem Eindringen in ihren persönlichen Bereich, etwas an Kalen, das die meisten Leute nervig fanden. Die scharf definierten Gesichtszüge, die breiten, sinnlichen Lippen und die sanften silbernen Augen, die seine aristokratische Erscheinung begleiteten, brachten ihm mehr Nachsicht ein als dem Durchschnittsmenschen. Blu schien von seiner Wertschätzung geschmeichelt zu sein.

„Nein, ein Designer aus der Stadt. Ein Freund, mit dem ich zur Highschool gegangen bin. Er hat nächste Woche eine Show, du solltest hingehen." Und als Kalen geschmeidige, gemessene Schritte um sie herum machte und ihre ganze Erscheinung betrachtete, nickte er. Ich ignorierte das Gespräch, als sie anfingen, *Fashionista* zu sprechen, eine Sprache, die ich nicht verstand. Eine Sprache, die ich trotz Kalens ständigem Beharren entschieden zu lernen ablehnte.

Ich hatte mich zurückgezogen und mich auf die schrecklichen Drillinge und die Zerstörung, die sie verbreitet hatten, konzentriert. Alles, was in letzter Zeit passiert war, brachte ich mit dem Vertu in Verbindung – mit Conner. Wenn sich der Wind unangenehm anfühlte, schrieb ich es ihm zu, obwohl ich nicht sicher war, ob er das Wetter kontrollieren konnte. Die meiste Zeit meines Lebens hatte ich geglaubt, dass die Legacy diese Allmacht besaßen – dass wir die Allmächtigen sind –, doch das Gewebe dieser Realität war ganz leicht zerrissen, als ich von der Existenz der Vertu erfahren hatte. Die Legacy verblassten im Vergleich zu ihnen. Und Conner wollte die Säuberung noch einmal durchziehen, um all die anderen Übernatürlichen loszuwerden und eine Welt nur aus Menschen, Vertu und Legacy zu haben. Es gab ein paar Menschen, die seinen extremen Ideen zustimmten – ich musste annehmen, dass sie Opfer glückseliger Ignoranz waren. Und zu ihnen gehörten die Leute von Humans First.

Blu hatte offensichtlich nicht die unsterbliche Liebe zur Mode, die sie dazu bringen würde, stundenlang darüber zu diskutieren. Schließlich führte sie ihn zurück zum Zweck des Besuchs.

„Der Herdstein, was willst du dafür?" Sie war sofort gekommen, um ihn zu kaufen, nachdem ich ihr gesagt hatte, dass wir einen reinbekommen hatten. Es war ein mächtiger Stein, der Hexen die Fähigkeit gab, die Magie ihrer Vorfahren zu nutzen.

Kalen ging zu einem der Schränke, holte den Stein heraus und reichte ihn ihr. Sie untersuchte ihn, und der wehmütige Blick und das Verlangen, das sie zeigte, würden ihr nicht zugutekommen, wenn sie vorhatte, zu verhandeln. Sie wollte ihn, und es gab keinen Zweifel. Anders als die vielen Steine, denen wir bei unserer Arbeit begegnet waren, hatte dieser ein tiefes Granitgrau, reiner als die anderen, die oft von einem gedämpften Grau waren. Und er war deutlich schwerer. Etwas, das auch Blu zu bemerken schien, was ihr Verlangen nur noch größer machte. Er warf Schatten über ihre angenehmen Gesichtszüge, und ich sah etwas in ihr, das ich vorher noch nie bemerkt hatte – Gier nach Macht. Es war das erste Mal, dass ich Blu und ihre Absichten in Frage stellte, doch ich stellte immer die Motive hinter dem Streben nach mehr Macht in Frage. Einige Leute glaubten, dass mehr Macht zu dem Wunsch nach noch mehr führte. Es war der Untergang meiner Art gewesen.

Ich hakte meine Bedenken als Paranoia ab, weil Kalen anscheinend keine hatte und er oft genauso vorsichtig war wie ich.

„Wieviel?", fragte sie, ihre tiefbraunen Augen auf den Stein gerichtet. Sie riss sie los, um unseren Blicken für einen Moment zu begegnen, bevor sie ihre Aufmerksamkeit wieder darauf richtete. Der Stein sah harmlos aus, doch ich hatte im Laufe der Jahre gelernt, dass genau diese Stücke manchmal die Gefährlichsten waren. Bis zu diesem Moment war mir nicht klar gewesen, wie stark sie war. Ich hatte sie zum ersten Mal in der Gesellschaft von Gareth getroffen, und vielleicht hatte seine Intensität ihre Macht überdeckt. Ich hätte erwarten sollen, dass sie eine Kraft war, mit der man rechnen musste – schließlich hatte Gareth darauf vertraut, dass sie meine Erinnerungen, die auf magische Weise gestohlen worden waren, zurückholen könnte, als ich für einen Mord verantwortlich gemacht worden war. Und jetzt, da die Magie, die von Blu ausging, sich mit der von Kalen mischte, fühlte ich mich von den starken Wellen, die den Raum überschwemmten, erstickt.

Ich hielt einen Moment lang inne, als ich darüber nachdachte, wie gefährlich der Herdstein in den Händen von jemandem sein könnte, der so mächtig war wie Blu.

Kalen reichte ihr eine Rechnung.

Sie runzelte die Stirn. „Ich hatte nicht erwartet, dass es *so* viel ist", gab sie mit leiser Stimme zu.

„Tut mir leid." Ich näherte mich ihr, bereit, den Stein zurückzunehmen. Bevor ich es tun konnte, trat Kalen näher an sie heran.

„Wie wäre es, wenn wir einen Deal machen?" Er schlug einen Betrag vor, der ein Drittel unter dem ursprünglich geforderten Preis lag. „Dafür musst du mich in diese Designer-Show holen, und ich möchte, dass du uns zehn Schutzamulette machst." Schutzamulette waren kleine Kristalle unscheinbarer Magie, die die Hexen für einen exorbitanten Preis an die Menschen verkauften. Sie waren mehr Blitz und schöne beeindruckende Farben als alles andere. Doch sie verkauften sich gut. Sie waren nichts, womit wir normalerweise handelten, doch ich bezweifelte, dass wir Probleme haben würden, sie zu verkaufen.

Sie nahm das Angebot schnell an, zahlte das Geld und erklärte sich bereit, die Amulette in einer Woche zu liefern. Sie dankte ihm, nahm seine Hand in ihre und legte ihre andere darüber. Die Berührung dauerte länger als ich erwartet hatte und schien ziemlich schnell die Grenze der Professionalität zu überschreiten.

„Ich will immer noch meine vereinbarten dreißig Prozent des *ursprünglichen* Werts des Steins. Ich habe nicht zugestimmt, ihr den ‚Pretty Fashionista'-Rabatt zu geben", sagte ich, als sich die Tür hinter ihr schloss.

„Du bist furchtbar jung, um so zänkisch zu sein."

„Zänkisch? Was ist mit hartnäckig passiert? Durchsetzungsfähig? Sarkastisch? Das sind all die Dinge, von denen du gesagt hast, dass du sie an mir liebst." Ich klimperte mit den Wimpern und warf ihm ein gespielt-schüchternes Lächeln zu.

„Das war die Flitterwochen-Zeit. Jetzt bist du nur noch meine zänkische Angestellte mit einem schrecklichen Kleidergeschmack." Er grinste, und seine silbernen Augen leuchteten auf, funkelten mit einem Hauch von Schalk, bevor er seinen Finger hob.

„Du kannst mich umziehen, aber dann kannst du derjenige sein, der" – ich hielt inne und versuchte, mich an den Namen der Kundin zu erinnern – „Miss Neals Scheune durchwühlt, und ich setze mich hin und bin zart und hübsch in meinem neuen schicken Kleid.

Sein Lächeln wich einer angespannten Linie. „Ich erinnere mich an eine Zeit, als du lustig warst und keine so große Klappe gehabt hast."

„Das waren die Flitterwochen", schoss ich zurück.

Er schnappte sich seine Schlüssel, ging zur Tür hinaus und ließ mich abschließen. Ich tat es schnell und folgte ihm, als er zu dem Infiniti QX80 ging, der vor dem Laden geparkt war. Nichts an dem Luxus-SUV deutete darauf hin, dass wir bessere Entrümpler waren.

———

Miss Neals Zuhause, oder besser gesagt das ihres verstorbenen Großvaters, war wie die meisten Bauernhäuser, in die wir eingeladen wurden, ein großes weißes Ranchhaus. Breite Veranda mit Stufen, die ein paar Zentimeter höher als der Durchschnitt waren, und zwei Schaukelstühlen neben der Tür. Ein langer, gekiester Weg, der zu zwei verschlossenen Scheunen führte. Ich nahm an, dass eine für die Landarbeit und die andere als Lager benutzt wurde. Miss Neal traf uns am Ende der langen Einfahrt. Ihr rotbraunes Haar war zu einem Zopf geflochten, der ihr über die Schulter fiel, und ihre Brille verdeckte ihr schmales Gesicht. Als sie auf den Geländewagen zukam, wirkte ihr zierlicher Körper noch kleiner.

Wenn sie sprach, stand das in direktem Kontrast zu ihrer Erscheinung – tief und kraftvoll. „Ich freue mich, Sie beide kennenzulernen." Sie streckte ihre Hand aus. „Ich habe nicht viel Zeit, wie ich am Telefon schon angedeutet habe. Sie können alles in der Scheune mitnehmen, ich will nur drei Gegenstände haben."

„Ja, was das angeht", sagte Kalen und holte sein Tablet heraus, „ich möchte, dass Sie genau auf die Gegenstände eingehen. In einem Fall wie diesem, bin ich gerne spezifisch. Ich möchte nicht, dass Sie denken, wir würden Sie ausnutzen, also muss alles klar und deutlich formuliert sein."

Ich bezweifelte, dass ihr jemals irgendjemand etwas vorgemacht hatte, doch es war dieselbe Rede, die er jedem hielt. Wir hatten aus Erfahrung gelernt, dass wir die ganze Drecksarbeit machen würden – oder besser gesagt: ich würde es tun – den ganzen Mist rausholen, und wenn die Leute etwas sahen, das sie für wertvoll hielten, schien es

45

immer eines der unspezifizierten Dinge zu sein, die sie behalten wollten. Es konnte als verwittertes Buch mit sentimentalem Wert oder als antiker Ring begonnen haben, denen jedoch schnell eine lange Liste von Must-Haves folgte.

„Ja, natürlich." Doch es dauerte eine Weile, bis sie antwortete. Jedes Mal, wenn ich versuchte, ihren Blick festzuhalten, wandte sie ihn schnell ab. Etwas lauerte hinter ihren Augen. Ich war mir nicht sicher, ob es das Verhalten eines trauernden Enkelkindes oder etwas weniger Harmloses war.

„Können sie die Gegenstände beschreiben?", drängte Kalen, weil sie begonnen hatte, auf die Scheune zuzugehen, ohne eine Antwort zu geben.

Netter Versuch. Das ist nicht unser erstes Rodeo.

„Ein Messer – es ist eine Antiquität und seit langem in Familienbesitz. Da sollte ein Sattel drin sein, den ich behalten möchte, und ein Stein."

Kalen spürte es noch vor mir. Sie war absichtlich vage. „Welche Art von Stein?"

„So ein grau-weißer."

Im Ernst, Lady, das soll funktionieren? Ein grauer Stein. Keine Details. Gut, ich bringe Ihnen einen grauen Stein. Ich hatte fest vor, einen Stein aus dem Kies aufzuheben und ihn ihr in die Hand zu drücken.

„Ein grau-weißer Stein. Irgendeine genauere Beschreibung?", fragte Kalen, seine Augen auf die Frau gerichtet, und ich konnte spüren, dass Magie von ihm ausging. Er wollte sie zur Wahrheit zwingen, doch ohne ihre Erlaubnis war es gegen das Gesetz. Es war wirklich schwer, eine Zustimmung für so etwas zu bekommen. Im Wesentlichen sagte man einer Person: *Hey, ich vermute, Sie lügen, dass sich die Balken biegen – und würden nicht wissen, was Wahrheit bedeutet, wenn sie Ihnen ins Gesicht springt – kann ich Sie verzaubern, um das zu beheben?*

Kalens Gesicht entspannte sich, das sanfte Lächeln blühte auf, und als er sprach, war es seidig und melodiös. Er konnte nicht zaubern, doch er hatte ein paar Tricks auf Lager, die nichts mit Magie zu tun hatten. Er war charmant – sehr charmant, wenn es nötig war, doch leider hielt er es für eine Verschwendung, es bei mir einzusetzen. Ich bekam den Acht-Uhr-morgens-vor-seinem-Kaffee-und-Bagel-Kalen. Nur, dass Kalen bei mir den ganzen Tag lang so war.

Er trat näher. „Manchmal lassen uns unsere Erinnerungen im Stich – besonders in Zeiten wie diesen. Ich kann Ihnen helfen, eine bessere Beschreibung zu geben.”

Lügner, Lügner. Jetzt lass ihn zaubern, um es aus dir herauszuholen.

Sie nahm ihre Brille ab und sah ihn mit zusammengekniffenen Augen an. „Was sind Sie?”

Er schenkte ihr ein knappes halbes Lächeln und sagte: „Fee.”

„Sie werden mich nicht verzaubern. Entweder schreiben Sie dort in Ihren kleinen Computer, dass es ein grau-weißer Stein ist, oder Sie gehen.”

Oh, du bekommst einen Stein. Doch Neugier hielt uns beide fest. Wir waren lange genug im Geschäft, und ich vermutete, dass der Stein wahrscheinlich eines der wenigen Dinge war, die beschlagnahmt werden mussten. Der Magische Rat, die Instanz, die die gerichtliche Macht über alle Übernatürlichen hatte und die ich vor ein paar Wochen kennengelernt hatte, als mir jemand einen Mord in die Schuhe zu schieben versucht hatte, erlaubte nicht, dass bestimmte magische Objekte in den Besitz von irgendjemandem in der menschlichen *oder* magischen Gemeinschaft gelangten. Ich war mir ziemlich sicher, dass der Stein einer von ihnen war. Und niemand konnte so tun, als wüsste er nicht, was sie waren, weil sie auf der Website des Magischen Rats und der jeder Strafverfolgungsbehörde in allen Bundesstaaten aufgeführt waren. Von Menschen und Übernatürlichen wurde erwartet, dass sie sich an die Regeln hielten.

Seit der Säuberung waren die Welt und die Magie anders. Die Übernatürlichen hatten sich outen müssen, und um ein

Bündnis mit den Menschen aufrechtzuerhalten, schützten sie sie vor allem, was als gefährlich für Menschen und Übernatürliche gleichermaßen angesehen werden konnte. Es gab nur wenige Dinge auf der Liste – doch ich wette, ein gewisser „grau-weißer Stein" war darauf.

Kalen schrieb etwas auf das Tablet und ließ sie es unterschreiben. Während sie das taten, holte ich meine Sai aus dem Geländewagen. Wir konnten nie zu vorsichtig sein. Wir gingen zur Scheune, und ich suchte die Umgebung nach einem hübschen Stein ab, den ich Miss Neal schenken wollte. In seiner Hand ließ Kalen die Schlüssel baumeln, die sie ein wenig zu leicht aufgegeben hatte. Als wir den Weg zu der knapp zehn Meter entfernten Scheune hinaufgingen, fluchte Kalen über den Kies, der seine Schuhe zerkratzte, und den Staub, der an seinen Hosenbeinen empor wirbelte. Magie – stark und giftig – wehte aus der Scheune. Er blieb mitten im Schritt stehen.

„Sie hat uns angelogen", sagte er, als wir näherkamen.

„Hast du zu irgendeinem Zeitpunkt geglaubt, dass sie die Wahrheit sagt?", fragte ich. Ich war mir nicht sicher, wie sensibel er für verschiedene Formen der Magie war. Man musste irgendwann einer bestimmten Magie ausgesetzt gewesen sein, um sie identifizieren zu können. Soweit Kalen wusste, war ich nur ein Mensch. Es fühlte sich wie ein Verrat an unserer seltsamen und gestörten Beziehung an, und die Schuldgefühle nagten tagelang an mir, nachdem ich herausgefunden hatte, dass Gareth wusste, dass ich kein Mensch war. Kalen war mehr als mein Boss; ich betrachtete ihn als meinen Freund, trotz seiner Vorliebe dafür, mich zu seiner Barbie aus dem mittleren Westen zu machen, mich anzuziehen und in ein Spielhaus zu stecken. Doch eine Legacy zu sein, war nichts, worüber ich mir Indiskretion erlauben konnte. Ich konnte nicht einfach entscheiden, dass es keine große Sache war, und es allen erzählen. Weil es eine große Sache *war*. Es war gefährlich genug, dass Savannah es wusste. Die beste Freundin meiner Mutter war getötet worden, weil sie unser Geheimnis kannte, und ich hasste es, dass ich Savannah damit in Gefahr gebracht hatte. Ich wollte auch Kalen nicht gefährden. Je weniger Leute es wussten, desto besser. Wieder einmal überlegte ich, Gareths Erinnerungen zu löschen.

Ich dachte an unser Gespräch heute – er hielt mich für harmlos. Ich konnte nicht anders, als vor mich hin zu kichern. Meine Art war vieles, aber harmlos gehörte sicher nicht dazu. Und Wandler hassten uns am meisten, weil unsere Magie die einzige war, die sie beeinflussen konnte. Gegen Magie immun zu sein, führte zu einem Grad an unbestrittener Kaltblütigkeit, der zu dem Narzissmus beitrug, den man bei Wandlern oft sah. Die meisten von ihnen waren von ihrer eigenen Unbesiegbarkeit so überzeugt, dass sie einen Gottkomplex hatten.

„Also, was glaubst du, ist da drin?"

„Ich bin mir sehr sicher, dass es mehr als nur ein Stein ist", sagte ich, hob meine Sai und näherte mich der Scheune. Ich beugte mich vor und hörte Geräusche: schweres Atmen. Keuchen? Nein, Schnauben? Es war definitiv nicht menschlich. *Miss Neal, ich werde Ihnen den hässlichsten Stein aller Zeiten überreichen.*

Die Tür begann, sich nach innen zu biegen – sie sperrte niemanden aus, sie sperrte etwas *ein*, und wir waren im Begriff, es freizulassen. Ich blickte zurück zur Veranda, wo wir uns von Miss Neal getrennt hatten, und sie hatte nicht einmal den Anstand, von unserer Entdeckung überrascht zu wirken. Stattdessen verschränkte sie ihre Arme und umarmte sich.

„Was ist hier drin?"

„Ich weiß es nicht", sagte sie.

„Sagt sie die Wahrheit?", fragte ich Kalen leise.

„Fee, kein Wandler, erinnerst du dich? Ich kann die Wahrheit erzwingen, ich kann sie nicht riechen. Ich wette, du wünschtest, dein Freund wäre jetzt hier."

„Wirklich? *Freund.* Dieser Mann hat mehr als einmal damit gedroht, mich einzusperren, und er ist schrecklich eitel. Hmm. In seiner Nähe zu sein ist fast wie bei der Arbeit", neckte ich. Ich musste die Stimmung aufhellen. Kalen sah nervös aus, und die Tatsache, dass er sich nicht von diesem Job zurückgezogen hatte, was wir in der Vergangenheit durchaus schon getan hatten, bedeutete, dass er etwas in der Scheune vermutete, wovon er dachte, dass es das Risiko wert war. Er öffnete das Schloss, und wir schoben das dicke Brett zurück, das die Tür sicherte. Der Lärm wurde lauter, und ich wünschte mir irgendwie, Gareth wäre da. Er war eine Ungeheuerlichkeit von einem Tier, und was sich auf der anderen Seite der Tür befand, war möglicherweise auch eines.

Kalen riss die Tür auf. Orangefarbene leuchtende Augen waren das erste, was ich sah, bevor es angriff. Ich war mir nicht sicher, was es war: ein Höllenhund? Nein, die waren ausgestorben. Ein Minotaurus! Er begann auf vier Gliedma-ßen, wechselte aber dann in eine stehende Position. Massive Arme von der Größe von Baumstämmen schwangen auf mich zu. Ich wich ihm aus, rollte mich auf die Seite und stieß ihm den Griff des Sai in den Arm. Eine Warnung. Eine, die er nicht verstand. Einen Arm an seine Seite gepresst, streckte er sich, öffnete seine andere Hand und fuhr seine Krallen aus. Er schlug nach mir, griff nur mit einer Hand an, während er mit der anderen einen weiß-grauen Ball festhielt. Kein Stein, definitiv kein Stein. Und ich war mir ziemlich sicher, dass Miss Neal es auch wusste.

Ich versenkte den Sai in seiner Seite und benutzte den anderen, um seinen Schlag abzuwehren. Er wollte mich gerade mit dem Stein schlagen, als Kalen ihn am Arm packte. Als Kalen sich bemühte, die Hand stillzuhalten, riss ich den Sai heraus, wich dem mitgenommen aussehenden Minotaurus aus, nahm ihm den Ball aus der Hand und ging zum Scheunentor hinaus. Kalen und ich schlüpften hinaus und schlugen die Tür zu, nur wenige Augenblicke, bevor er dagegen rannte. Wir legten den Holzriegel vor und drückten uns mit dem Rücken dagegen. Die Barriere schien zu halten, als wir wegtraten.

„Großartig, Sie haben den Stein", sagte sie und kam langsam auf uns zu. Ihre Aufmerksamkeit wanderte zwischen uns und der Tür hin und her, die immer wieder nachgab, als der gefangene Minotaurus dagegen rammte.

Ich kannte den Blick, den Kalen ihr zuwarf. Er kam normalerweise direkt vor einer wütenden Standpauke. Seine Augen waren zusammengekniffen, seine noble blasse Hautfarbe nahm einen seltenen Rotton an, und seine Zähne waren schmerzhaft aufeinandergebissen. Sie würde mehr als eine Standpauke bekommen; er würde ihr verbal den Hintern versohlen. Es würde schmerzhaft sein, es mitanzusehen, wie eine Kollision, bei der man sich fragte, ob es Überlebende gab. Magie ging von ihm aus wie ein Sturm.

„Stein", sagte er mit kalter, harter Stimme. „Ich gebe dir einen *Stein*, du lügendes …"

„Miss Neal, wissen Sie, was das ist?", fragte ich und trat ihr in den Weg. Ich drückte meine Hand an Kalens Brust und gab ihm einen kleinen Schubs zurück. Er zog sich zurück, wahrscheinlich genauso besorgt über seine Wut wie ich. Feen hatten viele magische Gaben, doch sie waren am stärksten in der kognitiven Manipulation. Es schien ein harmloses Talent zu sein, doch die Stimmung und den Verstand von jemandem zu beeinflussen, war keineswegs harmlos. So wütend wie Kalen war, war ich mir nicht sicher, welche Gesetze er brechen würde, um sich zu rächen.

„Was wissen Sie darüber?"

„Es ist ein Familienerbstück", war alles, was sie sagte.

„Was ist es?"

„Ein Recludo-Stein", ergänzte Kalen.

Er machte ein Geräusch, und ich drehte mich zu ihm um; seine Augen waren geweitet. Ich wusste nicht, was ein Recludo-Stein war, doch er wusste es offensichtlich.

„Er öffnet Schleier – starke Schleier", sagte er mit kalter, ruhiger Stimme. Ich bemerkte, dass er versuchte, seine Wut in den Griff zu bekommen.

„Hat sie ihn benutzt?" Als er mit den Schultern zuckte, drehte ich mich um und fragte sie: „Können Sie zaubern?"

„Nein", sagte sie.

Nichts davon ergab einen Sinn. „Ihr Großvater hat Ihnen also den Stein hinterlassen, Sie sind in die Scheune gegangen, und was ist dann passiert?"

„Ich habe ihn aktiviert, indem ich ‚Offenbar dich' gesagt habe, und das Ding ist aufgetaucht. Es hat mir den Stein abgenommen, und ich bin rausgelaufen und habe Sie gerufen, um den Rest der Sachen zu holen." Ihre Stimme war leise und ohne jegliche Emotionen, vollkommen sachlich. Als ob es nur ein ganz normaler Tag wäre, an dem das Öffnen von Portalen und Entlassen von Minotauren in die Welt keine große Sache wären. „Den Stein, bitte", sagte sie, straffte ihre Schultern und warf mir den gleichen abweisenden, herablassenden Blick zu, den sie uns bereits zuvor zugeworfen hatte.

Kalen, schnapp sie dir. Ich war bereit, Kalen auf sie zu hetzen. Niemand konnte jemanden den Hintern so gut verbal versohlen wie Kalen, und zum ersten Mal wollte ich wirklich, dass er es tat. Ich würde viel Freude daran haben, es zu sehen. Doch wir hatten keine Zeit.

„Es ist mir egal, ob Sie bitte sagen. Dieses Ding ist gefährlich. Sie können nicht zaubern, aber Sie konnten ihn aktivieren."

„Den Stein", beharrte sie. „Wir haben eine Vereinbarung."

Ihr Verstand einzuprügeln schien der nächste logische Schritt zu sein, und meine Handfläche juckte danach, also hielt ich den Stein fester und drückte ihn an meine Seite.

„Das war unsere Vereinbarung", sagte sie.

„Natürlich." Ich bückte mich, hob ein paar Kiesel vom Boden auf und legte sie ihr dann in die Hand. „Bitte sehr." Und dann machte ich mich auf den Weg zum Wagen.

Hmm. Diesen Rotton sehe ich nicht oft. Sie sieht aus wie eine wütende Tomate.

„Wir hatten eine Abmachung!"

„Nun, Sie haben unsere Klausel ‚für den Fall, dass wir während der Arbeit von einem Minotaurus angegriffen werden' nicht gesehen, die den Vertrag nichtig macht. Sehen Sie nach, ich bin mir sicher, dass sie da drin ist", bot Kalen kühl an, als er an ihr vorbeiging, um mich einzuholen.

„Wir müssen die Gilde der Übernatürlichen anrufen", sagte ich, legte meine Sai in den SUV und nahm mein Handy heraus. Doch Kalen war mir zuvorgekommen und telefonierte bereits mit ihnen.

„Dein Freund und sein Team sollten bald hier sein."

„Er ist *nicht* mein Freund!", blaffte ich.

„Okay, wie nennt ihr euch dann?"

„Nichts – wir sind *nichts*. Es ist kompliziert, aber wir sind nicht zusammen."

„Kompliziert. Hmm. Nennen die Kinder das heutzutage so?", neckte er, als wir uns gegen den Geländewagen lehnten, und grinste Miss Neal an, die sich nach ein paar bösen Blicken umgedreht hatte und zum Haus ging.

„Was machen wir mit dem Recludo-Stein?", fragte ich.

„Wir können ihn nicht behalten. Er ist zu gefährlich. Jeder kann ihn aktivieren, nicht nur magische Wesen. Ich bin mir nicht sicher, was für ein Übernatürlicher diese Kreatur ist – vielleicht ein Wandler, obwohl ich noch nie so einen gesehen habe. Aber er hat nicht auf meine Magie reagiert. Oh schau, dein Freund ist hier", fügte er hinzu, als drei Beamte der Gilde der Übernatürlichen vorfuhren, doch Gareth war nicht bei ihnen.

„Hattet du und Mr. Kompliziert ein Problem?"

„Ich weiß nicht." Es störte mich, dass Gareth nicht bei

ihnen war, und es störte mich noch mehr, dass es mich interessierte.

„Was ist das Problem?", sagte einer der Männer. Definitiv ein Wandler, mehr als wahrscheinlich ein Bär angesichts seiner breiten Statur und der dicken Muskeln, die kaum von dem verdeckt werden konnten, was die Gilde als Uniform bezeichnete – ein T-Shirt und Jeans. Sein dicker Bart und seine quadratischen Gesichtszüge trugen nur zu meinem Schluss bei. Seine Stimme war genauso grob wie seine Gesichtszüge, während er uns befragte. Als sie an uns vorbeigingen, versuchte ich, einen Blick auf die ganze Gruppe zu werfen, die angekommen war. Es fiel mir immer noch schwer, die verschiedenen Übernatürlichen zu bestimmen. Wandler waren etwas einfacher; ihre Bewegungen waren anmutig, aber aggressiv, wirklich raubtierhaft. Es gab immer Ausnahmen, aber Wandler, die für die Gilde arbeiteten, sahen oft so aus, als würden sie eine Geldstrafe bekommen, sollten sie es wagen zu lächeln. Magie lag in der Luft, vermischte sich und wurde unidentifizierbar. Ich wusste nicht, ob es eine Hexe, eine Fee oder ein Magier war, der sich an mir vorbeibewegte.

Kalen näherte sich der Scheune, und Miss Neal kam aus dem Haus, nur um mich noch ein paarmal anzustarren, bevor sie wieder hineinging. Ein Stiermonster war in ihrer Scheune gefangen und anscheinend kratzte es sie einen feuchten Dreck. Alles, was sie tat, war, mir böse Blicke zuzuwerfen.

Acht Wachen der Gilde umstellten die Scheune, die drei Wandler davor, und als sie die Tür öffneten, stürmte die Kreatur heraus. Ich hatte gerade den Blick abgewandt, als die Bestie scheinbar ihre Kiefer ausrenkte, um ein Stück aus einem der Wachen herauszureißen und ihn dann zu verschlingen. *Scheiße.*

Kalen und ich sahen uns an und dachten dasselbe: Das hätten wir sein können. Und dann verwandelte sich das

Monster-Stierding in eine noch größere Kreatur. Flügel wuchsen aus seinem Rücken, seine Zähne verlängerten sich und ragten über seinen Unterkiefer hinaus. Er schoss auf eine andere Wache zu. Sein massiver Körper donnerte gegen einen Wandler, schleuderte ihn mehrere Meter weit gegen die Seite des Hauses und hinterließ dabei eine Delle in der Wand. Die Luft war von Magie getrübt, als die Männer der Gilde Zauber um Zauber wirkten und Verteidigungsmagie in den Weg der Kreatur warfen, doch nichts hielt sie auf.

Ich rannte zum Auto, schnappte mir meine Sai und ignorierte Kalens Befehl, zurückzubleiben. Ich konnte auf keinen Fall mehr Leute sterben lassen. Wie waren wir diesem Ding entkommen? Hatte es nicht die Energie gehabt, sich zu wandeln, bevor er den Wandler verschlungen hatte? Als ich um das Haus herumlief und versuchte, von hinten an die Kreatur heranzukommen, ohne dass sie mich bemerkte, hörte ich Schüsse. Das Monster stolperte zurück, wurde aber nur langsamer, ohne anzuhalten. Als es sich aufbäumte, sprang ich auf seinen Rücken und rammte meine Sai hinein. Eine plötzliche Bewegung ließ mich mein eigentliches Ziel verfehlen – die Wirbelsäule. Er heulte vor Schmerz auf, bockte und versuchte, mich abzuwerfen. Ich hielt mich an dem in ihm eingebetteten Sai fest, konnte mich aber nicht ruhig genug halten, um erneut zuzuschlagen.

Er drehte sich wild und sprang. Ich hatte nur den Bruchteil einer Sekunde Zeit, um herunterzuspringen, und ließ den Sai in ihm zurück, als er sich auf seinen Rücken warf. Ich stürzte zu Boden, landete auf dem Rücken, und Kies schnitt mir in die Haut. Er fing an, sich zu erholen, und ich wirbelte rechtzeitig herum, um einem behuften Fuß auszuweichen, der neben mir aufstampfte. Ich bekam nicht die volle Wucht der Wirkung des anderen Hufs zu spüren, doch er streifte mich. Ich schrie vor Schmerz auf und rollte weiter, um zu versuchen, den Tritten seiner Füße auszuweichen, während er versuchte, mich totzutrampeln.

Ein Bär donnerte an mir vorbei und rammte den Minotaurus, so heftig, dass er ein paar Meter zurückgeschleudert, aber nicht kampfunfähig gemacht wurde. Ich kam schnell auf die Beine und wartete, und als der Bär erneut mit ihm zusammenstieß, drehte er sich weit genug, dass ich die Sai herausziehen konnte. Sie waren unbeschädigt. Jede andere Waffe wäre es wahrscheinlich gewesen, doch meinesgleichen war in zwei Dingen gut: gefährliche Waffen herzustellen und Dinge zu zerstören. Sie steckten tief in seinem Rücken und hatten ihn immer noch nicht aufgehalten. Ich wollte ins Haus gehen und Miss Neal an den Haaren herausziehen und sie dazu bringen, die Situation zu beobachten, für die sie verantwortlich war.

Mit Waffen in den Händen bereitete ich mich auf eine Gelegenheit vor, das Ding wieder anzugreifen. Ich hatte nicht viele Möglichkeiten. Das war eine Kreatur wie keine andere. Wenn er ein Wandler gewesen wäre, wäre er mit dem in ihn eingebetteten Sai nicht immun gegen Magie gewesen. Ich wartete darauf, dass sich der Bär, dessen Fell mit Blut verklebt war, wandelte. Doch er hatte die Anmut und Kraft verloren, die er zuvor besessen hatte. Seine Bewegung war langsamer und schwerfälliger. Er würde nicht mehr lange durchhalten. Ohne den Einsatz von Magie konnte ich jetzt nicht mehr an die Kreatur herankommen. Scheiße. Ich würde vor einer Gruppe von Wachen der Gilde der Übernatürlichen Magie einsetzen müssen.

Ich ließ zu, dass sich die Magie in mir entfaltete. Ihre Wärme breitete sich durch meinen Körper aus. Einst ruhend, überflutete sie mich jetzt und ließ meine Haut prickeln. Meine Finger streckten sich, als sich die Magie um meinen Arm wand und auf meine Finger zufloss, und gerade, als ich das Ding damit sprengen wollte, wandelte eine Katze so schnell, dass der Wind, der von ihr ausging, mich zur Seite stieß und mich fast aus der Balance brachte. Gareth. Das gewaltige Tier sprang um die Stierkreatur herum. Der Minotaurus stürzte sich auf den Höhlenlöwen, der ihm auswich und schnell hinter ihn hechtete und sich den Rücken des Minotaurus hinaufkrallte. Er benutzte seine Klauen wie Messer und grub sich in das Ding, bis er nahe genug war, um ihm ein Stück aus dem Hals zu schlagen und das Rückgrat herauszureißen. Das Monster fiel tot zu Boden.

Kalen sah mit großen Augen und einer Mischung aus Interesse und Abscheu zu, wie die Wachen der Gilde die Überreste des Minotaurus beseitigten und Gareth in menschlicher Gestalt auf ihn zukam, ohne sich zu entschuldigen und sich seiner Nacktheit zu schämen. Er ging zu seinem Auto, holte Kleider heraus und zog sich schnell an, wobei er mit einem Handtuch etwas von dem Blut der Kreatur abwischte.

Gareth sah mich zuerst an; dann Miss Neal, die wahrscheinlich nur nach draußen gekommen war, um uns zu sagen, wir sollten nicht so viel Lärm machen; und schließlich Kalen. Dann zurück zu seinen Männern, die begonnen hatten, alles aus der Scheune auszuräumen.

„Haben wir alles, oder gibt es noch mehr?", fragte Gareth, seine stürmischen Augen auf mich gerichtet.

Kalen zögerte. Er war nicht verantwortungslos, doch er hatte vor, den Stein dem Magischen Rat zu übergeben; sie würden uns gut dafür bezahlen. Wenn die Gilde ihn beschlagnahmen würde, würden wir wahrscheinlich nichts bekommen.

Gareths Stimme wurde härter und zu einem tiefen Knurren. *Ich dachte, Katzen schnurren.* „Mr. Noble, haben wir alles?" Er hatte Kalen mit seinem Nachnamen angesprochen.

Es herrschte ein längeres Schweigen, bevor Kalen endlich sagte: „Der Recludo-Stein ist hinten im Auto."

„Das ist nicht seiner!", keifte Miss Neal. „Er gehört mir."

Gareths Lippen verzogen sich, und er knurrte: „Gut. Bitte

verhaften Sie sie", sagte er zu einer der Wachen. „Mr. Noble und Miss Michaels, wenn Sie nicht auch beide verhaftet werden möchten, ist es ratsam, dass Sie zur Befragung ins Hauptquartier kommen. Ich erwarte Sie beide um" – er warf einen Blick auf die Uhrzeit auf dem Armaturenbrett seines Wagens – „Viertel nach vier."

Er blieb stehen und drehte sich um, seine Lippen verzogen sich zu einem Lächeln. „Das ist vier Uhr fünfzehn, Miss Michaels. Nicht vier Uhr sechzehn, vier Uhr siebzehn oder irgendeine andere Zeit, die Sie sich aussuchen möchten, um passiv-aggressiv zu sein."

Kätzchen hat schlechte Laune.

Ich überlegte, ob ich ihn darauf hinweisen sollte, als er die Arme verschränkte und mich herausforderte, etwas anderes zu tun, als zuzustimmen. Unter Kalens und Gareths aufmerksamen Blicken schluckte ich meine bissige Antwort herunter und sagte: „Ja, Sir." Oder vielleicht sagte ich auch: „Ja, Arschloch." Nein, es war Sir, Arschloch habe ich ihn nur in meinem Kopf genannt.

Kalen hatte nicht mit mir gesprochen, seit wir ins Auto gestiegen waren. Und die Stille hielt an; kalte, unversöhnliche, unangenehme Stille. Was in Ordnung war, denn ich würde einen Koffer für die Schuldgefühle brauchen, die er mir aufladen würde, wenn er endlich sprach. Ich brauchte wirklich nicht noch mehr Schuldgefühle als die, die ich bereits mit mir herumschleppte, weil ich ihm nicht gesagt hatte, was ich war. Die Naht meines Lebens schien sich aufzulösen, und als ich daran dachte, wie kurz ich davor gestanden hatte, mich vor der Gilde der Übernatürlichen zu outen, atmete ich so abrupt ein, dass meine Brust schmerzte.

Als wir die Straße hinunterfuhren, fuhr Kalen langsamer als sonst und wählte vernichtende schmutzige Blicke statt Geschwindigkeit als Folter. Als er schließlich sprach, war sein Ton leise, sanft und hauchdünn. „Ich arbeite lange mit dir zusammen", begann er. „Ich betrachte uns als Freunde. Aber ich glaube nicht, dass ich dich wirklich kenne. Ich habe dich immer für sarkastisch gehalten" – dann musterte er mich kurz – „mit einer großartigen Arbeitsmoral und einem fragwürdigen Sinn für Mode. Eine Frau, die ich grenzenlos verehre. Aber Leute, die kämpfen wie du, haben eine Vergangenheit. Ich möchte alles über deine Vergangenheit hören."

Verdammt. Verdammt. Verdammt. Ich schluckte schwer. „Ich schätze, du hast *The Avengers* nicht gesehen, die Schwarze Witwe ist so tough. Und komm schon, *Underworld*, was ist mit Selene? Und Elektra?"

Er lächelte gezwungen, doch zumindest half es, die ernste Stimmung aufzuhellen, die kaum noch erträglich war. „Ach komm schon, sie hatten alle tragische Geschichten."

Ich wusste das. Und ich dachte mir, ich würde jede der Geschichten in zermürbendem Detail hören. Es dauerte nicht lange, bis ich anfing zu bereuen, meinem König der nutzlosen Informationen eine Gelegenheit gegeben zu haben, mich mit seinen langatmigen Geschichten zu erfreuen, während ich in einem Auto mit ihm eingeschlossen war. Ich hatte einen eingespielten Ablenkungsplan fürs Büro. Ich öffnete die Webseite von Neiman Marcus und die Hot List der Saison auf meinem Computer, und während er von dem fasziniert war, was an Baumwollmischhemden, Krawatten und Schuhen, die so ziemlich alle gleich aussahen, faszinierend war, ging ich ein bisschen arbeiten.

Mein KUI bereitete sich darauf vor, mir von einem anderen Superhelden-Franchise zu erzählen, als wir vor der Gilde der Übernatürlichen anhielten. Bevor ich aussteigen konnte, berührte er meinen Arm. „Ich lasse mich nicht so leicht ablenken. Ich werde dich nicht drängen, aber ich möchte, dass du weißt, dass du mir vertrauen kannst."

Ich hätte es vorgezogen, wenn er über die Evolution des Brettspiels geplaudert hätte, seltsamerweise etwas, worüber er sehr viel wusste, als dass er mich auf einen Spaziergang den Boulevard der Schuld entlang mitgenommen hätte. Ein Blick in seine sanften, flehenden Augen ließ den Verrat noch schlimmer erscheinen. Er verdiente die Wahrheit – doch sie war zu schwer. Seit frühster Kindheit war mir eingetrichtert worden, dass mein Leben und das anderer davon abhing, dass ich dieses Geheimnis bewahrte. Ich versuchte zu ergründen, was schlimmer war, der erschütternde Ausdruck der Traurigkeit oder der Kummer, der in seinen Worten lag. Und es wurde noch schlimmer, als ich bemerkte, dass wir vor dem Gebäude der Gilde waren. Es war eine Erinnerung an mein letztes Erscheinen vor dem Magischen Rat und die gewaltige Gefahr, dass ich mich wieder vor ihnen wiederfinden könnte, wenn sie jemals herausfinden sollten, wer ich wirklich war.

„Ich weiß, dass ich dir vertrauen kann. Ich möchte, dass du darauf vertraust, dass ich es dir sagen würde, wenn ich es könnte."

Er öffnete den Mund, um etwas zu erwidern, entschied sich aber dagegen. „Okay gut. Lass uns zu deinem Freund gehen."

„Wirklich, immer noch?"

„Du hast ihn nackt gesehen – er ist dein Freund."

„Okay, nach dieser Logik … Ich bin einmal durch Forest Township gegangen und habe die nackten Ärsche von drei Männern gesehen, die die Straße überquert haben. Ich sollte wirklich ihre Namen wissen, denn dieser Logik nach sind sie auch meine Freunde. Und ich habe die Vorderansicht eines Wandlers gesehen – ich schätze, er ist dann mein Ehemann."

„Ich schwöre, du musst dir das einbilden. Ich fahre jeden Tag da durch und sehe nichts."

„Warum fährst du jeden Tag da durch? Du lebst in die entgegengesetzte Richtung."

„Kann ein Mann kein Hobby haben?" Als Reaktion auf

meinen angewiderten Blick fügte er hinzu: „Kein Urteil bitte. Das ist nur Sightseeing."

„Sightseeing? Nennt man das jetzt so?", scherzte ich und stieg aus dem Auto. Er folgte mir schnell, ging um das Auto herum und trat mir in den Weg. Er runzelte die Stirn und warf mir einen weiteren vernichtenden Blick zu, bevor sich seine Lippen zu etwas verzogen, das eine Mischung aus Missbilligung und einem schelmischen Grinsen war. Ich hatte vorhin etwas von dem Blut abwischen können, das ich abbekommen hatte, doch ich hatte schon bessere Tage gesehen und keine Gelegenheit gehabt, in einen Spiegel zu blicken.

Er neigte seinen Kopf, der Ausdruck der Missbilligung vertiefte sich, und dann streckte er die Hand aus, um mein Haar zu berühren. Ich wehrte sie ab. Mit dem anderen versuchte er es noch einmal. Ich wehrte auch sie ab. „Für jemanden, der Angst hat, zu spät zu kommen, verschwendest du viel Zeit damit, mich zu reparieren. Hör auf!" Kalen hatte Gareths Befehl, pünktlich zu sein, etwas ernster genommen als ich. Für mich war es nur ein stark formulierter Vorschlag.

Er hörte nicht. Er zupfte an meinem Hemd, bis es nach seinem Geschmack glatt war, und krempelte die Ärmel hoch. Ich tolerierte es, solange ich konnte. Ich hasste es, von ihm gezupft, gestoßen und zurechtgerückt zu werden. „Hör auf, an mir rumzufummeln. Ich sehe gut aus, so, wie ich bin. Wir machen nur eine Aussage, und ich versichere dir, dass wir keine Punkte dafür bekommen, dass wir dabei gut aussehen."

Ich trat ein paar Schritte zurück und starrte auf den finsteren Blick, der sich auf seinem Gesicht festgesetzt hatte. „Nun, wenigstens bist du hübsch." Da drehte er sich um und wollte weggehen.

„Weißt du, es gibt andere Leute, die mir einen Job geben würden."

„Natürlich muss es eine Schlange von Arbeitgebern geben, die nach einer altklugen, herrischen Unzufriedenen mit einer Besessenheit für Karos und Chucks suchen. Sag mir, wo ich noch so eine herbekomme?" Er lachte, als er mir die Tür öffnete.

Beth saß an die Wand gelehnt und las ein Buch, während Gareths Neffe an der Rezeption saß. Wieder einmal schien er sich mehr für sein Handy zu interessieren als für alles andere. „Wen wollen Sie besuchen?"

„Ihren Onkel", sagte ich.

Avery sah Kalen an, dann mich und dann wieder Kalen. „Einen Moment." Er telefonierte und bat uns dann, Platz zu nehmen. Nach ein paar Minuten kamen drei andere Leute mit Gareth herunter: Harrah und zwei Männer, die ich nicht kannte. Einer war leger gekleidet, der andere trug einen Maßanzug. Gareth trug ein einfaches Hemd und eine schwarze Hose. Sein Haar war sauber, und kein einziges Anzeichen sprach dafür, dass er vor weniger als einer Stunde ein Bullenmonster auseinandergerissen hatte. Ich hatte Witze darüber gemacht, dass sein Büro eine Wohnung war, doch ich fragte mich, ob zu seinem großzügigen Zimmer eine Dusche und eine Umkleide gehörten.

Gareth sprach mit tiefer, professioneller Stimme, als er sich an Kalen wandte. „Mr. Noble, bitte kommen Sie mit uns." Kalen stand auf. Das sah nach mehr aus als einer einfachen Zeugenaussage. Warum war Harrah dabei? Ich versuchte, nicht in Panik zu geraten; Kalen war es ziemlich gleichgültig. Er stand schweigend auf, und das freundliche Lächeln, das er auf seinem Gesicht gehabt hatte, wankte nicht, als er auf sie zu ging. Ich wusste, ich sollte sitzen bleiben und warten, aber ich konnte nicht. Ich stand auf und folgte ihm.

Gareth drehte sich um; seine blauen Augen waren hart, als sie mich anstarrten. „Miss Michaels, wir setzen uns nachher mit Ihnen zusammen. Bitte nehmen Sie Platz." Ich reagierte nicht sofort, als ich versuchte, Kalen zu lesen, eine schwierigere Aufgabe als gewöhnlich. War er besorgt, verängstigt, so verwirrt wie ich? Wenn Harrah nicht beteiligt gewesen wäre, hätte ich mir vielleicht keine Sorgen gemacht. Doch das war die Frau, die befohlen hatte, jemanden zu töten, damit er die Optik der Situation nicht untergraben konnte. Sie würde alles Notwendige tun, um die symbiotische Beziehung zwischen Menschen und Übernatürlichen aufrechtzuerhalten.

Ich atmete mehrmals tief durch, doch es beruhigte mich nicht, und anscheinend reichte es aus, um Avery von seinem Handy abzulenken. Er stieß Beth an, und sie sah in meine Richtung. Ich spürte die Magie, die durch die Luft strömte, die subtilen Variationen ihrer Existenz.

„Nicht", sagte ich entschlossen und mit genug Schärfe in meinem Ton, dass sie sich aufrichtete und mich mit zusammengekniffenen Augen ansah, bevor sie sich wieder entspannte. Ich wollte nicht ruhig sein, weil es Selbstgefälligkeit provozierte. Ich musste wachsam und mir bewusst sein, was geschah.

Kalen war erst zehn Minuten weg, doch es kam mir länger vor, und Sitzen war einfach keine Option. Ich ging in dem langen Raum auf und ab und spürte Averys Blick auf mir.

„Wer macht Sie nervös, mein Onkel oder der Anzugträger?"

Harrah. Doch das sagte ich nicht, weil Avery, wie jeder, der mit ihr zu tun hatte, sie wahrscheinlich nicht als das Gesicht der Angst sah.

„Der Anzugträger", log ich.

Ein Blick ließ mich wissen, dass er mir das nicht abnahm. Wandler. Sie anzulügen war ein ziemlich nutzloses Unterfangen. Ich glaubte immer noch nicht, dass sie eine Lüge riechen konnten. Wirklich, wie würde sie riechen – widerliches schwarzes Lakritz? Doch ihre scharfen Sinne machten sie geschickt darin, Variationen in Körperfunktionen zu erkennen: Blutdruck, Herzfrequenz, Blinzeln und Atemgeräusche. Sie alle veränderten sich, wenn jemand log – sogar bei mir, und ich hatte die meiste Zeit meines Lebens darüber gelogen, wer ich war.

„Wegen des Anzugträgers brauchen Sie sich keine Sorgen zu machen", sagte er. Dann richtete er seine Aufmerksamkeit wieder auf sein Handy.

„Was ist mit Ihrem Onkel?"

Er zuckte mit den Schultern, seine Daumen tanzten über das Display. „Hängt davon ab, ob er Sie für eine Gefahr hält oder nicht und auf welcher Seite des Gesetzes Sie stehen. Er ist ein guter Typ, wenn er nicht gerade versucht, mir eine Lektion zu erteilen."

„Ich habe das Gefühl, dass er Ihnen viele Lektionen erteilen muss."

Er legte den Kopf schief und runzelte die Stirn. „Er kennt mich mein ganzes Leben lang, ich denke, er sollte es inzwischen wissen. Aber er mag Herausforderungen."

Ich lachte. Sein jugendlicher Trotz war amüsant, doch die Jahre, die Gareth mit Avery verbracht hatte, machten ihn zu einem würdigen Gegner. „Ich glaube nicht, dass du bei deinem Onkel gewinnen wirst."

„Sie hören sich an wie meine Mutter." Er zuckte mit den Schultern, seine Augen fest auf sein Handy gerichtet. „Er wird sich zermürben." Ich kannte seinen Onkel viel kürzer als er und hatte erkannt, dass Gareth die Hartnäckigkeit eines Pitbulls besaß. Es war unwahrscheinlich, dass er sich so schnell zermürben würde.

Und gerade, als ich etwas in diese Richtung sagen wollte, schob sich eine Hand hinter Avery und riss ihm das Handy aus der Hand. „Das bekommst du zurück, wenn der Arbeitstag vorbei ist", sagte Gareth. Der Anzugträger und Kalen standen neben ihm.

Das gleiche klare Lächeln war auf Kalens Gesicht, als wäre es dort eingefroren und er hätte keine andere Antwort, als darauf zu warten, dass es vorbei war.

„Miss Michaels", sagte Gareth.

„Levy", sagte ich.

Er winkte mir, ihm zu folgen, doch ich konnte nicht. Meine Aufmerksamkeit blieb bei Kalen und dem Anzugträger, der ihn den Flur entlang dirigierte.

„Miss Michaels." Gareths Stimme war härter, ein direkter Befehl, den ich ignorierte.

„Nein." Ich verlagerte mein Gewicht, um besser sehen zu können, wohin sie gingen.

„Miss Michaels, Ihr Widerstand ist inakzeptabel und wird nicht toleriert", sagte er in einem kalten, schneidenden Ton. Ich blickte in seine Richtung, konnte mich aber nicht bewegen, bis ich wusste, dass Kalen in Ordnung war.

„Ist er ok?", fragte ich leise. Komm schon, Kalen, sieh mich an. Ich hatte meine Augen nicht von ihm abgewendet, und kurz bevor er dem Anzugträger in das offene Büro folgte, sah er mich an und lächelte, ein schiefes, entspanntes Lächeln. Schnell atmete ich erleichtert auf und drehte mich um, um Gareth zu folgen, der nur wenige Zentimeter von mir entfernt gestanden hatte, die Arme vor der Brust verschränkt, während er wartete.

„Tut mir leid, ich habe nur …"

„Schon gut." Doch dem Ton seiner Stimme nach zu urteilen war es nicht gut. Das ganze Ausmaß dessen, was mein Verhalten hätte bewirken können, wurde mir mit einem Schlag bewusst. Seltsame Dinge geschahen – Stierkreaturen, die durch Schleier kamen, Chaosmagier, die aus ihrem Gefängnis in einer anderen Welt flohen – und seltsame Magie war im Spiel. Glaubte er, ich hätte etwas damit zu tun?

Als sich die Aufzugstür hinter uns schloss, platzte ich heraus: „Glaubst du, ich habe was damit zu tun?"

Er blickte zur oberen Ecke der Wand hoch, wo ich annahm, dass die Kamera platziert war, und schwieg. Und die Stille dauerte an, bis wir in seinem Büro waren und er die Tür geschlossen hatte.

„Nein, ich glaube nicht, dass du etwas damit zu tun hattest, aber es gibt eine Verbindung zwischen dir und dem, was in den letzten Tagen passiert ist. Erzähl mir genau, was heute passiert ist."

Ich erzählte ihm alles, von dem Anruf von Miss Neal, ihrem Beharren, den Stein zu behalten, meiner ersten Begegnung mit dem Minotaurus, bis hin zu meinem Versuch, ihn davon abzuhalten, weitere Wachen der Gilde anzugreifen. „Es tut mir leid, dass ich ihn nicht davon abhalten konnte, einen deiner Leute zu fressen."

Er presste seine Lippen zu einer dünnen Linie zusammen. Einige Augenblicke vergingen, bevor er wieder sprach. „Das war nicht deine Aufgabe. Es ist eine der Gefahren, hier zu arbeiten. Kommt aber nicht oft vor." Seine Augen wanderten von meinen weg, als er langsam Luft holte. Ich war mir sicher, dass es nicht oft vorkam, doch einmal war schon zu oft.

„Das Ding war immun gegen Magie wie Wandler. Was war das?"

„Er war ein Gestaltwandler. Ähnlich wie Legacy die reinste Form der Magie ist, war er das, was Wandler in unserer grundlegenden und reinsten Form sind. Es gibt nur sehr wenige von ihnen, die größere und andere Formen annehmen können, und wie du gesehen hast, ist dafür eine Menge Energie erforderlich, und er muss essen." Er rieb sich mit den Händen übers Gesicht, bevor er sich gegen seinen Schreibtisch entspannte.

„Setz dich." Ich ließ mich direkt vor sich auf den Stuhl fallen. Er rieb sich immer noch die Schläfe, als er endlich sagte: „Ich muss herausfinden, was über die Legacy Tatsache und was Fiktion ist."

Ich hatte wirklich gehofft, dass ich mehr Einblick bieten könnte, doch nachdem ich von Kalen von den Vertu erfahren hatte, hatte ich nicht das Gefühl, dass ich es selbst gut im Griff hatte.

„Abgesehen von den Nekrospeeren, wie viele andere Dinge wurden von Legacy oder Vertu erschaffen?"

Ich wollte ihn daran erinnern, dass ich *nichts* erschaffen hatte, doch das war nicht das, was er hören musste. „Du denkst, alles hängt zusammen."

Er nickte. „Die Maxwells waren schon drei Jahre eingesperrt, als ich diese Position übernommen habe. Wenn sie fliehen konnten, warum haben sie so lange gewartet? Declan" – als Reaktion auf meine Verwirrung fügte er hinzu – „Der Wandler, den ich zuvor überwältigt habe, wäre wieder entkommen."

Ja, jemandem die Wirbelsäule herauszureißen, ist auch eine Möglichkeit, jemanden zu überwältigen, dachte ich.

„Der Magische Rat ist zu dem Schluss gekommen, dass es unmöglich ist, ihn unter Verschluss zu halten, darum wurde ihm dasselbe Schicksal zuteil wie den Maxwells."

„Aber der Recludo-Stein wurde nur für Declan verwendet", sagte ich.

„Kalen scheint zu glauben, dass der Stein ein Überbleibsel des Krieges ist", sagte Gareth.

Ich habe nicht dieselbe Magie daran gespürt wie meine. Es hätte Conners sein können. Doch was hatte er davon, Chaosmagier und einen Gestaltwandler freizulassen, die aus diesem Reich verbannt worden waren?

So sehr in meine eigenen Gedanken versunken, dass ich für einen Moment vergaß, dass Gareth da war, blickte ich auf und sah, dass er mich anstarrte. „Glaubst du, dass Conner irgendwie involviert ist?", fragte ich.

„Das Gespräch mit Miss Neal war sehr interessant. Sie war zunächst nicht sehr entgegenkommend. Wir haben die Hilfe einer Fee gebraucht."

Mir wurde klar, warum Menschen niemals von der Gilde der Übernatürlichen verhaftet werden wollten. In einem menschlichen Gefängnis war die Wahrheit optional, wenn man verhört wurde. In der übernatürlichen Welt wurde die Wahrheit erzwungen.

Er ging einen Moment lang auf und ab, und als er stehenblieb, richteten sich seine Augen konzentriert auf mich. „Es scheint, als wäre das Ziel gewesen, euch dorthin zu bringen. Offenbar hat sie eine Kiste mit den Stücken, die sie euch geben sollte, von einem Gentleman bekommen, der ihr gesagt hat, dass ihr sie dafür gut bezahlen werdet. Nach dem, was ich von meinem Team erfahren habe, ist das meiste Müll. Es gab gerade genug Dinge von Wert, um es wie einen guten Deal aussehen zu lassen."

Das war im Allgemeinen bei den meisten unserer Geschäfte so, doch Gareth wusste das wahrscheinlich nicht.

„So sehr HF auch behauptet, Übernatürliches und alles, was damit zu tun hat, zu verabscheuen, scheinen sie von vielen magischen Artefakten sehr angezogen zu sein. Nachdem sie einen Deal mit diesem Typen gemacht hatte, hat sie ihr Versprechen gebrochen, nachdem sie mit Daniel, dem Leiter von HF, gesprochen hatte. Sie entschied, dass sie den Stein behalten wollte. Die Neugier hat sie überwältigt, und wie bei Pandora und ihrer Büchse konnte sie sie nicht in ihrem Besitz haben, ohne sie zu aktivieren." Er verzog das Gesicht. „Das hat sie getan, und Declan ist aufgetaucht. Sie hat ihn eingesperrt und beschlossen, ihn dir und Kalen zu überlassen."

Er entspannte sich ein bisschen, als er die Situation beschrieb, doch schnell war er wieder angespannt und runzelte die Stirn. „Sie hat für den Mann, mit dem sie es zu tun hatte, einen anderen Namen benutzt, aber wie sie ihn beschrieben hat ähnelt deiner Beschreibung von Conner. Glaubst du, er könnte daran beteiligt sein?"

„Er ist ein Soziopath und größenwahnsinnig. Ich würde ihm alles zutrauen. Ich sehe aber einfach nicht, inwiefern er davon profitieren könnte."

„Kannst du ihn wiederfinden?"

„Ich weiß es nicht, aber ich kann es versuchen."

„Und die Nekrospeere, kannst du sie auch finden? Sie sollten wirklich nicht im Umlauf und für die Öffentlichkeit so leicht zugänglich sein."

Er hatte recht, Waffen, die von Legacy und den Vertu geschaffen worden waren, konnten von stärkeren Magiern benutzt werden, die auf die Magie in ihnen zugreifen konnten. Er musste sich mehr Sorgen um sie machen. Wenn sie im Fleisch von Wandlern wie ihm steckten, gehörten sie zu den wenigen Dingen, die verhindern konnten, dass sie wandelten, und ihre Immunität gegen Magie aufheben. Es wurde gemunkelt, dass nur noch sechs, nein fünf im Umlauf waren, nachdem der Rat der Magie einen beschlagnahmt hatte.

Vielleicht betrachtete er mich als eine Art Metalldetektor für alles, was mit den Legacy zu tun hatte. Etwas von meiner Art Erschaffenes zu finden war wahrscheinlich leichter, als Conner zu finden. Ich glaubte nicht, dass ich ihn beim ersten Mal gefunden hatte – er hatte gefunden werden *wollen*.

Ich hasste es, mich so zu fühlen, wie ich mich fühlte: hilflos und ängstlich. Wenn Conner das getan hatte, war es eindeutig nicht meine Schuld, und doch war da ein Anflug von Schuldgefühlen. Ich musste ihn aufhalten, doch während Gareth und ich in seinem Büro saßen und überlegten, wie wir das schaffen sollten, baute er wahrscheinlich seine Armee auf, die davon überzeugt war, dass die Welt nur aus den reinsten Anwendern von Magie bestehen und alle anderen beseitigt werden sollten.

„Gibt es irgendetwas, das du dafür brauchst?"

Eine Zeitmaschine, um zum letzten Mal zurückzukehren, als ich Conner gesehen habe, und ihn zu töten.

Ich hatte beschlossen, zu tun, was ich tun musste. Ich musste Conner finden und ihn aufhalten. Argumentieren funktionierte nicht. Wenn er dahinter steckte, hatte ich keine

Ahnung, was seine Pläne waren. Weder ich noch Gareth wirkten nach unserem Gespräch erleichtert oder zuversichtlich. Wenn man die Absichten einer Person kannte, war es leichter, ihre Handlungen vorauszusagen, doch Conners Verhalten hatte keinen Sinn oder Grund. Als ich Gareths Büro verließ, fragte sich ein Teil von mir, ob wir das alles dem Falschen zugeschrieben hatten. Konnte es jemand anderes gewesen sein?

Kalen wartete in der Lobby auf mich und beobachtete Avery, und ich konnte nicht sagen, was er von seinem Man Bun hielt. Doch er war entspannt; das gekünstelte Lächeln, das zuvor auf sein Gesicht gepflastert gewesen war, war verschwunden und durch ein echtes ersetzt worden.

„Dein Freund ist ein ziemlicher Arsch bei der Arbeit, nicht wahr?", sagte Kalen, als wir zum Auto gingen.

„Hör auf, ihn meinen Freund zu nennen, und ja, er ist seine ganz eigene Mischung aus Sturheit und Ego. Was ist passiert?", fragte ich und stieg ins Auto, nachdem er es aufgeschlossen hatte.

„Vor oder nach ihrer kleinen Scharade, bei der sie mir gesagt haben, dass es nicht gut für mich laufen würde, bla, bla, bla?"

„Ja, nach diesem Teil", lachte ich. Es kann nicht so schlimm gewesen sein – er schien nicht sehr beunruhigt darüber zu sein, als er es theatralisch nacherzählte.

„Ich habe ihnen alles erzählt, und dann hat Richard, das war der Typ im Anzug, der ohne Lachmuskeln zur Welt gekommen ist – das vermute ich zumindest, weil er nicht einmal gelächelt hat und ich ein entzückender Gesprächspartner bin ..."

„Extrem entzückend. Es ist, als würde man den Sonnenschein umarmen und mit flauschigen Welpen kuscheln."

„Ich werde das als Kompliment auffassen und nicht als

einen missglückten Versuch, amüsant zu sein." Er grinste und reichte mir einen Scheck. Einen Scheck mit vielen Nullen. „Mr. Lächlenicht hat mir den gegeben. Sie werden alles, was sie in der Scheune finden, konfiszieren und alles, was sie nicht behalten wollen, in ein paar Tagen zu uns bringen."

„Was ist das, Schweigegeld?"

Er zuckte mit den Schultern. „Ich habe mehrere Vertraulichkeitsvereinbarungen unterzeichnet, und natürlich wollte Harrah nach Erinnerungen suchen, doch ich habe dem ganz schnell einen Riegel vorgeschoben. Stattdessen haben sie mir die nicht ganz so subtile Drohung mit auf den Weg gegeben, dass, wenn ich mich nicht an die Vereinbarung halte …" Er gab einen erstickten Laut von sich und strich sich mit den Fingern über die Kehle.

Ich nahm an, dass Gareth keine Vertraulichkeitsvereinbarung brauchte. Er würde mein Geheimnis bewahren, solange ich ihres wahrte, dass es da draußen eine neue Art bösartiger Magie gab.

Es überraschte mich, dass Kalen keine Fragen zu meinem Treffen mit Gareth stellte, doch ich vermutete, dass er davon ausging, dass ich ihm nichts sagen konnte. Ich war dankbar dafür, weil ich keine Zeit gehabt hatte, mir eine Kalen-sichere Version der Geschichte auszudenken.

KAPITEL 3

Savannah stellte nicht viele Fragen, sondern betrachtete stattdessen meine schmutzige, blutbefleckte Kleidung und warf mir einen „Das war wohl einer dieser Tage?"-Blick zu, als ich auf dem Weg zur Dusche an ihr vorbeiging. Ich verbrachte einige Minuten damit, das Blut von meinen Sai zu wischen, bevor ich mich unter das Wasser stellte. Als ich dastand und das warme Wasser auf meine Haut prasselte, versuchte ich, meinen Geist zu entspannen, der mit einer Geschwindigkeit von einer Million Meilen pro Minute raste. Es fehlten zu viele Teile, und es gab zu wenige Verbindungen. Warum sollte Conner die Chaosmagier freilassen? Es ergab keinen Sinn.

Der Geruch von Rindfleisch und Käse schlug mir entgegen, sobald ich die Badezimmertür öffnete. *Bitte sei kein seltsamer Gemüsewrap mit einer seltsamen Brühe, die nur nach Rindfleisch riecht. Bitte sei Käse – echter Käse.*

Ich ging um die Theke herum, und als ich mich an den Tisch setzte, schob sie mir eine Schüssel Makkaroni und Käse mit Steakstücken hin. *Ja.*

Dann kam der Salat. Nachdem ich die verdammten Tomaten und Gurken aus dem Weg geräumt hatte, fand ich mehrere Speckstücke. Der grüne Salat war ein Problem, weil er überall war. Savannah saß mir gegenüber und aß etwas, das aussah wie Gras in einem Wrap, und daneben lagen die Eiweiß-Muffins, die sie mir neulich Morgen hatte andrehen wollen.

Zwischen großen Bissen von ihrem Grassandwich fragte sie nach meinem Tag. Stirnrunzelnd hörte ich auf zu essen – allein der Gedanke an den Tag verdarb mir den Appetit. Ich erzählte ihr alles. Ich war immer hin- und hergerissen zwischen der Tatsache, dass ich Savannahs Leben irreparabel verändert und sie möglicherweise in Gefahr gebracht hatte, und dem Trost, jemanden zu haben, mit dem ich absolut ehrlich sein konnte. Sie hörte zu, lauschte jedem Wort, und ich hielt oft inne und versuchte, eine Gabel voll Essen in den Mund zu schieben und sie die Informationen verarbeiten zu lassen. Mit jedem Moment schwappte ein dunkler Schleier der Verzweiflung über ihre helle Haut. Wann immer sie sich vorbeugte, fiel ihr blondes Haar über ihr Gesicht und verbarg es. Ich wusste, dass sie es absichtlich tat, um ihren Gesichtsausdruck zu verbergen, die Angst und das Entsetzen, die sie wahrscheinlich empfand.

Ich rechnete nicht damit, dass sie jemals weggehen würden. Sie saß einer Person gegenüber, deren Art die Welt fast ausgelöscht hätte, die so starke Magie besaß, dass sie das Land verwüstet hatte und eine Armee von Übernatürlichen nötig gewesen war, um sie aufzuhalten. Auf eine elendige Art war ich das Gesicht des Todes. Eine Erinnerung an einen düsteren Teil unserer Geschichte, der die Welt irreparabel geschädigt und eine neue hervorgebracht hatte – eine Erinnerung, die ihr gegenübersaß und Makkaroni mit Käse aß.

„Glaubst du, ich bin eine Hexe?"

Ich hatte wirklich nicht erwartet, dass das ihre nächste Frage sein würde.

Sie schien optimistisch hoffnungsvoll, also brauchte ich lange, um zu antworten, wobei ich zumindest den Anschein erweckte, dass ich sorgfältig darüber nachdachte. Ich hatte keine Ahnung, wie sie darauf kam. Sie hatte nichts Magisches an sich, außer ihrer Fähigkeit, vor Sonnenaufgang ohne die Hilfe von Koffein munter zu sein. Für mich machte sie das zu einer Art Zauberin.

„Warum denkst du, du könntest eine Hexe sein?"

„Die Säuberung hat gezeigt, dass es viele Menschen gegeben hat, die schlummernde Magie besessen haben. Aber ich glaube nicht, dass meine schlummert. Ich fühle mich anders, als würde etwas erwachen."

„Glaubst du, es sind deine Geschmacksknospen, die versuchen zu entkommen?", schlug ich mit einem verschmitzten Lächeln vor.

„Ich meine es ernst, Livy."

Da war nichts, aber ich spielte mit, weil sie es brauchte. Zuvor hatte sie eine lockere Beziehung zur übernatürlichen Welt gehabt, nichts weiter als ihre Schwärmerei für Vampire in einem Club und ihre seltsame Besessenheit vom Master der Stadt.

„Wir können es herausfinden. Ich kenne eine Hexe, die dir helfen kann." Es war ein vergeblicher Versuch, doch wenn sie eine eindeutige Antwort brauchte, würde ich helfen, selbst wenn die Antwort nein war.

Energischer als sonst sah sie auf die Uhr und sprang auf. „Wir sollten uns bald anziehen."

„Anziehen?"

„Wir gehen heute Abend ins *Devour*, erinnerst du dich? Als Gäste von Lucas."

Ich stöhnte innerlich. Ich wollte nicht ins *Devour* gehen; das *Crimson*, früher ihr Lieblingsvampirclub, war zumindest erträglich. Aber das *Devour* wurde von älteren Vampiren besucht, die in der Kunst der Verführung erfahren waren, und manchmal war ihre Präsenz eine Einladung, die man nur schwer ablehnen konnte. Es war eine hedonistische Höhle des Vergnügens und der Sünde, und Menschen standen um den Block herum Schlange, um zu den wenigen Auserwählten zu gehören, die hineindurften. Savannah verknallte sich oft in die Baby-Vamps im *Crimson*; im *Devour* würde sie keine Chance haben.

Ich wollte mich wirklich nur ausruhen und morgen früh aufstehen und anfangen, Conner aufzuspüren.

„Ich kann allein gehen. Mir wird schon nichts passieren, Lucas wird da sein", schlug sie vor.

Ja, natürlich wird dir nichts passieren – mit genau dem Mann, der dafür verantwortlich ist, die meisten Vampire zu zeugen, die diese Oase der Wahlmöglichkeiten, die du morgens bereuen wirst, bevölkern. Ich würde sie ohne mich nicht näher als eine Meile an diesen Laden rankommen lassen. Ich nahm meinen Job als Vampirblocker ziemlich ernst.

„Natürlich. Yay, Vampirbar. Heiße Zombies, lasst uns das tun." Ich führte einen kleinen begeisterten Tanz auf.

„Niemand findet dich lustig", sagte sie und stand auf, um in ihr Zimmer zu gehen.

„Das höre ich heute schon zum zweiten Mal."

Sie drehte sich zu mir um und zwinkerte mir zu. „Und doch denkst du, dass du es bist."

In dem Moment, als wir das *Devour* betraten, drehte ich mich zu Savannah um und kämmte ihr Haar nach vorne, legte die langen blonden Wellen über ihren Hals und ihre Schultern. „Du machst dich wieder lächerlich. Das sind keine tollwütigen Tiere."

„Das sind sie nicht, aber lass sie wenigstens dafür arbeiten. Stattdessen stellst du all deine Waren zur Schau und dekorierst sie, um ihre Aufmerksamkeit darauf zu lenken." Ich deutete auf das schwarze Neckholdertop, das sie trug, und den Halsreif, der um ihren Hals befestigt war. Zusammen mit den enganliegenden schwarzen Jeans und den 8 cm hohen roten High Heels passte Savannah besser hierher als ich. Sie hatte mich genötigt, den Schal abzunehmen, selbst nachdem ich darauf hingewiesen hatte, wie gut er zu meinem pfirsichrosa Tanktop und meiner dunklen Jeans passte. Ich hatte keine Lust, auf Stelzen zu laufen, also hatte ich mich für ein paar niedrige Blockabsätze entschieden, was Savannah nichts ausmachte. Durch die heutige Schuhauswahl überragte ich sie nicht wie sonst.

Sie suchte den Raum ab, und es dauerte nicht lange, bis sie die Aufmerksamkeit eines Vampirs auf sich gezogen hatte. Er kniff seine dunklen Augen zusammen, und der seltsame silberne Ring, der die Augen aller Vampire umgab, tanzte in seinen. Er bewegte sich mit derselben Anmut wie die meisten Vampire, geschmeidig und verführerisch. Sein Haar war genauso dunkel wie seine Augen, und scharf geschnittene Wangen und definierte, schroffe Gesichtszüge machten ihn zur besten Aussicht für viele Frauen, die bereit waren, eine Menge bedauerlicher Entscheidungen zu treffen. Savannah sah einen sinnlich lächelnden Mann auf uns zukommen; Ich sah ein Raubtier mit einer Gabel und einer Serviette in seinem Hemd, bereit für einen Festschmaus.

Er war nur wenige Meter von uns entfernt, und ich war bereit, ihm zu sagen, er solle sofort dorthin zurückkehren, wo er hergekommen war, als Lucas von rechts auftauchte. Ich winkte ihm zu, und er lächelte. Sein blondes Haar war einige Nuancen heller als das von Savannah, bildete aber einen ansprechenden Kontrast zu seinen dunklen Augen. Gemeißelte, klassisch schöne Gesichtszüge machten ihn definitiv anbetungswürdig. Er war wie üblich in einen schmal geschnittenen Anzug gekleidet, der seinen schlanken und sehnigen Körper betonte.

Er sah den nahenden Vampir an, der mitten im Schritt stehen blieb, sich umdrehte und den Blick über die Menge der Frauen schweifen ließ, die bereit waren, sich auf das Schwert zu stürzen und Savannahs Platz einzunehmen.

Sie lächelte Lucas an und winkte ihm kurz zu. Ich war

mir nicht sicher, welcher Vampir die bessere Wahl war, doch zumindest war Lucas der Teufel, den ich kannte. Er schien sich um ihre Sicherheit zu sorgen, doch er war immer noch ein Vamp – der sich von Menschen ernährte, um zu überleben, einen angeborenen Blutdurst hatte, stark und schnell und schwer zu besiegen war, wenn er in Rage getrieben wurde. Und nebenbei war er der Master der Stadt und ein Mitglied des Magischen Rates. Dinge, die Savannah egal waren – aber mir nicht.

Als er sich ihr näherte, küsste er sie auf die Wange. Doch es war nichts Keusches oder Unschuldiges daran oder an der Umarmung, die folgte. Im Ernst, wie machte man einen Wangenkuss schmutzig?

„Olivia." Er lächelte und trat Savannah aus dem Weg, und kurz bevor er mich mit einer seiner unangemessenen Umarmungen und der vampirischen Version eines Wangenkusses begrüßen konnte, streckte ich meine Hand aus, um seine zu schütteln. Er lachte, ein dunkler, melodiöser Ton, nahm sie und drückte sie an seine Lippen. Kühle streifte meine Hand, und seine Lippen verzogen sich zu einem schelmischen Lächeln, als er sich zurückzog.

Mein Blick wanderte von ihm zu Savannah, die eindeutig bereits ins Schwärmen geraten war und vor Begeisterung glatt in Ohnmacht hätte fallen können. Und im Modern-Chic-Club war kein Sofa zum Ohnmächtigwerden in Sicht. Nachdem er uns Getränke besorgt hatte, nahm Lucas Savannah an der Hand und führte sie durch den Club, wobei er mehrmals anhielt, um mit den vielen Gästen zu sprechen. *Devour* war dunkler als die meisten Clubs. Winzige dekorative Pendelleuchten gaben gerade genug Licht ab, um die Details der tiefgrauen Wände und der überall verstreuten schwarzen, cremefarbenen und weinroten Ledersitze zu sehen. An den Wänden in der Nähe des Eingangs standen kleine Tische und zwei in jeder Ecke. Die Ecken verschwanden in Dunkelheit, und ich konnte kaum die Leute sehen, die sich dort drängten. An einem Tisch in Sichtweite trank ein Vampir. Ein weiblicher Vampir, der sich um einen Mann gewickelt hatte, ihr Gesicht an die Rundung seines Halses geschmiegt. Ich ließ den Blick schweifen, und in einer anderen Ecke war eine ähnliche Szene, doch das Körperteil der Wahl war der Arm.

Ich scannte den Club und versuchte, mir Savannah unter den Vampiren hier vorzustellen. Das letzte Mal, als wir in einer Vampirbar gewesen waren, war sie angegriffen worden, doch während sie anscheinend darüber hinweg war, war ich es nicht. Als ich sie daran erinnerte, winkte sie einfach ab und sagte: „Sie sind von jemandem kontrolliert worden. Uns wird schon nichts passieren."

Das Gute an der Bar war, dass niemand dort herumzuhängen schien, sodass ich einen perfekten Blick auf Savannah hatte, die nur wenige Meter von mir entfernt war. Als mehr Leute hereinkamen, wurden wir durch immer mehr Körper auseinandergeschoben. Und je mehr Leute hereinkamen, desto mehr musste ich immer wieder neu überlegen, wie ich am besten zu Savannah kommen konnte, wenn etwas schiefging, oder wie ich sie zu einem Ausgang bringen konnte. Es war nicht nur die Tatsache, dass wir in einem Vampirclub waren, die mich so denken ließ. Ich dachte immer so, und wieder einmal fielen mir Kalens Worte ein: *Hinter jedem guten Kämpfer steckte eine tragische Geschichte.*

„Verbringst du deine Nächte gerne damit, Savannah dabei zuzusehen, wie sie Spaß hat?"

Ich drehte mich um und sah Gareth neben mir stehen; sogar in dem fast dunklen Raum leuchteten seine hellblauen Augen, verstärkt durch den kobaltblauen Wandlerring. Seine Lippen verzogen sich zu einem Lächeln.

„Stalkst du mich?"

Er beugte sich vor, seine Nase nur Zentimeter von mir entfernt, bevor er einatmete. „Vergiss nicht, ich kenne deinen Geruch – ich kann dich überall in der Stadt finden."

„Richtig, denn mir das zu sagen, macht diese Situation sicher *weniger* gruselig", sagte ich und wich ihm aus. Er trat näher an die Bar und bestellte einen Drink.

Er trank ein paar Schlucke, bevor er seine Aufmerksamkeit auf mich richtete. „Wäre dir lieber, wenn ich gehe?" Er warf mir einen abschätzenden Blick zu, und ich fragte mich, ob das, was er sah, genauso ansprechend war wie das, was ich sah. Ich wollte wirklich nicht zugeben, dass er gutaussehend war – okay, hinreißend, und es wäre nett, wenn er fünf Sekunden lang so tun würde, als wüsste er es nicht. Das kleine Zucken in seinen Lippen brachte selbstgefällige Arroganz auf eine andere Ebene. Darauf konnte ich auch verzichten. Wieder einmal ertappte ich mich beim Starren.

„Du hast meine Frage nicht beantwortet. Verbringst du normalerweise deine Nächte so und überlässt Savannah den ganzen Spaß?"

Ich murmelte, als ich mein Getränk an meinen Mund führte, „Anscheinend verbringe ich sie auch damit, von einem lästigen Kätzchen verfolgt zu werden."

Er lachte. „Ich nehme an, du würdest mich gern schnurren hören."

Ich runzelte die Stirn. „Bist du stolz darauf?"

Das halbe Lächeln blieb, als er einen weiteren Schluck aus seinem Glas trank. „Ich muss mit dem auskommen, was du mir zum Arbeiten gibst."

„Die bessere Frage ist nicht, wie ich meine Nächte verbringe, sondern warum du sie hier in einer Vamp-Bar verbringst. Habt ihr Wandler keinen Ruf zu verlieren? Hier in einer Vamp-Bar zu sein, ist definitiv kein Wandlerding."

„Ich hatte keine dringenden Pläne, und als Savannah mich eingeladen hat, dachte ich, es würde Spaß machen, dich in einer anderen Umgebung zu sehen."

„Anstatt eines Gefängnisses, vor dem Magischen Rat oder dem hochmütigen Anführer der Gilde der Übernatürlichen, dessen Lieblingsspruch lautet: ‚Ich werde dich verhaften.'"

Ich konnte seine Augen auf mir spüren, aber meine schweiften über den Raum, während ich nach Savannah Ausschau hielt. Als sich unsere Blicke begegneten, verengte sich meiner zu einem Zielfernrohr und fixierte sie. *Das zahle ich dir heim.*

Mit einem unschuldigen Blick lächelte sie und winkte mir zu. Savannah und ich waren lange genug befreundet, und sie kannte meinen „Ich bringe dich um"-Blick. Sie ignorierte ihn, wandte sich von mir ab und setzte ihr Gespräch mit Lucas und der Gruppe fort.

„Magst du deinen Drink nicht?", fragte Gareth und sah auf mein volles Glas.

„Das schon, aber ich bleibe gerne nüchtern." Ein Drink würde mir nichts ausmachen, aber ich mochte es nicht, wenn meine Sinne von einem Haufen Vampire getrübt wurden, von denen einige mich von der anderen Seite des Raums aus anstarrten. Einige hatten bereits um ein Schlückchen gebeten, und ich war mir sicher, dass sie nicht über ein Schnapsglas sprachen, und es gab einige wenige, die immer wieder versuchten, mich dazu zu bringen, Kontakt zu halten. So konnten sie einen zwingen, ihnen zu willen zu sein. Es war illegal, aber sie würden sich von so einer Kleinigkeit nicht davon abhalten lassen, in der Höhle der Sünde Spaß zu haben.

Wir blickten beide in Savannahs Richtung und beobachteten sie mit Lucas. Sie benahmen sich nicht so, als wären sie Leute, die sich vor weniger als einer Woche kennengelernt hatten. Doch die meisten Leute benahmen sich Savannah gegenüber nicht so, weil sie so sympathisch war.

„Ich bin sicher, wenn du nicht nach Hause fahren kannst, wird Lucas dafür sorgen, dass sich jemand um euch zwei kümmert", sagte er mit leiser Stimme und einem Anflug zurückhaltender Verachtung.

„Was ist mit dir und Lucas los?" Ich glaubte nicht, dass sie einander hassten, doch ihre Interaktion war angespannt. Es gab einen offensichtlichen Unterton des Bedürfnisses, der Dominante zu sein, der die verbale wie nonverbale Kommunikation zwischen Vampiren und Wandlern plagte. Lucas, der Master der Stadt, verlangte von Gareth ein gewisses Maß an Rücksichtnahme und Zugeständnis, und Gareths Position als Kommandant der Gilde der Übernatürlichen verlieh ihm ein Maß an Autorität über Lucas, das Konflikte zwischen den beiden hervorzurufen schien.

„Ich mag Lucas sehr", sagte er nach einem langen Schluck und einigen Momenten des Schweigens. Ich nahm an, dass er seine Lippen betäuben musste, bevor er die Lüge herausbekam.

Ich musste nicht in der Lage sein, eine Lüge zu riechen oder zu spüren, um zu wissen, dass das eine verdammt große war.

Während Gareths Aufmerksamkeit auf Lucas gerichtet war, richtete ich meine Aufmerksamkeit auf Gareth, ließ sein Aussehen auf mich wirken und schätzte es mehr, als ich hätte tun sollen. Ich brauchte eine Ablenkung, und ihm schien es genauso zu gehen.

„Hast du noch was über *HF* gehört?", fragte ich leise, mir bewusst, dass ich mich in einem Raum voller Leute mit außergewöhnlichem Gehör befand. Die hypnotisierenden Basstöne der Musik waren laut genug, um meine Worte zu überdecken, wenn ich meine Stimme genug senkte. Clive und mehrere andere Mitglieder von *Humans First* waren verhaftet worden, nachdem ich sie daran gehindert hatte, den einen gefundenen Nekrospeer für eine weitere Säuberung zu verwenden. Bei allem, was vor sich gegangen war, hatte ich keine Gelegenheit gehabt, dem Geschehenen nachzugehen. Ich wusste, dass sie nicht in Gewahrsam der Gilde bleiben würden, weil sie Menschen waren und der Vorfall zwischen uns als ein Akt der Gewalt von Mensch gegen Mensch angesehen wurde, der in den Zuständigkeitsbereich des menschlichen Justizsystems fallen würde.

Gareth drehte sich ein Stück weit um und beugte sich vor. Sein kühles Getränk drückte gegen meinen Arm, weil dafür nicht viel Platz war, da er die Distanz, die ich zwischen uns geschaffen hatte, auf null verringert hatte. Als er sprach, streifte sein warmer Atem mein Ohr.

„Er wurde vor ein paar Stunden gegen Kaution freigelassen, aber ich habe jemanden, der ihn überwacht.”

Ich atmete seinen maskulinen Duft ein und bemerkte die dunklen Spuren des Raubtiers in seinen Augen. Das widersprüchliche Gefühl, von ihm sowohl angezogen als auch abgestoßen zu werden, störte mich.

Ich ließ meine Hand zwischen den kleinen Abstand gleiten, den er zwischen uns gelassen hatte, und stieß ihn zurück.

„Wir sind in der Öffentlichkeit, es ist wichtig, dass dieses Gespräch zwischen uns bleibt”, mahnte er, doch er trat ein kleines Stück zurück, um sich umzusehen. Der Club begann, sich mit mehr Menschen als Vampiren zu füllen, fast zwei zu eins. Ich fragte mich, ob das beabsichtigt war, um den Vampiren eine bessere Buffetauswahl zu bieten.

„Die Musik ist laut genug, und wenn du mich von überall in der Stadt wahrnehmen kannst, bin ich mir ziemlich sicher, dass du mich ganz gut hören kannst, wenn du mir ein paar Zentimeter Platz lässt.”

Er senkte seine Stimme, ein kaum hörbares Flüstern. Es war so leise, dass ich es nicht mitbekommen hätte, wenn ich nicht seine Lippen gelesen und den letzten Teil des Satzes verstanden hätte. „Aber kannst du mich hören?”

Ich drückte etwas fester; es war, als würde man versuchen, ein Backsteingebäude aus dem Weg zu räumen. Sein Hemd trug nicht viel dazu bei, die tiefen, harten Linien seiner Muskeln zu verbergen, und als ich gegen seine Brust drückte, konnte ich spüren, worauf sich meine Augen konzentrierten. Er verspannte sich sofort unter meiner Berührung. Seine Aufmerksamkeit wandte sich von mir ab, wanderte durch den Raum und richtete sich auf sein Ziel – den zerzausten Mop hochstehender blonder Haare. Sein Neffe und drei weitere Leute waren in der Nähe der Ecke. Ich dachte, dass alle Menschen waren, bis sich einer umdrehte und sich umsah; der smaragdgrüne Wandlerring, der immer dunkler als der Rest der Iris war, schimmerte im schwachen Licht ein wenig.

Avery prostete seinem Onkel zu und lächelte trotzig. *Oh ja, da ist die Familienähnlichkeit – das störrische Gen. Wie habe ich das nur übersehen können?*

„Er darf hier sein", sagte ich. So wenig Gareth die Vorstellung, dass sein Neffe in einer Vampirbar rumhing, vielleicht gefiel, er hatte jedes Recht, das zu tun und den Drink zu trinken, den Gareth anstarrte. Übernatürliche Regeln waren anders als menschliche Gesetze. Das gesetzliche Mindestalter für Alkoholkonsum war achtzehn. Es sah so aus, als ob Gareth glaubte, sein irritierender Neffe, der sein Auto gestohlen hatte, sollte in seinem Zimmer eingesperrt und unter Hausarrest gestellt werden, anstatt in derselben Bar wie er herumzuhängen. Doch wenn das Leben einem Zitronen gab, machte man Limonade daraus, oder in Gareths Fall einen ganzen Krug und versucht, den Spaß seines Neffen zu ruinieren.

„Entschuldige mich für einen Moment."

„Du versuchst nicht einmal, den ‚Bester Onkel Preis' zu bekommen, oder?", neckte ich.

Schweigend lud sich Gareth zu Avery und seinen Freunden ein.

Ich sah zu, wie er seinem Neffen zuprostete, und nach ein paar Minuten lachten sie. Ich konnte nicht anders, als zu lächeln; Wenn er sich nicht so verhielt, als gäbe es einen Arschloch-Wettbewerb und, als wollte er sichergehen, dass er gewann, war er herzlich und charismatisch. Ich starrte – zu lange – und schließlich ertappte er mich. Er lächelte bezaubernd und charmant, und ich fühlte mich davon angezogen, wie die meisten anderen auch. Ich musste fast meinen Blick von ihm losreißen.

„Und du willst, dass ich glaube, dass du kein Interesse hast?", sagte Savannah. Ihre rosa glänzenden Lippen verzogen sich zu einer Kombination aus Grinsen und Missbilligung.

„Ich habe nie gesagt, dass er nicht gutaussehend ist. Es ist nur kompliziert."

„Was ist kompliziert? Er ist heiß – so heiß. Und du brauchst dringend eine Affäre oder sowas."

„Ich mag es, es locker zu halten, das weißt du." Ich hatte nicht vor, es zu tun, aber ich fixierte sie mit einem harten Blick. Mein Leben war ein wenig zu komplex, um irgendetwas anderes als locker zu tun, und nichts an Gareth schien locker zu sein. Er war intensiv. Sehr intensiv.

Savannah stand zwar körperlich neben mir, aber sie war abgelenkt – ihre volle Aufmerksamkeit galt Lucas.

„Du kannst da rübergehen, ich komme gut klar."

„Nicht, bis du zustimmst, aufzuhören, die seltsame Frau an der Bar zu sein, die jeden anstarrt, als wäre sie in einem Zirkus, und sie haben gerade die Freaks rausgelassen."

„Ich habe bessere Manieren, als sie Freaks zu nennen. Außerdem nenne ich sie ziemlich gerne heiße Zombies mit ihrer Menagerie aus Fangirls und Fanboys", sagte ich mit einem Grinsen. Ich spähte zu Gareth hinüber.

„Er ist wirklich okay … und im Ernst – schau ihn dir an. Er ist lecker. Du kannst mir nicht vormachen, dass du nicht interessiert bist, zumindest ein bisschen." Sie neigte in stiller Überlegung den Kopf und musterte ihn.

Er blickte mit einem halben Lächeln über seine Schulter, und ein amüsiertes Funkeln flackerte in seinen Augen, und er entspannte sich mehr in sich hinein. Ich lehnte mich an sie und senkte meine Stimme, bis sie kaum noch hörbar war. „Er kann dich hören."

Ihr Lächeln verschwand schnell, und sie presste ihre Lippen zu einer schmalen Linie zusammen.

Jetzt sieh da, wer alle anstarrt, als hätte sie in der Freakshow einen Platz in der ersten Reihe.

„Ist das dein Ernst? Auch mit der Musik?", fragte sie mit gedämpfter Stimme.

„Ja, sogar mit der Musik", sagte ich und wandte mich von ihr ab, um zu antworten, aber zu diesem Zeitpunkt gab es nicht viel, was ich tun konnte, und wir hatten nichts gesagt, was er nicht wahrscheinlich schon über sich selbst dachte.

„Und Lucas auch", fügte ich hinzu.

Ihre Augen weiteten sich, und dann runzelte sie die Stirn. Er trank Blut, um zu überleben, und war länger auf dieser Erde als ihre Großeltern, und sein Gehör war das, womit sie Probleme hatte? Savannah war eine seltsame Mischung, die ich nie verstehen würde. Sie musterte Lucas ein paar Minuten lang, bevor sie ihre Aufmerksamkeit auf Gareth richtete. Seine Lippen waren immer noch zu einem schelmischen Grinsen verzogen, das schnell verblasste. Ich spürte es wahrscheinlich Sekunden, bevor er es spürte, die Welle der Magie, die in den Raum kroch.

Ich errichtete um Savannah und mich herum ein *Apotropaion*, eine Mauer, die etwas von der Magie absorbieren würde. Sie erforderten mehr Magie, waren aber effektiver als ein Schutzzauber. Ich beobachtete die Farbvariationen der Magie, die von den meisten unbemerkt bleiben würden, als sie durch die Luft im Raum zogen. Dieselbe Magie, die ich auf dem Platz gespürt hatte.

Bevor wir reagieren konnten, packte eine Frau die neben ihr stehende Frau, schleuderte sie gegen die Wand und begann, sie brutal zu schlagen. Die Vampirin, die vorhin von dem Mann getrunken und ihn vor nicht allzu langer Zeit geküsst hatte, hielt seinen schlaffen Körper dicht an sich gepresst, ihre Fangzähne an seinem Hals. Dann verwandelte sich der Gestaltwandler bei Avery in einen Wolf. Er sprang auf die Menge zu, in der Chaos ausgebrochen war. Gareth packte ihn, riss ihn am Genick zurück. Der Wolf flog mehrere Meter zurück und landete auf seinem Rücken. Es war nicht Gareth – nicht Gareth, der Kommandant der Gilde. Er sah genauso wild aus wie alle anderen. Das war nicht die Magie der schrecklichen Drillinge – oder nicht *nur* ihre. *Scheiße. Conner.*

Savannah wollte sich bewegen, aber ich packte sie am Handgelenk. „Du musst neben mir bleiben."

„Wir müssen das aufhalten", sagte sie. Wir flohen hinter die Bar, und das *Apotropaion* schützte auch den Barkeeper, der hinter der Theke neben uns kauerte.

„Was zum Teufel ist los?", fragte Savannah.

„Chaosmagier, die gleichen wie zuvor, doch diesmal sind sie nicht allein. Sie können keine Wandler kontrollieren, aber Conner kann es. Er muss hier sein." Ich hatte noch nie jemanden mehr verletzen wollen als Conner. Als ich über den Tresen spähte, hatten sich sowohl Avery als auch Gareth gewandelt. Die großen Katzen nahmen einen größeren Teil des Raumes ein. Als sie einander umkreisten, stießen ihre riesigen Körper jeden, der im Weg war, beiseite.

Sie fletschten ihre Zähne und pirschten langsam aufeinander zu. Gerade als sie angreifen wollten, warf Savannah einen Molotow-Cocktail in ihre Richtung. Mitten im Raum loderte Feuer auf, und sie schlichen mehrere Meter um das kleine Feuer herum. Eine weitere brennende Flasche schlug ein, und mehrere Leute wichen zur Seite zurück.

„Du musst Conner finden und das aufhalten."

„Aber wenn ich gehe, bist du nicht geschützt. Ich kann nicht beides tun", sagte ich.

Sie blickte hinüber zu dem Stapel Handtücher hinter der Bar, ein paar schäbige Lumpen in der Ecke und der voll bestückten Bar. „Ich komm' schon klar."

. . .

Ich warf einen Blick auf den Barkeeper, der sich Savannah angeschlossen hatte, um alle in Schach zu halten. „Mach dir keine Sorgen um ihn. Wenn er versucht, mich anzugreifen, brate ich ihm einfach damit eins über." Sie griff nach einer anderen Flasche an ihrer Seite und zeigte sie mir.

Er war zu sehr damit beschäftigt, Alkoholbomben zu werfen, um sie zu hören, oder hatte beschlossen, nicht auf die Frau zu reagieren, die ihm gerade versprochen hatte, ihm eine Gehirnerschütterung zu verpassen. Ich durchwühlte die Schränke und Schubladen auf der Suche nach Waffen. Ich wusste, dass es irgendwo welche für Notsituationen geben musste. Ich konnte es ihnen nicht verübeln. Ich suchte weiter. Sie waren nicht in einer Vitrine, sondern in einer geschlossenen Kiste unter der Theke. Ich stopfte die zwei Pflöcke, die ich fand, in meine Hose.

Zwischen den kleinen Feuern im ganzen Club, Leuten, die sich gegenseitig die Scheiße aus dem Leib prügelten, und anderen, die versuchten, den improvisierten Bomben auszuweichen, die in ihre Richtung geschleudert wurden, navigierte ich zum Eingang. Besorgt um Savannah und was jetzt passieren würde, da sie und der Barkeeper nicht durch meine Magie geschützt waren, blickte ich zurück in ihre Richtung. Ich sah den Barkeeper erst, als ich mich auf die Zehenspitzen stellte, um besser sehen zu können. Er lag am Boden, zerbrochenes Glas um ihn herum verstreut. Seine Augen waren geschlossen, und er hatte eine sehr auffällige Wunde an der Seite seines Kopfes.

„Livy, geh. Ich schaff das!", rief sie und schleuderte eine weitere Flasche in die Menge.

Als ich mich der Tür näherte, packte mich jemand an den Haaren und riss mich zurück. Ich schlug auf dem Boden auf – hart, rollte zur Seite und fegte demjenigen das Bein weg, bevor ich ihm den Ellbogen in die Kehle rammte. Wenn es ein Vampir war, würde es nur einen Moment wehtun. Ich packte den Pflock. Ich hatte nicht vor, jemanden zu töten, aber ich musste mehr tun, um sie zu deaktivieren. Während mein Angreifer nach Luft rang, stand ich auf. Ich musste mir keine Sorgen um ihn machen. Ich hoffte, dass die Anzugträger, die Typen, die an der Tür standen und auch als Lucas' Assistenten und Leibwächter fungierten, nicht im Club waren, weil es etwas schwieriger werden würde, sie zu deaktivieren.

Sie waren da, doch zu sehr in einen blutigen Faustkampf verwickelt, um sich um mich Sorgen zu machen. Ich rannte um sie herum, und die Welle vertrauter Magie legte sich wie ein dicker Schal um mich. Zwei unterschiedliche Arten von Magie: Magier und eine seltsame Version von mir. Ich schloss für einen kurzen Moment die Augen, um mich zu konzentrieren, zu isolieren, woher es kam, und zu entscheiden, wen ich zuerst aufhalten musste. Die Magier – ich musste sie zuerst aufhalten.

Ich rannte um das Gebäude herum, durch die schmale Gasse, und entdeckte sofort das Trio. Ich rannte schneller und folgte ihnen so schnell ich konnte, um den Abstand zu ihnen zu verringern, bevor ich mich umsah, um sicherzugehen, dass niemand in der Nähe war. Das Licht des Mondes erhellte die Gegend zusammen mit ein paar entfernten Straßenlaternen. Ich konnte den Weg und sie gut genug sehen und all die Dinge, die die Gasse überfüllten. Die Mülleimer, Glasscherben von zerbrochenen Flaschen, die die Container verfehlt hatten und daneben gelandet waren. Ich konnte fast alles sehen, doch es war immer noch dunkel genug, dass mich jemand aus der Ferne nicht identifizieren konnte.

Meine Magie wand sich um meinen Arm und schoss schnell auf meine Finger zu. Eine mächtige, von Angst und Adrenalin getriebene Welle brach heraus, krachte in die Drillinge und schleuderte sie zu Boden. Ich war schnell bei ihnen. Ich packte den dünneren Mann am Hemd und schleuderte ihn gegen die Wand. Ich presste den Pflock in meiner

Hand auf seine Brust und übte genug Druck aus, dass er die scharfe Spitze fühlen konnte.

Seine Lippen verzogen sich zu einem schiefen Lächeln, und er warf mir und dem Pflock einen spöttischen Blick zu. „Ich bin kein Vampir", sagte er in einem leisen spöttischen Ton.

„Und irgendwie denkst du, wenn ich dir dieses spitze Ding in die Brust ramme, tut es deswegen nicht weh." Ich drückte fester. Er grunzte, als seine Augen an mir vorbei zu seinen Geschwistern schossen. Ich hörte ihre Bewegung hinter mir. „Ihr rührt mich an, und das geht in seine Brust." Ich drückte den Pflock fester auf seine Haut. Er zuckte zusammen. „Zurück!", befahl ich.

Ich warf einen Blick in ihre Richtung. Sie bewegten sich nicht. Wenn sie mit Conner arbeiteten, wussten sie, wer und was ich war, was mir viel Freiheit gab. Ich musste nicht vorgeben, ein Magier, eine Hexe oder eine geringere Übernatürliche zu sein. Ich ließ den Magier mit einer Hand los, wobei ich den Pfahl weiter gegen sein Herz drückte, und schoss eine weitere mächtige magische Salve auf die beiden anderen. Sie wurden gegen die Mauer gegenüber geschleudert. Als sie versuchten aufzustehen, wedelte ich schnell mit meinem Finger und ließ ihre Beine unter ihnen zusammenbrechen. Sie gingen mit einem dumpfen Schlag zu Boden. Dann hörte ich das Geräusch einer Waffe.

„Lass ihn los!", befahl die tiefe vertraute Stimme. Einen Moment lang dachte ich über die Geschwindigkeit von Magie und die einer Kugel nach. Als ich mich umdrehte, sah ich Clive und drei seiner Gefährten, die Waffen auf mich gerichtet hatten. *Toll, die Bürgerwehr ist da.* Sie waren ganz in Schwarz gekleidet. Alles, was ihnen fehlte, waren passende Tattoos unter den Rändern ihrer hautengen T-Shirts, dann wäre das Klischee perfekt. Er wies mit dem Kinn in die Richtung der Magier. „Verschwindet hier." Ich hörte ein Rascheln hinter mir, wahrscheinlich versuchten sie, in Eile wegzukommen.

„Für jede weitere Zerstörung, die sie anrichten, seid ihr verantwortlich", erinnerte ich ihn bitter.

„Das werden sie nicht. Wir mussten nur mit dir reden."

„Ja, wenn ich mit Leuten reden muss, bringe ich sie normalerweise in eine dunkle Gasse und bedrohe sie mit einer Waffe. Treffen in Cafés sind total überbewertet", blaffte ich zurück.

Seine Lippen waren zu einer Linie zusammengepresst, ebenso wie die Münder der anderen drei. Die Beleuchtung ließ sie tougher und bedrohlicher erscheinen. Ich nahm ihre Haltung zur Kenntnis, sah aber keinen Vorteil. Als Clive mich zum ersten Mal angesprochen hatte, war der Typ, mit dem er zusammen war, nicht ausgebildet – diese Männer waren es. Ihr Stand war sicher, die Augen zusammengekniffen, und sie hatten die Statur von Menschen, die nicht nur Geschwindigkeit, sondern auch Kraft in einen Kampf mitbrachten. Bei diesem Treffen ging es anscheinend nicht darum, mir zu schmeicheln.

„Wir wissen, was du bist."

„Ach so? Das müsstet ihr erst einmal beweisen und dann Leute, die sich für geistig gesünder halten als ihr, dazu bringen, es zu glauben. Ihr seid die abstrusen Fundamentalisten mit dem lächerlichen Namen, die versuchen, eine Welt zu verändern, die den meisten Menschen so gefällt. Sag jemandem, dass die Legacy existieren und dass du neulich einen gesehen hast. Du kannst demjenigen genauso gut sagen, dass der Weihnachtsmann dich huckepack genommen hat. Niemand wird dir glauben; Tatsächlich werden sie es als einen weiteren Plot betrachten, Menschen von den Übernatürlichen zu separieren", sagte ich mit zusammengebissenen Zähnen und sprach mit viel mehr Selbstvertrauen, als ich tatsächlich fühlte. Ich wollte denen, die unsicher waren, keinen Grund zum Zweifeln geben. Es war tröstlich zu denken, dass alle Legacy im Krieg gestorben waren und die Säuberung nie wieder passieren konnte. Jeder brauchte diesen Trost.

Die anderen Männer hielten ihre Waffen auf mich gerichtet, doch Clive ließ seine sinken. „Conner sieht das große Ganze – das musst du auch." Ein Bündnis von Menschen, die einander eindeutig hassten und ein Ziel hatten – Trennung. Conner hasste jeden, der kein Vertu oder Legacy war. Die Menschen hassten jeden, der nicht ganz menschlich war, und die schrecklichen Drillinge schienen einfach, na ja, Frieden und Ordnung zu hassen.

Als situatives Chamäleon war Clive in seine neue Rolle gewechselt und hatte den knallharten Vertreter von *Humans First* gegen etwas Freundlicheres, Charismatischeres und Wärmeres getauscht. Clive würde alles sein, was er sein musste, um zu bekommen, was er wollte, und ich traute ihm nicht. Seine Stimme hatte ihre beherrschende Schärfe verloren, und als er sprach, war sie sanft und fast flehentlich. „Ich finde es nicht fair, dass du so leben musst, Livy", begann er.

Der trägt ziemlich dick auf.

„Magie kann chaotisch und gefährlich sein, wenn sie nicht kontrolliert wird", sagte er.

„Und Chaosmagier auf die Stadt loszulassen, hilft dagegen?"

„Nein, wir legen nur die Zerbrechlichkeit dieser Existenz offen. Es ist nur eine Frage der Zeit, bis es mehr ist als eine geplante Szene durch einen Chaosmagier, und es echtes Chaos und Unruhen gibt. Glaubst du nicht, dass die Übernatürlichen irgendwann die ihnen auferlegten Beschränkungen, die Gesetze und die ständige Überwachung und Manipulation satthaben werden, die sie harmlos erscheinen lassen? Wie lange, glaubst du, kann das so weitergehen?"

Es war eine rhetorische Frage, obwohl er mehrere Augenblicke schweigend wartete. Er schien meine Reaktion auf seinen kleinen Monolog zu bewerten. Ich fragte mich, wie lange er diese Rede geübt hatte – wie er sie mit der richtigen dunklen Wendung versehen hatte, effektvoll innehielt und seiner Stimme erlaubte, zu einem leisen, tiefen Krächzen zu werden, als er mir von der drakonischen Welt erzählte, die kommen würde.

„Wir wollen dich in unserem Team. Um alles ins rechte Lot zu bringen."

„So geschmeichelt ich auch bin, gebeten zu werden, deinem Club der fehlgeleiteten Außenseiter beizutreten, das ist ein klares Nein für mich."

Obwohl seine Partner immer noch ihre Waffen auf mich gerichtet hatten, würde es nicht gewalttätig werden. Ich begann, langsam zurückzuweichen, nicht zuversichtlich genug, ihm den Rücken zuzukehren, aber genug, um mich für eine Flucht zu positionieren. Der Mann neben Clive schob seinen rechten Finger etwas dichter an den Abzug, doch Clive befahl ihm, die Waffen zu senken. Widerstrebend nahm er die Waffe herunter und die anderen auch.

Ich hatte mich nur ein paar Meter zurückgezogen, als er sagte: „Ich weiß, dass du der Wahnvorstellung erlegen bist, es aufhalten zu wollen. Das wirst du nicht."

„Das letzte Mal ist es mir ziemlich gut gelungen, deinen Verein aufzuhalten. Und ich werde dafür sorgen, dass ich es diesmal wieder tue, und jedes Mal, wenn du und Conner oder jemand anderes, mit dem ihr euch verbündet, es versucht. Für mich steht mehr auf dem Spiel als eure kleine utopische Welt, in der Leute wie ich nicht existieren. Ich versichere dir, dass ich wie beim letzten Mal gewinnen werde – spiel du nur schön den Söldner von *Humans First* oder welche GI Joe-Fantasie du auch immer im Kopf hast. Ich spiele um mein Leben."

Die Wut stieg ihm in die Augen. Seine Lippen verzogen sich, und er *knurrte*. Sein Ton war hart und scharf. „Ich versichere dir, Sweetheart, ich spiele nicht. Du hast einen Kampf gewonnen, glaub nicht, dass du das im Griff hast. Ich gebe dir die Chance, in einer besseren Situation lebend aus der Sache rauszukommen, als du sein wirst, wenn wir fertig sind. Wir haben vier Nekrospeere …" Er hielt abrupt inne, und mir wurde klar, dass er in seinem Zorn etwas preisgegeben hatte, das er nicht hätte sagen sollen. Doch er wirkte zu einstudiert und selbstbewusst, um den Eindruck zu erwecken. „Ja, die haben wir. Was denkst du, passiert mit dir, wenn wir es durchziehen?"

Ich blieb mitten im Schritt stehen und atmete scharf ein. Meine Brust war zu eng, um mehr Luft aufzunehmen. Wenn er vier dieser Dolche hatte und der Magische Rat einen, dann war irgendwo da draußen noch einer. Er brauchte nur jemanden, der stark und ebenso fehlgeleitet und machthungrig war, wie er, der bereit war, ihm zu helfen. Seine kleine Rede war wahrscheinlich nicht so geübt, wie ich dachte, doch sie war so geschliffen, dass er sie so oft gehalten haben musste, dass er wusste, wie er sie halten musste, um jemanden dazu zu bringen, mitzuspielen. Conner hatte zuvor drei Legacy gehabt, und Clive hatte ihm vielleicht geholfen, mehr zu finden.

Angst war etwas, das ich zu fühlen hasste. Sie machte mich impulsiv und reaktionär. Es war die schlechteste Art, mit einer Situation umzugehen. Es dauerte ein paar Augenblicke, bis ich sie beherrschte, kontrollierte und vernünftig darüber nachdenken konnte. Doch Vernunft lag weit außerhalb meiner Reichweite – ich wollte dringend einige Leute töten, angefangen mit Conner und dem Rest seiner Bande fehlgeleiteter Schergen. Ich hatte mich immer für besser als das gehalten, doch in diesem Moment wollte ich nicht besser sein. Ich wollte Gewalt, genau das, was mein Leben und die Welt verändert und mich zu einem lebenslangen Flüchtling gemacht hatte, der sich verstecken musste und niemals ein normales Leben führen konnte. Dieser Idiot behandelte mich mit der gleichen Lässigkeit, mit der man entscheidet, welche

Schuhe man am Morgen anzieht. Leute würden sterben. Viele Leute.

„Wann willst du mich treffen?", fragte ich mit ruhiger Entschlossenheit.

„David, unser Gründer, wollte dich schon eine Weile treffen. Triff uns morgen um sieben in unserem Büro." Die Arroganz seines triumphierenden Grinsens machte es nur leichter, die gewalttätigen Gedanken in meinem Kopf zu akzeptieren.

Als ich in den Club zurückkehrte, hatte ich mich noch nicht genug beruhigt, um zu entscheiden, auf welche Weise Conner am besten getötet werden sollte und wie viele Arschtritte ich *HF* versetzen wollte, bevor sie dasselbe Schicksal ereilte. Meine Hände zitterten vor Wut, als ich durch die Türen des Clubs trat. Mehrere Autos der Gilde der Übernatürlichen parkten draußen, zusammen mit einem Krankenwagen von *The Isles*, dem Krankenhaus, das häufiger von Menschen benutzt wurde, die durch ein übernatürliches Ereignis verletzt worden waren, als von Übernatürlichen. Hexen und Magier konnten sich mit Zaubersprüchen und Magie heilen. Es brauchte viel, um Vampire und Wandler zu verletzen, und sie erholten sich in der Regel so schnell, dass eine medizinische Behandlung nur selten notwendig war. Ich war mir nicht sicher, was ich erwartet hatte; immerhin hatte Savannah versucht, die Gewalt mit Feuer zu kontrollieren, und es sah so aus, als wäre ihr das gelungen, doch sie hatte den Laden nicht ganz niedergebrannt. Blutlachen waren am Boden verschmiert, und überall lagen zerbrochene Flaschen. Große Teile des Bodens und der Wände waren vom Feuer geschwärzt. Von der vormals voll bestückten Bar war nur ein halbes Regal mit Spirituosen übrig.

Savannah kam neben mich und betrachtete ihre bandagierten Finger. „Wie schlimm ist es?", fragte ich. Als sie zusammenzuckte, während sie sie aneinanderdrückte, hatte ich meine Antwort. Ich sah mich um auf der Suche nach Lucas.

Als ich ihn nicht entdeckte, fragte ich: „Wo ist Lucas?"

Sie zuckte mit den Schultern. „Ich habe ihn irgendwie aus den Augen verloren, als die Situation wirklich außer Kontrolle geraten ist." Ich erhaschte einen Blick auf Gareth in der Ecke, der mit Harrah sprach. Ihr Gesicht war gerötet, als sie den Blick über den zerstörten Club schweifen ließ. Stress und Wut wetteiferten um Dominanz in ihrer Miene. Doch ihr Blick wurde etwas sanfter, als sie Gareths Arm untersuchte. Ich konnte die wütenden roten Verbrennungen quer durch den Raum sehen. Ihr Gesicht und ihr Körper ergaben sich ihrem Lächeln, und sie entspannte sich ein wenig, oder entspannte sich so weit wie sie konnte, da sie wusste, dass sie dafür verantwortlich war, die Situation zu verharmlosen und sie in etwas Angenehmes zu verwandeln. Sie winkte in Savannahs Richtung und nickte ihr dann dankend zu.

„Was war das denn?", fragte ich und meinte wieder ihre Finger.

„Das stammt von dem Versuch, Gareth und den anderen Löwen daran zu hindern, sich gegenseitig in Stücke zu reißen."

„Das war sein Neffe. Es hätte ihn am Boden zerstört, wenn er ihn verletzt hätte."

„Das dachte ich mir auch. Ich hoffe, sie sind in menschlicher Form nicht so stur wie in tierischer Form. Nichts hat wirklich funktioniert. Ich musste mich zwischen sie stellen, um sie aufzuhalten."

„Du hast *was* getan?", blaffte ich.

„Es war nur für einen Moment. Ein paar Sekunden später hat alles aufgehört. Plötzlich haben sich alle beruhigt, und die Wandler haben ihre menschliche Gestalt wieder angenommen."

„Savannah, du kannst nicht …"

„Ich weiß, ich weiß. Spar dir den Vortrag, mir ist klar, wie dumm das war. Schieb's auf das Adrenalin. Vielleicht bin ich eine Feuerhexe oder eine Magierin."

Ich wusste nicht, was ich tun wollte: sie umarmen und froh sein, dass sie am Leben war, oder sie erwürgen, weil sie so unvernünftig war. Doch sie wirkte so ruhig, dass es mir half, ein bisschen davon für mich zu greifen. So, wie ich Savannah kannte, war sie wahrscheinlich zu sehr damit beschäftigt, sich auf ihr neues Leben als Feuerhexe oder Magierin zu konzentrieren, was so gar kein Ding war, doch ich hatte das Gefühl, dass sie sich in die Idee vernarrt hatte, eine feurige Wonder Woman zu sein inclusive Outfit und allem Drum und Dran. *Bitte lass sie nicht anfangen, Lassos zu shoppen.*

Ich starrte sie an, als sie sich mit einer seltsamen Art von Stolz im Raum umsah. *Ja, morgen gehen wir wahrscheinlich Outfits und Lassos einkaufen.*

KAPITEL 4

*I*ch wartete geduldig darauf, dass Savannah, die von ihrer fixen Idee, dass sie eine Feuerhexe oder Magierin sein könnte, immer noch in Hochstimmung war, schlafen ging. Ich brachte es einfach nicht übers Herz, ihr zu sagen, dass sie zweifellos weder das eine noch das andere war. Sie hielt es für *unsere* Aufgabe, Conner und die Nekrospeere zu finden, doch das war es nicht. Ich hatte sie genug in Gefahr gebracht, ich würde sie nicht noch mehr involvieren, als sie es ohnehin schon war. *Humans First* hatte vier der Speere, und ich musste sie finden. Ich bezweifelte, dass ich das Glück hatte, dass sie sie in ihren Büros aufbewahrten, doch wenn David so kontrollsüchtig und fanatisch war, wie Clive es zu sein schien, würden sie ganz in der Nähe sein. Mit etwas Glück würde ich auch Conner finden – wenn er nicht einen Schutzzauber errichtet hatte, um mich daran zu hindern. Vielleicht hatte ihn seine Arroganz leichtsinnig gemacht, oder vielleicht wollte er, dass ich ihn fand. Bereit, mir eine mitreißende Rede darüber zu halten, dass ich dem Team *Säuberung 2.0* beitreten sollte.

Mit meinen Sai in den Scheiden auf dem Rücken, ließ ich mich in meine Höhle hinunter – meine magische Zuflucht.

Eine Weile lang hatte ich sie aufgegeben, weil sowohl Lucas als auch Gareth davon wussten, doch ich hatte nicht viele Orte, an denen ich zaubern und nicht entdeckt werden konnte. Es musste ein Ort sein, an dem eine Menge unterschiedlicher Magie ausgeführt worden war, um sich mit meiner zu vermischen, damit sie nicht mehr zu unterscheiden war. Es gab nicht viele, die dieser Anforderung entsprachen und mir trotzdem die Privatsphäre gaben, die ich wollte. Ich fühlte mich sicherer, eingehüllt in Dunkelheit, mit dem einzigen Licht, das von der kleinen Taschenlampe kam, die ich bei mir trug. Und der Schmutz, der jedes Mal aufwirbelte, wenn ich mich bewegte, und der starke, erdige Geruch der verdichteten Erdwände, die mich umgaben, waren seltsam beruhigend.

Als ich die Luke geschlossen hatte, Stille. Der Lärm der Welt verschwand, was es einfacher machte, mich zu konzentrieren. Das war mein Nirwana. Sicherheit. Mein magisches Zuhause, in dem ich mich nicht hinter der Maske des Menschseins verstecken musste.

„Ich hätte dich früher hier erwartet", sagte Gareth, der aus der Dunkelheit auftauchte. Mit geschmeidigen Bewegungen kam er auf mich zu.

Ich reagierte auf die Stimme, bevor ich sie erkannte, ließ die Taschenlampe fallen und zückte meine Sai. Er kam weiter näher und erlaubte der Spitze des Sai, sich gegen seine Brust zu drücken. In der schwachen Beleuchtung, die von der heruntergefallenen Taschenlampe ausging, konnte ich seine hochgezogene Augenbraue und das kleine Lächeln sehen.

„Hast du vor, die wegzustecken?"

„Ich weiß nicht. Hast du vor, mich nicht mehr zu stalken? Weil es wirklich gruselig und seltsam ist."

„Ich stalke dich nicht, ich weiß, wie du denkst, und ich habe es dir gesagt – ich kenne deinen Geruch."

Ich senkte die Zwillinge und steckte sie dann in die

Scheide. „Willst du mir sagen, dass, bevor du das gerade laut ausgesprochen hast, nicht eine kleine Stimme in deinem Kopf gesagt hat: ‚Das ist etwas, was ich niemals laut aussprechen sollte‘?"

„Bereite ich dir Unbehagen?", fragte er leise.

Ich wollte ihm nicht die Genugtuung einer Antwort geben. Er war mir unangenehm, weil ich es hasste, dass ich, wenn er in meiner Nähe war, ihn viel zu lange ansah, ihn zu genau beobachtete, zu oft daran dachte, wie er mich geküsst hatte, und viel zu lebhafte Fantasien von seinem Körper hatte, den ich ohnehin viel zu oft gesehen hatte. Ich versuchte, mich davon zu überzeugen, dass er es war – er entfachte in den meisten eine Art Ursehnsucht, und es war nicht auf mich beschränkt.

„Ich kann die meisten Leute verfolgen, solange sie keine Magie verwenden, um mich zu blockieren."

„Du weißt nicht zufällig, was für ein Zauber das ist, oder?", fragte ich. Sein leises Lachen hallte von den Wänden wider, ein tiefer, kehliger Klang, der mich zum Lächeln brachte.

„Wenn du so scharf darauf bist, mich loszuwerden, warum beeilst du dich dann nicht und versuchst, Conner aufzuspüren?"

Er hatte recht, er wusste, wie ich dachte. Ich nahm die Taschenlampe, reichte sie ihm und kniete dann nieder, bevor ich das Messer herausnahm, das ich an meinem Knöchel befestigt hatte. Mit den Fingern strich ich über die Erde, um einen großen Kreis zu bilden. Ich benutzte das Messer, um mir in den Finger zu schneiden und Blut in den Kreis zu tropfen, und dann ging ich wieder in die Hocke. Meine Magie erforderte ein wenig Überredung, da sie so selten eingesetzt wurde. Oft in Ruhe gezwungen, entfaltete sie sich in Wellen, und ich konnte fühlen, wie sie mich umhüllte. Ich sah zu Gareth auf und fragte mich, ob er die verschiedenen Farbtöne sehen konnte, die sich entwirrten und verschlungen und die verschiedenen Arten von Magie repräsentierten, die ich besaß. Sie rollten sich zusammen und schwebten über dem Kreis. Eine große Karte erschien, ein Gebiet mit einem Radius von etwa hundert Meilen um meine Position herum. Alle Teile der Stadt waren sichtbar, und da war er, ein silberner Schein, der darüber pulsierte. Nicht wie zuvor, als er aufgetaucht und schnell wieder verschwunden war. Er benutzte keine Magie mehr, um mich zu blockieren, sondern sprach stattdessen eine Einladung dorthin aus, wo er war.

„Ist er da?"

Ich nickte. „Aber ich weiß nicht, ob es nur er ist oder noch andere gibt. Wenn sie sich in anderen Gegenden der Stadt befänden, gäbe es mehr Lichtflecken. Stattdessen ist es nur der eine, und es ist mehr als ein normaler Lichtfleck. Er ist breiter, länger, was darauf hindeutet, dass es mehr als nur Conner sind." Ich wusste nicht, wie viele mehr. Zuvor hatte er nur drei Legacy gehabt, doch hatte er in den letzten Tagen weitere rekrutiert?

Ich unterdrückte die Magie und sah zu, wie sie zu mir zurückprallte, Gareth starrte immer noch intensiv auf die Stelle, und als er sprach, war seine Stimme angespannt, leiser. „Ich weiß nicht, wie Leute damit umgehen, so anfällig für Magie zu sein."

Das Selbstvertrauen und die Arroganz entglitten ihm für einen Moment, und ich sah einen besorgten Mann – besorgt über Magie, ein Opfer davon. Ich wusste, dass es ihn stören musste. Jemand hatte ihm seine Willenskraft genommen und ihn nicht nur dazu gezwungen, zu wandeln, sondern ihn kontrolliert und genug Wut und Gewalt angestachelt, dass er seinen Neffen beinahe verletzt hätte. Ich war nicht die Einzige, die Conner in den Hintern treten wollte. Der Glaube, dass Magie böse sein könnte, lauerte wahrscheinlich in den Köpfen aller, die im *Devour* gewesen waren, und im

Moment schien auch Gareth von diesem Gedanken verzehrt zu werden.

„Es ist nicht alles schlecht", sagte ich leise. Ich hielt das Messer, und Magie schlang sich darum. Sie schwebte langsam von mir zu ihm, und er pflückte sie aus der Luft. Ich ließ die Erde kleine Kieselsteine aufwirbeln und bewegte mich dann rhythmisch im Kreis herum, während ich einen kleinen Wirbel erzeugte. Er beobachtete es mit amüsiertem Interesse, und als der Wirbel starb, richtete er seine Aufmerksamkeit auf mich.

Ich hatte mein Leben damit verbracht, die dunklere Seite der Magie zu sehen und zu kennen. Die meisten Leute wussten davon. Sie wussten von Vampiren, die Menschen dazu zwangen, von ihnen trinken zu lassen, oder von Feen, die kognitive Manipulationen einsetzten oder ihr Aussehen für schändliche Zwecke veränderten. Und Magier und Hexen, die Zaubersprüche und Flüche sprachen. Abgesehen von den Liebeszaubern, den Fluchtzaubern – *effugium* – und Hexenkraut, konnte ihre Magie auch sehr hässlich sein. Obwohl Flüche technisch gesehen illegal waren, gelang es ihnen immer wieder, Schlupflöcher zu finden.

Der tanzende Wirbel war vollständig verschwunden, als Gareth sich zentimeterweise in meine Distanzzone vorwagte. Er war ganz nah. Wirklich nah, und als ich sprach, berührten sich unsere Lippen leicht. „Siehst du, Magie ist nicht *so* schlecht."

„Überhaupt nicht", flüsterte er. Dann beugte er sich vor und küsste mich. Er rührte sich nicht, als er fertig war. Stattdessen ruhten seine Lippen sanft auf meinen. Ein paar Augenblicke vergingen, bevor er mich erneut küsste, befehlender, hungriger, zu einer Antwort drängend, die ich bereitwillig gab. Seine Hände pressten sich auf meinen unteren Rücken, als er mich näher zog. Der Kuss wurde leidenschaftlich, als er mich rückwärts schob, bis ich gegen die Erdwand der Höhle gedrückt wurde. Seine Finger wanderten langsam über mich, und ich krallte meine Finger in sein Hemd, während ich ihn näher an mich zog. Sein piependes Handy zwang uns, uns voneinander zu lösen. Er keuchte leise, als er den Lautsprecher einschaltete.

Es war jemand von der Gilde, der ihm sagte, dass die Maxwells gesichtet worden waren. Er hielt meinen Blick für einen Moment fest, und ich konnte immer noch die Wärme seiner Lippen auf meinen spüren. Ich hätte nicht gedacht, dass ich jemals einen Grund haben würde, den Drillingen zu danken, doch das hier war einer. Ich konnte nichts mit Gareth anfangen. Es gab eine Zerbrechlichkeit in unserer Interaktion, die die Situation nur noch schlimmer machen würde. Er war der Kommandant der Gilde, und im Magischen Rat war er dafür verantwortlich, die zerbrechliche Allianz mit den Menschen aufrechtzuerhalten und die Übernatürlichen zu schützen und zu regieren. Ich war eine Bedrohung für beide Gruppen, und ich war mir nicht sicher, dass er, falls er mich jemals für eine unmittelbare Bedrohung halten sollte, nicht mit mir umgehen würde, wie er es mit jeder Bedrohung tun würde.

Wir verließen eilig die Höhle, und ich war auf halbem Weg zu meinem Auto, als er meinen Namen rief. „Konfrontiere ihn nicht ohne mich!", befahl er.

Das hatte ich mir schon in der Höhle vorgenommen. Ich wollte Conner unsäglichen Schmerz zufügen, doch ein Teil von mir hoffte, dass man vernünftig mit ihm reden konnte. Meine Position als seine potenzielle – wenn auch widerwillige – Gefährtin könnte sich als Vorteil erweisen. Es wäre definitiv schwer, vernünftig zu sein, während Conner und Gareth ausfochten, wer die Trophäe dafür bekommen sollte, das narzisstischste, arroganteste Alpha-Arschloch zu sein. Ich hatte keine Zeit dafür.

Ich schüttelte den Kopf.

Seine Stimme wurde leise und befehlend.

Ach, da ist er. Und hier dachte ich, er hätte vielleicht ein neues Kapitel aufgeschlagen.

„Miss Michaels, diese Angelegenheit muss strategischer angegangen werden. Du wirst nichts tun und uns das erledigen lassen."

Ich brachte es einfach nicht über mich, mit ihm zu streiten. Wenn ich all meine Geduld und Diplomatie bei ihm aufbrauchte, was sollte ich dann bei Conner anwenden? Meine Reserven waren nicht sehr groß, was diese Angelegenheiten anging. Nein, ich konnte heute einfach nicht die Erwachsene spielen. Ich konnte einfach nicht.

„Mr. Reynolds" – zwei konnten dieses Spiel spielen – „was wäre dir lieber: dass ich dir sage, dass ich nicht gehe, und trotzdem gehe, oder dass ich dir die Wahrheit sage – ich gehe."

Ein Herzinfarkt war keine der Optionen, doch er schien sich dafür entschieden zu haben. Seine Augen verengten sich zu Schlitzen, bis alles, was ich sehen konnte, nur noch ein Hauch von Eisblau und des indigoblauen Rings war, der seine Iriden umgab. Seine Lippen waren angespannt wie der Rest seines Gesichts. Ich ging langsam rückwärts zu meinem Auto und war mir nicht ganz sicher, ob er mich nicht packen und mitnehmen würde. Ein paar Augenblicke später stieg er in sein Auto und raste davon.

Der große Baumbestand, der das Gebiet umgab, wohin mich der Ortungszauber geführt hatte, machte es schwierig, darum herumzugehen. Ich konnte die Magie und ihre seltsame Anziehungskraft spüren. Sie war meiner so ähnlich. Sie überschattete alles – Eichen, Blumen, Erde – umgab alles und hing in der Luft. Je stärker die Magie wurde, desto mehr begann mein Herz zu pochen.

Ich war meine mitreißende Predigt hundertmal durchgegangen und hatte alle Punkte herausgearbeitet, die bei so ziemlich jedem funktionieren würden, doch ich hatte es nicht mit *irgendjemandem* zu tun – ich hatte es mit dem selbsternannten Befreier unserer Rasse zu tun. Einem Mann, der das Gefühl hatte, dass er uns wieder zu dem machen konnte, was wir einst gewesen waren – magische Könige. Doch seine Erinnerung reichte nicht sehr weit zurück, denn um die Position zu beanspruchen, würde er genau das tun müssen, was die Leute dazu gebracht hat, uns zu hassen. Die Säuberung war unser Untergang gewesen, danach waren wir nur noch die Gejagten und Ausgestoßenen. Und unser Name war zum Synonym für große Schutzzauber, Massenmord und drakonische Magie geworden.

Mit den Dolchen in der Hand näherte ich mich dem Bereich und versuchte langsam, den Schleier zu finden, was nicht schwer war – die durchscheinende Barriere kräuselte sich, wölbte sich dann und schuf eine Öffnung für mich. Sobald ich beide Füße auf den neuen Boden dahinter setzte, schloss sie sich abrupt.

Tiefer im fremden Territorium sah ich mich um. Das war ihr neues Zuhause, ganz anders als das erste, das ich gesehen hatte – Brachland, kahle Bäume und kleine, unscheinbare Häuser. Das hier war ganz anders, geschaffen für einen längeren Aufenthalt. Üppig grünes, manikürtes Gras erstreckte sich über den riesigen Raum. Blühende Bäume standen zwischen Eichen und Pappeln. Der Duft der exotischen Pflanzen, von denen meine Mutter gesprochen hatte, lag in der Luft. Ein kleiner Teich zu meiner Rechten war zur Dekoration mit Blüten bestreut und gerahmt von sorgfältigen platzierten Steinen in Erdtönen von Braun und Grün bis Blau. Jedes Haus war beeindruckend, palastartig: dekorative Säulen an den Eingängen, gestutzte Büsche, die sie umgaben, und Blumenbeete, die die Wege zu den Haustüren säumten. Anstelle der drei Hütten zuvor gab es jetzt neun Villen. Ich nahm an, dass er also mindestens neun Legacy oder Vertu hatte, die sich ihm angeschlossen hatten. Das würde schwieriger werden, als ich gedacht hatte.

Conner wartete mehrere Meter entfernt auf mich. Nachdem er seinen Blick über mich und meine Waffen hatte schweifen lassen, schien er sie als nicht bedrohlich einzustufen. Ich trug ein T-Shirt und Jeans, die nur einen erbitterten Kampf oder Fleck davon entfernt waren, in den Müll zu wandern; im Vergleich zu Conner war ich extrem underdressed. Er trug sein übliches helles Hemd, diesmal in Pastellgrün, dazu eine beige Hose.

Seine breiten Gesichtszüge und die schmale Adlernase trugen zu seinen aristokratischen Gesichtszügen bei. Sein Hochmut und seine Arroganz waren so schlecht verschleiert, dass er genauso gut ein Schild hätte hochhalten können, das der Welt mitteilte, dass er sich für etwas Besseres hielt. Sogar das Schwert, das er an der Hüfte trug, steckte in einer auffällig verzierten Scheide.

Er berührte seine Waffe und warf meinem Sai einen weiteren Blick zu. „Hier dachte ich, du würdest meiner Einladung mit weniger Gewalt begegnen als zuvor. Doch ich würde nicht weniger von meiner Gefährtin erwarten. Bitte leg deine Waffen nieder. Ich habe dich hierher eingeladen, um mit dir zu reden, und obwohl ich es genieße, meine Kriegergefährtin in Aktion zu sehen, ist das nicht der richtige Zeitpunkt dafür."

Das schon wieder. Anscheinend hatte er die letzten paar Male, als wir uns begegnet waren, meinen Versuch, ihn umzubringen, für seine Version des Vorspiels und den Beginn eines schmutzigen Paarungsrituals gehalten. Er sah mich als seine Gefährtin und wollte mich als Zuchtstute benutzen, um das zu erschaffen, was er als magische Königskinder betrachtete. Unsere Träume und Zukunftsvisionen wichen offensichtlich deutlich voneinander ab, da mein einziges Ziel darin bestand, ihn mit allen nötigen Mitteln aufzuhalten, selbst wenn das bedeutete, ihn zu töten.

Ich steckte meine Waffen in ihre Scheiden; das musste nicht gewalttätig sein. Doch als er dastand, eingehüllt in seine Art von Unverschämtheit, war die Vorstellung, den hochmütigen Ausdruck aus seinem Gesicht zu prügeln, so viel reizvoller als Diplomatie.

„Ich bin so froh, dass du meine Einladung angenommen hast."

„Welche: das Chaos, das Blutvergießen und die Gewalt auf dem Platz oder das Chaos, das Blutvergießen und die Gewalt im *Devour*? Bitte bring deine tollwütigen Magier zurück in ihre Käfige, wo sie hingehören."

Mit langsamen, gemessenen Schritten kam er schweigend auf mich zu, bis er nur noch wenige Zentimeter von mir entfernt war. „Nun, Anya, das liegt an dir. Du willst sie einsperren, dann bleib hier. Das ist mein Angebot. Wenn nicht, gibt es noch zwei weitere Schutzzauber, die ich brechen werde, und bald werden die Menschen mich anflehen, dem Chaos ein Ende zu setzen.“

„Das ist kein Sieg für dich. Glaubst du, dass irgendetwas, was du tun kannst, die Tatsache in den Schatten stellen wird, dass unsere Vorfahren einen großen Teil der Weltbevölkerung getötet haben? Deine kleinen Manipulationsversuche beweisen nur, dass man dir nicht trauen kann. Glaubst du, die Menschen werden vergessen, dass sie ohne die Allianz mit den Übernatürlichen nicht gewonnen hätten? Zusammen haben sie uns in den Arsch getreten. Mach dir nichts vor: Sie werden diesen kleinen Sturm überstehen, den du ausgelöst hast, und am Ende wird es dir nicht besser gehen.“

„Du bist so pessimistisch.“

Es würde keine Diplomatie mit ihm geben. Ich wollte seine Meinung nicht ändern, und aus meiner peripheren Sicht sah ich die neue Ergänzung zu seinem Plan. Es gab acht Häuser, aber jetzt standen zwölf seiner Anhänger um mich herum. Die meisten von ihnen waren jünger, ungefähr in meinem Alter, und vier ältere Leute, von denen ich annahm, dass sie an der ersten Säuberung teilgenommen hatten. Ich blickte auf die kleine Gruppe von Leuten mit kupferrotem Haar, dem Zeichen unseres Volkes, das jetzt gleichbedeutend mit Verrat war.

Ich wandte mich ihnen zu. „Er wird uns alle umbringen.“ Dann sprach ich die Älteren an. „Ihr habt es erlebt. Wollt ihr das wirklich noch einmal durchmachen? Es ist über dreißig Jahre her. Ich glaube, es gibt einen Weg, den wir gehen können, um uns nicht mehr verstecken zu müssen. Vielleicht können wir mit dem Magischen Rat sprechen und ein normales Leben führen. Doch wenn ihr es noch einmal versucht und scheitert – dann …“

Ich wurde mit verschiedenen desinteressierten Blicken konfrontiert. „Das ist, was du willst – nicht wir. Wir wollen das Leben, das wir vorher hatten, und wir werden ein noch besseres bekommen", antwortete einer der älteren Anhänger.

Verdammt. Für einen Moment fühlte ich mich wie ein Einhorn – anders als meinesgleichen. Doch ich konnte nicht fassen, dass alle so waren. Mir wurde klar, dass der einzige Weg, den Körper aufzuhalten, darin bestand, ihm den Kopf zu nehmen. Ich packte meine Sai mit einer schnellen Bewegung und stürzte mich auf Conner, streifte seine Seite mit einer Spitze und durchbohrte dann seinen Arm. Dann machte ich eine Vierteldrehung in die entgegengesetzte Richtung und bohrte das andere Sai tief in ihn hinein. Ich ließ das andere Sai fallen, riss sein Schwert aus der Scheide und wollte es gerade in einem Bogen ausrichten, um zuzuschlagen, als ich hart getroffen wurde. Was sich wie ein Blitz anfühlte, der in mir explodierte, warf mich zurück und ließ mich gegen einen Baum prallen. Ich keuchte vor Schmerz, als meine Rippe brach. Ein weiterer magischer Stoß erfasste meinen Körper und brannte wie Höllenfeuer. Die Magie war so in uns und unsere Körper verwoben, dass ich sie in meinen Rippen spürte, als ich dieselbe magische Kugel zurück auf die nahende Frau schleuderte.

Ich kämpfte gegen den Schmerz an und schleuderte eine weitere auf die anderen. Auf keinen Fall würde ich gegen zwölf Legacy und Vertu gewinnen. Magische Kugeln ruhten in ihren Händen, bereit, in meine Richtung geschleudert zu werden. Ich atmete tief ein, schloss die Augen und bereitete mich auf den Schmerz vor – doch nichts geschah. Zwischen ihnen und mir stand Conner. Er hob die Hand. „Das ist genug."

Ich rollte mich auf die Seite, stützte mich mit meinen Armen ab und sah mich um. Als sie zurückwichen, trat eine schlanke Frau ein wenig weiter zurück, doch magische Funken in verschwommenem Blaugrün, Gelb und Pfirsich schossen aus ihren Fingern, und schienen nicht so leicht zu löschen zu sein wie die der anderen, was mich zu der Annahme brachte, dass sie mehr Macht als Kontrolle besaß. Doch der Rest schien geschickt in der Ausführung von Magie zu sein. Ich fragte mich, ob sie genauso gut darin waren, Zaubersprüche zu wirken, und das war der Punkt, an dem es mir mangelte. Meine Eltern wussten, dass Zaubersprüche immer zu ihrem Schöpfer zurückverfolgt werden konnten, also hatten sie mir nur die beigebracht, die ich zum Überleben brauchte. Diese Magie war meist defensiver Natur, und obwohl sie verfolgt werden konnte, war sie viel schwieriger zu finden als offensive Magie. Die meisten Wesen spürten nur die Magie, die in der Luft verweilte, ihnen auf der Zunge lag oder ihre Nasenhaare versengte, doch jede Magie hatte einen Fingerabdruck, der letztendlich mit ihrem Benutzer in Verbindung gebracht werden konnte. Wenn die Übernatürlichen demjenigen, der die Magie gewirkt hatte, schon einmal ausgesetzt gewesen waren, dann konnten sie ihn identifizieren.

Conners Hemd war so, wie es gewesen war, bevor ich ihn angegriffen hatte, frisch und sauber, ohne Anzeichen dafür, dass ich versucht hatte, ihn zu köpfen. Er kniete neben mir und streckte die Hand aus, um mich zu berühren. Ich schlug seine Hand weg, und als er ein zweites Mal versuchte, mich zu berühren, tat ich es erneut. Abgelenkt von seiner unwillkommenen Berührung, wollte ich ihn bei seinem dritten Versuch erneut blockieren. Sein anderer Arm streifte den Arm, der meinen Körper stützte, und ich sank zu Boden. Er beugte sich über mich, seine Hand strich über meinen Scheitel und über die Länge meines Pferdeschwanzes. Und als er sprach, war seine Stimme ein vornehmes Flüstern mit einer melodischen Kadenz, die einen schwächeren Verstand dazu bringen könnte, zu vergessen, dass er vollkommen durchgeknallt war.

„Sie werden mich beschützen, weil ich mir ihre Loyalität verdient habe. Was muss ich tun, um deine zu verdienen?"

„Du darfst nicht mit *Humans First* arbeiten. Man kann ihnen nicht trauen. Leute wie sie sollten keinen Zugang zu unserer Magie haben", sagte ich, und mein Rhythmus und mein Tonfall passten zu seinem. Ich war mir nicht sicher, wen ich weniger mit den Nekrospeeren sehen wollte: *HF* oder Conner. Ich musste mich für das kleinere von zwei Übeln entscheiden, doch beide lagen ziemlich weit oben auf der Skala der schlechten Ideen. Conner hatte einen größeren Plan, also würde er sich nicht irrational verhalten. Was *HF* anging, war ich mir da nicht so sicher.

„Für dich, gerne." Er stand auf und streckte seine Hand aus, um mir aufzuhelfen, und alle um ihn herum sahen interessiert zu. Ich nahm sie. Ich hasste jeden Moment, in dem ich zu einer hilfsbedürftigen Jungfer degradiert wurde, die die Hilfe des selbstverliebten Ritters brauchte. Doch ich wollte auch nicht gegen zwölf Legacy und Vertu kämpfen.

Das entspannte Lächeln blieb auf seinen Lippen, als er zurücktrat. Ich beobachtete ihn und die anderen aufmerksam und wartete auf ihre Antwort, als ich ein paar Schritte von ihm wegging, um meine am Boden liegenden Sai aufzuheben. Sein Lächeln wankte nicht, als ich sie nahm.

„Ich gehe."

„Genau, wie du solltest."

Was wollte dieser Typ? Ich zog es vor, dass die HF-Menschen Spinner waren, die nicht aufhören konnten, über ihre Pläne zur Weltherrschaft zu reden. Der charismatische, ruhige, attraktive Mann vor mir war definitiv nicht das, was ich brauchte. Doch er war, was seine Sache brauchte. Die zwölf Leute, die bereit waren, für ihn die Welt zu zerstören, waren ein Beweis für die Wirksamkeit seiner Ausstrahlung. Ich hatte keine Chance, ihnen auszureden, ihm zu folgen. Und ich hatte wahrscheinlich gerade seiner Sache geholfen. Ich hatte angegriffen, und er würde mich lebend und unversehrt ziehen lassen. Er hatte sie davon abgehalten, mich zu bestrafen. Als ich ihre sehnsüchtigen Blicke sah, die sie auf ihn richteten, wurde mir klar, dass er sie für sich gewonnen hatte und ich mir gerade lebenslange Feinde gemacht hatte.

Als ich mich zur Öffnung zurückgezogen hatte, hatte ich meine Magie zentriert und mich darauf vorbereitet, sie zu benutzen, einschließlich der Vorbereitung auf die Schmerzen, die folgen würden. Das Adrenalinhoch von zuvor war schon lange abgeklungen. Mein Körper schmerzte, und bei jedem Atemzug spürte ich ein kaum erträgliches Stechen von meinen gebrochenen Rippen. Doch ich brauchte keine Magie: Der Schleier öffnete sich, gerade weit genug, dass ich mich hindurchzwängen konnte, und ich war fast draußen, als mir jemand einen magischen Stoß versetzte – hart. Ich drehte mich um, um einen kurzen Blick auf die Frau zu erhaschen, die ihre Magie nicht schnell genug löschen konnte und nur wenige Zentimeter von Conner entfernt stand und mich wütend anstarrte, als sich der Schleier zu schließen begann. Er hatte mich vielleicht als seine Gefährtin auserwählt, doch ich hatte das Gefühl, dass sie diese Ehre wollte. Ich hätte sie ihr liebend gerne überlassen.

Ich humpelte davon, die Schmerzen in meinen Rippen und meiner Schulter waren so intensiv, dass mir übel wurde. Fast sechs Meter von meinem Auto entfernt lehnte ich mich gegen einen der Bäume. Ich hatte schon früher Schnitte und Prellungen mit meiner Magie geheilt, doch ich hatte sie nie dazu benutzt, gebrochene Knochen zu heilen. Aber ich musste etwas tun – der Schmerz wurde immer schwerer zu ertragen. Die Luft war rein, ich spürte keinen Hauch von Magie, obwohl ich nur drei Meter von einem Schleier entfernt war, der genug mächtige Wesen verbarg, um ein Viertel des Landes zu zerstören.

Und dann dämmerte es mir – sie konnten es wirklich. Es wurde geschätzt, dass es nur neunundachtzig Legacy gewesen waren, die die globale Säuberung gewirkt hatten.

Was, wenn Conner seine Strategien ändern und diesen Weg gehen würde? Oder würde er bei seinem ursprünglichen Ziel bleiben und kleine Säuberungen im ganzen Land durchführen? Mit zwölf Legacy, vier Nekrospeeren und Magiern, die bereit waren, ihre Art zu verraten, um mehr Macht zu erlangen, wie viel Schaden konnte er anrichten?

Das Warten machte alles nur noch schlimmer – der Schmerz und die Spekulationen – ich musste in meine Höhle gelangen, wo die Schutzzauber und die geologische Beschaffenheit der Gegend meinen Einsatz von Magie verbergen würden. Ich konnte es mir nicht leisten, nachlässig zu sein.

In dem Moment, als ich mich vom Baum abstieß, sah ich das Letzte, was ich brauchte, um die Ecke kommen – Gareth. Kaum mehr als einen Meter von mir entfernt blieb er abrupt stehen. Er runzelte die Stirn, während er mich anstarrte. Er neigte den Kopf, und dann vertiefte sich sein Stirnrunzeln.

Ich sah auf mein Hemd und meine Jeans hinunter. Sie waren schmutzig, doch die Beweise dafür, dass ich Conner angegriffen hatte, waren weg. Das war noch etwas, das ich lernen musste – wie ich mein Blut zurückbekam. Es hinterließ einen sauren Geschmack in meinem Mund, dass die einzige Person, die mir beibringen konnte, wie man jemanden wie Conner besiegte, Conner war.

„Deine Haare", sagte er schließlich.

Um Himmels willen, wenn du etwas darüber sagst, dass meine Haare zerzaust sind, werde ich dir sagen, was ich davon halte.

„Sie sind rot. Richtig rot."

Ich fuhr mit meinen Fingern darüber und brachte das Ende meines Pferdeschwanzes in Sicht. Es war rot, unser seltsames typisches Kupferrot. Ich starrte es lange an. Ich hatte noch nie meine natürliche Farbe gesehen. Seit ich denken kann, hatte ich dunkelbraune Haare. Als Kind dachte ich, es sei meine natürliche Haarfarbe; als Erwachsene sorgte meine vierwöchige Färbebehandlung und Farbshampoo dafür, dass ich sie nie sah.

Gareth bemerkte, dass meine Bewegung Schmerzen verursachte, und kam näher. „Du bist verletzt."

„Nicht wirklich, nur meine Schulter, und ich könnte ein paar gebrochene Rippen haben."

„Und *das* tut nicht weh?", fragte er ungläubig.

„Nur ein bisschen."

Er drückte seine Hand gegen meine Rippen, und ich schnappte nach Luft. „Ich bringe dich ins *Isles*."

„Nein. Ich kann es reparieren. Mir geht's gut."

Er senkte seine Stimme, kalt und befehlend. Dieselbe, die er benutzte, wenn er anfing, mich bei meinem Nachnamen zu nennen und Befehle zu geben. „Du hast zwei Möglichkeiten, *Miss Michaels*: Entweder ich bringe dich ins *Isles* oder ins Krankenhaus. Welche darf es sein?"

„Die dritte Option – nach Hause gehen und es selbst reparieren. Ich stehe nicht unter deinem Befehl, ich bin ich nicht auf deine Optionen beschränkt."

Oh-oh, Kitty ist wieder sauer.

Und das war er. Augen, die normalerweise blau und kristallklar waren, hatten sich verdunkelt wie ein Sturm vor einem sintflutartigen Regenguss. „Wenn du unter meinem Kommando stündest, würde ich mein Bestes tun, um dich vor Verletzungen zu schützen. Ich würde gerne denken, dass ich ein besserer Mann bin, der dich nicht über meine Schulter werfen und dich in ein Krankenhaus bringen würde. Doch du machst es mir wirklich schwer, ein besserer Mann zu sein."

Das würde ich gern sehen. Und dann kannst du mir sagen, wie sich die Zwillinge anfühlen. Doch so wie ich mich fühlte, glaubte ich nicht, dass ich ein guter Gegner sein würde.

„Entscheide dich."

Livy, spiel mit. Du kannst nett sein. Doch ich vertraute mir nicht, ihm nicht zu sagen, wo er sich seine Auswahl hinschieben sollte, und wenn er fertig war, gab es ein paar andere Stellen, an denen er sie sich danach stecken konnte.

Doch bei all seinem Wandler-Macho-Gehabe versuchte er nur zu helfen. Ob es mir gefiel oder nicht, ich brauchte Gareth und die Gilde der Übernatürlichen.

„Ich würde lieber weder die eine noch die andere Option nehmen. Ich kann die Rippen und die Schulter reparieren." Ich sah mich um. „Ich will nur einfach nicht hier zaubern. Bitte, ich muss zu meiner Höhle."

Er überlegte kurz und nickte dann. „Ich fahre."

In seinem Auto hatte ich Gelegenheit, meine Haare im Spiegel zu betrachten. Sie waren rot – wirklich rot. Es war sehr charakteristisch und so verhasst, dass Menschen mit ähnlicher Haarfarbe sie oft wechselten, aus Angst, für einen Legacy gehalten zu werden. Conner hatte versucht, mich zu outen. Was, wenn jemand anderes als Gareth mich gefunden hätte – was wäre passiert?

Gareth betrachtete noch einmal mein Haar und schien zu besorgtem Schweigen geschockt zu sein.

Ich war mir nicht sicher, ob die Tatsache, dass er fuhr, besser war oder nicht. Wenn ich gefahren wäre, hätte ich zumindest etwas gehabt, um mich von den Schmerzen abzulenken. Ich lehnte mich gegen den weichen Ledersitz, nachdem ich eine Position gefunden hatte, die mir nicht zu viele Schmerzen bereitete. „Hast du die Maxwells erwischt?"

Er schüttelte den Kopf. „Wir brauchen nur einen, weil ihre Macht unter den dreien aufgeteilt ist. Nimm einen und du schränkst ihre Macht effektiv ein. Als wir dort angekommen sind, waren sie schon verschwunden und haben nur eine Spur von Gewalt und verletzten Körpern als Beweis für ihre Anwesenheit hinterlassen." Er seufzte. „Ich weiß nicht, wie sie aus ihren Gefängnissen herausgekommen sind. Wir haben sie getrennt."

„Sie sind nicht rausgekommen, Conner hat sie rausgelassen."

„Warum zum Teufel sollte er so etwas tun?"

„Weil er mit *HF* zusammenarbeitet, deren einziges Ziel es ist, die Welt dazu zu bringen, Übernatürliches zu fürchten. Was gibt es Besseres, als einen Übernatürlichen einen Zauber wirken zu lassen, um Menschen dazu zu bringen, sich gegenseitig zu verletzen? Bald wirst du Leute haben, die denken, dass die Säuberung keine so schlechte Sache war, weil sie die bösen und schrecklichen Übernatürlichen beseitigt hat. Am Ende sehen Legacy und Vertu wie Helden aus."

„Conner ist sehr stark. Das menschliche Justizsystem sammelt Fingerabdrücke; wir sammeln Blut. Wir hatten ihres, und die besten Magier in unserem Team konnten sie nicht tracken. Wir sind darauf beschränkt, ihre Aktivitäten zu verfolgen, und es gibt kein Muster." Seine Lippen verzogen sich zur Seite, als er von seinen Gedanken abgelenkt wurde.

„Du hast ihren Geruch, kannst du ihn nicht folgen?"

„Nicht, wenn sie es mit Magie verhindern."

„Was das angeht, weißt du, welchen Zauber sie verwenden? Wenn ja, kannst du eine Kopie bekommen?"

„Du bist ein bisschen zu scharf darauf. Wie ich schon sagte, unser Mund mag das eine sagen, doch unser Körper verrät uns jedes Mal. Ich kann hören, wie sich deine Atmung beschleunigt, und dass dein Herz schneller schlägt, kannst du auch nicht verhindern. Du bist meiner Gegenwart gegenüber nicht so sehr abgeneigt, wie du behauptest."

„Ich habe gerade starke Schmerzen, das erklärt die Herzfrequenz, und ich glaube, ich habe eine Allergie."

Er lachte. „Natürlich liegt es daran."

In dem Bemühen, die verstohlenen Blicke zu ignorieren, blickte ich aus dem Fenster und stellte fest, dass wir an der Höhle vorbeigefahren und auf der Straße zu seinem Haus waren. „Warum fahren wir zu dir nach Hause? Ich sagte, ich muss in die Höhle. Hörst du jemals auf jemanden, oder tust du einfach immer, was du willst?" Ich wollte die Schärfe meiner Stimme wirklich dem Schmerz zuschreiben, doch es war mehr als das. Ich war angepisst.

Er dachte einen Moment lang über die Frage nach, als wir die lange Straße hinunterfuhren, die zu seinem Haus führte, vorbei an Wäldern, die fast alles verdeckten. In seiner Straße schien es nur vier Häuser zu geben, und die Entfernung zwischen ihnen rechtfertigte es nicht wirklich, das Wort *Nachbar* zu verwenden. Vielleicht war *Straßenkamerad* passender. „Nicht, wenn ich etwas Besseres habe."

„Mich in einen Club zu stalken, meinen Geruch zu verfolgen und mich gegen meine Bitte zu dir nach Hause zu bringen, klingt wie das Verhalten eines Psychopathen. Du bist der Anführer der Gilde der Übernatürlichen."

Er zuckte mit den Schultern, als er in seine Garage fuhr. „Klingt ungefähr richtig." Er stieg schnell aus dem Auto und kam zu mir, um die Tür zu öffnen. Ich rührte mich nicht.

Bei offener Tür stand er da und wartete. Aus Sekunden wurden Minuten, in denen keiner nachgeben wollte. Doch das war ein Kampf, den ich gewinnen musste. Gareth würde mich nicht zum Aufgeben zwingen.

„Ich schätze, deine Verletzungen sind nicht so schmerzhaft – du scheinst es nicht eilig zu haben, sie zu heilen."

Ich drehte mich zu ihm um, meine Augen fest auf ihn gerichtet, schoss ihm die ganze Wucht meiner Wut entgegen. Meine Zähne waren so fest zusammengebissen, dass mein Kiefer anfing zu schmerzen. „Ich kann gut mit Schmerzen umgehen." *Jetzt werde ich mich mit dir befassen.* „Bring mich dorthin, wo ich von Anfang an hinwollte."

Er seufzte und kniete nieder. „Ich habe ein Zimmer, das du benutzen kannst – es ist sicher. Der nächste Nachbar ist fast hundert Meter entfernt. Hier musst du nicht in der Kälte arbeiten oder in eine Höhle klettern, was bei deiner Verfassung wahrscheinlich verdammt wehtun würde. Und ich habe deinen Magen zweimal knurren gehört – ich habe was zu essen da. Zufrieden?"

Verdammt. Seine Idee ist besser. Ich packte meine Empörung und Scham über meinen unnötigen Eigensinn in ein kleines Tütchen Demut und stieg aus dem Auto. Ich wollte nach meinen Sai greifen, doch Gareth nahm sie.

„Ich denke, ich sollte aufpassen, dass du nicht versuchst, mich damit zu erstechen", sagte er mit einem Grinsen. „Du scheinst auf Gastfreundschaft anders zu reagieren als die meisten Frauen – vielleicht bist du irgendwie kaputt."

Du machst es dir wirklich nicht leicht, oder?

Gareth führte mich durch das Haus, und ich folgte ihm durch den Flur zu einer Wendeltreppe, die in einen Keller führte. Manche hätten es als Männerhöhle bezeichnet: Ein Großbildfernseher nahm einen großen Teil der Wand ein, ein dunkles, bequem aussehendes Sofa davor, ein Ledersessel an der Seite. Und wie sein Büro war der Raum wie eine kleine Wohnung, mit Kühlschrank und Küchenecke. In einer anderen Ecke standen ein Kickertisch und mehrere Spiele. Wie im Haus selbst waren die Wände in einem neutralen Beigeton gehalten, ein Kontrast zu den Mahagonitischen und den kakaobraunen Möbeln. Ich blieb stehen und sah mich um – der Raum sah so gar nicht nach ihm aus, und er war aufgeräumt und ungenutzt. Ich bezweifelte, dass er oft hierherkam, und ich bezweifelte, dass er den Raum wirklich benutzte.

„Mein Neffe nutzt diesen Bereich mehr als ich", sagte er und zog an meinem Arm, damit ich ihm folgte.

Nachdem wir den Raum durch eine andere Tür verlassen hatten, gingen wir eine weitere Treppe hinunter. Der Durchgang wurde schmaler und wechselte von Trockenbau zu Beton. Die Wände waren kühler, und die Lichter, die er einschaltete, boten nicht mehr Licht als die Taschenlampe, die ich in der Höhle benutzt hatte. Ich blieb dicht hinter ihm, als er mich in das „Zimmer" führte, auch wenn die Bezeichnung so gar nicht passte. *Bunker* vielleicht eher? Oder *Luftschutzkeller*? Wir waren unter der Erde, tief unter der Erde, und ich erlebte die seltsame Behaglichkeit, die ich in meiner Höhle empfand. Wir gingen durch zwei dicke Türen in einen kleineren Raum. Sein kleiner Unterschlupf war eine nette Wohnung. Viel schöner als meine. Und es war warm, viel besser als draußen zu sein, wo es noch nicht ganz warm geworden war oder eben so warm, wie man es von den Herbsttemperaturen im Mittleren Westen erwartet konnte.

„Rechnest du mit einer Apokalypse?", fragte ich und drehte mich langsam um, um den Raum anzusehen.

Er brachte kaum ein kleines Lächeln zustande, doch es blieb, als er mit den Schultern zuckte. „Man kann sich nie sicher sein. Seltsame Dinge passieren, nicht wahr?"

Ich antwortete nicht, doch ich fragte mich, ob die seltsamen Dinge, die er meinte, die Säuberung war. Würde ihn das schützen? Ich wusste es nicht. Ich spürte keine Schutzzauber und selbst Sigillen an den Wänden würden ihm nicht helfen, weil er nicht zaubern konnte.

Er zog sich ein Stück weit zurück und gab mir Raum. „Brauchst du irgendwas?"

Ich schüttelte den Kopf, und als er zurück zur Treppe ging, erwartete ich, dass er gehen würde. Er tat es nicht. Mit einem sanften Lächeln auf den Lippen verschränkte er die Arme und wartete geduldig. „Ich würde gerne zusehen."

„Ich bin sicher, du hast Heilzauber gesehen, der von einer Hexe oder einem Magier ausgeführt wurde", sagte ich.

„Natürlich, aber ich habe noch keinen von dir gesehen. Ich bin neugierig."

Ich trat einige Schritte zurück, als er sich an die Wand lehnte und seine Augen mit akutem Interesse auf mich richtete. Ich versuchte, seine Aufmerksamkeit zu ignorieren. Das war das erste Mal, dass ich vor jemand anderem als meinen Eltern und Savannah zauberte. Es fühlte sich seltsam an mit Publikum.

Nach ein paar Minuten unangenehmer Stille kehrte ich ihm den Rücken zu und war mir bewusst, dass sein Interesse wahrscheinlich nicht nachlassen würde. Und die Magie begann wie immer. Obwohl ich sie erst vor wenigen Stunden benutzt hatte, war sie so daran gewöhnt, ignoriert und nicht benutzt zu werden, dass sie aus ihrem latenten Zustand kam. Ich hatte in den letzten zwei Wochen angefangen, sie häufiger zu benutzen als seit Jahren, und es war mir nicht mehr so fremd wie früher. Sie entfaltete sich in mir, durchströmte mich sanft, und die Wärme breitete sich langsam aus, als sie meine Glieder umgab. Die verschiedenen Farben, die die einzigartigen Ursprünge meiner Magie repräsentierten, tauchten separat auf und wickelten sich dann langsam umeinander, bis sie zu etwas Einzigartigem wurden. Unserer Magie. Alter Magie.

Das schmerzhafte Pochen in meiner Schulter wurde zu einem dumpfen Schmerz. Ich atmete tief ein. Vorher war es furchtbar schmerzhaft gewesen; jetzt war es nur noch ein kleines Ärgernis. Ich entspannte mich langsam in die Magie hinein und ließ sie wieder durch mich fließen, reparierte den Schaden des Tages. Und als sie fertig war, schien sie sich wie immer zurückzuziehen und wurde zu einer kompakten kleinen Tasche, die für die Zeiten, in denen ich sie brauchte, aufbewahrt wurde. Eine Reisetasche nur für Notfälle. Notfälle, die ich zu oft erlebt hatte. Notfälle, die noch schlimmer werden würden, wenn es mir nicht gelingen sollte, Conner aufzuhalten.

Als ich mich umdrehte, war Gareth nah bei mir, und unsere Blicke trafen sich. Er zögerte einen Moment, dann streckte er die Hand aus und berührte eine Strähne meines Haares, drehte sie langsam um seine Finger. Ich spürte die Wärme seines Körpers. Das Flackern seines Wandlerrings, sanft, aber mit einem Hauch von Gefahr, hielt meinen Blick fest. Wir waren uns nah, zu nah, und ich schwankte zwischen dem vorherrschenden Widerspruch zwischen Interesse, das wollte, dass ich blieb, und Abneigung, die mich dazu brachte, so weit wie möglich weggehen zu wollen.

„Überhaupt nicht das, was ich erwartet hatte", sagte er leise.

„Was hast du erwartet?"

„Einfach was anderes. Anya Kismet." Er sagte meinen Namen in einem leisen, angespannten Flüstern. Es war anders, als er es in seinem Büro gesagt hatte, als hätte es eine Bedeutung für ihn.

„Woher weißt du meinen Namen?", fragte ich noch einmal.

Gareth lächelte schief, sodass der Wandlerring im Licht blitzte. „Ich habe dir doch gesagt, du hast es mir erzählt."

Es fiel mir schwer zu glauben, dass ich ihm das gesagt haben sollte. Ich war den größten Teil meines Lebens Olivia Michaels gewesen. In dem Moment, als ich diese Identität angenommen hatte, hatten meine Eltern mir eingetrichtert, dass ich Olivia war und sonst nichts. Ich konnte mir nicht vorstellen, dass ich so leichtsinnig wäre, so etwas auszuplaudern. Ich war Anya Kismet, weil das mein Ursprung war; das wäre ich gewesen, wenn alles anders gewesen wäre. Anya Kismet war, wer ich sein sollte. Gareth hätte diese Informationen nicht haben sollen. Niemand hatte diese Informationen, außer –

„Was hast du gemacht, bevor du zur Gilde der Übernatürlichen gekommen bist?", fragte ich, wich ein paar Schritte zurück und beobachtete ihn mit einer neuen Vorsicht, wurde mir meiner Umgebung bewusster. Es war tatsächlich der Ort, den er gebaut hatte, um sich zu schützen. Und genau dafür war er gerüstet. An der Wand waren Schwerter befestigt: ein Katana, ein Säbel und ein Jian. Das Katana war ganz unten, nicht gerade meine Sai, doch einfach zu benutzen, wenn ich es brauchte. Ein Kühlschrank auf der anderen Seite – nichts, was ich dort gebrauchen könnte. Rechts ein großer Safe, in dem sich sicher Schusswaffen befanden. Auf einem Regal standen Kräuter, Tannin, verschiedene Salze und Flüssigkeiten, alles Dinge, die man in einem Zauberladen finden kann und die ich in dem Haus gesehen hatte, in dem wir uns begegnet waren. Ganz unten im Regal hatte er mehrere kleine Amulette, wie die Hexen sie verkauften. Die Menschen liebten sie, doch sie boten nicht viel Schutz und konnten nicht mehr, als einen kleinen Ausbruch von Magie, ähnlich einem Feuerwerkskörper, der nicht verletzen konnte, es sei denn, man war sehr nahe dran und hatte empfindliche Haut.

„Ich war Vorsitzender des Wandlerrats", sagte er.

„Nur vier Jahre." Das war eine Information, die Kalen mit großer Begeisterung weitergegeben hatte. In dem Moment, als ich ihn gebeten hatte, mir mehr Details über Gareth zu erzählen, war mir schnell klar geworden, dass er auch ein Dossier über den Magischen Rat und den Feen-, Hexen-, Magier- und Wandlerrat hatte. Er wäre nicht Kalen gewesen, wenn es nicht mindestens ein Viertel nutzlose Informationen gewesen wären. Ich hätte nicht gedacht, dass irgendjemand Informationen wie das Lieblingsrestaurant von jemandem oder das Getränk, das er in dem Restaurant bestellt hatte, in dem er ihn gesehen hatte, zu irgendeinem Zeitpunkt in seinem Leben als nützlich erachten würde.

Der Argwohn zwischen uns wurde greifbar. Es war anders als alles, was wir zuvor gehabt hatten.

Seine Zunge glitt über seine Lippen, befeuchtete sie, und ich bereitete mich auf eine Lüge vor. Als er seinen Mund wieder öffnete, kam nur ein tiefer Seufzer heraus. „Ich will dich nicht anlügen."

„Du meinst nicht *schon* wieder", sagte ich.

„Beim ersten Mal habe ich nicht gelogen. Ich habe gefragt, ob du Anya Kismet heißt, und du hast es bestätigt."

„Okay, aber woher wusstest du, dass du mich das fragen solltest?" Er war zu nah und konnte leicht jede Distanz überwinden, die ich zwischen uns brachte. Ich würde mich nicht bewegen; ich hatte Magie und ein Katana an der Wand, nur einen kurzen Schritt entfernt.

Der eigentümliche Tanz, in dem ich Abstand zu ihm schuf und er ihn verringerte, ging weiter. Dann trat er einige Schritte von mir zurück, bis er in der Nähe der Treppe war, dem einzigen Ausgang. Ich suchte den Raum erneut ab, um sicherzugehen.

Er strich mit den Zähnen über seine Lippen. Er würde mir nicht die Wahrheit sagen. Leute taten das, wenn sie lügen wollten, und es dauerte nicht so lange, die Wahrheit zu sagen. „Ein Jahr lang war ich bei den Hütern."

Die Hüter der Ordnung war ein Name, den ich kannte, aber nie benutzte. Adrenalin ließ mein Herz pochen, ein scharfer Atem stockte in meiner Brust, und schützende Magie erwachte in mir zum Leben. Sie pulsierte und wand sich um meine Finger, lebendige Farben, die bereit waren, freigesetzt zu werden und unsagbare Schmerzen zu verursachen. „Ein Tracker?"

Er nickte, und gerade als ich meine Hand hob, um eine magische Kugel in seine Richtung zu schleudern, machte er schnell eine halbe Drehung und richtete eine seltsam ausse-hende Waffe auf mich. Es war eine Mischung aus einer 9 mm und einer automatischen Armbrust. „Nicht. Ich werde dir nicht weh tun. Ich wusste, dass du so reagieren würdest, deshalb wollte ich es dir nicht sagen."

„Es tut mir leid, dass du gedacht hast, ich würde defensiv reagieren, nachdem ich herausgefunden habe, dass es deine Aufgabe gewesen ist, meinesgleichen aufzuspüren und zu töten. Wie anmaßend von dir, so zu denken." Ich verdrehte die Augen und schätzte die Situation ein. Magie gegen Kugel oder was auch immer in der Pseudo-Waffe war.

„Es ist keine Kugel; Es ist ein Pfeil aus Iridium, der dich nicht töten, aber beim Aufprall höllisch wehtun wird. Basie-rend auf den Testergebnissen der Gilde verlieren hochran-gige Magier für fünfzehn Minuten ihre Fähigkeit, Magie auszuführen. Wir wussten nicht, dass Iridium auch auf sie wirkt. Weil du so stark bist, nehme ich an, dass du weniger als sechs Minuten beeinträchtigt sein wirst. Das wird mir genug Zeit geben, dich auszuschalten. Rechts hinter dem Sofa ist ein Satz Fesseln, die dick genug sind, um dich davon abzuhalten zu zaubern. Ich bin sicher, ich kann sie dir anlegen, bevor die sechs Minuten um sind. Stell mich nicht auf die Probe."

Ich dachte darüber nach. Sechs Minuten. Ich konnte vorher an das Katana herankommen, und ohne Zugang zu Magie war das die einzige Waffe, die ich hatte. Mit einem Schwert konnte ich umgehen, gut genug, um gegen jemanden zu kämpfen, der nicht geschickt war, doch das war es auch schon. Und ich war mir nicht sicher, ob er nicht geschickt war.

„Du kannst das Schwert nehmen, doch so, wie es positioniert ist, musst du deine linke Hand benutzen – doch deine rechte Hand ist die dominante. Ich werde zum anderen gehen und vor dir den Vorteil haben", sagte er und trat näher. „Du kannst gut mit den Sai umgehen, du wärst eine Bedrohung für mich, wenn du sie hättest. Doch du hast sie nicht. Ich bin ausgezeichnet mit dem Schwert – stell mich nicht auf die Probe. Auch damit würde ich dich vor den sechs Minuten überwältigt und dir die Handschellen angelegt haben."

Ich musste es ihm lassen – wenn es um Selbstbewusstsein und Egozentrik ging, war er ein klarer Anwärter auf die Goldmedaille.

„Olivia, ich hatte sechs Gelegenheiten, dich zu töten, wenn ich gewollt hätte."

„Das ist sehr konkret. Ein Psychopath würde sowas wissen." Ich hätte einfach die Klappe halten sollen, um nicht erschossen zu werden, doch ich fühlte mich gefangen – und das mit einem Tracker. Meine Kampf- oder Fluchtreflexe arbeiteten auf Hochtouren – auf Überleben eingestellt – und ich konnte sie nicht zügeln.

Er lachte. „Wirklich, *ich* bin der Psycho. Du bist hier

runtergegangen, hast nach jedem möglichen Ausgang gesucht. Zu deiner Information: Rechts um die Ecke ist noch einer. Dann hast du das Schwert gesehen und dich strategisch in der Nähe positioniert. Du kennst den Spruch mit dem Glashaus und den Steinen?" Seine Mundwinkel verzogen sich zu einem Lächeln.

Nach ein paar Momenten unangenehmer Stille, die von Misstrauen und Anspannung durchzogen waren, ließ ich meine Arme sinken. „Sprich."

Er beobachtete mich einige Augenblicke intensiv. „Du wirst doch nicht angreifen, oder?"

Es hing wirklich davon ab, was er zu sagen hatte, doch ich wusste, dass ich ihm das kaum sagen konnte. Ich schüttelte den Kopf, und es dauerte eine Weile, bis er die Waffe senkte. Er trat zur Seite und winkte mich zur Treppe. Ich musste mitspielen, weil er wertvolle Informationen hatte, die ich brauchte. Er könnte mir das Innenleben der geheimen Gruppe erklären und mir vielleicht sogar helfen, mehr Legacy zu finden, bevor Conner sie erreichen und sie überreden konnte, sich ihm anzuschließen.

Oben angekommen steckte er die seltsame Waffe hinter sich ins Holster.

„Du kannst sie weglegen, du wirst sie nicht brauchen", sagte ich.

„Waffenstillstand?"

„Waffenstillstand."

Er zwinkerte. „Gut, ich denke, wir sollten nett zueinander sein."

Er kam mit einem Ordner in der Hand zurück, was ziemlich genau das war, was ich erwartet hatte. Jahrelang hatte ich angenommen, dass die geheime Gruppe, die uns jagte und ermordete, wahrscheinlich nicht in großen Hightech-Räumen mit Computern, großen Bildschirmen und einer Datenbank mit Informationen operierte. Nein, sie waren wahrscheinlich nur eine Handvoll Leute in einem schmuddeligen Keller, die sich Ordner, Schriftrollen und Papierschnipsel mit Informationen ansahen.

Gareth legte den Ordner vor mir auf den Tisch, ging dann zur Kaffeestation und machte uns Cappuccino und einen Teller mit Gebäck: Mini-Muffins, Zimtschnecken und Plundergebäck und eine Auswahl an Beeren. „Deine Haushälterin?", neckte ich und betrachtete das vorbereitete Essen.

Er verzog das Gesicht und nickte dann. Er sagte, dass sie das Haus für ihn führte, doch ich hielt „Haushälterin" für eine Untertreibung. Sie war eher sowas wie ein Kindermädchen.

Ich schnappte mir einen Muffin und fing an, durch die Seiten zu blättern; es war viel umfangreicher als ich erwartet hatte. Ich wusste nicht, ob alle Legacy darin aufgelistet waren, und sie unterschieden nicht zwischen ihnen und den Vertu, doch alles andere war sehr detailliert. Name, Alter, Geburtsort, Todesort und Todesart: durch Tracker, eines natürlichen Todes oder im Krieg. Ich überflog jede Seite und suchte nach Conner. Ich fand ihn nicht, doch ich fand die Namen meiner Mutter und meines Vaters und den Tag, an dem sie getötet worden waren. Und meinen – einschließlich des Tages, an dem ich „gestorben" war. Ich sprang auf, ohne nachzudenken, und der Ruck flog aus meinen Fingern, und Gareth krachte gegen die Wand, Gips bröckelte um seinen Körper herum. Ich hätte nicht offen zaubern sollen, ich wusste es und versuchte so sehr, es nicht zu tun. Ich war mir nicht sicher, wie weit die Aura reichte oder ob jemand, der die Straße entlangfuhr, es spüren und wissen würde, dass es meine Magie war. Wut hatte jede Logik verdrängt, und das Einzige, was ich tun wollte, war, ihn zu verletzen.

Er hatte mich angelogen, und all die Wut, die ich über den Tod meiner Eltern empfand und darüber, dass ich den größten Teil meines Lebens verstecken musste, meinen Namen, meine Haare und meine gesamte Identität geändert hatte, hatte sich zu etwas aufgebaut, das ich nicht beherrschen konnte.

„Es ist nicht, was du denkst", sagte er, als er zu Boden sackte. Es war alles nur weißes Rauschen, das von der Wut übertönt wurde. Als er sich erholte und sich aufrappelte, schlug etwas gegen die Wand. Ich blickte in die Richtung. Es waren nur Sekunden der Ablenkung, und mir wurde schnell klar, dass Gareth etwas in meine Richtung geworfen hatte. Als ich mich wieder zu ihm umdrehte, warf er mir den kleinen Lautsprecher neben sich zu. Ich wandte meine Aufmerksamkeit nur für eine Sekunde von ihm ab, um mit meinem Finger zu schnippen und den Lautsprecher in eine andere Richtung zu schicken, da stürzte er sich auf mich. Wir gingen zu Boden. Ich schrie, als etwas meine Haut durchbohrte. Statt der lodernden Hitze der Magie, die mich verzehrt hatte, kühlte sich mein Körper ab. Ich rief Magie an – nichts. Wieder – nichts. Augenblicke später fühlte ich, wie sich Metall um meine Haut legte. Meine Arme wurden vor mir gefesselt.

Ich konnte spüren, wie die Hitze meiner Wut von mir aufstieg; Wärme streifte meinen Nasenrücken und meine Wangen, wie immer, wenn mein Zorn einen Punkt erreicht hatte, an dem ich ihn nicht mehr kontrollieren konnte. Ich zog Gareth an mich und rammte ihn erneut. Keuchend bewegte er sich zurück und wischte sich das Blut von den Lippen. Ich war mir nicht bewusst, dass ich ihn geschlagen hatte. Einige Meter entfernt lehnte er seinen Kopf an die Wand und funkelte mich an, wobei der Wandlerring zu glühen schien. Ich fühlte mich eher wie in der Gegenwart eines Höhlenlöwen als der eines Menschen. Den Kopf immer noch gegen die Wand gelehnt schloss er die Augen und beruhigte seinen Atem. Als er sprach, war seine Stimme ein raues, kühles Flüstern.

„Du hast mich nicht ausreden lassen."

„Diese Informationen sind neu. Vor weniger als drei

Wochen hat mich ein Tracker verfolgt, und ich habe ihm diese Erinnerung gegeben, damit sie denken, ich sei tot. Du kannst diese Informationen nur haben, wenn du kürzlich mit ihnen Kontakt gehabt hast", zischte ich. Der Gedanke daran machte mich wieder wütend. Die Fesseln waren eng und gruben sich jedes Mal in meine Haut, wenn ich daran zog.

„*Miss Michaels*, du wirst dir wehtun."

„Lass den *Miss Michaels*-Scheiß! Du hast mich angelogen. Du hast mich gebeten, dir zu vertrauen, aber wie kann ich das?"

„Ich habe nicht gelogen." Er kam näher und setzte sich ein paar Zentimeter von mir entfernt auf den Boden. „Ich war einer der Hüter, das stimmt. Ich bin bei meiner ersten Aufgabe gescheitert. Ich konnte es einfach nicht tun – sie haben Legacy getötet. Unabhängig von Alter, Familie, oder ob die Person eine Bedrohung darstellte oder nicht. Wir haben sie Tag für Tag beobachtet, und den perfekten Zeitpunkt für einen Angriff abgewartet – dafür sind wir ausgebildet. Aber ihr seid nicht so, wie die Bücher euch darstellen. Ihr seid nicht gefährlicher als Magier – wenn ihr es nicht sein wollt. Ich konnte nicht daran teilnehmen, jemanden zu töten, weil er eine Gefahr darstellen *könnte* oder an der Säuberung teilgenommen haben *könnte*. Die Leute vergessen gerne, dass es eine Gruppe gab, die Widerstand geleistet und dagegen gekämpft hat. Ich konnte es nicht."

Er rutschte näher und untersuchte die Fesseln an meinen Armen. Er zögerte, bevor er sich vorbeugte und die Haut um sie herum untersuchte. „Du wirst blaue Flecken bekommen, wenn du nicht aufhörst zu versuchen, aus den Handschellen rauszukommen."

„Du kannst sie mir abnehmen", schlug ich vor und streckte meine Arme aus. Ich versuchte es noch einmal mit der schüchternen Nummer: sanfte Rehaugen, Schmollmund und eine leise, klare Stimme, und selbst, während ich es halbherzig tat, wurde mir übel.

„Ach, wie süß bist du? Unschuldige Welpenaugen und alles. Ist das ein Schmollmund? Du ziehst alle Register, nicht wahr? Wirfst wirklich alles in die Waagschale. Wenn du mir das nicht gerade vor einer Minute verpasst hättest" – er deutete auf seine schnell heilende aufgeplatzte Lippe, die immer noch blutverschmiert und geschwollen war – „hätte ich dir fast glauben können."

„Waffenstillstand."

„Das haben wir versucht, erinnerst du dich?" Er wippte auf seine Fersen zurück.

Das wird nicht gut, und es wird schrecklich schmecken, wenn es herauskommt. „Tut mir leid, ich habe überreagiert." Das hatte ich. Er hatte recht. Er hatte jede Gelegenheit gehabt, mich zu töten, und wenn er es nicht wollte, hätte er mich dem Magischen Rat melden und sie damit beauftragen können, mir das Leben – oder was davon noch übrig war – zur Hölle zu machen.

Die scharfen Kanten seiner Gesichtszüge waren weicher geworden, und das tiefe Stirnrunzeln entspannte sich.

„Wie bist du an die neuen Informationen rangekommen?"

„Ich muss dich bitten, mir, was das angeht zu vertrauen, weil ich es dir im Moment nicht sagen kann", flehte er.

Ich streckte meine gefesselten Arme wieder aus, und er dachte lange darüber nach. *„Miss Michaels"* – seine grollende Warnung – „wenn du mich noch einmal angreifst, werde ich dich verhaften und angeklagt. Basta. Hündchenblick oder reizendes Lächeln oder süßes kleines Lächeln werden dir den Arsch dann auch nicht mehr retten. Du wirst hinter Gittern sitzen, bis ich überzeugt bin, dass du deine Lektion gelernt hast. Sind wir uns einig?"

Ich nickte, und er löste die Handschellen. „Du weißt, dass diese Drohung ihre Wirkung verliert, je öfter du sie benutzt."

Halt die Klappe, Livy. Und ich klappte meinen Mund zu, als er seine Lippen zurückzog; Wenn er in Tiergestalt wäre, hätte ich Reißzähne gesehen. Sanft nahm er meine Arme und untersuchte die Male. Sie sahen nicht so schlimm aus, wie sie sich anfühlten. Ich hatte die Haut wundgescheuert, doch das war meine eigene Schuld.

Ich brauchte einen Moment, bevor ich mich tatsächlich bewegen konnte, als sich die in den Fesseln enthaltene Magie löste und in mir herumwirbelte. Ich musste so etwas wie Kontrolle darüber bekommen. Ich betrachtete Gareth und dann den Raum und zählte die wenigen Sekunden, die er gebraucht hatte, um die Oberhand zu gewinnen. Es war nicht so, dass ich jemals vergessen hätte, dass er ein Raubtier war – wenn doch, erinnerten mich seine geschmeidigen Bewegungen daran. Doch er war in der Lage gewesen, mich abzulenken, die Handschellen zu greifen, wo immer sie versteckt gewesen waren, und mich außer Gefecht zu setzen, bevor ich zuschlagen konnte. Zweimal hatte ich gegen Tracker gewonnen, doch hätte ich es geschafft, wenn Gareth der Tracker gewesen wäre? Ich unterdrückte das aufkeimende Unbehagen, doch der Gedanke hatte eine unangenehme Stille geschaffen, die Gareth schnell bemerkte. Ich wollte jetzt nicht darüber reden. Er wollte gerade etwas sagen, als ich aufstand und zum Tisch ging. Er ließ sich neben mir nieder. „Ich sehe Conners Namen nicht."

„Ja, und sie sind ziemlich gründlich, ich kann nicht glauben, dass sie ihn nicht kennen."

Das war verdächtig. Wie hatte Conner so lange unter dem Radar fliegen können? Ich wollte mich nicht vom magischen Napoleon mit dem Traum von der Weltherrschaft beeindrucken lassen, doch er hatte etwas geschafft, das mir nicht gelungen war. Es erschreckte und beeindruckte mich. Und jetzt hatte er seine Armee innerhalb weniger Tage von drei auf zwölf Mann aufgestockt. Er war besser als die Tracker darin, Legacy zu finden.

„Ich verstehe Conner nicht", sagte Gareth und lehnte sich zurück, die Hände hinter dem Kopf verschränkt.

„Was meinst du?"

„Du denkst, er hat die Maxwells und Declan freigelassen. Miss Neal hat den Recludo-Stein von jemandem bekommen, auf den Conners Beschreibung passt."

„Und er ist mit *HF* verbündet", sagte ich und erzählte ihm davon, dass sie wieder mit mir Kontakt aufgenommen hatten.

„Ich verstehe die Maxwells – wenn du Chaos und Zerstörung willst, dann benutzt du sie. Sie würden es zum Spaß tun und nichts dafür verlangen." Er beugte sich vor und berührte eine Strähne meiner seltsam ungewohnten Haare, die aus dem Pferdeschwanz gerutscht war, bis sie langsam von seinen Fingern rutschte.

„Und Declan hat definitiv auch viel Chaos und Zerstörung verursacht. Macht Conner das wirklich alles, um dich zu outen? Es hätte fast funktioniert. Wenn ich nicht rechtzeitig bei Miss Neal angekommen wäre, was hättest du gegen Declan unternommen?"

„Ich hatte die Situation im Griff."

Er tat die Idee mit einem tiefen Lachen ab, bevor er sagte: „Ja, die Situation schien ziemlich kontrolliert zu sein, als ich angekommen bin. Wenn du gezwungen worden wärst, Magie in der Öffentlichkeit gegen einen Gestaltwandler anzuwenden, hätte jeder gewusst, was du bist. Entweder Miss Neal hätte es gemeldet oder Kalen hätte es getan. Es ist Bürgerpflicht. Technisch gesehen seid ihr alle Flüchtige, soweit es die übernatürliche Welt betrifft."

Ich wusste das, doch es von ihm zu hören, ließ es irgendwie schlimmer erscheinen. Hätte Kalen mich gemeldet? Er befolgte die Regeln des Magischen Rates und die staatlichen Gesetze in Bezug auf Übernatürliche. Er hatte bei mehr als einer Gelegenheit erwähnt, dass das einzige Gute, das die Säuberung gebracht hatte, die Regulierung der Magie war. Und es war sein Glaube an die Regeln, der meinen Widerwillen bestärkte, es ihm überhaupt sagen zu wollen. Waren ihm die Regeln, Recht und Gesetz wichtiger als ich?

„Was passiert, wenn ich gemeldet werde?" Die Regeln der Tracker waren einfach – ihr Auftrag war, uns zu töten – doch was würde der Magische Rat tun? Wenn mein einziges Verbrechen darin bestand, eine Legacy zu sein, könnten sie mich dann wirklich zum Tode verurteilen?

„Lass dich einfach nicht melden", sagte er leise. Nun, ich hatte meine Antwort.

Wir gingen den Ordner durch, und er fertigte Kopien der Liste der Legacy und ihrer letzten bekannten Aufenthaltsorte an. Es reduzierte das Risiko, nach ihnen zu suchen, weil ich dafür keinen Ortungszauber anwenden musste. Je weniger Magie eingesetzt wurde, desto besser. Doch ich kannte immer noch nicht die Namen der zwölf, die jetzt zu Team Conner gehörten. Die Zeit drängte, und Leute zu tracken, die Conner schon gefunden und rekrutiert hatte, war Zeitverschwendung.

KAPITEL 6

Obwohl ich in der Nacht zuvor verletzt, mit zerlumpten Kleidern und einer überdimensionierten Baseballkappe auf dem Kopf durch unsere Wohnungstür gekommen war, hatte Savannah meine Erscheinung vollkommen akzeptiert, nachdem ich ihr erklärt hatte, dass ich bei Gareth gewesen war. Anscheinend konnte meine Interaktion mit Gareth in ihrer Vorstellung einfach auf eine unerklärliche Nacht ungezügelter Gewalt reduziert werden, die damit endete, dass ich eine blaue Baseballmütze trug. Oder vielleicht interessierte sie das weniger, als herauszufinden, ob sie eine Feuermagierin oder eine Hexe sein könnte – ich hatte es immer noch nicht übers Herz gebracht, ihr zu sagen, dass da einfach nichts war. Sie bestand darauf, dass ich die von mir erwähnte Hexe anrief, die ihr vielleicht helfen könnte, ihre „Gaben" zu entdecken.

Blus Stimme war seltsam gut gelaunt und begeistert für jemanden, der am Samstagmorgen um acht Uhr einen Anruf erhielt. Ich war immer noch launisch, weil ich früh hatte aufstehen müssen, um meine Haare wieder zu färben, bevor Savannah oder jemand anderes es sah. Savannah wusste, was ich war, doch die roten Haare – das war nicht ich.

Blu hörte zu, als ich ihr sagte, dass meine Mitbewohnerin vermutete, dass sie entweder eine Hexe oder eine Magierin sei. Ich ließ die meisten Dinge aus, die im Club passiert waren. „Warum glaubt sie, dass sie eine Hexe sein könnte?"

Weil sie die Sehnsucht ihrer Geschmacksknospen nach Zucker, mit magischen Schwingungen oder was auch immer verwechselt. „Ich weiß, das mag seltsam klingen, aber sie scheint eine seltsame Verbindung zu Dingen zu haben – genau genommen zu Feuer." Es fühlte sich wirklich so an, als würde ich ihr sagen, dass meine Mitbewohnerin Pyromanin war.

Blu schien sich damit seltsam wohl zu fühlen. „Nun, es ist nicht ungewöhnlich, dass Magier und Hexen eine Verbindung haben. Erdhexen können für ihre Zauber aus der Erde schöpfen und sind dafür bekannt, Bauern bei der Ernte zu helfen und den Regen zu nutzen. Das gilt auch für Magier, doch ihre Fähigkeiten sind etwas stärker. Sie können kein Feuer, Regen, Schnee und dergleichen machen, doch sie können das Wetter zu ihrem Vorteil beeinflussen." Blu war vielleicht wegen ihres Sinns für Mode zu Kalens neustem Schwarm geworden, doch sie hatte sich definitiv Gunst bei mir verdient, indem sie meine Freundin nicht als Spinnerin abtat. Nur ich durfte das.

„Sind ihre Eltern Hexen oder Magier?"

„Nein."

„Hat sie irgendwelche Zauber versucht?"

„Deshalb rufe ich dich an. Kannst du das irgendwie überprüfen und sehen, ob da was ist?"

„Das wäre mir ein Vergnügen."

Drei Stunden später fuhren wir zu Blu zu demselben Haus, wo ich sie zuvor mit Gareth getroffen hatte. Ich warf immer wieder einen Blick auf Savannahs bunten Beutel, den sie für unsere „Mission" gepackt hatte. Ihr Wort, nicht meins. Sie betrachtete unsere Fahrt auf die andere Seite der Stadt nicht als etwas, das dazu diente, zu bestätigen, dass sie die schrulligste aller Schrulligsten war, nichts weiter als eine Frau, die eine besondere Liebe zum Feuer hatte – in manchen Kreisen als Pyromane bezeichnet – deren Geschmacksknospen sie hassten. Nein, sie hatte beschlossen, es eine „Mission" zu nennen, und sie hatte dafür gepackt: eine Taschenlampe, Obst, Müsli und Quinoa-Bohnen-Salat. Es machte mir nichts aus, ihr zu sagen, dass ich eher sie essen würde, wenn wir uns bei der „Mission" verirrten, als den Mist, den sie mitgebracht hatte. Zumindest *ich* fand es lustig.

Ich wollte ihre Hoffnungen nicht zunichtemachen, doch ich wollte, dass sie realistisch einschätzte, was passieren könnte – nämlich nichts.

„Was das hier angeht –"

„Unsere Mission", bot sie mit einem schwachen Lächeln an.

„Okay, Frodo", sagte ich und verdrehte die Augen, als sie mich ansah und wahrscheinlich die Stunden ihres Lebens zählte, die sie verloren hatte, weil ich sie dazu gebracht hatte, mit mir *Die Gefährten* zu sehen. „Es kann absolut nichts sein. Soweit ich gehört habe, warst du beeindruckend, aber es könnte sein, dass du in einer Krise einfach nur mutig warst – oder vielleicht bist du eine Pyromanin, doch das wäre das Thema für einen anderen Tag."

„Oder ich könnte eine Hexe sein und dir mit Conner mehr helfen."

Und da war es. In den letzten Wochen hatte sich ihr Leben und ihre Anteilnahme an der übernatürlichen Welt verändert. Sie hatte einen mürrischen Höhlenlöwen telefonisch terrorisiert, der nicht nur der Kommandant der Gilde der Übernatürlichen war, sondern auch dem Magischen Rat angehörte, nur um mich aus *The Haven* zu holen, war von einem Vampir angegriffen und von einem psychopathischen

Magier entführt worden und hatte sich mit dem obersten Vampir der Stadt angefreundet, und um die Fülle des Bizarren, mit dem sie es zu tun hatte, abzurunden, war ihre Mitbewohnerin eine Legacy. Ich verstand es – ich würde auch irgendeine Art Macht wollen, doch alles Wünschen und Hoffen würden es nicht Wirklichkeit werden lassen.

„Ich möchte nur nicht, dass du enttäuscht bist."

Sie schenkte mir ein schwaches Lächeln. „Das werde ich nicht. Was unternehmen sie wegen Conner?"

„Ich weiß nicht. Das Einzige, womit ich mich trösten kann, ist, dass er die Säuberung in absehbarer Zeit nicht durchführen wird, doch er richtet auch ohne genug Schaden an. Ich meine, die Freilassung der Maxwells, das Chaos auf dem Platz, der Ur-Wandler im Neal-Haus und der Vorfall im *Devour* – egal wie gut Harrah ist, sie kann nicht alles vertuschen."

Ich versuchte, die Sorge in meiner Stimme zu verbergen, doch das war eine Aufgabe für sich. Die Situation war vertrackt, und ich konnte immer noch nicht aufhören, daran zu denken, dass Gareth ein ehemaliger Tracker war. Er hatte recht, es war nichts, was er mir einfach so hätte sagen können, und er hätte weiter darüber lügen können. Er hatte jedoch immer noch Verbindungen zu ihnen. Wie? Hatte er einen Freund im Inneren, und selbst wenn, wie konnte er mit jemandem befreundet sein, der nichts anderes als ein Auftragskiller war? Was bewog ihn dazu? Doch ich schob die Gedanken beiseite. Ich würde mich später damit befassen müssen. Ich hatte eine Mission, die ich hinter mich bringen musste.

Blu stellte sich Savannah mit demselben einstudierten Satz vor, den sie bei mir verwendet hatte, und erklärte, dass ihr Name Blu ohne E sei. Dann gab sie ihren jazzbegeisterten Eltern die Schuld an der seltsamen Schreibweise, deren künstlerische Ader es ihnen nicht erlaubt hatte, es normal zu buchstabieren. Sie hatten das Bedürfnis gehabt, ihrer Tochter einen einzigartigen Namen zu geben.

Wir folgten ihr weiter ins Haus. „Ich möchte, dass du dich entspannst. Wenn du zaubern kannst, werde ich dich anleiten und es wird dir leichtfallen. Okay."

Doch Savannah konnte sich nicht entspannen, sie war von Natur aus hyperaktiv. Und ich wusste, dass sie sich nicht entspannen konnte, denn sie war überzeugt, dass sich ihr Leben von Grund auf ändern würde. Und meines auch, denn in den nächsten Tagen würde ich mich mit einer schrecklich deprimierten Savannah auseinandersetzen müssen, deren Träume geplatzt waren. Während Blu alles aufbaute, ging Savannah die vielen Bücher in den Regalen durch und konzentrierte sich auf die Kräuter, Kerzen und verschiedenen Siegel und Symbole an den Wänden. Sie wirkte angespannter und hoffnungsvoller denn je, und ein Teil von mir wollte, dass da wirklich etwas war. Dass sie sich mit mehr als einem Dolch schützen konnte, mit dem sie immer besser umzugehen lernte; Schutzausrüstung und einer Handvoll Rechtsbegriffe, von denen ich mir sicher war, dass sie sie nicht korrekt benutzte.

Als Blu sie an den Tisch rief, bot sie ihr *herba terrae* an, damit sie sich entspannen konnte, und Savannah war kurz davor, es zu nehmen – oder ich nahm an, dass sie es wollte, weil sie eine Weile brauchte, um es abzulehnen.

„Kann sie es bitte ohne versuchen?"

Blu nickte und begann. Ich teilte meine Aufmerksamkeit zwischen dem Beobachten, wie sie mit einfachen Zaubersprüchen anfingen, und dem Betrachten der vielen Bücher in den Regalen. Die meisten von ihnen waren auf Englisch, doch einige waren auf Latein. Ich fing an, sie durchzugehen, und versuchte, mir einige der Zaubersprüche einzuprägen. Ich war mir sicher, dass das Bücher waren, die ich in keinem Zauberladen finden würde und die wahrscheinlich Zaubersprüche enthielten, die meine Eltern mir nicht beigebracht hatten. Schutzzauber, Ortungszauber, Gedächtnismanipulationen und Verteidigungsmagie waren die einzigen Pfeile, die ich in meinem Köcher hatte, um mich zu schützen. Conner konnte teleportieren; konnten Legacy das auch, oder konnten nur Vertu das? Er beherrschte sogar Animantie. Obwohl ich die Idee nicht mochte, jemanden gegen seinen Willen zu kontrollieren, schien es ein gutes Werkzeug zu sein, wenn ich jemals mit einem Wandler mit mangelhaften Umgangsformen konfrontiert wurde.

Blu arbeitete fast fünfundvierzig Minuten lang mit Savannah weiter, ein fehlgeschlagener Zauber nach dem anderen. Sie half sogar bei einem und entzündete *herba terrae*. Die Kräuter, die in einem seltsam geformten Behälter gesammelt wurden, leuchteten orange, rot und silbern, Blu legte ihre Hand um die von Savannah, und die Farben begannen zu leuchten. Im Inneren des Behälters begann etwas zu vibrieren, und Rauch wirbelte um ihn herum, bis dicke Schwaden daraus aufstiegen. Blu ließ Savannahs Hand schnell los, und die Farben erstarben, gedämpft bis fast nicht vorhanden.

„Hmm." War das das Einzige, was sie sagen würde? Sie runzelte die Stirn und verzog die Lippen.

„Was?", fragte Savannah besorgt. Ich wartete darauf, dass Blu ihre Gedanken sammelte, was schrecklich lange zu dauern schien.

„Ich werde mir ein bisschen Zeit nehmen müssen, um mich mit meiner Mutter und ein paar Leuten in meinem Zirkel zu beraten. Ich glaube nicht, dass du eine Hexe oder eine Magierin bist, aber da ist etwas." Zuerst dachte ich, sie würde nur etwas sagen, um unsere Feuerenthusiastin nicht zu enttäuschen, doch dem war nicht so. Eine Kombination aus Verwirrung, Interesse und Sorge legte sich über ihr gezwungenes Lächeln. „Ich glaube, sie ist eine *Ignesco*. Sehr selten, weshalb ich das mit anderen besprechen muss. Wenn sie es ist, kann sie selbst nicht zaubern, doch sie kann anderen bei den Zaubern helfen, sie stärker zu machen."

Blu war nervöser als je zuvor und forderte uns freundlich auf zu gehen. „Interessierst du dich für das Buch? Du kannst es gerne ausleihen."

Ja. „Manches davon ist ziemlich interessant. Es ist unsere Geschichte und ein paar grundlegende Zauber." Ich schnappte mir noch ein paar andere. „Hast du etwas dagegen, wenn ich mir die auch ausleihe? Ich bringe sie in ein paar Tagen zurück. Ich interessiere mich einfach dafür."

Sie sah sich die Bücher an, nahm zwei der vier, die ich aus dem Regal genommen hatte, zurück, und nickte. Ich war glücklich mit dem, was ich hatte. Ein Zauber war ein Zauber, aber wie er reagierte, hing von der Magie des Ausführenden ab. Eine Hexe konnte ebenso wie ein Magier einen Schutzzauber errichten, doch er verstärkte ihn. Was ein Schutzzauber abwehren konnte, hing davon ab, ob er von einem Magier, einer Hexe oder einem Legacy gewirkt wurde.

Savannah und ich verließen Blus Haus viel glücklicher, als wir angekommen waren.

Die unbekannte Nummer war zum dritten Mal auf meinem Display aufgetaucht, als ich endlich ranging. Es war Clive. Ich hatte nicht erwartet, dass er mich an meine Zusage erinnern würde, mich mit ihnen zu treffen. Ich hatte angenommen, dass Conner inzwischen die Nekrospeere genommen hatte und *HF* zu sehr damit beschäftigt war, sie von ihm zurückzubekommen, um sich Gedanken über ein Treffen mit mir zu machen. Dann wurde mir klar, dass Conner wahrscheinlich nur gesagt hatte, was ich hatte hören wollen. Ich erinnerte mich an seine Reaktion, als ich ihm gesagt hatte, dass *Humans First* keine Nekrospeere haben sollte. „Für dich, gerne" – *ja, klar*. Der Deal, den er mit Clive und *Humans*

First hatte, war höchstwahrscheinlich besser als mein „Auf gar keinen Fall".

Conner hatte mir keine andere Wahl gelassen. Wenn er die Nekrospeere nicht holen würde, musste ich mich mit *HF* treffen, und sei es nur, um sie selbst zu „bergen". Das war meine einzige Absicht, als ich das kleine beigebraune Backsteingebäude betrat und einen Blick in das einzige Büro warf. Es war leer. Anstatt hineinzugehen, ging ich über den Flur in eine Art Trainingsraum. Ein großes Fenster, das etwas mehr als die Hälfte der Wand einnahm, gab einen perfekten Blick hinein. Ein Mann war dort und schlug auf einen schweren Boxsack ein. Eine große Matte bedeckte den größten Teil des Bodens, und in den Ecken des Raums waren Hanteln, ein paar Cardiogeräte, Bänke und ein großer Kühlschrank. Sie hatten mehrere Trainingsdummies in der Ecke neben der Tür zusammengepfercht. An jeder Wand stand ihr Leitbild und eine Erinnerung daran, dass ihr einziger Zweck darin bestand, anderen Menschen zu „helfen", die keine Probleme mit Übernatürlichen hatten. Eine ständige Präsenz, eine scheltende Organisation, die gerne diejenigen lächerlich machte, die Übernatürliches offen akzeptierten oder tatsächlich mochten.

„Gefällt es dir?", hörte ich Clives Stimme hinter mir. Ich drehte mich um und trat einige Schritte von ihm zurück. Ein Lächeln huschte über seine Lippen. Er mochte die Vorstellung, dass ich Angst vor ihm hatte, und alles in mir wollte diesen Mythos zerstreuen, doch dass er dachte, ich hätte Angst vor ihm, wirkte sich zu meinen Gunsten aus. Er wäre nicht so vorsichtig. Ich hielt meine Hand noch eine Weile auf einem meiner Sai. Ich hatte keine Angst vor ihm, doch ich vertraute ihm nicht. Er konzentrierte sich auf meine Hand, die auf dem Sai blieb, und lachte. „Wir sind hier alle Freunde, das ist nicht nötig", sagte er.

„Hmm, wir haben definitiv eine andere Definition von Freundschaft. Im Allgemeinen mag ich meine Freunde lebendig. Aber das ist wohl nur meine dumme Vorliebe", schoss ich zurück.

Das Lächeln, freundlich und einladend, war fest auf seinem Gesicht verankert. „Ich will nicht, dass du tot bist, Livy. Ich mag dich. Vielleicht wäre es erträglicher für mich, wenn du das Gesicht der Magie wärst."

Flirtete er etwa? Basierend auf dem schiefen Lächeln, das er mir zugeworfen hatte, vermutete ich, dass er es tat. Doch alles, was ich sah, war ein Wolf, der seine Reißzähne entblößte und mich ausweiden würde, sobald er eine Chance dafür sah.

Er drehte sich um und ging auf das Büro gegenüber dem Trainingsraum zu, und als ich ihm nicht folgte, hob er verwirrt die Augenbrauen. Schließlich folgte ich ihm in den Raum, und hinter einem großen Chefschreibtisch saß Daniel, der Gründer von *HF*. Ich erinnerte mich, ihn bei der Auktion gesehen zu haben, bei der Kalen und ich den ersten Nekrospeer erworben hatten. Jetzt hatte er vier, und ich war neugierig, wie er sie in seine Finger bekommen hatte.

Im Gegensatz zu Clive, der ihr Klischee-Outfit aus enganliegendem schwarzem T-Shirt und Jeans und einem schiefen, halb aufgesetzten Lächeln trug, das den Tougher-Spion-Look abrundete, trug Daniel ein ordentlich gebügeltes schwarzes Hemd und eine Stoffhose. Seine Miene war sachlich. Tiefe, ausdrucksstarke dunkelbraune Augen verrieten, dass das nichts weiter als ein Treffen war und er sich nicht einmal die Mühe machen würde, mir ein Lächeln zu schenken, doch ich vermutete, dass er das ohnehin äußerst selten tat. Der kühle Blick bahnte sich seinen Weg zu meinen Augen, wo er blieb. Er saß aufrecht auf seinem Stuhl, und alles, von dem kühlen, faszinierten Blick, der dünnen, unbewegten Linie, die seine Lippen formten, und der Art, wie er seine Hände vor sich verschränkte, deutete darauf hin, dass das ein rein geschäftliches Treffen war. Schlicht und einfach.

Er hatte ein Ziel, und wenn ich nicht dazu beitragen wollte, hatte er keine Verwendung für mich.

„Miss Olivia Michaels, bitte nehmen Sie Platz." Seine Stimme war weich, heller, als ich es von ihm erwartet hätte, aber fest.

„Sie können mich Livy nennen", sagte ich, obwohl ich bezweifelte, dass er es tun würde.

„Das werde ich im Hinterkopf behalten." Er wartete darauf, dass ich mich setzte. Doch ich konnte es mir nicht bequem machen, bis Clive nicht mehr hinter mir war. Ich hielt ihn für durchaus dazu in der Lage, mir ein Messer in den Rücken zu rammen, metaphorisch oder buchstäblich.

„Clive und seine Bürgerwehr haben gesagt, dass Sie mit mir über den Erwerb der Nekrospeere sprechen wollen. Was wollen Sie dafür?", fragte ich.

Das entlockte ihm ein dunkles und bedrohliches Lachen. „Clive sagte, dass Sie ziemlich … sagen wir einfach … schlagfertig sind, um nicht unhöflich zu werden. Miss Michaels, Sie wissen, warum wir dieses Treffen haben. Conner ist ein guter Mann, jemand, mit dem ich definitiv ins Geschäft kommen könnte, doch er scheint nicht bereit zu sein, den Plan voranzutreiben, und Sie scheinen der Grund dafür zu sein. Ich wollte mich mit Ihnen treffen, um zu sehen, ob wir die Situation besprechen und eine Einigung erzielen können, damit wir vorankommen."

Ich konnte nicht anders, als ein Lachen herauszuprusten; Ich war nicht herablassend oder bissig oder abweisend. Ich war verblüfft über die beiläufige Art, wie er über das Töten eines großen Teils der Weltbevölkerung sprach – als ob er stattdessen gefragt hätte, ob ich beim Erwerb meines Neuwagens eine Garantieverlängerung dazukaufen wollte.

„Es tut mir leid. Sollten wir das nicht bei einer großen Menge Alkohol diskutieren, damit wir zumindest eine Entschuldigung dafür haben, etwas so Verwerfliches mit ernster Miene zu diskutieren?

Seine Augen schossen in Clives Richtung, und er kniff sie zusammen, als hätte er ihm schlechte Informationen gegeben. Glaubte er, ich wäre damit einverstanden, die Säuberung zu wiederholen, und alles, was ich brauchte, war ein netter Plausch?

Doch die Nekrospeere waren im Gebäude – ganz in der Nähe. Ich konnte die Präsenz vertrauter Magie spüren. Die Aura ihrer Existenz. Dieses Glück ließ mich über ihre Arroganz hinwegsehen. Ich sah mich erneut um, um sicherzugehen, dass es keine Türen oder Ähnliches gab, hinter denen sich jemand verstecken könnte.

Ein Schreibtisch war das Einzige, was zwischen mir und Daniel stand, und er bewegte sich und verhielt sich, als wäre er mehr als nur ein Mann mit versteinertem Gesicht und ausdrucksstarken harten Augen.

„Miss Michaels, es gibt nur zwei Möglichkeiten in dieser Situation: Sie sind entweder für uns oder gegen uns", sagte er in einem Ton, der einen Hauch von Drohung enthielt.

Ich schnaubte. „Das ist die gleiche Drohung, mit der Clive es versucht hat. Wissen Sie, dieses ganze „entweder bist du für uns oder gegen uns Spiel" bringt nichts. Wenn Sie keine Katze haben, die Sie unter Ihrem Schreibtisch hervorziehen und streicheln möchten, während Sie wie ein Verrückter gackern, können Sie mich mal.

„Miss Michaels." Sein Ton war noch kühler als zuvor, die Schärfe verschwand jedoch, als er aufstand. „Lassen Sie sich nicht täuschen, wir wollen dasselbe. Sie sind einfach zu stur, um es zu akzeptieren. Es wird passieren; die Frage ist, ob Sie ein Opfer oder eine Überlebende sein werden."

Sie hatten die Nekrospeere, und der springende Punkt war, dass man ihnen nicht trauen konnte. Obwohl Conner genauso teuflisch verrückt war wie sie, schien er einen Plan zu haben. Ich war mir sicher, dass es Daniel völlig egal war, ob es noch irgendjemanden mit Magie auf der Welt gab. Conner wollte, obwohl er selbstsüchtig und eigennützig war, die Legacy und Vertu bewahren – und aus irgendeinem seltsamen Grund sogar mich.

„Zeigen Sie mir die Dolche, dann können wir weiter darüber reden."

Daniel verzog verächtlich den Mund, und seine Augen wurden kalt und tödlich, als sie mich durchbohrten. „Miss Michaels, ich glaube, Ihre Wahrnehmung Ihrer Verhandlungsposition ist verzerrt. Ihre Möglichkeiten sind begrenzt. Was denken Sie, wird passieren, wenn wir zum Rat gehen und ihn über Ihre Existenz informieren?" Seine Stimme war schrill.

„Ich bin mir nicht sicher. Warum sagen Sie ihnen nicht, dass Sie glauben, dass ich eine Legacy bin, und der Grund, warum Sie es ihnen erzählen, ist, weil ich mich weigere, Ihnen zu helfen, Säuberung 2.0 durchzuführen. Ich bin mir sicher, dass ich nicht diejenige sein werde, die in diesem Szenario schlecht aussieht. Doch erst einmal müssen Sie sie überzeugen. Denken Sie daran, ich war schon einmal vor dem Rat und bin wieder gegangen, ohne dass irgendjemand etwas mitbekommen hat. Ich weiß genau, wie meine Verhandlungsposition aussieht."

Seine Zähne waren so fest aufeinandergepresst, dass sie zersplittert wären, wären sie aus Glas gewesen. Es schien, als müsste er sie auseinander zwingen, um zu sprechen. Die Momente des Schweigens wurden zu Minuten. Er kniff die Augen wieder zusammen, und ich war mir sicher, dass er mehrmals darüber nachdachte, wie er mich töten könnte. Ich dachte darüber nach, wie ich die beiden ausschalten und überwältigen und zu den Nekrospeere gelangen könnte. Ich hatte nicht vor, sie zu töten; ein Teil von mir wollte es wirklich, doch ein fehlgeleiteter Idiot zu sein, rechtfertigte kein Todesurteil.

Auf ein knappes Nicken von Daniel hin stürzte sich Clive auf mich. Ich riss seinen Arm herum und bewegte mich schnell, positionierte mich in einen Winkel zu ihm und warf ihn über die Hüfte zu Boden. Dann riss ich meine Sai aus den Scheiden und drückte ihn an seine Kehle, nahe der Halsschlagader, und den anderen richtete ich in Daniels Richtung und warnte ihn vor weiteren Bewegungen.

„Die Nekrospeere! Sofort!" Daniel zögerte und blickte auf Clives wütendes Gesicht und die Klinge, die ich gegen seinen Hals drückte. Ich drückte fest genug, um ihn wissen zu lassen, dass ich nicht spielte und bereit war, sie zu benutzen. Ich wollte es nicht – ich tötete nicht. Das war so viele Jahre lang mein Mantra gewesen, und das einzige Mal, dass ich dagegen verstoßen hatte, war, als ich endlich die Tracker gefunden hatte, die meine Familie ermordet hatten. Sie hatten es verdient zu sterben, doch nicht dieser fehlgeleitete, dumme Narr. Er verdiente es, den Hintern versohlt zu bekommen und ein bisschen Nachsitzen, bis er zu dem Schluss kam, dass Völkermord falsch war. Das Problem war, dass seine Überzeugungen so tief in ihm verwurzelt waren, dass er eine magielose Welt romantisiert hatte – ein Arschtritt war also vielleicht nicht genug.

Clive kniff kurz die Augen zu, und als er sie wieder öffnete, waren sie emotionslos, leer, als hätte er sich mit seinem Tod abgefunden. „Gib ihr nichts. Entweder ist sie für uns oder gegen uns."

„Was ist los mit dir!", blaffte ich. „Du bist nicht auf der richtigen Seite. Ich bin auch nicht auf der richtigen Seite, doch das ist scheinbar Erbsünde. Ich wurde in eine Gruppe von Menschen hineingeboren, die versucht hat, die Welt zu zerstören, und deswegen muss ich mein Leben anders leben. Ich musste vor Menschen davonlaufen und in Angst leben, entdeckt zu werden, und ihr versucht, die Geschichte zu wiederholen. Sei kein Narr." Doch ich hatte Clive aufgegeben. Sein Gesicht war vor Bestürzung starr, und es gab kein Argumentieren mit ihm. „Sie geben mir die Nekrospeere – ich werde einen Weg finden, sie zu zerstören. Das wird nur ein fehlgeleiteter Versuch sein, und Sie können zu Ihren

„Menschen sind besondere Schneeflocken"-Versammlungen zurückkehren. Kaufen Sie Hemden, das ist mir egal. Aber wenn die Legacy zuvor versagt haben, als eine große Menge der Stärksten ihrer Rasse den Zauber gewirkt haben, glauben Sie allen Ernstes, dass es Ihnen mit ein paar Losern und denjenigen, die bereit sind, ihre Art zu verraten, gelingen kann?"

Daniel biss sich auf die Unterlippe. Ich hatte seine volle Aufmerksamkeit. *Gut, du wirkst nur wie ein Soziopath, vielleicht bist du gar keiner.* „Die Säuberung hat mehrere gute Dinge hervorgebracht – sie hat eine Allianz zwischen den Menschen und den Übernatürlichen zementiert. Die stärksten Übernatürlichen leben heute, und wir sind nur wenige. Conner hat Ihnen falsche Hoffnungen gemacht. Sie könnten ein paar Übernatürliche mit kleineren Versionen der Säuberung töten, wie Sie es mit Jonathan versucht haben. Aber –"

Daniel fiel zu Boden, sein Kopf war in einem seltsamen Winkel verdreht. Conner stand plötzlich neben ihm. „Nun, er hat sich als ziemlich nutzlos erwiesen. Du hättest ihn fast gehabt. Überzeugend, eine gute Kämpferin und schön. Ich habe eine gute Wahl getroffen."

Clive gab ein ersticktes, gurgelndes Geräusch von sich und dann nichts mehr. Neben ihm war die Frau, die mir den letzten Stoß durch den Schleier versetzt hatte; sie ließ das Messer, das sie benutzt hatte, neben seinen Körper fallen, aus dem langsam das Leben floss. Der Tod kam nicht schnell genug, denn ihre Hand leuchtete, und Magie beherrschte den Raum. Ebenso der Gestank des Todes, als er einen Moment lang zuckte und dann aufhörte, sich zu bewegen.

Da ich ihr nahe war, rammte ich ein Sai in ihre Richtung und traf ins Leere. Ich wirbelte zu Conner herum, und sie war neben ihm. Ein pulsierender Zauberball tanzte in ihrer Hand, und Wut flackerte in ihren Augen.

„Evelyn, nicht!" Er behielt mich im Auge, öffnete seine

Hand, und der Ball verschwand aus ihrer und tauchte wieder in seiner auf. Eine Show, um seine Stärke und sein magisches Können zu demonstrieren, dem ich nicht gewachsen war. Ich war auf so vielen Ebenen ein Neuling, und ich konnte nicht umhin, mich zu fragen, wie ich im Vergleich zu den anderen abschnitt. Hatte er sie ausgebildet, so geschickt zu sein wie er, oder war er so geschickt, weil er stärker war als ich – als die Legacy?

Er runzelte die Stirn und spielte mit der gewundenen Magie, drehte sie um seine Finger, wickelte die verschiedenen Formen davon ab, nur um sie zur Unterwerfung zu zwingen, bis er sie wieder verschlungen und mühelos von einer Hand in die andere bewegte. Der Meister der Magie wäre beeindruckend gewesen, wenn er nicht im Paket mit einem Größenwahnsinnigen gekommen wäre. „Wir greifen die unseren nicht an, egal wie dumm sie sind. Bitte geh und hol die Speere für mich, während Anya und ich uns unterhalten."

Galle stieg in mir auf, als ich beobachtete, wie geringschätzig er Daniels Körper behandelte, als er um ihn herumging, als wäre es belanglos, und Evelyn eilte davon, um seine Befehle auszuführen. Was hatte er ihnen gesagt, um eine solche Loyalität und Akzeptanz seiner Befehle zu rechtfertigen?

Seine Magie war eine dicke Decke, die mir die Luft zum Atmen nahm. Ich hatte mich entschieden, meine nicht zu benutzen, weil auf der Straße Leute unterwegs waren, manche menschlich und manche übernatürlich. Ich sah nur die verschiedenen Schatten, die an den teilweise geschlossenen Jalousien vorbeizogen. Conner schien es nicht mehr zu interessieren, sich hinter dem Mantel der Geheimhaltung zu verstecken, was die Sache noch schlimmer machte. Er bereitete sich auf einen Krieg vor und musste zuversichtlich sein, dass er gewinnen könnte.

Ich würde ihm nicht erlauben, Mordopfer einfach so zu

ignorieren, selbst wenn sie Mitglieder von *HF* waren, die meine Art und andere Übernatürliche für verwerflich hielt. Ich war besser als das. Mein Griff schloss sich fester um den Sai, meine Aufmerksamkeit konzentrierte sich akut auf ihn und suchte nach dem Moment, den nur ein Narzisst wie er haben würde, in dem er verletzlich war, weil er annahm, dass seine Anwesenheit ausreichte, um jeden zu entwaffnen. Doch dieser Moment bot sich nicht, und er warf die Magie, mit der er gespielt hatte, wie ein Kätzchen, das mit einem Wollknäuel spielte. Ich wehrte sie ab, doch es reichte nicht, um den mächtigen Blitz zu stoppen, der mein magisches Feld traf. Ich stolperte zurück, und der Bruchteil einer Sekunde war alles, was er brauchte. Er hatte den Vorteil genutzt, den ich für mich gesucht hatte, und mich mit ausgestreckten Armen und meinem Sai an die Wand genagelt.

Er machte ein schnalzendes Geräusch mit seiner Zunge, als er vor mir auf und ab ging. „Du machst mir das ziemlich schwer, Anya." Er sprach in einem leisen, beruhigenden Ton. „Ich will meine Gefährtin nicht so behandeln. Das ist meiner nicht würdig. Unserer nicht würdig."

Er feiert ein Wahnfest und hat nur sich selbst zur Party eingeladen.

„Ich muss dir das ganz klar sagen, ich werde nie mit dir zusammen sein. Ich bin mir nicht sicher, wie du ausgerechnet darauf kommst, mich als deine Gefährtin zu wollen, wenn du eine Frau hast, die tatsächlich in deinem Lager ist. Ich verabscheue dich, und ich kenne dich nicht wirklich, doch dich kennenzulernen würde das Gefühl wahrscheinlich nur verstärken. Und wenn du denkst, du könntest mich dazu zwingen – versuch's nur. Das wird die kürzeste Beziehung sein, die du jemals haben wirst, weil du mir nicht vertrauen kannst. Ich werde deinen Tod planen, während du eine Hochzeitsliste anlegst. Du müsstest mich vor den Altar schleifen, unnötig aufwendig, und ich bin mir ziemlich sicher, dass du eine kitschige Feier veranstalten würdest, um unsere Vereinigung zu feiern. Und ich werde versuchen, alles zu vergiften, wovon ich denke, dass du es essen könntest, und es ist mir egal, ob es unsere Gäste auch umbringt, weil sie es wahrscheinlich verdienen. Deine Gefährtin wird genau die Person sein, die dich und deine Ideen abgelehnt hat und das auch weiterhin tun wird, was es für sie zu einem Hobby machen wird, dir das Leben zur Hölle zu machen."

Er lächelte, als hätte ich ihm gerade ein Liebeslied gesungen oder ein schönes Gedicht als Hommage an ihn rezitiert. *Sieht so Narzissmus in der Magie aus?*

Evelyn kehrte zurück, ihr Gesicht rot vor Wut, und es war offensichtlich, dass sie meine Drohung gehört hatte, oder zumindest Teile davon.

„Du hast mich gebeten, das für dich zu tun. Ich habe es getan. Anya, ich werde mir deine Loyalität verdienen oder *du* wirst dir meinen Zorn verdienen. Es ist an der Zeit, dass du dich entscheidest. Ich kann nicht mehr Zeit damit verschwenden, an deiner Naivität und deinen Zynismus zu appellieren." Er seufzte, und seine Stimmung und Gesichtszüge verdunkelten sich – ich bekam einen flüchtigen Blick auf den Mann, mit dem ich es wirklich zu tun hatte. Er kam in harmlos aussehenden pastellfarbenen Hemden, Khakihosen und einer Mischung aus aristokratischen und breiten Gesichtszügen daher, doch er war tatsächlich ein Monster, das Mord nur als notwendige Unannehmlichkeit betrachtete. Mir lief ein Schauer über den Rücken, offensichtlich die gewünschte Wirkung, denn er lächelte und nickte in meine Richtung. Dann verschwanden er und Evelyn. Ich fiel allein mit Clives und Daniels Leichen zu Boden.

Ich brauchte einen Moment, um meine Fassung wiederzuerlangen. Ich wusste nicht, was ich tun sollte. Sollte ich Gareth anrufen? Die Polizei? Den Tatort verlassen? Wie viele Leute hatten mich reinkommen sehen? Wenn mich jemand gesehen hätte, könnte er mich identifizieren? Die wenigen Minuten, die ich glaubte, mir genommen zu haben, waren fast fünfzehn, nachdem ich aus dem Fenster gestarrt und versucht hatte, mich an die Gesichter der vielen Passanten zu erinnern. Es würde nicht helfen, weil ich nicht wusste, wer mich gesehen hatte. Schließlich rief ich Gareth an. Er nahm beim ersten Klingeln ab.

„Ich brauche deine Hilfe", sagte ich und versuchte, meine Stimme ruhig zu halten. Doch wenn ich um seine Hilfe bat, wusste er, dass die Lage kritisch sein musste.

„Jetzt? Kann es ein paar Minuten warten? Wir hatten einen weiteren Vorfall im Park."

„Clive und Daniel sind tot, und ich bin mir ziemlich sicher, dass die Leute denken werden, dass ich es getan habe."

„Wo bist du?"

„Im Büro von *Humans First*."

Es folgte ein langes, unangenehmes Schweigen. Es dauerte so lange, dass ich dachte, die Leitung sei getrennt worden. „Gareth?"

„Ich komme." Er seufzte, dann fluchte er – viel. „Hast du da Magie benutzt?"

„Ja."

Eine weitere Reihe von Flüchen. Er schien viele zu kennen und sie auf eine Weise aneinanderzureihen, die mir nie eingefallen wäre. Ich mochte Clusterfuck gern, was meiner Meinung nach die Dinge ziemlich gut zusammenfasste.

„Ich bin in ein paar Minuten da."

Gareth kam etwa eine Viertelstunde später an und fand mich in der Turnhalle, wo ich den schweren Boxsack mit Schlägen und Tritten malträtierte. Dadurch fühlte ich mich allerdings auch nicht viel besser. Ich musste meinen Kopf frei bekommen, und meistens half ein Lauf. Wann immer ich den Sack traf, wünschte ich mir, ich hätte die Chance gehabt, Conner die gleichen Schläge zu verpassen, doch die Schuldgefühle überwältigten mich. Wenn ich Conner nicht gesagt hätte, dass *HF* die Nekrospeere nicht haben sollte, wären sie dann trotzdem tot?

„Was ist passiert?" Gareths Stimme war viel sanfter als der strenge Ausdruck auf seinem Gesicht. Er sah aus, als hätte er einen ähnlichen Tag wie ich gehabt, vielleicht sogar noch schlimmer. Ich erklärte alles – die uneditierte Version –, und er hörte zu und blickte nur gelegentlich in den Raum, als hätte er genug davon, Leichen zu sehen.

„Also hat er vier Nekrospeere, zwölf Legacy … Vertu oder was auch immer … und …" Er brach ab.

„Und was?"

„Und er hat heute drei anderen Magiern geholfen, aus *The Haven* zu fliehen. Die Drillinge laufen in der Stadt Amok, und ich vermute, er tut das alles, um uns abzulenken."

„Sie können keine globale Säuberung durchführen", betonte ich.

„Nein, aber sie können so viele von uns zerstören, dass es wehtut." Er atmete schwer aus, bevor er sich mit den Händen übers Gesicht wusch. „Ich kann das nicht vertuschen, Olivia."

Scheiße. Warum bin ich jetzt Olivia? Das war schlecht. Nicht Livy. Sogar *Miss Michaels* war erträglich, denn das bedeutete, dass er als Kommandant der Gilde mit mir sprach und ich ihm die verantwortliches-Arschloch-Nummer durchgehen ließ. Das war … anders.

„Was sollen wir jetzt tun?"

„Du musst dich outen, sagen, wer du bist, und den Magischen Rat wissen lassen, dass ihr existiert, und zwar anscheinend in großer Zahl. Wir brauchen viel mehr Leute an Bord."

„Nein."

„Olivia."

„Nein. Und lass den Olivia-Mist! Du weißt genau, was passieren wird. Ich könnte genauso gut einen Tracker finden und ihn die Arbeit machen lassen. Vielleicht bekommst du

Punkte, wenn du es tust!" Ich wusste, dass ich irrational war, aber alles ging zu schnell. Mich outen – jetzt? Sollte ich eine Rede vorbereiten, verteidigen, warum ich leben dürfen sollte, wenn ich von der gleichen Art war, die die Säuberung nicht nur schon einmal gemacht hatte, sondern sie noch einmal durchziehen wollte?

Ich versuchte, mich zu beruhigen, indem ich mehrmals tief durchatmete, aber es half nichts. Panik und Angst trafen mich hart, und ich mochte es nicht, mich so zu fühlen. Gareths Miene wurde sanfter, ebenso seine Stimme. „Es gibt nicht viele Möglichkeiten. Zumindest kämpfe ich nicht gegen einen Geist oder etwas, das wie ein Geist aussieht, wenn du und die anderen geoutet seid. Wir werden Hilfe bekommen, ich kann die Gilde mit einbeziehen." Er hielt inne und senkte die Stimme. „Vielleicht sogar die Hüter."

Was auch immer er sonst noch gesagt hatte, sagte er zu meinem Rücken, weil ich hinaus ging und ignorierte, dass er meinen Namen rief. Ich joggte langsam zu meinem Auto, fuhr fast eine Stunde lang ziellos herum und fand mich dann mitten im Wald wieder und spürte die subtilen Wellen von Conners Magie in der Luft, als ich durch das Dickicht in die Richtung ging, in der ich ihm und seinen Anhängern begegnet war. Als ich stehenblieb, war ich nur wenige Meter von der Stelle entfernt, wo der Schleier das letzte Mal gewesen war. Angst und Panik konnten dazu führen, dass Menschen dumme Fehler machten, und ich machte jetzt einen. Beim letzten Mal hatte ich sie nicht besiegen können, und angepisst zu sein würde meine magischen Fähigkeiten nicht plötzlich verbessern. Ich musste lernen. Ich hatte nur die Hälfte der Zaubersprüche in den Büchern, die Blu mir geliehen hatte, durchgearbeitet und sie nicht geübt. Ich musste üben, meine Fähigkeiten verbessern und verdammt noch mal lernen, wie man verschwindet, wie es Conner und Evelyn getan hatten – oder es zumindest versuchen. Ich war mir nicht sicher, ob das ein Vertu-Trick war oder ob ich das auch konnte. Das gehörte zu den Dingen, die ich mich fragte. Es schien, als wäre es eine ziemlich nützliche Fähigkeit.

Ich machte mitten Wald kehrt und ging zurück zu meinem Auto, und nach ein paar weiteren Minuten gedankenlosen Herumfahrens, wobei ich fünf Anrufe von Gareth ignorierte, setzte ich mich auf den Boden meiner Höhle und benutzte die Taschenlampe meines Handys, um die Zaubersprüche in einem der Bücher zu lesen. Die meisten davon kannte ich: Schutzzauber, Ortungszauber, Objektverschiebung. Es gab einige Elementarzauber, die ich ausprobieren wollte, doch Feuer in einer Höhle herbeizurufen war nicht die klügste Idee.

Ein paar Minuten später spielte ich mit einem Ball aus Magie auf dieselbe Weise wie Conner es getan hatte. Es war konzentrierte Kraft, die verwendet werden konnte, um Objekte oder Menschen zu verschieben, doch ich fand es beruhigend, als sie in meiner Hand herumhüpfte und sich nach meinem Willen faltete und entfaltete, sich in eine Reihe von Farben trennte, von denen jede eine magische Einheit darstellte. Ich hatte nie gelernt, welche was war, doch ich bezweifelte, dass es von Bedeutung war. Unsere Kraft kam von ihrer Verschmelzung zu etwas, das allein unsere Magie war. Einzigartig. Ihr Ursprung, bevor sie verändert und verwässert und von anderen besessen worden war.

„Das ist ziemlich beeindruckend." Gareths Stimme drang aus der Dunkelheit vom anderen Ende der Höhle. Das Einzige, was ich sehen konnte, waren die Lichtblitze des Wandlerrings um seine Pupillen. Sie alle hatten ihn; seiner schien dunkler als die meisten anderen, faszinierend. Doch ich nahm an, dass das der Reiz des Raubtiers war. Verführt von den einzigartigen Augen und den sehnigen und geschmeidigen Bewegungen und angezogen von der räuberischen Natur, warst du zu hypnotisiert, um dich zu schützen. Darauf würde ich nicht hereinfallen. Ich sprang auf. Die magische Kugel pulsierte in einem gleichmäßigen

Tempo, wie ein Herzschlag, und das Kaleidoskop der Farben täuschte gefährlich über seine Gefährlichkeit hinweg.

Ich hielt sie fest an mich gedrückt und nahm mir vor, einen Weg zu finden, den anderen Eingang zur Höhle zu sichern, damit niemand ihn mehr benutzten konnte.

„Was willst du?"

„Reden."

„Du wirst mich nicht dazu überreden."

„Ich hätte auch nicht gedacht, dass ich das könnte. Ich habe nicht die Absicht, dich auf der Verliererseite stehen zu lassen, Livy. Ich bitte dich nicht leichtfertig darum. Was hast du zu verlieren?"

„Mein Leben. Die Welt sieht uns als Monster."

„Sie sehen *sie* als Monster – Conner und seine Verbündeten. Er wird weiter Ärger machen und die Situation wird nur noch schlimmer werden. Er versteckt sich nicht einmal mehr – er ist übermütig und jetzt das Gesicht der Legacy."

„Mach daraus keine politische oder PR-Sache ..."

„Das tue ich nicht. Wenn du dich outest, werden es andere auch tun. Du wirst vor ihm zu ihnen durchkommen und dafür sorgen, dass er nicht mehr Leute rekrutieren kann. Du wirst die Gilde hinter dir haben und den Magischen Rat."

„Für jemanden, der behauptet, er sei nicht hier, um mich zu überreden, klingt das sehr danach."

Seine Lippen verzogen sich zu einem schiefen Lächeln. „Livy, ich denke nicht, dass irgendjemand glaubt, dich dazu bringen zu können, etwas zu tun, was du nicht tun willst."

Er wartete geduldig, und ich beschäftigte mich mit der Magie, mit der ich gespielt hatte.

„Okay, aber zuerst muss ich mit Kalen reden. Ich treffe mich morgen mit ihnen."

Er nickte langsam und begann, sich zurückzuziehen.

„Hey, kannst du den Ausgang schließen lassen?", fragte

ich, als er in der Dunkelheit der Höhle verschwand. „Ich bekomme ständig ungebetenen Besuch."

Sein Lachen hallte von den Wänden der Höhle wider.

„Ist das ein Ja oder ein Nein?"

„Ich werde sehen, was ich tun kann, *Miss Michaels*."

Ich hasste es, wenn er mich so nannte – doch das war wahrscheinlich genau der Punkt.

KAPITEL 7

Am nächsten Morgen saß ich am Schreibtisch, den Kalen und ich teilten, während sein Kaffee, Gebäck und meine Informationsbombe auf ihn warteten. Ich hätte zu spät kommen und warten sollen, bis er mich um Kaffee bat, weil es dann nicht so verdächtig gewirkt hätte, wenn ich sie ihm gegeben hätte.

„Was hast du angestellt?", fragte er und sah sich im Zimmer um.

„Ich bringe dir immer Kaffee und Gebäck mit", antwortete ich. Er trank einen Schluck und behielt mich vorsichtig im Auge, als er ins Nebenzimmer ging und mehrere Kartons herausholte. Er musste sie übers Wochenende bekommen haben, denn ich konnte mich nicht daran erinnern, dass sie am Freitag da gewesen waren.

Die meisten Leute durchstöberten nicht in einem Maßanzug Kartons mit dem Müll anderer Leute. Kalen störte sich nicht wirklich daran, Kleidung zu ruinieren, weil er immer Geld gehabt hatte und es nicht von *Kalen's Collectibles* stammte – im Geschäft mit Antiquitäten und besserem Trödel gab es nur sehr wenige Möglichkeiten, Geld zu verdienen. Wir hatten das Glück, dass wir durch einige seiner Verbindungen die Gelegenheit bekamen, magische Objekte auf Auktionen zu erwerben, und irgendwie zu den Ankaufsspezialisten der Stadt geworden waren, die verloren gegangene oder verlegte Objekte und solche, deren Existenz nur gemunkelt wurde, aufspüren konnten.

Ich ließ mich neben ihm auf den Boden fallen und fing an, die Kartons zu sortieren. Sein Argwohn machte die Stimmung angespannt. Normalerweise unterhielten wir uns die ganze Zeit während des Sortierens, wobei er größtenteils dafür sorgte, dass er seinen Status als König der nutzlosen Informationen beibehielt. Hin und wieder war einiges davon interessant, doch im Allgemeinen setzte ich ein vorwurfsvolles falsches Lächeln auf und nickte nur.

Bei ihm schien es schwerer zu sein, mich zu outen als bei Savannah, und ich war mir nicht sicher, warum. Ich betrachtete Kalen auch als Freund, doch während Savannah vielleicht einige Bekannte während der Säuberung verloren hatte, hatte Kalen viele Freunde verloren und seine Familie war dezimiert worden. Die Schuld lastete auf mir, als wäre ich direkt dafür verantwortlich gewesen. Ich öffnete meinen Mund, um zu sprechen, doch was ich sagen wollte, kam nicht heraus. „Blu hält Savannah für eine *Ignesco*."

„Wirklich?"

„Was heißt das? Ist sie eine Hexe?"

„Niemand weiß wirklich, was das ist. Ich vermute, Ignesco sind Kobolde, manche sagen Hexen, andere denken Magier. Es gibt so wenige, dass niemand sie jemals wirklich studiert hat. Hmm, wie seid ihr zu dieser Erkenntnis gekommen?"

„Es war weniger eine Sache von *wir*, als dass Savannah auf die Idee gekommen ist, als wir im *Devour* waren."

„*Devour*? Du erzählst mir scheinbar nicht genug über deine Freizeit, Mädchen." Er grinste. „Normalerweise ist dein Leben langweilig; jetzt hängst du im *Devour* rum und wirst von der ganzen Stadt gesehen mit" – dann hielt er inne und machte dramatische Anführungszeichen in die Luft – „Mr. Nicht-mein-Freund Gareth. Als ich das Foto gesehen habe, dachte ich, dass du es sein könntest, aber da dein Leben bisher nicht *so* interessant war, habe ich angenommen, dass es eine Doppelgängerin oder sowas war. Du weißt, es heißt, dass jeder einen Zwilling hat. Ich dachte, das wäre deiner. Schließlich hat sie nicht gerade Karo und Chucks getragen. Tatsächlich war die Frau ziemlich hübsch, mit wunderschönen Haaren."

Wieder einmal wurde mein einfacher Pferdeschwanz mit einem seiner Blicke bedacht, bevor er die Jeans und das gelbblau karierte Hemd der gleichen Prüfung unterzog. Dann blickte er zur Sicherheit noch einmal zurück zu meinen Haaren.

„Ich schätze, man muss ein heißer Wandler sein, damit du dir ein bisschen Mühe gibst", neckte er.

Ich ignorierte die Spitzen gegen meine Kleidung, wie ich es immer tat. „Wo hast du ein Bild von mir aus dem *Devour* gesehen?"

Seine Augen funkelten vor Aufregung, und er zückte sein Handy und zeigte mir das Display, und da lehnte ich mich tatsächlich an Gareth, als er mir etwas ins Ohr flüsterte. „Anscheinend bist du die Frau, die man hassen muss", scherzte er.

Ich fand es nicht aufregend, dass ich mich in etwas anderem als meiner typischen Kleidung in einem Club mit einem Drink in der Hand an Gareth lehnte, doch anscheinend irrte ich mich da.

„Warum sollte es jemanden interessieren, dass ich mit Gareth rede?", fragte ich, richtete meine Aufmerksamkeit auf einen Karton und zog einen Hut hervor, der mein Interesse geweckt hatte.

„Nein" – er riss ihn mir aus der Hand und warf ihn in die Ecke – „ich muss schon den Pferdeschwanz ertragen, du bekommst nicht auch noch einen Hut. Frauen hassen dich wegen Gareth. Die Leute beobachten ihn." Wieder einmal schenkte er mir ein seltsames Lächeln, wie die Moderatoren einer Morgensendung, kurz bevor sie den Gast mit einer Menge persönlicher und aufdringlicher Fragen bombardierten. Kalen genoss den Klatsch, und es schien, als würde er nicht lockerlassen wollen.

„Du warst mit Gareth in einem der angesagtesten und exklusivsten Clubs der Stadt – was ist los?"

„Kann nicht zu exklusiv sein – ich bin ohne Probleme reingekommen." Ich zuckte mit den Schultern. Ich wollte nicht, dass das die große Sache wurde, zu der er es machen würde.

„Könnte es damit zu tun haben?"

Wieder rieb er mir ein Bild unter die Nase. Diesmal war es Savannah, und sie sah auf dem Bild furchtbar behaglich mit Lucas aus. Doch wissend, wie das Bild von Gareth und mir aussah und was tatsächlich passiert war, verwarf ich es schnell. Auch, wenn es mit seiner Hand um ihre Taille und seinem Gesicht so nah an ihrem aussah, als würden sie sich gleich küssen. Kalen war vielleicht davon begeistert, aber ich war es nicht. Es war eine Erinnerung daran, dass die Situation außer Kontrolle geriet von dem, was ich einmal gewusst hatte, nicht mehr als drei Wochen. Ich musste wieder auf die richtige Spur kommen, doch ich konnte mir nicht vorstellen, dass in den nächsten Tagen irgendetwas passieren würde, das das möglich machen könnte.

Ich lebte im Schatten, ein privates Leben, das funktionierte, und jetzt machten die Leute Fotos von mir. Und ich hing irgendwie mit dem Master der Stadt und Wandlern rum, die aus Gründen beliebt waren, von denen ich keine Ahnung hatte.

„Ich verstehe, warum sich die Leute für Lucas interessieren. Der Master der Stadt besitzt den heißesten Vamp-Club der Stadt – es ist nicht so, als würde er sich vor der Aufmerksamkeit verstecken. Er scheint sie genauso sehr zu brauchen wie Blut, doch warum zum Teufel interessieren sich die Leute für Gareth? Ich dachte nicht, dass Mr. Arrogant eine Anhängerschaft hat."

Kalen atmete gereizt aus, bevor er die Augen verdrehte. *Das brauche ich nicht von dir.*

„Seine Mutter."

„Ja, die Kabel-/Einkaufszentrums-Lady." *Whoa, das ist eine andere Farbe. Diesen Rotton sieht man nur an Erdbeeren.* Mein KUI hatte so viel über sie geredet, dass ich sie gegoogelt hatte: Ich wusste von ihrer früheren Karriere als Designerin, weshalb Kalen sie verehrte. Als Teenager hatte sie gemodelt, und sie hatte auch eine sehr kurzlebige Karriere in der Musik. Und dann hatte sie schließlich das Familienunternehmen übernommen. Ich hätte sie nicht als Prominente bezeichnet, doch die meisten Leute kannten sie. Nachdem ich ungefähr ein Dutzend Bilder von ihr gesehen hatte, wusste ich, wer sie war, doch ich musste den entsetzten Ausdruck auf Kalens Gesicht bei meiner knappen Zusammenfassung genießen. Manchmal waren es die kleinen Dinge, die einem den Tag verschönten.

Ich wollte gerade gestehen, als jemand an die Tür klopfte. Bevor wir öffnen konnten, blitzte blondes Haar mit einem Hauch von Silber herein. Als der Mann mich sah, kam er herein. Hinter ihm war ein weiterer Mann, beide in Polizeiuniform.

„Arbeitet eine Olivia Michaels hier?", fragte einer und sah mich an, während Kalen auf sie zuging.

Ich antwortete nicht, sondern stand auf, zog mich ein paar Schritte zurück. Meine Nägel gruben sich in meine Haut, während ich meine Hände zu Fäusten ballte. Ich zog mich noch ein paar Schritte zurück und richtete mich so aus, dass ich einen direkten Schuss zur Hintertür hatte.

„Darf ich fragen, was Sie von ihr wollen?", fragte Kalen mit fester, aber professioneller Stimme.

„Arbeitet sie hier? Das war die Frage", knurrte der andere,

seine Hand ruhte auf der Pistole, die an seiner Seite geholstert war. So viel Adrenalin durchströmte mich und löste die Kampf- oder Fluchtreaktion in mir aus; Gegen einen Officer zu kämpfen, war nicht das Klügste.

„Ich bin Olivia Michaels." Ich hätte es fast geschrien, weil ich nicht wollte, dass es so klein klang, wie ich mich fühlte.

Ihre Augen fixierten mich, kalt und hart. Der Blonde näherte sich zuerst und zog Handschellen heraus.

„Stopp!", bellte Kalen. „Was tun Sie?"

Der Partner des Blonden bewegte sich hinüber, um Kalen am Näherkommen zu hindern, und als Kalen nicht stehenblieb, stieß er ihn zurück. Kalen biss die Zähne zusammen, als müsste er seine Worte zurückhalten. Er bewegte sich mit einigen erzwungenen, schwerfälligen Schritten zurück.

„Sie hat das Recht zu erfahren, warum sie verhaftet wird." Es war ein Vorteil des menschlichen Rechts – sie hatten Regeln, die streng durchgesetzt wurden, und soweit die Polizei und Kalen wussten, war ich ein Mensch und wurde von ihnen beschützt. Sie lasen mir meine Rechte vor.

Ich hörte fast nichts davon, und sie legten mir Handschellen an und sagten mir, dass ich wegen der Morde an Clive und Daniel verhaftet werde.

Der Blonde führte mich zur Tür hinaus, sein Partner stand immer noch vor Kalen, der einen wütenden und verwirrten Ausdruck im Gesicht hatte. In dem Moment, als ich aus der Tür war, packte der Officer die Kette der Handschellen und zerrte mich mit tiefer und donnernder Stimme an sich.

„Du hast vielleicht unseren Gründer getötet, aber du wirst *Humans First* nicht zerstören."

Es war früh, und mit Ausnahme unserer Nachbarin, einer Hexe, die einige Stunden nach uns öffnete, des Buchladens und des kleinen Cafés nur ein paar Häuser weiter, war der Rest des Viertels nur Wohngebiet, und es gab keine anderen Aktivitäten in der Nachbarschaft.

Die meisten Leute waren zur Arbeit gegangen, was gut war, denn so sahen die Nachbarn das hier nicht. Menschen – ich könnte ihnen entkommen. In Gedanken ging ich alle Zauber durch, die ich aus dem Buch, das Blu mir geliehen hatte, auswendig gelernt hatte, und es gab keinen, der Handschellen entfernen konnte. Offensichtlich wussten sie nicht, was Clive gewusst hatte, da sie mir normale Handschellen aus Stahl ohne Sigillen oder Iridium angelegt hatten – ich hatte immer noch Zugang zu meiner Magie. Doch wollte ich, dass sie wussten, was ich war und dass ich Magie besaß? Das würde alles noch schlimmer machen, und sie hatten immer noch Waffen. Der andere Beamte hatte seine auf mich gerichtet und wartete nur auf einen Grund.

Fuck.

Sie stießen mich auf den Rücksitz. Ich erwartete, dass sie jemanden anrufen würden, um zu melden, dass sie mich festgenommen hatten oder etwas Ähnliches, wie die Polizisten es getan hatten, als ich zuvor festgenommen worden war. Doch diese hier taten es nicht. Sie fuhren los, als eine Limousine der Gilde vor sie schoss und den Weg blockierte, während ein blauer Geländewagen hinten auffuhr. Sobald der SUV gehalten hatte, flog die Tür auf, und Gareth stieg aus, ging zur Fahrerseite des Autos und klopfte ans Fenster.

Als der Beamte das Autofenster herunterließ, hatte Gareth ein gezwungenes Lächeln auf seinem Gesicht, als ob er versuchte, seine Reißzähne nicht zu entblößen. Als er sie mit strengem Blick ansah, war seine Stimme leise und schroff. „Hallo, Officers, ich nehme an, Sie haben das Memo nicht bekommen."

„Wir haben es. Aber das liegt in unserer Zuständigkeit. Wir handhaben menschliche Gesetze, und obwohl unser Captain jedes Mal, wenn Sie sagen ‚spring', fragt ‚wie hoch', wird es hier nicht so laufen. Sie haben sie schon einmal mit Mord davonkommen lassen; wir werden das nicht tun."

Gareths Lächeln machte schnell einer finsteren Miene

Platz, als ihm klar wurde, dass Diplomatie mit diesen Männern nicht funktionieren würde. „Sie wurde freigelassen, weil sie unschuldig war. Ich denke, es ist ein Interessenkonflikt, wenn Sie sich als Mitglied von *Humans First* mit diesem Fall befassen, nicht wahr, Nick? Und da ich Ihrem Vorgesetzten genug Beweise übergeben habe, um zu beweisen, dass sie es nicht getan hat, ist das eine rechtswidrige Verhaftung, und ich erwarte, dass sie auf der Stelle freigelassen wird."

„Und was sind das für Beweise? Ich würde sie gerne sehen."

„Und das können Sie. Ich rate Ihnen jedoch dringend, zu Ihrem Vorgesetzten zu gehen und ihn zu bitten, sie Ihnen zu zeigen. Das ist mehr als angemessen. Und jetzt lassen Sie sie frei."

Sie bewegten sich nur langsam.

„Ich habe vor, Sie nur ein einziges Mal zu fragen, bevor das zu einem Problem wird. Sie wollen nicht eines meiner Probleme sein." Und dieses Mal zeigte Gareth seine Zähne und gewährte ihnen einen Blick auf das Raubtier, das hinter dem Wandlerring lauerte. Der Blonde hatte sich immer noch nicht bewegt, doch sein Partner sprang aus dem Auto und öffnete mir die Tür. Er war weniger grob, als er die Handschellen entfernte, während Gareth ihn beobachtete.

Als er wieder ins Auto stieg, sagte der Blonde: „Ich hoffe, Sie haben recht mit diesen Beweisen, die sie entlasten sollen. Weil ich es wirklich unangenehm finden würde, in ihrer Haut zu stecken, wenn Sie falsch liegen."

„Danke."

„Kein Problem."

Als die Beamten weggefahren waren, fragte ich: „Welche Beweise hast du, dass ich es nicht getan habe?"

Seine Lippen verzogen sich zu einem schiefen Lächeln, und dann lachte er. „Absolut keine. Ich glaube nicht, dass ich irgendwelche Gefallen übrig habe; ich habe sie gerade alle aufgebraucht. Ich denke, wir müssen uns eher früher als später mit dem Rat treffen."

Ich sah zur Tür, wo Kalen stand und uns beobachtete. „Okay. Aber gib mir ein paar Minuten." Und ich rannte zum Haus und schob Kalen hinein.

„Wir müssen reden", sagte ich mit leiser, ernster Stimme.

Er nickte langsam und nahm im Wohnzimmer Platz, ließ sich auf einen Stuhl fallen und lehnte sich zurück, während er darauf wartete, dass ich sprach. Dieses Gespräch verlief nicht annähernd so, wie ich es erwartet und geübt hatte. Und es war nicht etwas, das man einfach so herausplatzte.

„Du bist in Schwierigkeiten, nicht wahr?", fragte er.

„Mehr als du dir vorstellen kannst." Ich fing an, auf und ab zu gehen, was ihn nur noch nervöser machte. „Erinnerst du dich, als wir zu dir gekommen sind, um mehr Informationen über die Legacy und Vertu zu bekommen?"

Sein Gesichtsausdruck änderte sich sofort. Er spannte sich an und setzte sich aufrechter hin. „Ja. Warum, habt ihr einen gefunden?"

Ich nickte. Er beugte sich vor und stützte seine Arme auf die Ellbogen, echte Sorge auf seinem Gesicht. Vielleicht waren die Annahme, dass sie existierten, und Augenzeugenberichte über ihre Existenz zwei verschiedene Dinge. Es machte ihm nichts aus, zu wissen, dass der Boogeyman existierte, wollte aber nicht wissen, dass er möglicherweise in der Nähe war. Der Funke von Wut, der über seinen Mund und seine Augen huschte, würde das nicht weniger schmerzhaft machen. Die Legacy beunruhigten ihn, und das zu Recht – wir beunruhigten alle.

„Als wir den Nekrospeer gefunden haben, war einer beteiligt. Er hat versucht, die Säuberung noch einmal durchzuführen."

Die Wut schlug schnell in Angst um, und es wurde immer schwerer, ihm von mir zu erzählen. „Ich habe gesehen, wie er zwei Mitglieder von *Humans First* getötet hat – den Gründer und einen Anhänger.”

Er kniff seine Augen zusammen. „Wie hast du das gemacht?”

Bruchstücke der Geschichte würden nicht ausreichen, also erzählte ich ihm alles. Zuerst fing ich langsam an, doch je nervöser ich wurde, desto schneller sprach ich und Kalen musste mich unterbrechen und Fragen stellen. Doch das Größte, worauf ich mich vorbereiten musste, war: „Wie bist du da involviert? Warum will Conner dich?”

Mein Eingeständnis war kaum hörbar, und er sah aus, als wünschte er sich, er hätte mich falsch verstanden. Seine Haut wurde fahl, und lange Zeit herrschte ein angespanntes Schweigen – etwas, das es nie zwischen uns gab. Ich wartete auf etwas Normales und Behagliches. Lange Zeit verging, während ich darauf wartete, dass er einen Witz machte oder etwas Unangemessenes oder Anstößiges sagte, es auf die leichte Schulter nahm, wie Savannah es getan hatte.

Er sah Gareth durch das Fenster an, der am Geländewagen lehnte und auf mich wartete.

„Ich weiß, ich hätte es dir schon längst sagen sollen. Ich dachte wirklich, ich könnte ...”

„Du solltest Gareth nicht mehr lange warten lassen. Er scheint ungeduldig zu werden.”

Ich sah zur Tür hinaus und überraschenderweise sah er nicht ungeduldig aus. Er sah sich die Gegend an, beobachtete vorbeifahrende Autos und Menschen, und seine Gefühle waren verkrampft. Ich nahm an, dass ihm das Maß an Diplomatie, das er den Polizisten hatte entgegenbringen müssen, nicht gefiel.

Kalen richtete seine Aufmerksamkeit auf Gareth draußen und ignorierte mich.

„Bei allem, was vor sich geht, kann ich mich nicht weiter verstecken, also hält Gareth es für eine gute Idee, den Rat zu informieren, damit er offen die Unterstützung der Gilde nutzen kann."

„Mm-hmm."

Er hatte sich immer noch nicht die Mühe gemacht, seinen Blick in meine Richtung zu richten. Ich sprach mit seinem Profil und konzentrierte mich darauf, wie scharf sein Kinn war, wenn er die Zähne zusammenbiss.

„Okay, gut, wir reden später", sagte ich leise. Wieder nichts. Er bewegte kaum seinen Kopf, um zu nicken.

Ich dachte, die frische Luft würde mir helfen, einen klaren Kopf zu bekommen, doch das tat sie nicht. Die Welt sah anders aus, beängstigender, gefährlicher, und ich hatte das Gefühl, dass ich es nicht mehr nur mit Trackern zu tun haben würde, sondern auch mit Leuten, die sich wie Kalen fühlen könnten, die froh waren, anzunehmen, dass ich existiere, doch vollkommen damit einverstanden waren, dass ich mich verstecke und nicht mehr als Folklore bin.

Es war ein Déjà-vu, nur dass es dieses Mal nicht um mein Leben ging – oder doch? Dieselben Leute, die vorher anwesend gewesen waren, um mich zu verurteilen, waren jetzt auch da, um meine Geschichte zu hören. Die einzige Ausnahme war ein neuer Magier, der Jonathans Platz eingenommen hatte, und ich ging davon aus, dass er jeden, der vor ihnen stand, herablassend betrachtete, wie Jonathan es getan hatte. Die gleichen Sigillen waren an der Wand, von denen ich spekulierte, dass sie nicht aktiviert wurden, weil sie sehr stark sein müssten, um mich aufzuhalten. Doch ich war mir sicher, dass sie ein Paar, wenn nicht sogar mehrere Paar der Fesseln besaßen, die Gareth mir in seinem Bunker angelegt hatte. Ich fragte mich, ob sie den mit Iridium beschichteten Pfeil hatten, von dem er gedroht hatte, ihn auf mich abzufeuern. Die zwei Wachen am Eingang und sechs hinter mir sahen aus, als könnten sie sich in einem Kampf behaupten. Ich spürte starke Magie, doch es war so viel davon im Raum, dass ich nicht wusste, von wem sie kam.

Lucas schien nicht mehr daran interessiert zu sein, hier zu sein, als zuvor. Er schenkte mir ein kleines Lächeln, und wenn er überhaupt neugierig auf den Grund meiner Anwesenheit war, zeigte er es nicht. Wusste er es vielleicht schon? Wie? Ich wusste, dass Savannah mein Vertrauen niemals brechen würde, doch hatte er sie gezwungen? Es wurde gemunkelt, dass Vampire die Gedanken eines Menschen lesen konnten, während sie von ihm tranken. Wenn es stimmte, waren es wahrscheinlich keine Informationen, die der Spender bereitwillig zur Verfügung gestellt hatte. Ich war mir sicher, dass sie ihrer Mahlzeit für die Nacht nicht sagten: „Hey, ich kann deine Gedanken lesen, also schau, dass du was Interessantes denkst, damit ich mich nicht langweile, während ich an deinem Hals kaue."

Gareth sprach als Erster, wahrscheinlich weil er die Versammlung einberufen hatte. „Ich danke euch allen, dass ihr so kurzfristig zu diesem Treffen gekommen seid – zu einem Thema, von dem die meisten von euch vielleicht glauben, dass es den Rat nichts angeht, doch ich kann euch versichern, dass es so ist. Miss Michaels, Sie haben das Wort."

Ich hatte keine Rede oder so etwas vorbereitet, und die, die ich nicht für Kalen hatte verwenden können, war wahrscheinlich ein bisschen zu vertraut und voller alberner Insider-Witze, die mich nur seltsam erscheinen lassen würden. Aber vielleicht war es besser, wenn sie mich eher für seltsam als für gefährlich hielten.

„Da ist ein Mann namens Conner, ein Vertu, der versucht, eine weitere Säuberung durchzuführen."

Mit Ausnahme von Harrah, die von der Information unbeeindruckt zu sein schien – der Grund, aus dem sie ihren Job so gut machte – wirkten alle schockiert und eingeschüchtert. Harrah jedoch blieb immer ruhig und besonnen.

Selbst wenn sie einem sagte, dass wir am Rande einer Apokalypse standen, erweckte ihr sanftes, zurückhaltendes Gesicht den Anschein, dass alles nicht so schlimm war. Weltuntergang? Kein Ding, sieh dir diese Rehaugen an – sie sieht nicht besorgt aus, warum sollten wir es sein? Lucas sah aus, als würde er es sich noch einmal überlegen, ob er das Nickerchen, das er scheinbar halten wollte, nicht doch halten sollte. Er lehnte sich vor und war zum ersten Mal interessiert, seit ich angefangen hatte zu reden.

„Vertu sind wie Legacy, aber stärker."

Die Offenbarung wurde von Schweigen unterstrichen. Anspannung und Sorge breitete sich auf den Gesichtern aus, während sie darauf warteten, dass ich fortfuhr. Ich informierte sie darüber, wie Conner Jonathan überzeugt hatte, die Magier und den Rat zu verraten und ihm zu helfen, indem er den Nekrospeer benutzte, der unsere Magie besaß. Und dass er jetzt die vier hatte, die ursprünglich im Besitz von *Humans First* gewesen waren. Ich fasste alles zusammen und ließ den Teil weg, in dem ich Conner gesagt hatte, dass *HF* die Speere nicht haben sollte. Diese Schuld lastete nach wie vor auf mir, und es fiel mir schwer, sie abzuschütteln.

„Wenn es andere gibt, die bereit sind, uns zu verraten, könnten wir vor einer weiteren Säuberung stehen", spekulierte Harrah, und zum ersten Mal zeigte ihr Gesicht etwas anderes als nur passive Nonchalance. Es war voller Sorge. Sie überlegte höchstwahrscheinlich, wie sie die Geschichte verdaulich machen konnte. Sie legte ihre Finger aufeinander, ihre kühlen Augen auf mich gerichtet. Es war das erste Mal, dass ich darüber nachdachte, wie stark sie sein musste, um im Rat zu sein und diese Rolle innezuhaben. Inwieweit hatte sie die Welt, den Verstand und die Emotionen der Menschen manipuliert, um die Allianz zwischen den Übernatürlichen und den Menschen aufrechtzuerhalten?

„Miss Michaels, eine Frage bleibt – wie sind Sie an diese Informationen herangekommen?" Sie stellte genau die Frage, die die Anwesenden, zumindest ihren Gesichtern nach zu urteilen, alle gedacht hatten.

Erinnerungen an Kalens Reaktion stiegen in mir auf. Ich hätte mir sehr gut etwas ausdenken und weggehen und hinter meinen Schutzzaubern bleiben können, undurchdringlich für Magie – lass das ihr Problem sein. Doch es war nicht *ihr* Problem. Es war *unser* Problem, weil es sowohl mich als auch andere Menschen betraf. Ich wäre für immer diejenige, die das zugelassen hat, und dann waren da noch Kalen und Savannah. Sogar Gareth, Blu und meine Nachbarn waren Leute, um die ich mir Sorgen machte. Und von Leuten, deren Gesichter ich kannte, und obwohl sie nur Bekannte waren, wollte ich nicht, dass sie tot sind. Wen ich tot sehen wollte, waren Conner und all die Vollpfosten, die auf seinen charismatischen „Nur die purste Magie sollte existieren"-BS hereingefallen waren.

„Weil er versucht hat, mich zu rekrutieren."

„Sie sind eine Vertu oder Legacy?", fragte Harra.

„Legacy."

Sie richtete ihre Aufmerksamkeit auf Gareth. „Du hast gesagt, dass sie keine Magie besitzt. Wir haben sie aufgrund der Tatsache freigelassen, dass sie keine Magie besitzt. Hast du dich geirrt oder warst du durch deine Libido beeinträchtigt? Deine Beziehung zu Miss Michaels ist nicht unbemerkt geblieben, ebenso wenig wie die Position, in die du den Magischen Rat und die Gilde der Übernatürlichen mit dieser Beziehung gebracht hast."

Gareth kaute an seinen Worten und hielt sie dann fest, bevor er sprach. Aufgrund der Art, wie er sie ansah, hatte ich das Gefühl, dass er die Ecken und Kanten feilen und glätten musste, bevor er sie aussprach.

„Weder noch. Ich habe mich entschieden, diese Informationen zurückzuhalten, weil ihr alle den Eindruck erweckt habt, dass ihr nur jemanden haben wolltet, der für drei Morde bezahlt, und wenig Interesse hattet, die Person zu finden, die sie tatsächlich begangen hat. Das ist meine Entscheidung, und ich stehe dahinter. Meine Libido hat damit nichts zu tun. Sie ist hier, weil sie ihn genauso aufhalten will wie wir. Ich werde gerne später auf deine Bedenken bezüglich meiner Beziehung zu Miss Michaels eingehen, doch für dieses Treffen ist das irrelevant."

Ich war mir nicht sicher, warum er später darüber reden musste. *Es gab keine Beziehung. Na bitte, ich habe es in zwei Sekunden geschafft, das klarzustellen. Kein Drama, keine Aufregung. Kinderleicht.*

„Was passiert jetzt? Warnen wir die Menschen?", fragte der neue Magier und nahm sich einen Moment Zeit, um mich herablassend zu mustern. Zuerst war es die beiläufige Geringschätzung gewesen, mit der die meisten Menschen wahrscheinlich behandelt wurden. Jetzt war es Ekel. Ich hatte nur begrenzte Erfahrung mit Magiern, doch ihre Art von Überlegenheitskomplex schien einzigartig zu sein. Kein Wunder, dass es Conner gelungen war, Jonathan dazu zu bringen, seinesgleichen zu verraten, um mehr Macht zu erlangen. Ich fragte mich, wie viele von ihnen erkannten, dass die Säuberung hauptsächlich für sie bestimmt war, um jeden zu beseitigen, der Magie besaß, die selbst in kleinerem Maßstab mit dem Legacy konkurrierte.

„Das werden wir nicht tun!", blaffte Harrah. „Das muss leise und so schnell wie möglich eingedämmt werden." Wieder einmal landete ihre Aufmerksamkeit bei Gareth. „Was hast du vor?"

Gareth richtete seine Aufmerksamkeit auf den neuen Magier. „Du wirst das mit dem Rat der Magier besprechen, und ich brauche eine Liste der eurer Meinung nach stärksten Magier. Conner könnte versuchen, an sie heranzukommen – um sie entweder zu Verbündeten oder zu Opfern zu machen, die ihre Magie nicht gegen ihn einsetzen dürfen. Sie müssen wissen, dass wir uns dessen bewusst sind und sie beobachten, um das zu verhindern."

Ich sah Harrah an: Sie hielt es für wichtig, die Leute *nicht*
zu warnen, doch es musste ihnen gesagt werden. „Diskretion
wird nicht helfen, und wenn Leute anfangen zu sterben, wie
sieht dann die Optik aus?" Harrah schien sich immer nur
dafür zu interessieren, wie Situationen „aussahen". Ich
verstand, warum ihr die friedliche Koexistenz zwischen
Übernatürlichen und Menschen wichtig war, doch die
Anstrengungen, die sie unternahm, um sie aufrechtzuerhalten, machten es schwer, sie zu mögen oder ihr zu vertrauen.

Sie atmete tief ein und hielt die Luft an, bevor sie sprach,
und dann warf sie mir einen Blick zu, bevor sie irgendjemanden ansprach. „Diskretion ist immer wichtig, doch es ist
notwendig, andere zu warnen, vorsichtig zu sein."

Gareth stand auf. „Ich werde euch alle auf dem Laufenden
halten, was sonst noch nötig ist. Wir müssen die Maxwells
finden, die gerade fröhlich die Stadt zerstören, und bei
diesem Tempo wird *Humans First* trotz ihres Verlusts schnell
mehr Mitglieder bekommen. Und das ist Conners Ziel. Das
Chaos ist eine Ablenkung und der beste Weg, andere zu
rekrutieren. Die Menschen werden uns hassen und sich
schließlich abwenden." Er blickte zu dem Magier auf.
„Besonders einige der Magier."

Augenblicke später war Gareth an meiner Seite und
führte mich zur Tür hinaus. Ich fragte mich, ob sie uns gehen
lassen würden, da es lange dauerte, bis die Wachen beisei-
tetraten.

Gareth blieb die meiste Zeit der Fahrt ruhig und schien
damit zufrieden zu sein. „Das war schmerzlos", gab ich zu.
Ich war mir nicht sicher, was ich erwartet hatte.

Seine Antwort war ein Stirnrunzeln.

„Stört es dich, dass sie keinen Mob gebildet und versucht haben, dich anzugreifen?"

„Ich hätte so etwas nie erwartet und hätte das auch nicht zugelassen, doch sie waren toleranter als ich erwartet hatte."

„Glaubst du, sie haben es vermutet?" Ich war mir nicht sicher, wie ich mich dabei fühlte. All diese Jahre hatte ich in der Angst gelebt, entdeckt zu werden, und jetzt sah es so aus, als hätte ich wahrscheinlich einfach aus meinem Versteck kommen und sagen können: „Hey, ich bin eine Legacy, aber ich habe nicht vor zu versuchen, die Übernatürlichen zu vernichten. Ich bin eine Legacy-light, keine Pläne für die Weltherrschaft. Alles ist cool."

Gareth atmete tief ein, bevor er sich mit den Händen übers Gesicht rieb. Sein kühles, kontrolliertes Verhalten verschwand für einen Moment, bevor er die Fassade wieder aufrichtete.

„Wir müssen Conner erwischen. Heute noch."

Wenn das nur so einfach wäre. Er hatte jetzt zwölf Legacy, und ich war mir sicher, dass wir zwei nicht ausreichten, um ihn festzunehmen.

„Wie viele hochrangige Magier habt ihr bei der Gilde?", fragte ich.

„Dreizehn."

Das war definitiv nicht genug. „Conner wird wahrscheinlich in absehbarer Zeit keine globale Säuberung durchführen, er braucht mehr Leute." Ich klang zuversichtlicher, als ich mich fühlte. Eine kleine Säuberung würde für ihn nicht funktionieren. Er wollte sicherstellen, dass er erfolgreich war, wo unsere Vorfahren gescheitert waren, also würde er weiter rekrutieren. Und wir mussten vor ihm an die anderen herankommen. Doch gab es überhaupt genug, um es zu tun? Conner hatte jetzt die Nekrospeere, und er konnte ihre Magie nutzen, um seinen Versuch zu stärken – anders als *HF*, die nicht die magischen Ressourcen hatte, um etwas anderes als eine kleine Säuberung zu versuchen. Sie wäre schlimm, doch nicht so verheerend wie die globale Säuberung, die Conner wollte. Ich musste dafür sorgen, dass er nicht mehr Anhänger bekam.

Ich dachte an den Ordner, den Gareth mir gezeigt hatte. Wenn Conner darin fehlte, wie viele fehlten sonst noch? Gab es andere Vertu, die ihre magischen Fähigkeiten nutzten, um nicht ins Visier der Tracker zu geraten?

Gareths Handy klingelte. „Was brauchst du, Avery?" Als derjenige am anderen Ende der Leitung sprach, runzelte Gareth die Stirn. „Sam? Wo ist Avery?"

Ich konnte nicht verstehen, was er sagte, doch in dem Moment, als er auflegte, drehte Gareth das Auto um. „Sam sagt, Avery ist in einem Geschäft ausgeflippt, hat drei Leute in die Enge getrieben und will sie nicht gehen lassen. Und es gibt eine Menge Kämpfe. Auch die Hexen sind darin verwickelt."

Er nahm die nächste Ausfahrt, und Minuten später schossen wir die Coven Row entlang, wo die meisten Hexen Läden und andere Geschäfte hatten.

„Warum ist er an einem Sonntag dort?"

„Was denkst du? Warum hängen College-Studenten dort rum?"

Wir wussten, dass es nicht um das Essen oder die verschiedenen Kerzenläden oder Orte ging, an denen sie Amulette oder verschiedene Zaubersprüche kaufen konnten. Sie besuchten die Coven Row wegen der *herba terrae*, des Krauts, das den Hexen das meiste Geld einbrachte.

„Wenn nicht gerade Conner oder ein Legacy da ist, kann er nicht unter jemandes Kontrolle stehen", sagte ich.

Das schien ihn nicht zu beruhigen, denn es war ziemlich wahrscheinlich, dass jemand vom Camp Conner dort war.

Es dauerte nicht lange, bis wir auf eine Reihe von Geschäften stießen, deren einzigartige Farben die Art der angebotenen Waren und Dienstleistungen identifizierten. Zartrosa und Spitzenvorhänge und liebliche Blumen und

Pflanzen schlängelten sich um die Türen und Fenster aller Geschäfte, in denen Liebeszauber angeboten wurden. Abgedunkelte Fenster und kastanienbraune oder mitternachtsschwarze Wände zeigten an, wohin man gehen konnte, wenn man einen Blick auf ein vergangenes Leben werfen oder auf eine Reise in die Zukunft wagen wollte.

Sam hatte recht; es war Magie, eine verdammte Menge davon, die die Luft verdrängte. Menschen prallten gegen Fenster. Mitten auf der Straße lagen Leute, die kaum atmeten. Es gab zerbrochene Fenster und kleine Feuer, die langsam starben. Nur die Drillinge konnten dafür verantwortlich sein. Bitte lass es sie sein, die Avery festhielt.

Ein großer, schlaksiger Rotschopf stand auf der Straße und winkte wild in unsere Richtung. Mit den Sai in der Hand folgte ich Gareth zum Laden. Avery hatte zwei der Magier, die Frau und den breiteren Mann, in eine Ecke getrieben. Er ging vor ihnen auf und ab, die Zähne gefletscht. Seine Masse war einschüchternd und hatte den Vorteil, dass er gegen ihre Magie immun war.

Ich wusste, dass wenn sie dort waren, der andere irgendwo in der Nähe sein musste. „Du hast, was wir brauchen?", fragte ich. Gareth nickte. Es war zu viel Magie, um ihr zu folgen. Ich blieb stehen und sah mich um. Ein Gebäude reihte sich an das andere; Es gab nicht viele Verstecke, und er würde ganz nah dran sein wollen, um zu seinen Geschwistern zu gelangen. Ich ging durch jeden Laden neben dem Gebäude und fand nichts. Innerhalb von zehn Minuten hatte ich mehrere weitere Gebäude durchsucht. Die nächste Gasse, die ich aus der entgegengesetzten Richtung betrat, verschaffte mir Zugang zur Rückseite der Gebäude. Wenn ich er wäre, hätte ich genau das getan – versucht, sie auf einem Umweg da rauszuholen. Er sah mich, bevor ich ihn sah, und begann, die Gasse hinunterzustürmen. Ich traf ihn hart mit einem magischen Strahl und warf ihn gegen die Wand. Er rutschte zu Boden, und ich schlug erneut auf ihn ein. Ich war nicht in der Stimmung, nett zu sein, und warf noch einen magischen Schlag auf ihn.

Er war viel zäher, als er aussah, und er stand auf und stieß mich mit seiner Magie zurück. Er versuchte es erneut, doch das Feld, das ich errichtet hatte, wehrte es ab. Seine Finger spreizten sich, seine Lippen bewegten sich, als er versuchte, einen Zauber zu wirken, um das Feld zu entfernen. Gar nichts. Wieder versuchte er es, und wieder scheiterte er. Er knurrte und stürmte darauf zu, doch es ließ ihn gegen die Wand krachen. *Er ist definitiv nicht der Kopf des Trios.* Mein Feld schwankte, und dann brach es zusammen. Ich fühlte einen scharfen Stoß in der Mitte meines Rückens und wurde gegen die Wand geschleudert. Ich schob mich schnell mit dem Sai in der Hand zurück und sah, dass Evelyn nur wenige Meter von mir entfernt stand. Magie legte sich um ihre Hand und verschlang sie fast. Ich war mir nicht sicher, ob sie stärker war als ich oder eine Vertu, doch sie beherrschte ihre Magie verdammt noch mal besser als ich. Voller Zuversicht kam sie auf mich zu, ein Schein aus Licht schirmte sie von allem ab, was ich auf sie abfeuern könnte.

„Du kannst gehen", informierte sie den Drilling.

Ich richtete ein Sai auf ihn, genauer gesagt auf sein Herz, wirbelte Magie darum herum, bis sie an der Spitze konzentriert war. Seine Augen weiteten sich vor Angst, als er auf die zusammengerollte Magie blickte, die stark und bereit war, auf meinen Befehl Schaden anzurichten.

„Ich würde sehr vorsichtig sein, auf wen du hörst, mich oder sie", warnte sie ihn und tat meine Macht mit einem Augenrollen und einer Bewegung ihrer Lippen ab.

Fehlgeleitetes Nichts. Diese Frau war der Ausbund einer blöden Kuh. Ich bezweifelte, dass Conner mehr hatte tun müssen, als aufzutauchen, und sie war Team Conner beigetreten, bereit, die Welt zu zerstören.

Mit einer schnellen Drehung schoss ich die Magie auf ihren Schild und zerschmetterte ihn. Funken bunter geborstener Magie sprühten um sie herum. Ich stürmte auf sie zu und versuchte, ihr das Bein unter dem Körper wegzuziehen, wobei ich den Sai fallen ließ. Ich warf mich hinter sie und schlang meine Beine um sie. Dann presste ich sie fest an mich und drückte meine Finger gegen ihre Halsschlagader. Es würde ihr wirklich schwerfallen, mehr zu tun, als zu kämpfen, um bei Bewusstsein zu bleiben. Wenn man bewusstlos ist, kann man nicht zaubern, egal wie stark man ist.

Sie keuchte unter dem Druck, ihre Finger krallten nach mir, und sie versuchte, mich dazu zu bringen, sie loszulassen. Sie brachte ein paar Worte zustande. „Die Katzen werden einander umbringen." Und ihre Lippen bewegten sich langsam, ich nahm an, sie wirkte einen Zauber. Sekunden später hörte ich das unverwechselbare Gebrüll der „Katzen", bevor ich ein Donnern hörte und dann das Geräusch von zerbrechendem Glas. Die Leute schrien. Das Brüllen der Katzen hallte von den Mauern wider und war fast lauter als das Krachen von Körpern, die gegen irgendetwas prallten. Panik – ich musste kein Wandler sein, um sie zu erkennen und zu fühlen.

Ich ließ sie los, stieß sie von mir und winkte mit einer Hand. Mit Magie stieß ich sie gegen die Wand. Ich hob eins der Sai mit dem anderen auf. „Bring sie dazu aufzuhören."

Sie schüttelte den Kopf; ich rammte sie gegen die Wand. Ich war bereit, es zu tun, bis sie so desorientiert war, dass der Zauber endete, doch so funktionierte es nicht wirklich. Ein Zauber konnte gestoppt werden, wenn die Person, die ihn gewirkt hatte, ihn beendete. Oder starb. Und so sehr meine Hand auch juckte, genau das zu tun, ich konnte Evelyn nicht töten. Ich musste mich jedoch mit dem Gedanken anfreunden, denn am Ende konnte es dazu kommen – dass ich meinesgleichen töten musste. Galle brodelte in meiner Speiseröhre, und ich schluckte sie herunter. Sie hatten ihre Wahl getroffen. Obwohl sie wussten, was passieren würde und dass es eine Alternative gab, hatten sie ihre Wahl getroffen. Ich packte den Sai fester, bewegte es auf ihre Brust zu und traf auf die Backsteinmauer. Sie war verschwunden.

Das Gebrüll der Löwen ging weiter. Ich rannte auf den Lärm zu und konnte nur anhand des sehr vernachlässigbaren Größenunterschieds erkennen, wer wer war, doch das spielte keine Rolle – einer war kurz davor, den anderen mit einer Pfote zu schlagen. Die Gilde war da, mehrere Männer mit Betäubungswaffen, die versuchten, einen Schuss abzufeuern, und ich war mir nicht sicher, ob sie es schaffen würden. In Gareths Augen loderte eine Urwut, die sich nur für Überleben und Zerstörung zu interessieren schien. Seine Klauen trafen seinen Neffen und schnitten ihm in die Flanke. Avery wich zurück und entblößte seinen Hals, als er auf den frischen Riss starrte. Gareth holte aus, wollte sich gerade auf ihn stürzen, als ich genug Magie auf ihn abfeuerte, dass er zurückflog, gegen ein Auto prallte und es verbeulte. Avery griff den erschütterten Löwen an, und ich versetzte auch ihm einen magischen Stoß. Ich rannte, um vor sie zu kommen, benutzte mehr Magie, als mir bewusst war, dass ich sie besaß, ignorierte die Gaffer und ihre Erkenntnis, dass ich Magie gegen Wandler anwandte. Es wurde immer schwieriger, sie voneinander fernzuhalten.

„Haben Sie vor, zu schießen oder wollen Sie weiter chillen, als stünden diese beiden nicht kurz davor, sich gegenseitig zu zerfleischen? Lassen Sie mich Ihnen bei der Antwort helfen. *Schießen Sie verdammt nochmal!*"

Und das taten sie, doch ein Schuss reichte nicht aus, um sie auszuschalten. Drei Schüsse später lagen Gareth und sein Neffe am Boden – mitten in einer Stadt, die aussah, als wäre sie gerade Schauplatz einer Schlacht gewesen. Der einzige Trost war, dass zwei Chaosmagier festgenommen und jeder von ihnen in einen anderen Wagen gebracht worden war. Ich war so auf sie konzentriert gewesen, dass es zu spät war, auf die Wachen der Gilde zu reagieren, die mich umzingelt hatten. Sechs Männer. Zwei mit Waffen und der Rest mit Magie, die sie zu schleudern bereit waren, und angesichts der bunten Kugeln wusste ich nicht, was schlimmer wäre.

Die Magie tippte gegen mich, dann flog sie prüfend um mich herum. Sie drückte stärker, und das Eindringen in meine Gedanken war zunächst subtil – *Unterwerfung*. Eine sanfte Bitte, mich zurückzuziehen. Als ich es nicht tat, drängte mich die Magie noch eindringlicher, es zu tun. Einen Moment lang schien sie in seiner Absicht fast harmlos zu sein. Ich hielt inne und entspannte mich, bevor ich ein *Apotropaion* errichtete. *Verdammte Feen.* Im Meer der Gesichter der Männer der Gilde lag Magie in der Luft. Ich konnte die Quelle nicht identifizieren, es sei denn, derjenige benutzte defensive Magie oder ich sah, wie er einen Zauber wirkte. Wenn jemand jedoch sein Aussehen veränderte oder meine Stimmung oder meinen Verstand beeinflussten, wusste ich, dass es Feenmagie war.

Ich hatte nicht den Nerv für einen weiteren Kampf, besonders gegen einen Haufen Übernatürliche.

„Sie kommen mit uns", sagte einer der Magier. Ich erkannte ihn von der Gilde wieder. Braunes Haar, das so geschnitten war, dass sich kurze Locken kringelten. Scharfe Gesichtszüge, die sein allgegenwärtiges Lächeln Lügen straften. Doch jetzt war da kein Lächeln mehr, und seine haselnussbraunen Augen durchbohrten mich. Mit einer Körpergröße von etwas über eins achtzig war er bereits ein beeindruckender Mann. Ich bewegte mich nicht, beobachtete aber aufmerksam die magischen Funken, die an seinen Fingern spielten, sich zu dicken, hell erleuchteten Bändern verschmolzen und sich dann zu einer Kugel aufrollten. Es war eine unnötige Demonstration von Magie, die verwendet wurde, um seine Macht und Kontrolle darüber zu demonstrieren.

„Ich gehe nirgendwo mit Ihnen hin." Ich bewegte mich in Richtung meiner Sai. Sie hatten viele Vorteile, doch das

Ablenken von Kugeln gehörte nicht dazu, und ich war mir auch nicht sicher, ob Magie es tun würde. Sie würden mit dem Wandler fertigwerden, den ich in meiner peripheren Sicht bemerkte. Sein breiter, robuster Körperbau, die dicken Muskeln und das raubtierhafte Funkeln seiner Augen, als er in Position stapfte, erinnerten mich an einen Wolf. Ein Wolf, der kein Rudel brauchte. Ich packte die Sai fester. Ich wollte niemanden verletzen, und mich so zu exponieren, war nicht der beste Weg. Ich sah mich erneut um und bemerkte die Leute, die sich um mich herum aufstellten. Ich nahm eine Abwehrhaltung ein und hielt die Sai angriffsbereit.

„Rufen Sie Harrah an!", befahl ich. Ich war mir nicht sicher, ob das helfen würde, doch ohne Gareth war sie die nächstbeste Lösung.

Der Wandler stürzte auf mich zu; ein magischer Blitz schoss durch die Sai direkt in seine Brust und schleuderte ihn mehrere Meter zurück. Ein Ausdruck von Schock und lodernder Wut starrte mich an. Der Wandlerring leuchtete um seine Pupillen, und seine Lippen verzogen sich zu einem Knurren. Ich errichtete schnell eine Barriere. Als der Magier seine zusammengerollte Magie entfesselte, schwankte sie beim Aufprall. Ein Regenbogen aus Farben entzündete sich und wurde langsam absorbiert und verschwand in der Barriere.

„Ruf Harrah an, verdammt nochmal!", verlangte ich erneut. Die Situation eskalierte schnell, als immer mehr Wachen der Gilde auf mich zukamen. Ich hatte das Gefühl, dass das in Gewalt ausarten würde, und ich war mir nicht sicher, ob ich am Ende unverletzt oder noch freundschaftlich mit der Gilde der Übernatürlichen verbunden wäre. Das Letzte, was ich brauchte, war ein fragwürdiges Verhältnis zu ihnen.

„Nicht nötig", sagte eine feste Stimme aus der Ferne. Harrah. Gut. Chaos und Gewalt waren ausgebrochen, und sie war da, um die Geschichte so zu drehen und wenden, bis alle überzeugt waren, dass es so etwas Harmloses war wie ein Haufen wilder Teenager, die zu rauflustig geworden waren, oder eine Party, die außer Kontrolle geraten war.

„Sie kann gehen. Bitte bringen Sie Gareth und Avery ins *Isles*. Gareth und ich werden später alles erklären." Dann drehte sie sich zu mir um. „Es steht Ihnen frei zu gehen. Vielen Dank für Ihre Hilfe, Miss Michaels." Und sie schenkte mir ein obligatorisches Lächeln, dasselbe, das sie einem Reporter oder anderen Leuten schenkte, die irgendetwas, das sie sagte, in Frage stellten. Es war besser als ein finsterer „halt verdammt nochmal die Klappe"-Blick, und sie hatte wahrscheinlich auch einen „lass den Unsinn und hör auf, Unruhe zu stiften"-Blick in ihrem Arsenal, die sie nicht benutzen konnte, wenn sie die Allianz schützen wollte.

KAPITEL 8

Savannahs Lächeln war ungewöhnlich breit. Selbst nach einem achtstündigen Arbeitstag war sie immer strahlend und sonnig. Normalerweise war es ansteckend, doch sie konnte nichts tun, um diesen Tag aufzuhellen. Ich hatte Kalen und dem Magischen Rat gegenüber gestanden, dass ich eine Legacy war; wäre fast wegen der Morde an Clive und Daniel verhaftet worden; hatte mich mit Evelyn, einem der Drillinge, und Wachen der Gilde angelegt; und einen Kampf zwischen zwei Höhlenlöwen beendet – was diesen Tag zu einem meiner drei schlimmsten Tage machte. Er war schlimmer als der Nachmittag, an dem ich durch Abwasser hatte waten müssen, und wurde nur von den Tagen übertroffen, an denen Tracker versucht hatten, mich zu töten.

Ihr Blick wanderte langsam an mir auf und ab, dann runzelte sie die Stirn. „Ich schätze, die große Enthüllung ist nicht wie geplant gelaufen?"

„Die war gut, es war der ganze Mist, der danach passiert ist. Nachdem ich geduscht, gegessen und ein Nickerchen gemacht habe, werde ich dir jeden Moment davon in all seinen entsetzlichen Details erzählen." So wie es ihr gefiel.

Savannah mochte Details – sehr explizite Details. Welche Farbe hatte das Auto, das er gerammt hatte? Hatte sie den rechten oder den linken Arm aufgeschnitten? Die Person, die dich erschießen wollte, war das ein Mann oder eine Frau? Welche Art von Waffe?

„Sieht aus, als hätte jemand einen Tritt in den Arsch bekommen."

Ich zuckte mit den Schultern. „Ehrlich gesagt fühle ich mich, als wäre ich das gewesen."

„Nun, das sollte dir den Tag versüßen." Sie trat beiseite und gab den Blick auf zwei sehr große Blumensträuße frei.

Einer war ein Strauß derart exotischer Blumen, dass ich keine Ahnung hatte, was es war, und ihr Name stand auf der Karte. Mein Strauß bestand aus Lilien.

Sie schnupperte an jeder einzelnen und gab mir dann meine Karte. „Jake und Terry haben sie vor ein paar Minuten vorbeigebracht."

„Wer sind Jake und Terry?"

Sie rollte mit den Augen und seufzte. „Du nennst sie Anzugträger und ich habe keine Ahnung warum."

„Ist die Frage nicht eher, warum du es nicht tust? Warum erfahren wir die Namen der Typen, die die Tür des *Devour* bewachen und aussehen, als würden sie sich mit Gewalt wohler fühlen als der Durchschnittsmensch?"

„Sagt die Frau, die in ihrem Schrank ein Fach hat mit dem Label ‚Jemand bekommt einen Tritt in den Hintern'."

„Du hast es so genannt, schon vergessen? Als du entschieden hast, dass mein Zimmer eine Gefahrenzone ist, und es aufgeräumt und organisiert hast", betonte ich und blickte auf die Karte. Es war Lucas' wunderschöne Handschrift. Handschriftliche Nachrichten schienen etwas aus der alten Welt zu sein, das er unbedingt beibehalten wollte. Für mich waren sie eine Erinnerung daran, dass er in einer Zeit gelebt hat, von der sowohl Savannah als auch ich nur aus dem Geschichtsunterricht oder dem History Channel wussten.

„Wie schön sind die bitte?"

Ich versuchte aufrichtig, genauso aufgeregt zu sein wie Savannah. Das war ihr Ding, nicht meins. Ich schnupperte an den Blumen, spielte mit den zarten Blütenblättern und roch dann an ihrem Strauß. Ihrer war deutlich extravaganter als meiner.

„Ich frage mich, wofür die sind. Auf meiner Karte steht nur: ‚Ich hoffe, er erhellt deinen Tag.'" Sie schnupperte erneut. Ihre Karte war meiner ähnlich. Ich sah zu Savannah hinüber. *So sieht Schwärmerei aus.* Es passte so gut zu Savannah.

„Ich denke, es sind Trostblumen. Auf meiner Karte steht: ‚Tut mir leid, dass du eine Legacy bist; muss scheiße sein für dich.' Und auf deiner steht wahrscheinlich „Mein süßes, liebes, schönes Vampirfutter, deine Mitbewohnerin ist eine Legacy – du kannst wahrscheinlich eine Bessere haben. Ich werde anfangen, nach einer Mitbewohnerin für mein hübsches kleines Blütenblatt zu suchen.'"

Sie schnaubte und verdrehte die Augen. „Du bist so pessimistisch. Er hat wahrscheinlich angenommen, dass du einen schlechten Tag hattest, und meiner ist nur obligatorisch."

„Nun, wir werden sehen, wen er am liebsten mag", neckte ich.

„Natürlich mag er mich lieber. Du versuchst jedes Mal, wenn du zu ihm gehst, Rollkragenpullover zu tragen, und siehst ihn jedes Mal, wenn er dich berührt, seltsam an. Wahrscheinlich ist er so schlechte Manieren nicht gewohnt."

Wie konnte ich vergessen, dass ich mir eine Wohnung mit der Benimmpolizei teile.

„Wir müssen ihn anrufen und uns bei ihm bedanken." Sie griff nach ihrem Handy.

„Nein, müssen wir nicht. Wer hat das gesagt? Das ist

keine Regel, und du kannst mich nicht glauben machen, dass es eine ist."

Sie schüttelte den Kopf. „Ich weiß, dass du nicht von Wölfen großgezogen wurdest, aber manchmal muss ich mich daran erinnern", sagte sie lächelnd. „Das nennt man Höflichkeit. Vielleicht sollten wir ihn besuchen, ihn zum Abendessen einladen."

„Du meinst, mit entblößten Hälsen auftauchen, vielleicht ein bisschen Speck drüber reiben und uns ihm anbieten, denn das ist das Abendessen für ihn. Hast du das etwa vergessen?"

„Wie könnte ich? Du erinnerst mich bei jeder Gelegenheit daran. Komm schon, Livy, es ist höflich, und bevor du es aussprichst, nein, ich werde ihm keine SMS schicken. Man schickt dem Master der Stadt keinen Text. Das ist stillos."

„Bist du sicher? Du kannst es nicht wissen, bis du es versuchst. Wenn du willst, mach ein paar Smiley-Emojis, egal, oder ein paar Herzchen."

„Das werde ich nicht tun."

Ich zuckte mit den Schultern; sie würde tun, was sie wollte, und weil es Lucas war, würde es ein Anruf sein, und wir würden zusammen zu Abend essen. Ich war mir sicher, dass meine Anwesenheit optional war. „Tu, was du willst. Ich schicke ihm später eine SMS und trage zum Abendessen einen Rollkragenpullover."

„Nein und nein. Ich will nichts davon hören."

„Was immer du sagst, Mom."

Sie inhalierte den Duft der Blumen noch einmal, bevor sie einen Schritt von ihnen zurücktrat. Sie verzog die Lippen, und ihre Miene wurde finster und blieb so.

„Der Rat der Hexen, Feen und Magier hat mich heute kontaktiert", informierte sie mich grimmig. Was Blu entdeckt hatte, musste herausgekommen sein. Ich war mir nicht sicher, was ich davon hielt, dass Blu darüber getratscht hatte. War es etwas, das sie wissen mussten? Ich dachte, sie würde sich nur mit anderen beraten, nicht mit dem Rat darüber diskutieren. Es war nicht so, dass Savannah gefährlich war – sie hatte keine magischen Fähigkeiten. Sie war ein Booster. Ich konnte sehen, wie das bei der falschen Person gefährlich sein konnte, doch höchstwahrscheinlich waren nicht viele Leute auf der Suche nach einem Verstärker für ihre Magie.

„Was soll ich tun?", fragte sie.

Geh nicht. Das war der Rat, den ich geben wollte, weil es mir am vernünftigsten erschien. Doch hätte es Konsequenzen, wenn sie es nicht täte? „Ich weiß nicht."

„Vielleicht sollten wir Gareth fragen?"

Ich schüttelte den Kopf. Wahrscheinlich hatte er immer noch mit einem Beruhigungsmittelkater zu kämpfen. Er war auch Teil der magischen Gemeinschaft, und ich war mir nicht sicher, wie voreingenommen sein Rat war. Ich konnte die Person, der ich am meisten vertraute, nicht anrufen, und ein Teil von mir fragte sich, ob er überhaupt rangehen würde, wenn ich es tun konnte und er die Nummer sah. Ich runzelte die Stirn bei dem Gedanken.

„Lass uns einfach abwarten und sehen, was passiert." Es war nicht der beste Rat, doch es war alles, was mir einfiel. Ich hatte nur begrenzte Kenntnisse über die einzelnen Räte, abgesehen davon, dass sie dazu dienten, die verschiedenen Rassen zu regulieren, und oft mit der menschlichen Regierung zusammenarbeiteten, um magische Regeln zu definieren und festzulegen, was als akzeptable und inakzeptable Praxis angesehen wurde. Doch wie jedes Leitungsgremium konnten sie dein bester Verbündeter und dein skrupellosester Gegner sein. Ich wollte nicht, dass sie jemals Savannahs Gegner wurden, doch brauchte sie wirklich eine Allianz?

Ich entschuldigte mich in mein Schlafzimmer und rief Blu an. Sie hatte dieses Schlamassel ausgelöst. Ihre Stimme war genauso fröhlich und sanft wie immer und blieb es auch, obwohl meine schroff und kalt war. „Warum hast du ihnen von Savannah erzählt?"

Es folgte eine lange Pause. Vielleicht versuchte sie, die Situation zu ergründen, und ich half nicht, indem ich so schroff war. Ich fuhr sanfter fort. Ich mochte Blu und ging nicht davon aus, dass sie absichtlich etwas tat, um Savannah zu schaden.

„Ich dachte, es wäre besser für sie, zu entscheiden, welcher Gruppe sie zugeordnet wird", sagte sie.

„Warum muss sie irgendeiner Gruppe zugeordnet werden?", sagte ich in sanfterem Ton. Meine Wut war fehlgeleitet worden. Ich war nicht böse auf Blu, nur die Situation. Ich hatte den ganzen Tag mit „Situationen" zu tun gehabt. Ich wollte nicht noch eine. „Sie ist nicht gefährlich. Sie besitzt nicht einmal Magie!"

„Stimmt, doch sie ist stark und könnte eine Gefahr darstellen. Ich glaube nicht, dass sie es ist oder sich jemals dafür entscheiden wird, doch denk daran, dass sie die Fähigkeit hat, die Magie von jedem zu verstärken, den sie berührt. Du hast gesehen, was sie im Haus getan hat. Stell dir vor, was passieren könnte, wenn sie von der falschen Person benutzt wird. Hochrangige Magier sind nahezu unbesiegbar, und Savannah könnte die Magie eines normalen Magiers zu der eines hochrangigen Magiers machen. In den falschen Händen kann das ein Problem sein."

Steifes Schweigen folgte. Nach einem langen Moment beschloss ich, ihre Meinung darüber einzuholen, mit wem Savannah sprechen sollte, obwohl ich wusste, wen sie empfehlen würde.

„Mit wem sollte sie sich treffen?"

Blu antwortete nicht sofort. Und als sie schließlich antwortete, war ihre Stimme klar, ruhig und leise. „Sie sollte sich mit allen treffen, und wenn sie ihr ihr kleines Verkaufsgespräch über die Vorteile einer Allianz vortragen" – sie fuhr noch leiser fort, sodass ich sie kaum hören konnte – „sollte sie den Rat der Wandler wählen. Sie können sie nicht ausnutzen, und sollte sie jemals Schutz brauchen, wären sie wegen ihrer Immunität gegen Magie die Besten."

„Nicht die Hexen?" Ich war mir sicher gewesen, dass sie sich für die Hexen einsetzen würde.

„Wie ich bereits sagte, sollte sie sich für die Wandler entscheiden. Gehe ich recht in der Annahme, dass sie die Einzigen sind, die sie nicht kontaktiert haben?"

„Ja."

„Sag ihr, sie soll sich für die Wandler entscheiden." Damit legte sie auf.

Ich ließ mich aufs Bett fallen. Ich musste dringend duschen und dann schlafen. Bevor er die Leitung der Gilde der Übernatürlichen übernommen hatte, war Gareth der Vorsitzende des Wandlerrats gewesen, doch ich war mir nicht sicher, ob wir mit ihm sprechen oder direkt zum derzeitigen Vorsitzenden gehen sollten. Zu viele Gedanken kreisten in meinem Kopf; ich musste duschen und mich ausruhen, um sie zu sortieren.

Das Nickerchen kam zuerst, weil ich nicht die Willenskraft hatte aufzustehen, sobald ich es mir auf dem Bett bequem gemacht hatte. Die Dusche danach war nicht so entspannend, wie ich mir erhofft hatte, und half nicht, meine schmerzenden Muskeln zu beruhigen oder meine Stimmung aufzuhellen. Auch konnte ich meine rasenden Gedanken nicht abstellen. Magie war wie jeder Muskel, sie musste trainiert werden. Ich musste lernen, zu teleportieren und Animantie beherrschen lernen, obwohl ich diese Fähigkeit nicht nutzen wollte. Das Löschen von Erinnerungen war schon eine Verletzung der Persönlichkeitsrechte und gegen das Gesetz. Sie zu manipulieren auch, doch die Regeln waren für den Magischen Rat und die Übernatürliche Gilde anders, weil sie nur so eine starke Allianz mit den Menschen aufrechterhalten konnten.

Ich spürte das Gewicht der Situation schwer auf meinen Schultern. Je häufiger ich anderen Legacy und Vertu begegnete, desto klarer wurde mir, dass ich mehr über Magie lernen musste. Der Vorteil, dass jetzt bekannt war, was ich war, war, dass ich lernen konnte; doch von wem? Möglicherweise Kalen, falls er jemals wieder mit mir sprechen sollte. Der Gedanke daran, dass er vielleicht nie wieder mit mir sprechen würde, jagte einen Schmerz durch meinen Körper. Ich nahm an, wenn er bereit war zu reden, würden wir es tun. Ich hatte beschlossen, am nächsten Tag nicht zur Arbeit zu gehen.

Wenn Kalen sich entschloss, mit mir zu sprechen, war ich mir nicht sicher, wie viel Hilfe er anbieten könnte. Feen konnte kognitive und manipulative Magie anwenden, ähnlich wie Conner es getan hatte, als er die Farbe meiner Haare geändert hatte. Und es war etwas, das Kalen oft benutzte, um meine Kleidung und meine Frisur zu ändern. Magische Manipulation war ein guter Partytrick, aber keine effektive Verteidigungsmagie. Ich konnte bereits Erinnerungen manipulieren, wie ich es mit dem Tracker getan hatte, der hinter mir her gewesen war, und Erinnerungen löschen.

Vielleicht könnte Blu mir mehr über Zaubersprüche beibringen. Savannah könnte mit ihrer Fähigkeit helfen, sie zu verstärken. Und dann was? Das war die eigentliche Frage.

Ich hatte alles abgeschüttelt. Ich musste meinem Verstand eine Pause gönnen. Vielleicht hatte Savannah recht – ein Abendessen mit Lucas war vielleicht keine schlechte Sache. Ich hätte nichts dagegen, ins *Devour* zu gehen; immerhin war ich, wann immer ich dort war, zu sehr damit beschäftigt, auf meinen Hals aufzupassen, Angebote für „einen Drink" abzulehnen – als könnten sie jemandem mit diesem Angebot etwas vormachen – und zu versuchen, mich nicht von heißen Zombies oder Vampiren, wie sie es vorzogen, genannt zu werden, verführen zu lassen. Es war eine Ablenkung, und viel Alkohol war auch keine schlechte Idee. Ich hatte beschlossen, Savannah zu sagen, dass sie einem Treffen mit Lucas zustimmen sollte, obwohl ich mir sicher war, dass sie es bereits getan hatte.

Gareth in meinem Schlafzimmer auf und ab gehen zu sehen, als ich aus dem Badezimmer kam, um mich anzuziehen, war nicht das, was ich erwartet hatte. Ich zog das Handtuch fester um mich. Ich hatte ihn schon öfter nackt gesehen, als man irgendjemanden sehen sollte, mit dem man nicht zusammen war. Es störte ihn nicht, doch Nacktheit störte die meisten Wandler nicht. Daran mussten sich die Menschen gewöhnen. Den meisten machte das nichts aus, da es nicht viele Wandler gab, die körperlich keinen zweiten, dritten oder vielleicht vierten Blick wert waren.

Er grinste, als ich das Handtuch wieder fester um mich zog und mit meiner Hand durch mein feuchtes Haar fuhr. Ich wünschte, ich hätte es wenigstens gekämmt.

„Savannah hat mich reingelassen", erklärte er.

„Hier rein? In mein Zimmer?"

Er nickte, und seine Augen wanderten langsam über meinen Körper. Ich fühlte die Hitze auf meinen Wangen. Wage es nicht zu erröten, drohte ich mir. Ugh, das war ein langer, schlechter Tag.

Savannah steckte ihren Kopf herein. „Hey, Livy, Gareth ist hier." Dann winkte sie ihm zu.

„Danke, darauf wäre ich nie gekommen, so, wie er hier in meinem Zimmer steht und so. Erstklassige Beobachtung, Detective."

Sie lächelte: „Das dachte ich auch. Ich mach dann mal los."

Ich musste nicht fragen, wohin. Sie war geschminkt, ihr Haar war gelockt und wallend, und ich sah nur einen Hauch von dem rosa schimmernden Oberteil, das sie trug. Ich würde es nicht verhindern können. Zwischen Savannah und

Lucas lief definitiv was. Dateten sie? Dateten Vampire? Ich wusste, dass sie keine Probleme mit ungezwungenen Begegnungen hatten, und ich hatte die Versuche vieler Vampire verhindert, Savannah zu einem One-Night-Stand zu verführen. Es musste schwer für sie sein, die Kunst der Verführung zu praktizieren, wenn ich nur ein paar Zentimeter entfernt war, spöttelnd, lachend und auf den Mangel an Originalität in ihrer Prosa hinweisend, während ich sie die ganze Zeit finster anstarrte.

„Ich muss mich anziehen", sagte ich ihm.

Er nickte und lehnte sich an eine Wand.

„Wenn du mir nicht Bargeld zuwerfen willst, während ich es tue, raus aus meinem Zimmer", sagte ich.

Er zuckte mit den Schultern. „Ich glaube, ich habe Bargeld." Er griff in seine Tasche, zog Geld aus seiner Brieftasche und hielt es zwischen seinen Fingern. „Darf ich bleiben?"

„Das war ein Scherz."

„Bist du stolz drauf?", sagte er und benutzte meine eigene Bemerkung als Antwort auf seinen schnurrenden Witz von vor ein paar Tagen gegen mich.

„Sehr. Ich brauche nur einen Moment."

„Es ist ja nicht so, dass du was hast, das ich noch nicht gesehen habe."

„Schön für dich. Deine Glückwunschkarte ist in der Post. Du hast nackte Frauen gesehen. Hurra. Die hier wirst du nicht sehen."

Er grinste, und ich hätte schwören können, dass er sagte: „Noch nicht."

Das werden wir sehen.

Er ließ sich auf den Stuhl fallen und warf mir einen langen Blick zu, während er seine Hände hinter seinem Kopf verschränkte und sich entspannt zurücklehnte. „*Miss Michaels*, ich habe Frauen in verschiedenen Bekleidungszuständen und viele nackte Frauen gesehen" – das schiefe

Lächeln blieb – „und ich habe es geschafft, mich zu beherrschen. Ich versichere dir, dass ich das bei dir auch schaffen werde." Das spöttische Lächeln wurde durch ein breites Grinsen ersetzt. „Oder unterstellst du etwa" – seine sanften blauen Augen wanderten über mich und blieben an meinen Händen hängen, die das Handtuch fester umklammerten – „dass du so verführerisch bist, dass ich mich nicht beherrschen kann? Wer ist jetzt der Arrogante?"

Ohne etwas zu sagen, ging ich zu meiner Kommode, zog ein paar Klamotten und Unterwäsche heraus und ging ins Badezimmer, um mich dort anzuziehen. Gareth stand da und betrachtete die Bücher in meinem Regal, als ich endlich fertig war. „Hmm, du hast viele Thriller, Krimis und Spionageromane. Keine einzige Romanze."

„Es gibt Romantik in den Thrillern."

„Ah, ich verstehe, ist das der Weg in dein Herz? Ein Mann muss dich in Gefahr bringen – oder ist es der Kampf, der dich antreibt? Ist es der Adrenalinschub, möglicherweise im Handgemenge zu gewinnen?"

„Möglicherweise?", prustete ich. „Aber die meisten Männer fühlen sich nicht besonders sexy, nachdem ihnen von einer Frau der Arsch versohlt wurde."

„Ist das so? Ich weiß das nicht. Mir wurde noch nie von einer Frau der Arsch versohlt."

„Wirklich." Ich zog die Augenbrauen hoch und hoffte, dass er sich an unsere Begegnung in seinem Haus erinnerte. Er schien sie vergessen zu haben. „Wie schnell du den Vorfall in deinem Haus doch vergessen hast", erinnerte ich ihn.

Er grinste und näherte sich mir mit langsamen, geschmeidigen Schritten, seine Augen funkelten amüsiert. „Ich glaube, du warst gefesselt und am Boden, oder erinnere ich mich nicht richtig? Und ich glaube, ich habe es in weniger als fünf Minuten geschafft."

Ich konnte die Wärme seines Körpers spüren, nur Zentimeter von mir entfernt. Wandler waren immer heiß – dachte ich mir, oder vielleicht war es nur Gareth. „Du hast geschummelt."

„Habe ich?" Sein Atem strich über meine Lippen, und ich wurde mir seiner sehr bewusst, der definierten Muskeln, die meinen Körper streiften. Und seiner Lippen, weich und gebieterisch. Für einen kurzen Moment schloss ich die Augen und versuchte, all die sündigen Gedanken aus meinem Kopf zu verdrängen. Es war animalisch – nicht real. Es entfachte nur ein unergründliches Verlangen. Es musste eine seltsame Art von Wandlermagie sein. Ich glaubte nicht einen Moment lang, dass die Anziehung echt war, doch auf einer gewissen Ebene wollte ich es.

Seine Finger strichen über meinen Arm, bis sie auf der Innenseite meines Handgelenks ankamen. Dann schloss er seine Hand darum. „Ich hatte Handschellen und du hattest Magie. Ich war schneller."

Die Magie entzündete sich in mir, zunächst langsam. Langsam kroch sie meinen Arm entlang, bevor sie sich darum schlang. Ein kleiner Tupfer leuchtender Farben wirbelte und verzerrte sich zu einer festen magischen Kugel, die auf meinen Fingerspitzen ruhte.

Er sah ihn an, und für einen Moment waren seine Augen von Sorge und möglicherweise einer kurzen Erinnerung daran, von einer ähnlichen Magie wie meiner kontrolliert zu werden, verschattet. Es war eine farbenfrohe, lebendige Erinnerung daran, dass es Magie gab, gegen die er nicht immun war. Das Lächeln auf seinen Lippen verschwand für einen Moment. Die Sorge und Abneigung verschwanden ebenfalls, als er mein Handgelenk losließ. Sein Finger glitt an meiner Hand hinunter, bis er der Magie ganz nah war, doch er hielt meinen Blick fest. Ich zog mich zurück, lange genug, dass sein Finger über die Seite der Kugel streichen konnte. Die Muskeln seines Arms verkrampften sich und entspannten sich dann. Er kam näher und ließ nichts zwischen uns. Ich erstickte die Magie, doch der Funke blieb, und er spürte ihn ebenso wie unsere Lippen, die aufeinandertrafen. Er presste seine fester auf meine und bat um eine Antwort, die ich bereitwillig gab. Seine Hand löste sich von meiner und wanderte über meine Hüfte, bevor sie unter mein T-Shirt glitt. Sein Finger strich über die Rundungen meiner Taille, bevor er mich zu sich zog.

Dann zerrte er mir das T-Shirt über den Kopf und warf es zu Boden. Mit einer schnellen Bewegung tat er dasselbe mit seinem, und dann waren wir Haut an Haut. Meine Finger erkundeten die Muskeln seines Oberkörpers. Er zog mich näher an sich heran und küsste mich gierig. Eine rohe, erhitzte Sinnlichkeit, die ich zuvor noch nicht erlebt hatte, entzündete sich, und dann begann er, an meinen Leggings zu ziehen. Ich half ihm, bewegte kaum meine Lippen von seinen, meine Finger vergruben sich in sein Haar, als ich versuchte, mich aus den Leggings zu winden.

Atemlos und keuchend zog er sie herunter und drückte dann seinen harten Körper gegen meinen. Seine Lippen drängten energischer und streichelten hungrig meine, während seine Hand über die intimen Regionen meines Körpers glitt. Er schmiegte sich näher an mich, seine Finger gruben sich in meine Schenkel, während sich meine Beine um seine Taille schlangen. Seine Erregung drückte gegen mich. Er fing an, mich zurück zum Bett zu tragen, als mein Verstand die Kontrolle übernahm. *Das darf nicht passieren. Nicht mit Gareth.* Ich löste meine Beine von ihm und setzte sie auf den Boden, widerstrebend, Abstand zwischen uns zu bringen, während seine weichen Lippen meine berührten.

Widerwillig brachte ich ein paar Schritte Abstand zwischen uns. Schwer atmend näherte er sich wieder, seine Augen hielten meine fest, um die Verteidigung, die ich aufgebaut hatte, niederzureißen. Ich atmete stoßweise ein, wandte meinen Blick von ihm ab und versuchte, an ihm vorbei durch die Tür zu schlüpfen, doch er hielt mich am Arm fest.

„Wir sollten uns wirklich überlegen, was wir als Nächstes

mit Conner machen." Mein Atem war immer noch schnell und keuchend.

Er starrte mich ein paar Augenblicke an, seine Augen zusammengekniffen und abschätzend. Nach ein paar Augenblicken ließ er mich los, hob sein Hemd auf und folgte mir aus dem Zimmer. *Bitte zieh dein T-Shirt an.*

Sein T-Shirt war immer noch in seiner Hand, als wir uns auf den Weg ins Wohnzimmer machten. *Bitte zieh dein T-Shirt an.*

Verwirrt runzelte er die Stirn, als er es endlich über den Kopf streifte. Ich wollte ihm einen Grund nennen, aber ich hatte keinen, den er verstehen würde. Er war Gareth, der Leiter der Gilde der Übernatürlichen, ein Mitglied des Magischen Rats und ein Ex-Mitglied der Hüter der Ordnung – er war kompliziert und überwältigend. Er war das Allerletzte, was ich brauchte, weil mein Leben schon kompliziert genug war und ich gerade verdammt viel zu bewältigen hatte.

„Wie geht's Avery?", fragte ich, als er am anderen Ende des Sofas Platz genommen hatte.

„Ziemlich mitgenommen." Immunität gegen Magie gab ihnen ein gewisses Maß an Selbstvertrauen und Überheblichkeit, und ich war mir sicher, dass es schwierig war, damit umzugehen, dass Magie gegen ihn angewendet wurde. Dass sie eingesetzt wurde, um ihn dazu zu bringen, seinen Neffen zu verletzen, war wahrscheinlich das Schlimmste.

Ich versuchte, mich mit etwas anderem abzulenken, als ihn anzusehen, und er bemerkte es und lächelte bei jedem Versuch. „Hast du mit Harrah gesprochen?"

Er nickte. „Und den anderen, sobald die Panik abgeklungen war. Sie hatten gerade ein Einhorn in Aktion gesehen und waren besorgt."

„Ich bin sicher, sie waren besorgter, als ich ihnen gesagt habe, dass es mehr von meiner Sorte gibt. Viel mehr."

Er seufzte. „Ich weiß nicht."

„Zumindest hast du die Maxwells oder mindestens zwei

von ihnen, also sollte es in der Stadt ein bisschen ruhiger werden."

„Ja, doch wenn Conner sie einmal rausgeholt hat, was hindert ihn dann daran, es wieder zu tun?"

Ich hatte keine Antwort darauf. „Wie können wir ihn jetzt davon abhalten?"

„Wir haben mehr Leute, die wir einsetzen können, um sie zu bewachen."

Darin lag ein gewisser Trost. Nicht die gesteigerte Notwendigkeit, sie zu bewachen, sondern die Tatsache, dass sie sie nicht getötet hatten.

„Das war eine Überlegung", sagte er.

„Was?"

„Was denkst du? Du bist nicht so schwer zu lesen, wie du glauben möchtest."

„Jetzt kannst du also nicht nur feststellen, wann jemand lügt, hast ein seltsames Supergehör und kannst jemanden überall in der Stadt orten, zu deinen gruseligen invasiven Superkräften gehört neuerdings auch noch Gedankenlesen?", fragte ich überrascht.

„Nein, aber ich kann deine sehen. Du bist sehr strategisch und erkennst, dass das die beste Option ist. Bei allem, was sie den letzten Tagen getan haben, wäre es gerechtfertigt, doch ich frage mich, ob Conner versuchen wird, sie zurück-zuholen."

„Und wenn er es tut?", fragte ich.

Er zuckte mit den Schultern und lehnte sich auf dem Sofa zurück, doch es war etwas eindringlich Bedrohliches an ihm. Es bestand kein Zweifel, dass er alles tun würde, um Conner aufzuhalten.

„Ich muss mit meiner Magie vertrauter werden", gab ich zu. „Sie können Dinge tun, die ich nicht kann."

„Meinem Verständnis nach hast du dich heute ziemlich beeindruckend geschlagen. Einige haben es sogar als beängstigend beschrieben, und ich denke, die Worte Bedrohung und Gefahr sind auch gefallen."

„Ich habe dich davon abgehalten, deinen Neffen in Stücke zu reißen, und deine Leute haben mich dabei nur angestarrt. Wie bin ich bitte eine Gefahr? Dass sie wie angewurzelt dagestanden haben, *das* war die wahre Gefahr." Er wiederholte nur, was ihm gesagt worden war, doch ich konnte nicht anders, als darüber beleidigt zu sein. Conner war eine Gefahr. Evelyn war eine Gefahr, nicht ich. Ich war damit einverstanden, als harmlos betrachtet zu werden, weil Leute, die als Bedrohung betrachtet wurden, auch so behandelt wurden.

„Wo hast du das Gefühl, dass es dir mangelt?", fragte er.

„Ich brauche mehr Zaubersprüche und muss lernen, Dinge zu tun, die Evelyn kann …"

Seine Augenbraue hob sich. „Wie Wandler kontrollieren?"

„Nein. Teleportieren."

Er runzelte die Stirn, sagte aber nichts. Niemand sonst konnte teleportieren. Das konnten nur Legacy und Vertu. Doch jemand konnte mir zeigen, wie man besser zaubert. Stärkere Zauber und andere Dinge.

Gareth blieb länger als ich erwartet hatte, vor allem, weil das Gespräch weitergegangen war und wir zu keiner Lösung gekommen waren.

KAPITEL 9

Ich machte mir nicht die Mühe, meinen Wecker zu stellen, da ich mir sicher war, dass ich eine Weile nichts von Kalen hören würde. Nachdem ich fünfmal auf mein Handy geblickt und keine Nachricht von ihm gesehen hatte, akzeptierte ich die Realität, dass er wahrscheinlich nicht anrufen würde. Ich hätte mich nach anderen Jobs umsehen sollen, doch ich wollte einfach nicht darüber nachdenken. Meinem potenziellen Arbeitgeber zu sagen, dass ich meinen letzten Job verloren hatte, weil ich meinem vorherigen Arbeitgeber gegenüber zugegeben hatte, was ich wirklich war, wäre sicherlich der beste Weg, nicht eingeladen zu werden, zurückzukommen. Doch ich hatte nicht nur einen Arbeitgeber verloren, ich hatte einen Freund verloren.

Ich war noch im Schlafanzug, als Kalen mir eine SMS schrieb, in der er mich fragte, ob ich zur Arbeit kommen würde.

Ich brauchte nicht lange, um mich anzuziehen, und nur fünfundvierzig Minuten nach der Nachricht betrat ich das Büro. Ich machte mir nicht die Mühe, Kaffee zu holen, etwas, das ich jeden Morgen tun sollte. Zu dieser Tageszeit dürfte er bei seiner dritten Tasse sein.

Er begrüßte mich mit einem schiefen Lächeln, das ihn eine Menge Anstrengung kostete. „Das habe ich vermasselt, oder?" Dann nahm er einen Hut vom Schreibtisch. „Friedensangebot", sagte er und reichte mir den, den er mir vor zwei Tagen abgenommen und zu tragen verboten hatte. Ich konnte die Chemikaliendämpfe riechen, die von ihm ausgingen; er musste ihn in die Reinigung gebracht haben.

Ich setzte ihn auf und klopfte auf die Oberseite, bis er zu weit herunterkam und den größten Teil meines Kopfes bedeckte. Er runzelte die Stirn. Mit einem Blick betrachtete er meine schwarze, enge Jeans, meine weißen Chucks und meine gestreifte Bluse mit den Ärmeln, die ich bis zur Mitte meines Unterarms hochgekrempelt hatte, zusammen mit dem Hut.

Er schüttelte den Kopf. „Du versuchst es nicht einmal, oder?"

„Früher habe ich das, doch was würdest du mit deiner Zeit anfangen, wenn du sie nicht damit verbringen könntest, meine Kleiderwahl zu kommentieren und wenig verhohlene Beleidigungen über meinen Pferdeschwanz oder Dutt auszustoßen?"

Er lachte. Es schien, als würden wir nicht über den Elefanten im Raum sprechen, das Offensichtliche, das wir ignorierten. Ich versuchte, ihn zu lesen, doch ich konnte es nicht. War er in einem Zustand des aktiven Leugnens oder hatte er es akzeptiert? Hatte er Fragen, wusste aber nicht, wie er sie stellen sollte? War er der Realität nicht gewachsen? Ich fluchte leise. Ich hatte keine Ahnung, wie ich mit der Situation umgehen sollte.

Wir gingen nicht damit um. Stattdessen gingen wir in den Lagerraum und fingen an, den Inhalt mehrerer neuer Kisten zu sortieren. Eine Stunde lang taten wir es schweigend, während er Gegenstände katalogisierte und entschied, was Schrott war und was nicht. Jemand von der Gilde hatte einige bei Miss Neal beschlagnahmte Gegenstände vorbeigebracht. Das meiste war Schrott. Alles, was magisch war oder für Magie verwendet werden konnte, war höchstwahrscheinlich beschlagnahmt worden.

„Wie lange weißt du es?", fragte er schließlich. Er stand mit dem Rücken zu mir und packte Sachen weg.

„Ich habe es immer gewusst. Es ist nicht wirklich etwas, das man zufällig entdeckt."

„Und deine Eltern?", fragte er mit steifer Stimme. Machte er Smalltalk oder war das eines der wenigen Dinge, die er einfach nicht wusste?

„Hast du schon von den Hütern der Ordnung gehört?"

„Ja, sie sind *Humans First* ähnlich, nur viel fanatischer und gewalttätiger, oder?"

„Bis jetzt habe ich sie nie für ähnlich gehalten. *HF* scheint ausschließlich den Menschen vorbehalten zu sein; alle Übernatürlichen sind Feinde für sie, und der einzige Grund, warum sie überhaupt in Erwägung gezogen haben, sich mit Conner auseinanderzusetzen, war seine Agenda. Die einzigen Feinde der Hüter der Ordnung scheinen jedoch wir zu sein."

Er nickte langsam und drehte sich um. Der mürrische Blick verschwand schließlich nach mehreren Minuten des Schweigens. „Was passiert jetzt mit dir?"

„Wir müssen Conner aufhalten. Wenn ich das nicht schaffe, dann glaube ich nicht, dass ich mehr Wohlwollen zu erwarten habe als die Legacy in der Vergangenheit. Die Leute hassen uns nicht, weil wir Magie besitzen, sie hassen uns wegen der Art von Magie, die wir besitzen. Nun, ich glaube, Wandler hassen uns. Nicht immun gegen unsere Magie zu sein, macht sie nicht gerade glücklich."

„Natürlich, das zerstört ihren Götter-unter-Menschen-Komplex vollständig. Ihr reduziert sie auf das Niveau von Normalsterblichen, die mit Hilfe von Magie ausgeschaltet werden können."

Dann machte er sich wieder an die Arbeit. Gelegentlich

ertappte ich ihn dabei, wie er mit ausdrucklosem Gesicht in meine Richtung blickte. Nach mehreren Stunden hatte ich mich an die Stille gewöhnt und dachte mir, dass es von nun an so zwischen uns sein würde. Spannungsgeladene Stille und verstohlene Blicke. Ich konnte nicht umhin, mich zu fragen, was er dachte. Er betrachtete stirnrunzelnd den Hut, der wieder auf meinem Kopf heruntergerutscht war.

Ruhig setzte ich mich mit dem Tablet in der Hand auf das Sofa und katalogisierte die Stücke, die wir hatten. „Das wird eine neue Mode, oder?", neckte er, als er sich auf die Armlehne am anderen Ende des Sofas setzte. Der schmal geschnittene Anzug ließ ihn dünner aussehen als sonst, und das strahlend weiße Hemd tat nicht viel für seinen blassen Teint. Ich hatte die Ausrutscher in seiner normalerweise tadellosen Kleidungsauswahl nicht bemerkt, bis er neben mir stand. Ich studierte ihn, wie er mich studierte. In Gedanken versunken kniff er die Augen zusammen, und ein dunkler Ausdruck huschte über sein Gesicht.

„Okay, wenn du den Hut trägst, dann ..." Sein Finger zuckte, und ich wusste, dass er im Begriff war, sein magisches Mojo einzusetzen.

„Du änderst irgendwas, und ich trage morgen das karierte Flanellhemd, das du mir verboten hast, und die *Haare.*"

Er schnappte nach Luft und erinnerte sich an den Tag, an dem ich beschlossen hatte, zwei Zöpfe zu tragen. Es war ein schlechter Tag gewesen und anscheinend einer, an den er sich mit Schrecken erinnern würde. Wir hatten nicht viel Arbeit erledigt, weil ich den halben Tag damit verbracht hatte, Magie auszuweichen, die er mir in den Weg geworfen hatte, um sie zu ändern, oder weil er mich körperlich in eine Ecke getrieben hatte, um es zu versuchen.

„Wenn du kein fünfjähriges Mädchen bist, ist es dir verboten, Zöpfe zu tragen", erinnerte er mich mit einem breiten Grinsen und schauderte bei dem erneuten Gedanken daran. Doch er hatte sich entspannt und lächelte. Als er seine Position veränderte, änderte sich die Farbe meiner Bluse zu einem hellen Blau, das gut zu dem Hut passte, den ich liebgewonnen hatte.

„Mach weiter so, ich verwandle dich in einen Frosch."

Er hörte auf zu lachen, den Kopf zur Seite geneigt, als er darüber nachdachte. „Kannst du das?"

Gute Frage. Doch ich schüttelte den Kopf. Ich wusste es nicht, doch von all den magischen Gaben fand ich es wenig erstrebenswert, Menschen in grüne Amphibien zu verwandeln.

Ich zuckte mit den Schultern. „Ich kann dieselben Dinge tun wie Feen, Magier und Hexen. Ich denke, ich sollte in der Lage sein zu teleportieren, doch ich habe noch nicht viel herausgefunden", gab ich zu und erzählte ihm dann, dass meine Eltern die Magie eingeschränkt und mir nur Dinge beigebracht hatten, von denen sie glaubten, dass ich sie brauchen würde, um mich schützen. Er schien ein wenig erleichtert zu sein, als er hörte, dass ich keinen vollen Zugang zu Magie hatte. Vielleicht nahm er an, dass andere genauso erzogen worden waren. Doch dem war nicht so. Die Legacy, denen ich begegnet war, besaßen Magie, die trainiert und kultiviert worden war, was sie zu einer erheblichen Macht machte – zu einer Bedrohung.

„Ich kann dir helfen, wenn du willst."

„Wobei?"

„Deine Magie zu verbessern. Du würdest sie niemals missbrauchen. Doch mit Conner in der Nähe musst du in der Lage sein, dich zu schützen." Obwohl er es nicht gesagt hatte, waren Kalen und ich lange genug befreundet, dass ich wusste, dass es um mehr ging, als nur darum, mich selbst zu schützen. Es ging auch darum sicherzustellen, dass Conner nicht noch mehr Schaden verursachte.

„Ich habe ein paar Zauberbücher gelesen, die Blu mir geliehen hat."

Ein Teil von mir wollte sie um Hilfe bitten, doch ich hatte mich vor dem Rat und der Gilde geoutet, nicht dem Rest der übernatürlichen Gemeinschaft, und ich hatte es nicht eilig damit. Blu schien sich an die vollständigen Offenlegungsregeln unter den Übernatürlichen zu halten. Wenn sie es wüsste, dann würden es sicher auch andere erfahren. Das schwere Gefühl, das mich immer begleitete, wenn ich an Savannah als *Ignesco* dachte, tauchte wieder auf, und ich spürte, wie sich die Muskeln in meinem Rücken und meinen Armen anspannten. Stress. Angst. Sorge. Sie waren alle da, und es störte mich, dass Savannah sie auch spürte.

Ich beschloss, mit Kalen in allem ehrlich zu sein. „Savannah ist eine *Ignesco*." Ich hielt meine Stimme ruhig und versuchte, keine der Bedenken, die ich hatte, eindringen zu lassen. Kalen versuchte, ausdruckslos zu bleiben, während ich weitere Neuigkeiten erzählte, die seine Welt auf den Kopf stellten. Doch seine Emotionen drückten sich in seinen Augen aus, und ich konnte die Angst und die Sorge sehen, während er auf weitere große Enthüllungen wartete. Ich machte ihm keine Vorwürfe; die Situation hatte sich drastisch geändert, und keiner von uns war so naiv, sich den Luxus zu erlauben, zu leugnen, dass sich alles ändern würde.

„Blu hat es gemeldet. Ich bin mir nicht sicher warum. Ich vermute, sie war dazu verpflichtet." Irritation färbte meine Worte. Selbst wenn sie dazu verpflichtet war, störte es mich doch. „Savannah wurde vom Magier-, Feen- und Hexenrat kontaktiert."

Kalen holte scharf Luft und hielt sie an, bevor er sie wieder ausstieß. „Was wird sie tun?", fragte er mit ruhiger Stimme ohne einen Hinweis darauf, was er dachte.

Achselzuckend schlug ich meine Beine unter mich und versuchte, eine bequemere Position zu finden oder irgendetwas zu tun, das mich entspannen könnte. Ich wollte mich ausschließlich auf Savannahs Situation konzentrieren, musste mich aber mit Conner und seiner Legion fehlgeleiteter Degenerierter auseinandersetzen.

Ich erzählte ihm nicht von Blus Rat, da ich seine Meinung hören wollte. Er nahm sich viel Zeit, um darüber nachzudenken, und ich war dankbar dafür. Als er sprach, wählte er seine Worte sorgfältig. „Alle Räte haben ihre Vorteile." Er nahm sich Zeit für jedes Wort, was ein echter Indikator dafür war, dass er Zweifel und Vorbehalte gegenüber der Situation hatte. „Wenn man einer bestimmten übernatürlichen Rasse angehört, wird erwartet, dass der jeweilige Rat dein Bestes im Sinn hat, und das kann von unschätzbarem Wert sein. Während die Gilde der Übernatürlichen in Bezug auf die Ordnung über allen Übernatürlichen steht, wurde es bei vielen Gelegenheiten einem bestimmten Rat gestattet, anstelle der Gilde die Strafe zu verhängen. Das hat seine Vorteile und hat größtenteils gut funktioniert. Die Räte spielen eine wichtige Rolle bei der Festlegung der Gesetze jeder Rasse und versuchen, keinen von uns zu sehr einzuschränken. Wir *sind* unsere Magie, und Leute, die zu stark eingeschränkt werden, neigen zur Rebellion. All diese Dinge sind großartige Qualitäten und Vorteile der Räte. Doch sie bestehen aus den Mächtigsten unserer Art, und diese Leute sind nicht immun dagegen, sich von Macht oder dem Erwerb von mehr Macht verführen zu lassen. Wenn Blu es für angebracht gehalten hat, die anderen über Savannah zu informieren, vermute ich, dass sie stark ist und das Potenzial hat, benutzt zu werden. Eine Bitte von einem Rat wird selten abgelehnt, und meinem Verständnis nach werden sie nicht oft oder ohne Grund gestellt – doch der ‚Grund' ist subjektiv. Wie oft wird es einen ‚Grund' geben, ihre Fähigkeiten in Anspruch zu nehmen? Kannst du dir vorstellen, wie stark ein hochrangiger Magier oder eine Fee mit Savannahs Hilfe sein könnte?"

Er hielt inne und versuchte wahrscheinlich, die richtigen Worte zu finden, um zu sagen, dass Savannah bei keinem von ihnen sicher wäre und dass die Möglichkeit bestand, dass sie für schlechte Dinge benutzt wurde.

„Was ist mit dem Rat der Wandler? Es sieht so aus, als müsste sie einem Rat unterstehen, warum dann nicht ihnen?"

Kalens Augen blitzten, und er strahlte. „Du bist brillant." Spürbare Erleichterung breitete sich auf seinem Gesicht aus. „Was für eine großartige Idee. Sie können keine Magie einsetzen und sind so besitzergreifend, dass niemand es wagen würde, sich Savannah zu nähern, ohne sie zu fragen. Das ist unwahrscheinlich, denn die Leute würden lieber ein Stachelschwein umarmen, als sich mit ihnen auseinanderzusetzen."

Ich war so dicht dran, die Lorbeeren für die Idee einzuheimsen, doch mein Gewissen erlaubte es mir nicht. „Das war nicht meine Idee. Es war Blus."

Er nickte langsam, und ein anderes Lächeln breitete sich auf seinen Zügen aus, mit einem Hauch von Bewunderung. „Sinn für Mode und gesunder Menschenverstand, eine ausgezeichnete Kombination, nicht wahr? Und schlecht sieht sie auch nicht aus."

„Sollte ich eifersüchtig sein, dass du nicht so von mir schwärmst?"

„Wenn du es jemals schaffst, durch die Tür zu kommen, ohne ein Trucker-Cosplay-Kostüm zu tragen, werde ich es tun."

„Trucker-Cosplay-Kostüm? Das ist kein Ding, und es kann keins sein, nur weil du denkst, dass es so sein sollte."

Er winkte meinen Kommentar ab und stand auf. Dann warf er mir ein verschmitztes Lächeln zu, als er in Richtung Küche ging. „Vielleicht solltest du Gareth anrufen und es ihn arrangieren lassen."

„Oder ich kann sie googeln und Savannah den Wandlerrat anrufen lassen. Ich bin mir sicher, wenn alle anderen darüber reden, wissen sie es wahrscheinlich auch. Außerdem ist Gareth nicht mehr Teil des Rats. Schon vergessen?"

„Ich habe es nicht vergessen, aber denkst du für einen Moment, dass Gareth seine Position so leicht aufgeben würde, ohne noch irgendetwas mit ihnen zu tun zu haben? Ich denke, es ist ein Fehler, sie nur zu googeln und anzurufen und einfach mit deiner frechen, entzückenden Freundin dort aufzutauchen. Ich glaube, die Wandler werden entgegenkommender sein, wenn es vom Kommandanten der Gilde der Übernatürlichen vorgeschlagen wird, im Gegensatz zu der süßen Blondine mit einem Korb voller mehlfreier Muffins oder irgendwelchem anderen geschmacklosen Gebäck und ihrer eigensinnigen brünetten Freundin in Trucker-Cosplay und einem seltsamen Hut."

„Das gibt es *immer* noch nicht. Das wird sich nicht durchsetzen", schimpfte ich und klopfte auf die Krempe meines Hutes. Wenn er noch ein bisschen mehr mit den Augen rollen würde, würde er Kopfschmerzen bekommen.

Ein Hauch von Sorge blieb immer noch zwischen uns, doch sie war nicht annähernd so stark oder offensichtlich wie zuvor, und im Laufe des Tages hatten wir uns in unsere Normalität eingelebt. Es war das, was ich brauchte. Eine Lösung zu finden, mit der Kalen leben konnte, hatte mir viel Stress genommen, sodass ich mich auf Conner und seinen Verein konzentrieren konnte.

KAPITEL 10

Ich hatte fast drei Tage lang nichts von Gareth gehört und war mir nicht sicher, ob das gut oder schlecht war. Meine Anrufe und Nachrichten blieben unbeantwortet, und ich hatte keine Ahnung, was mit Conner los war. Bei unserem letzten Gespräch hatte Gareth angedeutet, dass er Conner und seine Gefolgsleute einsperren wollte. Ich war bereit für jeden Plan, den er hatte, um das zu bewerkstelligen. *Lass sie uns einsperren und den Schlüssel wegwerfen.* Doch ich wusste, dass es nicht einfach werden würde, ganz gleich wie sehr ich es wollte. Schutzzauber mussten gebrochen und Schleier aufgerissen werden; er hatte Leute dafür, doch er brauchte noch eine Frau – Savannah. Sie stimmte, ohne zu zögern, zu. Ich war das letzte Hindernis und suchte nach allen verfügbaren Optionen, um sicherzustellen, dass sie nicht hineingezogen werden musste. Es dauerte eine lange Stunde der Überredung, bis ich widerwillig zustimmte.

Als wir am nächsten Tag durch die Gegend gingen, in der ich Conner und den anderen begegnet war, blickte ich über meine Schulter auf die kleine Armee von Übernatürlichen hinter mir: acht hochrangige Magier und vierzehn Hexen, acht Feen und fast dreißig Wandler, und es schien immer noch nicht genug zu sein. Wir wollten nur einen umgekehrten Schutzzauber wirken. Anstatt die Leute daran zu hindern, hereinzukommen, wollten wir sie daran hindern, herauszukommen. Es hatte mit den Chaosmagiern funktioniert, und jetzt musste es mit den Legacy und Vertu funktionieren, glaubten zumindest alle optimistisch. Ich tat es nicht – ich hatte meine Zweifel, denn Conner hatte sich als schlauer erwiesen, als ich ihm zugetraut hatte, und rücksichtsloser, als ich es mir hätte vorstellen können. Er wollte, dass die Säuberung noch einmal stattfand, und störte sich nicht daran, dass es ein Nullsummenspiel war. Das machte ihn sehr gefährlich.

Savannah, die mit ihrer gottverdammten „Missionstasche" neben mir stand, machte es nur noch schlimmer. Doch immerhin hatte sie auch genug Waffen umgeschnallt, um sich verteidigen zu können. Ich ignorierte die nagenden Bilder, wie sie sie beim Üben ständig fallengelassen hatte. Als wir fertig waren, war sie keine Expertin, doch sie hatte sich erheblich verbessert. Ich hatte Gareths Wort, dass ihre Sicherheit oberste Priorität haben würde. Ich wusste jedoch, dass, wenn es darum ging, die auf Zerstörung bedachte übernatürliche Mannschaft aufzuhalten oder Savannah zu retten, ihr Schutz ein Nachgedanke sein würde, also musste ich ihn zu meiner Priorität machen. Für mich waren sie gleich wichtig.

Warum konnte sie nicht einfach eine ganz schwache *Ignesco* sein? Ich hätte alles dafür gegeben, dass sie nur eine gewöhnliche Pyromanin wäre. Nicht jemand, den sie brauchten. Nicht jemand, der dabei war, sein Leben aufs Spiel zu setzen. Egal wie ich versuchte, es ihr auszureden, sie fühlte sich verpflichtet zu helfen. Ich verstand es, doch ich wollte einfach nicht, dass es so war, wie es war.

Als wir uns näherten, ging ich die Zaubersprüche noch einmal durch. Als ich aufhörte, den Schutzzauber nahe zu spüren, ging es allen anderen auch so.

„Wenn sie rauskommen, schießt so schnell wie möglich. Wir haben bestenfalls sechs Minuten." Nachdem ich Gareth den Iridiumpfeil an mir hatte ausprobieren lassen, fand ich sechs Minuten großzügig. Nach zwei Minuten hatte ich wieder zaubern können, wenn auch nicht mit voller Kraft. Nach sechs Minuten war ich wieder ganz da gewesen. Jeder Schuss musste perfekt sitzen, denn ein zweiter war keine Option. Mein Körper hatte sich angepasst und eine Barriere gebildet, um zu verhindern, dass es nochmal passierte. Die Fesseln mussten aus Iridium bestehen und ziemlich groß sein, oft zu schwer, um von jemand anderem als einem Wandler getragen zu werden. Sie waren nutzlos, wenn diejenigen, die sie trugen, nicht nahe genug an Conner und die anderen herankommen konnten, um sie ihnen anzulegen. Ich würde gerne glauben, dass Gareth an diesem Tag ein glücklicher Löwe war, als er mir ein Paar angelegt hatte. Ich bezweifelte, dass die anderen es sein würden.

Nur wenige Zentimeter entfernt fegte eine mächtige magische Kraft wie ein Tornado über uns hinweg. Harte Ströme von Magie schlugen ein. Zwei Körper flogen an uns vorbei und wehten über das Feld. Ich rammte eins meiner Sai in den Boden und hielt mich fest, packte Savannahs Hemd und hielt sie fest an mich gedrückt, während die Explosion der Magie weiterging. Es hörte nur für einen Moment auf. Wir waren von Conners Anhängern umgeben. Die Magie, die von ihnen ausging, verdrängte die Luft. Bevor sie eine weitere Welle davon wirken konnten, fielen Schüsse. Nicht synchron, doch es war genug Zeit. Ich zog den Sai aus dem Boden und ließ Savannah los. Ein Wolf hechtete an mir vorbei und packte einen von Conners Leuten an der Kehle. Es war ein sauberes und schnelles Ende. In wenigen Minuten hatten wir den Vorteil, und wir nutzten ihn. Die Geräusche fallender Körper, knirschender Knochen und Schreie waren die einzigen Hinweise darauf, dass die Wandler die Oberhand gewannen. Doch es war nur eine Frage der Zeit.

Bevor ich Zeit hatte, die Situation einzuschätzen, hieb eine Klinge nach mir. Ich wehrte sie mit dem Griff meines Sai ab. Evelyn benutzte die andere Klinge in ihrer Hand und stach nach mir, traf mich auf meiner Seite und zog sie dann heraus. Schmerz durchzuckte mich. Ich schluckte das Stöhnen herunter und weigerte mich, ihr die Befriedigung zu geben, es zu hören. Sie unternahm einen weiteren Angriffsversuch; ich wehrte ihn mit der Kante eines Sai ab und rammte den anderen in ihren Bauch. Sie stolperte zurück; ich zog ihn heraus und tat es noch einmal. Ich musste den anderen benutzen, um ihre Hand zu blockieren. Ich konnte ihr nicht erlauben, die Wunde zu berühren und sich selbst zu heilen. Als die Klinge meines Sai zum vierten Mal auf ihr Fleisch traf, blutete sie unkontrolliert. Sie würde nicht überleben.

Ich wandte den Blick ab. Die Verzweiflung ihres Versuchs, um ein Leben zu kämpfen, das sie nicht retten konnte, weckte Schuldgefühle in mir. Ich musste etwas fühlen, obwohl was ich tat ein notwendiges Übel war – ich war schließlich kein Psychopath. Sie hatte eine Wahl getroffen – die falsche – und das war die Konsequenz. Sie machte einen schwachen Versuch, Magie einzusetzen. Sie funkelte an ihren Fingern; die Farben flackerten auf und schwanden dann wie ihre Kraft.

Eine Legacy war ausgeschaltet, doch ich konnte die Situation nicht einschätzen, um zu sehen, wie viele noch standen. Mit dem einen, den der Wolf erledigt hatte, Evelyn, und dem anderen Legacy, den ich ausgeschaltet hatte, wusste ich von drei Toten aus Conners Lager.

Die Zeit war um, und die Magie kehrte mit Wucht zurück. Sie traf mich hart, und ich fühlte mich, als wäre ich gegen eine Mauer geschleudert worden. Ich baute ein Feld auf, schirmte mich ab und alle, die hinter mir waren. Es war das erste Mal, dass ich den Schaden sehen konnte. Fünf von Conners Leuten waren weg, doch ich sah ihn nicht. Ich betrachtete die herumliegenden Leichen und sah ihn nicht. Gareth war auch nicht da. Scharfer Atem stockte in meiner Kehle, doch ich hatte keine Zeit, darüber nachzudenken. Ich musste das beenden.

„Ich werde den Schild fallen lassen, ihr könnt damit dahinter hervorzaubern", informierte ich die vier Magier und zwei Hexen hinter mir. Ich zählte bis drei, und er fiel. Ich ging dem Austausch von Magie aus dem Weg. Die Pläne, die wir hatten, waren dahin. Das würde nicht damit enden, dass wir sie in der kleinen Welt, die sie für sich selbst geschaffen hatten, festhielten. Es würde damit enden, dass sie Opfer ihrer Ideologie und ihrer verzerrten utopischen Sichtweise werden würden.

Magie beherrschte weiterhin die Luft. Ich eilte nach rechts, als ein paar Leute der Gilde versuchten, die verbliebenen Mitglieder von Team Conner zurückzuhalten. Ich brauchte nur einen Moment, und es würde vorbei sein. Die Magie begann als kleiner Kreis und wurde größer, bis sie zu einer peitschenden Macht wurde, einem Zyklon, der durch die Gegend raste. Eine mächtige Kraft, die ich kaum kontrollieren konnte, sie bewegte sich, tobte durch die Luft, riss Bäume aus und hinterließ nichts als zerfetzte Rinde auf ihrem Weg. Mein Kopf dröhnte, Schweiß rann meine Schläfen hinunter, als ich versuchte, ihn zu kontrollieren, und ihn zu lenken, war, als würde ich versuchen, ein widerspenstiges, temperamentvolles Kind einzusperren. Er war chaotisch und kaum beherrscht und mächtig.

Ich brauchte die Kraft, aber auch die Kontrolle, und als ich spürte, wie Savannahs Finger zwischen meine glitten, wuchs die Kontrolle. Der Zyklon war immer noch eine rebellische Kraft, eine Summe von Magie, die unterdrückt und ignoriert worden war und sich nun vollständig entfalten konnte. Die Magie saugte die anderen Legacy auf und peitschte sie heftig durch die Luft. Zuerst bewegte sie sich in einem choreografierten Tanz, dann wurde es chaotisch, der obere Teil bewegte sich unabhängig vom Rest. Der Zyklon wurde breiter und größer, von der Magie der verschlungenen Legacys gespeist. Ihre verzweifelten Schreie wurden vom peitschenden Lärm übertönt. Ich konzentrierte mich, und ich brauchte all meine Kraft. Erschöpfung setzte ein, doch ich konnte nicht aufhören, also kämpfte ich mich durch. Ich schaffte es – ich brachte die Magie unter Kontrolle. Sie beruhigte sich zu einer beherrschbaren Macht, und ich bewegte sie näher an die Öffnung des Schleiers heran, wo er die Legacy ausspuckte und mit Gewalt hindurchstieß. Ich ließ den Wirbelwind kollabieren, was einfacher war, als ihn weiter zu kontrollieren. Dann rannte ich zum Schleier und schloss ihn.

Meine Lippen bewegten sich, als ich inbrünstig den Zauber sprach und versuchte, den umgekehrten Schutzzauber zu errichten, um sie einzuschließen, und ich hörte, wie die anderen von denen, die von der Gilde übriggeblieben waren, sich mir anschlossen. Als die letzten Worte von meinen Lippen fielen, knisterte ein mächtiges magisches Schloss in der Luft. Ich war mir nicht sicher, ob es sie halten würde oder wie lange, doch sie waren eingesperrt. Die restlichen sieben konnten den Rest ihres Lebens damit verbringen, über ihr Scheitern zu schmoren.

Ich wäre fast zu Boden gesunken, zwang mich aber, stehenzubleiben, um mich umzusehen. Wir hatten Verluste, aber sie auch. Ich rief Gareths Namen, doch er antwortete nicht sofort. Dann sah ich ihn aus ein paar Metern Entfernung auf mich zukommen, seine Kleidung zerschlissen wie die der anderen.

„Das war ein höllischer Zauber, den du da gewirkt hast. Darauf waren wir nicht vorbereitet."

Als er näherkam, gab ich zu: „Ich auch nicht."

„Also hast du das improvisiert?", fragte er überrascht.

„Nein, ich hatte es geplant, doch er war schwerer zu beherrschen, als ich erwartet hatte. Seien wir ehrlich, das lief überhaupt nicht so, wie wir es erwartet hatten."

Er versuchte zu lachen, doch es war nur ein heiseres Glucksen, und ich wusste, dass es so war. Einige waren gestorben. Doch es war vorbei.

„Wir haben ihnen in den Arsch getreten", sagte Savannah und joggte, um mit mir Schritt zu halten, nachdem Gareth meine Seite verlassen hatte und mit seinem Team sprach. Mehrere Lieferwagen kamen, ich nahm an, um die Leichen abzuholen. Ich hatte Conner nicht gesehen. War er vom Zyklon mitgerissen worden?

Ich musste einen Leichnam sehen. Ich musste *seinen* Leichnam sehen, weil ich nicht überzeugt war, dass er bei den anderen war.

„Stimmt was nicht?", fragte Savannah.

„Ich habe Conner nicht gesehen."

Sie zuckte mit den Schultern. Ich hatte vergessen, dass ich die Einzige war, die wusste, wie er aussah, und die meisten waren zu sehr damit beschäftigt gewesen, am Leben zu bleiben, um sich darum zu kümmern. Es waren die ganze Zeit nur zwölf gewesen. Er war nie da gewesen. War er immer noch hinter dem Schleier, nachdem er sie rausgeschickt hatte, um zu kämpfen und möglicherweise zu sterben, während er sicher zurückblieb? Wenn er zurückgeblieben war, war auch er gefangen und konnte nicht heraus. Doch wenn er es nicht war …

Gareth runzelte die Stirn, als er meinen Gesichtsausdruck bemerkte. Kurz bevor ich den Mund aufmachen konnte, wurde ich weggerissen.

Ich sah mich in der feuchten Umgebung um, die an den allerersten Ort erinnerte, an den Conner mich gebracht hatte. Doch hier war absolut nichts – keine Bäume, Häuser, exotische Blumen. Nichts Schönes oder auch nur eine Spur dessen, was ihm wichtig schien.

„Du bist ein Feigling", sagte ich, entfernte mich von ihm, riss meine Sai aus den Scheiden und hielt sie fest, während ich eine Verteidigungshaltung einnahm.

Die Beleidigung perlte mit Leichtigkeit von ihm ab. Er trat von mir weg, sein Schwert lässig in seinen Händen.

„Kein Feigling, ein Stratege. Du hast bewiesen, dass du der Verehrung würdig bist, die ich dir zuteilwerden lasse. Aber ich würde nicht weniger von meiner zukünftigen Gemahlin erwarten."

Ärger flammte auf, und ich seufzte gereizt. „Müssen wir jedes Mal, wenn wir uns treffen, einen Ausflug in deine Wahnvorstellungen machen?"

Er entblößte seine Zähne zu einem gezwungenen Lächeln. „Wir werden es so lange tun, wie es nötig ist."

Ich wollte kein freundschaftliches Geplänkel oder versuchen, mit ihm einen Kompromiss zu schließen. Wie sollte man einen Kompromiss mit einem Mann schließen, dessen einziges Ziel es war, alle Übernatürlichen und möglicherweise Menschen mit übernatürlichen Eigenschaften zu töten? Ein Stich ging durch meine Brust – Savannah. Es war, als hätte er sie direkt bedroht. Ich fühlte mich nicht weniger rachsüchtig, als wenn er sein Schwert gezogen und versucht hätte, sie zu verletzen. Es begann mit einem Stich, und dann stieg Magie durch die Müdigkeit auf, starke Wellen, schwer zu bändigen für den Moment, bevor ich sie ausstieß. Sie explodierten aus mir heraus und trafen ihn hart in der Brust.

Ich stürzte auf ihn zu, und ein Sai näherte sich seinem Torso, landete jedoch im Boden. Ich ließ ihn dort und wirbelte rechtzeitig herum, um ihn zu erwischen, sobald er hinter mir auftauchte. Ich traf seine Seite mit dem zweiten Dolch. Er stöhnte, drehte sich, packte mich dann an der Kehle und zog mich hart gegen sich zurück. Sein schlanker, sehniger Körper war härter als er aussah. Seine Finger drückten gegen die Halsschlagader, sein Atem schlug warm gegen mein Ohr, während er sprach.

„Solche Momente genieße ich sehr. Jedes Mal, wenn ich dich sehe, weiß ich, dass ich eine gute Wahl getroffen habe."

Er war der Einzige, der an seiner Wahnparty teilnahm. Wenn es ihm gefiel, in den Arsch getreten zu werden, tat ich ihm gerne den Gefallen. „Gut, danach wirst du mich absolut lieben." Ich rammte meine Absätze auf seine Füße. Er heulte auf. Da ich seit ich fünf Jahre alt war, gelernt hatte zu kämpfen und zu überleben, war ich auf etwas reduziert, das manche als grob und ungeschliffen betrachten würden. Es war mir egal. Ich traf ihn in die Leiste, und er sackte auf die Knie. Das taten sie immer. Ich drehte mich um und drückte ihm ein Sai an den Hals, nur wenige Zentimeter von seiner Halsschlagader entfernt. Ich hatte die Hoffnung, dass wir das zivilisiert beenden könnten, aufgegeben. Ich hätte der talentierteste Redner der Welt sein können, und ich hätte ihn von nichts überzeugen können.

Er verschwand, und als ich aufblickte, war er sechs Meter von mir entfernt. Er funkelte mich mit kühlen, harten Augen an. Vielleicht fing er an, in mir das zu sehen, was ich seit unserer ersten Begegnung in ihm gesehen hatte – einen Feind. Wir waren durch unser gemeinsames Erbe verbunden, doch wir hatten nicht mehr gemeinsam als das, was man durch ein Elektronenmikroskop sehen konnte.

„Du enttäuschst mich; ich dachte, du würdest irgendwann einlenken."

„Welcher Teil von mir, der versucht, dich zu töten, hat dir diesen Eindruck vermittelt?", fragte ich.

Sein verwirrter, angewiderter Blick beunruhigte mich. Dachte er wirklich, dass ich die Seiten wechseln würde? Dass ich einfach aufwachen und sagen würde: „Hey, der heutige Tag ist für einen Massenmord so gut wie jeder andere"?

„Anya, wenn wir keine Verbündeten sind, sind wir Feinde. Verstehst du das?"

Ich war es so leid, diese Drohung zu hören. Bevor ich etwas dazu sagen konnte, wurden seine Augen wie ein Wintersturm, und seine Stimmung schlug um. Ich hatte das Gefühl, dass er sich bis vor wenigen Augenblicken an einen winzigen Funken Hoffnung geklammert hatte, dass ich zur Besinnung kommen würde.

Zurückgesaugt prallte ich gegen etwas, bevor es so weit nachgab, dass ich darin versank. Eine durchscheinende Kiste schloss mich ein. Starke Magie strömte in den kleinen Raum, und ich spürte, wie der Sauerstoff hinausgedrängt wurde. Ich rang nach Luft. Er konzentrierte sich, als er näherkam. Er konzentrierte sich stark auf seine Magie und bewegte sich weiter vorwärts, bis er nur noch wenige Zentimeter von meinem Gefängnis entfernt war. Ich stemmte mich gegen die Kanten des Verlieses. Sie bogen sich, gaben aber nicht nach. Ich rammte den Sai hinein; die Magie dehnte sich aus und prallte mit noch größerer Kraft zurück. Es gab kaum Luft zum Atmen, und ich war mir nicht sicher, ob es daran lag oder an der überwältigenden Magie, doch mein Kopf dröhnte, und ich fühlte mich benommen.

Er biss die Zähne zusammen und trat näher. Die lavendelviolette Kiste schränkte mich ein. Ich presste mich gegen die Wände. Mein Kopf fühlte sich nicht mehr so benommen an, doch er dröhnte weiter hart, wie überfüllt von etwas – den massiven Kopfschmerzen, die ein Klingeln in meinen Ohren verursachten. Da erinnerte ich mich an Conners

Versprechen, dass er meine Gedanken kontrollieren würde, wenn ich nicht freiwillig mit ihm gehen würde. Er griff danach und versuchte, es zu tun. Seine Stimme in meinem Kopf war eine sanfte Ruhe und bat mich, mich ihm zu ergeben. Eine ätherische Stimme forderte mich auf, die Kontrolle aufzugeben. Es war eine wohlmeinende Bitte eines freundlichen Fremden. Doch ich wusste, dass es falsche Gefühle waren, falsche Überzeugungen.

An Conner war nichts Engelhaftes oder Ätherisches. Er war alles andere als das. Er war ein Dämon, ein Monster, ein magischer Perverser, der mich an seiner Seite haben wollte, um mit ihm zu regieren. Ich stieß ihn mit so viel Kraft zurück, dass sein Kopf in seinen Nacken flog und er zusammenzuckte.

„Anya, daran bist du selbst schuld", sagte er langsam und beobachtete mich in dem magischen Käfig, als wäre ich ein Tier in einem Zoo. „Was ist so falsch an dem, was ich will? Es ist Freiheit für uns. Kein Verstecken mehr vor den Trackern. Kein Gefühl mehr, dass wir unsere Magie und das, was wir sind, verstecken müssen. Du kämpfst dagegen an, weil du diese Freiheit nie hattest."

Conner sah nicht viel älter aus als ich, also vermutete ich, dass er auch nie in dieser Freiheit gelebt hatte – es sei denn, Vertu waren unsterblich. Legacy waren es nicht. Wir alterten. Doch er war in der Zeit vor den großen Kriegen verhaftet, als wäre er dort gewesen, obwohl seine Liebe dem Glanz einer revisionistischen Geschichte galt. Ich war nicht da gewesen, ich wusste nicht, ob es nur Sonnenschein und Gänseblümchen und der Himmel auf Erden gewesen war. Meine Mutter hatte eine andere Geschichte erzählt über die Schönheit der Häuser, der Gärten und der Leute – die Gesichter, die sie der Öffentlichkeit präsentierten. Doch hinter den edlen Augen, den sanften Stimmen und den seltsam roten Haaren waren dunkle Seelen, die von den anderen Übernatürlichen geschmäht wurden, die sie als inakzeptable und geschwächte Versionen der Legacy betrachteten. Diese Übernatürlichen wurden als Haustiere zur Unterhaltung oder als Fußsoldaten gehalten, deren Leben sie bei Bedarf bedenkenlos zu opfern bereit waren.

Nicht alle Legacy waren schlecht. Einige hatten sich widersetzt, und andere waren dumm genug gewesen, sich auf die Rhetorik einzulassen. Ich trat näher an die magische Wand heran. Der Schmerz in meinem Kopf hatte sich gelegt, seit er nicht mehr einzudringen versuchte. Vielleicht war mein Blick zu hart, um ihn zu erwidern: Die Verachtung und der Ekel eine bittere Erinnerung daran, wie ich ihn sah. Er wandte mir den Rücken zu und blickte in die Ferne, betrachtete das Brachland, das tote Gras, das Fehlen schöner Elemente wie Bäume, exotische Blumen oder Bäche. Wenn es Illusionen waren, waren sie immer noch schön. Dieser Ort war tot, eine vergessene, verfallene Welt wie aus einem Endzeitfilm.

Er fuhr sich mit der Hand durchs Haar, und seine Farbe veränderte sich zu einem Rostbraun, eine kleine Erinnerung daran, wer wir waren.

Als er sich umdrehte, sagte ich leise: „Du hast verloren, Conner." Der Anflug eines Lächelns herablassenden Unglaubens huschte über sein Gesicht. „Ich habe mich vor ein paar Tagen geoutet. Alle wissen, dass es uns gibt." Alle war vielleicht ein wenig übertrieben, da „alle" nur den Magischen Rat, die Gilde und meine Freunde umfasste. Doch er begriff, was ich sagen wollte. „Die meisten deiner Rekruten sind weg, und der Rest ist eingesperrt." Ich sprach ruhig weiter. Ich war in einer magischen Kiste eingesperrt, und ich war mir nicht ganz sicher, wie er darauf reagieren würde.

„Das wird die Sache leichter machen. Diejenigen, die sich verstecken, werden uns suchen, anstatt dass wir sie finden müssen. Sie kennen ihren Platz. Es scheint, dass nur du, Anya, mit deiner Rolle in dieser Welt einverstanden bist.

Andere haben sich nicht so leicht mit ihrem Leben abgefunden. Sie haben ihre Geschichte, ihre Vergangenheit nicht vergessen."

Fein. Conner war jenseits von Vernunft und Rationalität, und ich traf die Entscheidung, den Versuch aufzugeben, an seine Moral und seinen gesunden Menschenverstand zu appellieren. „Okay, tu, was du willst, Conner, aber sei dir bewusst, dass die Geschichte nicht auf deiner Seite ist. Deine zwölf Leute wurden ausgelöscht, und ehrlich gesagt ziemlich schnell."

„Weil du sie verraten hast!", schrie er. Die Kiste zuckte im Takt mit seiner dröhnenden Stimme.

Ich musste hier weg, aber ich hatte keine Ahnung, wo „hier" war. Ich wusste, dass ich mich hinter einem Schleier befand, der nicht oft benutzt wurde – wahrscheinlich nie. Doch zuerst musste ich aus meiner magischen Zelle raus. Ich rief meine Magie an. Sie fühlte sich nicht an wie sonst; sie schien schwächer zu sein und war es wahrscheinlich auch. Ich hatte sie durch den intensiven Gebrauch heute erschöpft. Ich verdrängte die Erschöpfung und Zweifel und rief sie. Die Farben waren so lebhaft wie immer und tanzten träge vor mir. Ich sammelte sie ein und zielte sie durch mein Sai, da das andere immer noch außerhalb meines kleinen Gefängnisses, nur wenige Meter von Conner entfernt, im Boden steckte.

Ich konzentrierte mich und zwang so viel durch den Sai, dass es die Kiste zerriss und ich herausstürzte, mich schnell auf die Füße rollte und die Klinge auf ihn richtete.

„Wir sind hier fertig", sagte er, kehrte mir den Rücken zu und stieß mich mit einer Handbewegung hinaus. Die feine beleuchtete Linie der Wand blieb offen und erlaubte meinem einen Sai, durchzukommen. Er flog heraus und landete in meinem Bein. Er war verzaubert und konnte nicht gegen mich verwendet werden, doch anscheinend beinhaltete das keine unbeabsichtigten Verletzungen. Blut spritzte in dem

Moment, als ich ihn herauszog. Ich fing an, mich umzusehen, bevor ich die Wunde mit Magie heilte, doch dann wurde mir klar, dass ich das nicht mehr tun musste. Der versiegelte Schnitt tat höllisch weh, doch zumindest blutete er nicht. Ich sah mich um, und es war definitiv der Ort, von dem Conner mich entführt hatte. Es sah genauso ärmlich und karg aus wie der Ort, den ich verlassen hatte. Ich atmete die Luft ein. Ich war kein Wandler, doch Bäume, Erde und Blumen waren leicht zu riechen. Das Einzige, was ich roch, war Erde – jede Menge davon. Es dämmerte jetzt, und ich wusste nicht, wie viele Stunden ich weggewesen war. Ich schwor mir zu lernen, wie man teleportierte.

Ich begann zu laufen, in der Hoffnung, bald eine Straße zu erreichen. Nach zehn Minuten zu Fuß stieß ich auf eine, doch ich war mir nicht sicher, welche es war, und überlegte, ein entgegenkommendes Auto anzuhalten, das abbremste. Als es näherkam, erkannte ich den Fahrer. Es war Gareth, und Savannah saß auf dem Beifahrersitz. Das Auto war noch nicht vollständig zum Stehen gekommen, als sie heraussprang. Sie schnappte nach Luft und runzelte dann die Stirn. „Deine Haare."

Verdammt, warum macht Conner das immer wieder? Und wie hatte er es geschafft, ohne mich zu berühren? Ich konnte mich nicht erinnern, dass er meine Haare berührt hatte. Alle wussten jetzt was ich war, ich konnte die Farbe behalten – doch das war ich nicht. Ich wollte nicht auffallen – ich wollte mich anpassen.

„Brauchst du einen Arzt?", fragte Gareth, nachdem er aus dem Auto gestiegen war. Er ging auf die Knie, um sich den Bereich unter dem Blutfleck auf meiner Jeans besser ansehen zu können.

„Nein, alles okay." Ich versuchte, nicht zu hinken, als ich zum Auto ging. Ich entschied mich für den Rücksitz, anstatt vorne zu sitzen, auch wenn Savannah es anbot. Ich lehnte mich zurück und legte mein Bein auf den Sitz, was sich etwas besser anfühlte, doch der Tag, den ich gehabt hatte, holte mich ein. Ich war so erschöpft und hungrig, dass ich den Bananen-Müsli-Riegel nahm, den Savannah aus ihrer „Missionstasche" zog, und war ausgehungert genug, um mich nicht einmal darüber zu beschweren, dass es keinen Burger oder irgendein Tier gab, das irgendwann mal auf einer Farm gelebt hatte. Dann reichte sie mir mehrere feuchte Reinigungstücher. So sehr ich sie auch mit der Namenswahl ihrer Tasche aufgezogen hatte, ich musste es ihr lassen, ich mochte das Ding. Ich lehnte mich zurück, schloss meine Augen, schlief ein und öffnete die Augen nicht einmal, als das Auto anhielt und die Tür geöffnet wurde.

„Hast geschlafen wie ein Baby mit einer großen Klappe", neckte Gareth und reichte mir eine Tüte mit Essen. Sie hatten angehalten, um Essen zu besorgen. Echtes Essen, oder so echt, wie Fast Food sein konnte – nun, das war Savannahs Meinung dazu. Wenn es meinen Hunger stillte, war es echt genug für mich. Ich zuckte zusammen, als ich mich umdrehte, um auszusteigen. Der Bereich, wo mich mein Sai getroffen hatte, war wirklich empfindlich; ich würde es morgen immer noch spüren.

Mit einem halben Lächeln fragte er: „Möchtest du, dass ich dich zu deiner Wohnung bringe?"

Herausforderung angenommen. „Ja."

Mein Lächeln spiegelte seins bei seiner erstaunten Antwort wider. „Was?"

„Ja, es wäre nett, wenn du mich tragen würdest." Ich konnte die Belustigung in meiner Stimme nicht unterdrücken.

Er hob mich mit Leichtigkeit hoch, und ich holte ein paar Pommes aus der Tüte und fing an, sie zu essen, während er mich in die Wohnung trug. „Gefällt dir das?", fragte er.

„Du bist derjenige, der immer versucht, mich wie die Jungfrau in Not zu behandeln. Ich versuche nur, freundlich zu sein." Savannah hielt die Tür auf, ihre Lippen zu einer schmalen Linie zusammengepresst, wodurch sie erfolglos versuchte, ein Lachen zu unterdrücken. Er legte mich auf dem Sofa ab und ließ sich zu meiner Rechten nieder.

Die Hände hinter dem Kopf verschränkt wartete er, während ich meinen Burger aufaß, beobachtete mich, sein Blick wanderte über die roten Strähnen, die aus meinem Zopf gerutscht waren.

„Hast du vor, es so zu lassen?"

Ich schüttelte den Kopf. Ich war nicht dumm genug zu glauben, dass die Leute jetzt, da sie über mich Bescheid wussten, einfach vergessen würden, was ich war und was meinesgleichen getan hatte. Irgendwann musste es eine negative Reaktion geben. Also, nein, ich hatte nicht die Absicht, die roten Haare zu behalten.

Er kaute einen Moment nachdenklich auf seiner Lippe und schien seine Worte sorgfältig zu wählen. „Harrah hält es für eine gute Idee, dass du dich nicht nur uns gegenüber, sondern vor allen outest."

„Nein."

„Ich habe ihr nur gesagt, dass ich fragen würde. Deine Antwort ist nein."

Da er nicht darauf drängte, hatte ich das Gefühl, dass ihm der Gedanke auch nicht gefiel und er den Vorschlag wahrscheinlich aus beruflicher Verpflichtung gemacht hatte.

Ich hatte nicht wirklich Zeit gehabt, um darüber nachzudenken oder mich damit zu befassen. Es gab Leute, die gesehen hatten, wie ich mitten auf der Straße Legacy-Magie gewirkt hatte – das kann man nicht übersehen, und es war zu spät, wahrscheinlich unmöglich, alle Schaulustigen zu finden und ihre Erinnerungen zu löschen.

„Du stimmst mir zu?" Ich war schockiert.

Er sah Savannah an, die mit gekreuzten Beinen auf dem Sessel gegenüber dem Sofa saß. „Zu viele Dinge und zweifelhafte Akteure im Spiel. Die Hüter der Ordnung…"

„Tracker", warf ich ein. *Hüter der Ordnung* ließ sie edel

erscheinen. Sie waren Söldner und Berufskiller. Sie studierten uns, verfolgten uns und töteten uns. Es gab keine Ordnung, und sie waren verdammt sicher keine Hüter von irgendwas.

„Was passiert jetzt?", fragte Savannah. „Wir haben die Legacy, die bereit waren, mit Conner zusammenzuarbeiten."

„Conner ist immer noch auf freiem Fuß, und er ist die größere Gefahr. Glaub mir, solange er frei ist, wird er versuchen, sie da rauszuholen", sagte Gareth grimmig.

„Aber es sind nur noch sieben übrig. Sie sind nicht wirklich eine Bedrohung, wenn er es tut", antwortete sie.

„Er hat vier der fünf Nekrospeere da draußen. Ich weiß nicht, wie viele andere Legacy-Objekte er hat, die verwendet werden können", fügte ich hinzu. „Er wird versuchen, so viele Vertu und Legacy wie möglich auf seine Seite zu ziehen, um sicherzustellen, dass er Erfolg haben wird, wenn er sich entscheidet, zuzuschlagen. Und er wird auch versuchen, höherrangige Magier zu rekrutieren, weil sie stark genug sind, um die Magie eines Nekrospeers zu benutzen, um zu helfen." Die Idee, dass ein Magier helfen würde, schien absurd, doch er hatte es schon einmal geschafft, einen zu überzeugen, ihm zu helfen. Wer wusste, wie viele andere bereit wären zu helfen, um mehr Macht zu bekommen? Der Gedanke ließ mich bis ins Mark frieren.

Savannah wurde blass. „Hochrangige Magier können eine Säuberung durchführen?"

Ich schüttelte den Kopf. „Sie können die Magie des Nekrospeers erst nutzen, nachdem sie damit einer Hexe, einer Fee und einem Wandler Magie entzogen haben. Selbst dann ist er nicht stark genug, um eine globale Säuberung durchzuführen, nur eine kleine."

Das war nicht viel besser, und es war ihrem Gesicht anzusehen. So sehr ich Savannah vor allem schützen wollte, ich konnte es nicht. Ich war mir sicher, dass es nicht besser war, ihr zu sagen, dass ein hochrangiger Magier eine kleine

Säuberung durchführen könnte, wenn er gewaltbereit genug
war, drei Morde zu begehen, als zu wissen, dass Conner eine
globale Säuberung durchziehen könnte.

„Andere zu finden, sollte Priorität haben. Ich denke, du
kannst dabei von Nutzen sein." Ich blickte in Gareths Richtung, und seine Augen hatten sich zu Schlitzen verengt,
hinter denen wilde Wut funkelte. Meine Worte klangen für
ihn genauso zickig wie für mich. Es war keine Absicht, doch
ich hatte einen *Hüter* in meinem Haus. Es störte mich immer
noch, und er hatte mich überwältigt und mir sogar Iridiumfesseln angelegt. Was, wenn er bei ihnen geblieben und der
Tracker gewesen wäre, den sie auf mich gehetzt hatten?
Schützende Magie wand sich um mich, um meine Arme,
tanzte über meine Finger. Es fiel mir schwer, sie zu kontrollieren, weil ich die Wut in mir nicht beruhigen konnte.

Ich sprang auf. „Ich brauche dringend eine Dusche. Gebt
mir zehn Minuten."

Ja, Livy, sei noch ein bisschen seltsamer.

Ich brauchte mehr als zehn Minuten. Ich verbrachte mehr
als zehn Minuten damit, darüber nachzudenken, wie ich
Gareth nett bitten könnte zu gehen. Er war nicht der Böse –
das wusste ich. Doch er ließ mich immer wieder an das Böse
denken, und ich brauchte ein bisschen Zeit. Mein Leben war
noch nie so aus den Fugen geraten, und ich musste mir
einfach über ein paar Dinge klarwerden: Ich hatte mich
geoutet, und der Magische Rat und die Gilde wussten von
mir. Sieben von Conners Leuten waren eingesperrt, aber für
wie lange? Conner war immer noch frei und hatte nur ein
Ziel – wieder eine globale Säuberung durchzuführen. Und
ich sollte seine Frau werden. Er hatte mich gehen lassen –
das war das Problem, das mich genauso beschäftigte wie die
Tatsache, dass Gareth ein ehemaliger Tracker war. Conner
hatte mich beschuldigt, ihn verraten zu haben, und mich
dann gehen lassen. Wer sollte das? Sein Verhalten ergab für
mich keinen Sinn.

Ich war angezogen und saß auf dem Bett, als jemand an die Tür klopfte.

„Komm rein."

Gareth steckte seinen Kopf durch die Tür und trat dann ein. „Meine Geschichte mit den Hütern der Ordnung macht dir wirklich zu schaffen, nicht wahr?"

Ich schüttelte den Kopf; er runzelte die Stirn und seufzte. „Müssen wir die ganze ‚Ich kann Veränderungen in Atmung, Stimmlage, und Herzfrequenz hören'-Sache noch einmal durchexerzieren?"

„Ja. Aber es ist mein Problem, nicht deins."

„Es ist meins. Du willst wissen, wie ich so etwas tun konnte?"

„Nein", log ich.

Enttäuschung breitete sich auf seinem Gesicht aus. Er verschränkte die Arme und lehnte sich mit dem Rücken an die Wand. Sein Blick wanderte zu meinen nassen Haaren. „Es passt zu dir."

„Nein, tut es nicht. Du erotisierst diese ganze Idee von einem Tracker und einer Legacy zusammen. Das ist so eine Verbotene-Früchte-Sache. Tun sie es? Tun sie es nicht? Ein echtes Fernsehfilm-Szenario."

Er lachte. „Ich denke, sie werden es tun."

Und falls ich jemals vergessen sollte, wie arrogant du bist, erinnerst du mich innerhalb von Sekunden daran.

Gareths Bewegungen mit der Anmut eines erfahrenen Kämpfers und Raubtiers hatten mich nicht so sehr gestört, als er nur der Kommandant der Gilde und Mitglied des Magischen Rates gewesen war. Jetzt schon, wenn ich an ihn als Tracker dachte. Ich vermutete, dass er es auch spürte.

Er musterte mich einen langen Moment, und als er sprach, war sein Ton weicher, bedauernd. „Ich war jünger, ein Egoist und naiv und wollte etwas bewegen. In meiner Kindheit habe ich von der Säuberung gehört und wie sie die Welt verändert hat und dass einige immer noch vermuten, dass es noch Legacy gab. Ihr wart keine Gesichter, ihr wart eine Ideologie: Gut gegen Böse. Doch es ist nie so einfach, und wenn man jung ist, ist es schwierig, so etwas zu sehen. Meine Eltern hätten mich umgebracht, wenn sie es gewusst hätten, und ich war ein Jahr dabei."

„Ist es so aufgebaut, wie ich es mir vorgestellt habe, mit komplexen Computern und Daten, Quersuchen von Informationen zu Sichtungen?" Ich hatte es mir immer nur als einen Haufen übereifriger Möchtegern-Armeetypen in jemandes Bunker oder Keller vorgestellt.

Seine Lippen verzogen sich zur Seite, als er in unbehaglichem Schweigen über meine Frage nachdachte. Zwang ich ihn dazu, einen Teil seiner Vergangenheit noch einmal zu erleben, auf den er nicht stolz war? Doch er hatte eine aktuelle Liste, was bedeutete, dass er immer noch in irgendeiner Weise mit ihnen in Kontakt stand.

„Sowas in der Art. Es gibt eine Datenbank und den Ordner, den ich dir gezeigt habe. Computer können gehackt werden, also haben sie Papierausfertigungen von allem." Gareth stemmte sich von der Wand hoch und setzte sich dann neben mich, hielt meinen Blick fest. Sein Wandlerring schien etwas mehr als sonst zu glänzen. „Frag, was du fragen willst, Anya."

„Nenn mich nicht so." Ich war mir nicht sicher, warum es mich störte. Es war mein Name gewesen, bis ich fünf Jahre alt gewesen war und uns zum ersten Mal ein Tracker gefunden hatte. Wir waren in eine neue Stadt gezogen, hatten unsere Namen geändert und weiter unsere Haare braun gefärbt. Mich geoutet zu haben war nicht so befreiend, wie es hätte sein sollen. Ich zuckte zurück, als er seine Hand ausstreckte, um mein Haar zu berühren. Schnell ließ er seine Hand sinken, stand auf und behielt mich die ganze Zeit im Auge, während er sich wieder an die Wand zurückzog, um sich dagegen zu lehnen.

„Sag mir, was dich stört. Vertraust du mir nicht?"

„Ich vertraue …" Ich hielt abrupt inne. Ich brauchte diese „Ich weiß, wenn du lügst"-Rede nicht. „Nein, tue ich nicht. Ich kann nicht aufhören darüber nachzudenken, was genau dich dazu gebracht hat, ein Tracker zu werden."

Er entspannte sich an der Wand und dachte einen Moment nach, und als er sprach, war sein Ton weich. „Niemand sieht Bilder von dir oder denkt an Leute wie dich, wenn wir an deinesgleichen denken, besonders nicht Wandler. Es gefällt uns nicht, dass es jemanden gibt, der Magie besitzt, gegen die wir nicht immun sind."

„Gegen Animanten seid ihr auch nicht immun", sagte ich.

„Ich habe noch nie einen getroffen. Ich bin mir sicher, dass es sie gibt, aber ich bin noch nie einem begegnet, und keiner hat seine Magie gegen mich eingesetzt. Bis vor kurzem wurde überhaupt noch nie Magie gegen mich eingesetzt." In bedrücktem Schweigen begann er, durch den Raum zu gehen und sich umzusehen. Ich fragte mich, ob er unsere bescheidene Wohnung mit seinem Haus verglich. Mein Zimmer war halb so groß wie sein Gästezimmer, und obwohl er sich zu neutralen und dunkleren Farben hingezogen zu fühlen schien, nahm ich an, dass er sie mochte, weil sie ihn an den Wald erinnerten. Meine Wände waren hellgelb. Die hellen Buchenholzmöbel betonten die Farbe und ließen sie leuchten. Ich mochte die Dunkelheit nicht, also war immer Licht oder der Fernseher an. Manchmal zündete ich eine Kerze an, wie die, die jetzt flackerte, und den Raum mit einem leichten Gurken-Melonen-Duft erfüllte.

Gareth ging weiter auf und ab. Ich wartete geduldig darauf, dass er weitersprach, doch seine Aufmerksamkeit war zum Fenster hinter mir gewandert. „Die Legacy haben viele unserer Familienmitglieder und Freunde getötet. Es ist schwer zu vergessen, selbst wenn man mit dir zu tun hat. Ich weiß, dass ihr nicht alle so seid, aber ich kann nicht umhin, mich zu fragen, wo der Widerstand war, als die Idee vorgeschlagen wurde? Warum haben sie uns nicht gewarnt? Sie haben nichts unternommen, bis es zu spät war."

Die Schuld war immer da; es war nicht meine Schuld, und doch lastete sie auf mir, als wäre es meine. „Ich habe es nicht getan. Versuch nicht, mir deswegen ein schlechtes Gewissen einzureden."

Er atmete langsam ein und aus und schüttelte die mürrische Stimmung ab, in die ihn das Thema versetzt hatte. „Wir hatten heute einen großen Sieg, lasst uns das feiern. Lass uns was trinken."

Ich hätte fast ja gesagt, bis ich einen Blick in den Spiegel warf. Ich musste meine Haare färben. „Ich kann nicht." Ich zeigte auf meine feuerroten Haare.

„Setz einen Hut auf", schlug er vor. Er schnappte sich den Hut, den er mir geliehen hatte und der jetzt auf der Kommode lag. Er setzte ihn mir auf, und er fiel tief herunter, bedeckte den oberen Teil meines Gesichts und sah genauso lächerlich aus wie neulich, als ich ihn getragen hatte.

„Vielleicht ein andermal."

„Dann färb deine Haare jetzt, ich warte. Ich muss nur raus."

Hatte ich ihn irgendwann gebeten zu bleiben? Es stand ihm frei zu gehen. Ich war verwirrt.

Ein träges, schelmisches Lächeln umspielte seine Lippen. „Wir könnten andere Dinge tun, um uns abzulenken." Er warf einen Blick auf mein Bett.

„Auf den Spruch *kannst* du nicht stolz sein", schnaubte ich, stand auf, und als ich an ihm vorbeiging, stieß ich meinen Ellbogen in seine Seite.

„Genau genommen schon. Dein Gesicht hat jetzt die gleiche Farbe wie dein Haar", neckte er.

Ich schlug die Badezimmertür zu. Ein Blick auf meine Wangen, und ich wusste, dass er recht hatte. *Warum zum Teufel lasse ich mich von ihm immer wieder so verunsichern?*

Wir gingen in eine Wandlerbar, was interessant war. Ich hatte bisher nur zwei besucht. Ich mochte Wodka, in der Regel pur. Bis ich die Flasche sah, aus der mein Drink gekommen war, war ich überzeugt, dass es Gärungsalkohol war. Gareth lachte bei meinem zweiten Versuch, den Kurzen zu trinken, und verließ die kleine Nische, in der wir saßen. Er kehrte mit zwei frischen Gläsern zurück und stellte sie vor mich hin.

„Das sollte deinem empfindlichen Gaumen eher genehm sein."

„Ich trinke Wodka pur – da ist nichts empfindlich an meinem Gaumen", sagte ich und nahm mir ein paar Pommes von dem großen Teller vor mir. In einer Vamp-Bar war ich immer misstrauisch, dass ich das war, was wirklich auf der Speisekarte stand, doch in einer Wandlerbar musste ich herausfinden, wie ich eine Alkoholvergiftung vermeiden konnte. Der schnelle Stoffwechsel der Wandler bedeutete zwei Dinge: Alkohol war stark, und es gab immer Essen. Niemand wollte in der Nähe eines hungrigen Wandlers sein. Du musst sichergehen, dass sie dich nicht jagen und zum Essen machen.

Gareth lehnte sich an mich, seine Lippen streiften mein Ohr. „Tut mir leid, dass wir so reden müssen, aber wir sind in einem Raum voller Wandler." Er drückte seine Lippen zu lange gegen mein Ohr, und ich konnte den Schwung seines Lächelns aus meinem peripheren Sichtfeld sehen.

„Ich habe genau das Richtige." Ich rutschte ein Stück weg und wühlte in meiner Handtasche, schnappte mir mein Handy und dann bewegten sich meine Finger schnell über die Tasten. Sein Handy summte, und er sah mich an.

Du kannst aufhören, heiße Luft an mein Ohr zu atmen, und einfach schreiben.

Er grinste und schob sein Handy von sich weg. „Nein,

danke. Passt schon so." Er rutschte zu mir, sodass nur ein paar Zentimeter zwischen uns waren, während er mich lange betrachtete. Ich vermutete, er wollte, dass ich mir genau ansehe, was ich ablehnte. Und es war schön anzusehen, so sehr ich es auch leugnen wollte. Er hatte eine männliche Schönheit, die schwer zu ignorieren war, und je mehr ich in seiner Nähe war, desto offensichtlicher war es. Ich wollte so gerne glauben, dass die fleischliche Energie, die zwischen uns existierte, nur darauf zurückzuführen war, dass er ein Wandler war. In ihrer Nähe zu sein, weckte einen Urtrieb, der sonst schlummerte, richtig? Und der Grund dafür, dass meine Augen auf seine Lippen fixiert waren, war, dass seine Zunge immer wieder darüber strich. Nicht wahr?

Er beugte sich vor und sprach mit dem allgegenwärtigen selbstsicheren Tonfall in seiner Stimme. „Okay, kein Flirten mehr. Wenn du versuchst, mich zu verführen, denke ich, dass ich dich lassen werde."

Ich schnitt eine Grimasse. „Denkst du zu irgendeinem Zeitpunkt, bevor du sprichst, über das nach, was du sagst?"

Mit einem spöttischen Grinsen, das seine Augen amüsiert aufleuchten ließ, sagte er: „Okay, Livy, du hast gewonnen. Rein geschäftlich." Er rutschte an den Tisch, hielt aber den Abstand zwischen uns und sprach mit leiser Stimme. Ich musste mich wirklich gegen den Tisch lehnen, weigerte mich aber, näher zu ihm zu rutschen. „Wir haben vier Dolche, die wir finden müssen, hast du eine Idee, wie man das macht?"

Oh, wir sind wieder beim Geschäft. Gut so. Wir sollten wieder zum Geschäftlichen übergehen; wir waren nur zwei Leute, die ein gemeinsames Ziel hatten – meins war es, den Ruf der Legacys wiederherzustellen und endlich sicher zu sein, jetzt, wo bekannt war, was ich war, und seins war es, die übernatürliche Welt zu schützen und sicherzustellen, dass es nicht zu einer zweiten Säuberung kam.

Ich blieb über den Tisch gebeugt. Er konnte mich hören, doch er sprach jedes Mal leiser und leiser, und schließlich war es nur noch ein Murmeln über dem Lärm. Ich sah mich um; Die meisten Leute schenkten uns keine Beachtung. Wie in der Vamp-Bar hatte auch die Wandlerbar ihren Anteil an Fangirls und Boys, und sie versteckten sich nicht hinter der fadenscheinigen Ausrede, dass Wandler etwas Fleischliches und Gieriges in ihnen entzündeten. Sie kamen mit der Zündschnur in der Hand in die Bar und reichten dem Wandler, den sie begehrten, ein Streichholz. Auf der Tanzfläche bewegten sich viele der Menschen und Wandler auf eine sehr aufreizende Art und Weise und begingen dabei möglicherweise diverse Sittlichkeitsvergehen.

Wenigstens versuchte Gareth, das Grinsen zu unterdrücken, als ich näher zu ihm rutschte. Er trank einen Schluck aus seinem Glas. Bourbon hatte er bestellt, doch es roch genauso wie das widerliche Zeug, das ich zuvor getrunken hatte.

„Also, wie schwer war das?"

Stolz schmeckt nicht nach Hühnchen, das kann ich mit Sicherheit sagen.

„Ich kann versuchen, sie zu finden. Doch wenn Conner sie weiterhin versteckt, schaffe ich es vielleicht nicht."

„Er wird abgelenkt sein", bot Gareth an.

Wahrscheinlich hatte er recht. Conner würde abgelenkt sein und versuchen, herauszufinden, wie er die anderen herausholen könnte. „Wir haben Leute, die den Ort, an dem wir seine Anhänger eingesperrt haben, nonstop bewachen. Er wird auftauchen, und das Beste ist, sie dann zu suchen."

„Also warten wir einfach?" Ich war gerne proaktiv. Darauf zu warten, dass ein Soziopath zuschlägt und seine genauso kranken Freunde aus der Haft befreit, schien kein guter Plan zu sein. „Ich würde es gerne zumindest einmal versuchen. Wenn er mich blockiert, dann gut, aber lass es mich wenigstens versuchen."

Er nickte langsam und trank einen weiteren Schluck. Er winkte der Kellnerin zu, hob mein Schnapsglas und ließ sie wissen, dass er zwei weitere wollte. Er machte sie auf mein pfirsichfarbenes Glas aufmerksam, ich nahm an, damit sie wusste, dass sie Alkohol bringen sollte, der für den menschlichen Konsum akzeptabel war.

„Doch heute Abend essen, trinken und schauen wir, ob Livy wirklich weiß, wie man sich amüsiert.”

„Drinks und sonst nichts.”

„Natürlich. Bei deiner Einstellung werde ich dich mich nicht nackt sehen lassen. Jetzt musst du dafür arbeiten.”

Ich lachte. „Oder ich könnte einfach an jedem beliebigen Tag an Forest Township vorbeifahren, wo ich wahrscheinlich dein Hinterteil oder das eines anderen Wandlers sehen werde.” Wenn man in der Schule keinen Unterricht in allgemeiner menschlicher Anatomie hatte, konnte man jederzeit durch diese Gegend fahren und sicher sein, einen Crashkurs zu bekommen. „Warum können Wandler nicht angezogen durch die Gegend laufen? Es ist komisch.”

„Die meisten Leute haben kein Problem damit, warum du? Das sind nur Körper. Wir sehen sie ständig.”

Ich fragte mich, wie lange es nach der Allianz gedauert hatte, bis sich die Leute daran gewöhnt hatten, einen nackten Wandler so oft über die Straße gehen zu sehen, wie sie ein Reh am Straßenrand grasen sahen. Am Anfang musste es ein ziemlicher Anblick gewesen sein, einen in menschlicher Gestalt zu sehen, der nackt herumlief, so ganz ohne das menschliche Gefühl der Scham.

Nach ein paar weiteren Drinks hatte ich genug flüssigen Mut in mir, um Gareth wegen Savannah zu fragen. Ich vermutete, dass ein paar der Kurzen, die die Kellnerin gebracht hatte, keine Menschengetränke waren. Ich erzählte ihm, dass Savannah von den Räten angesprochen worden war, und er schien überhaupt nicht überrascht zu sein. Es war meine Bitte, dass er mit dem Wandlerrat diskutieren möge, ob sie sie ihrer Gerichtsbarkeit unterstellen würden, die ihn zu schockieren schien.

„Und das ist, was sie will?", fragte er überrascht.

„Wir denken, es wird das Beste sein." Ich mochte keine Schulden, und das schienen gewaltige zu sein, die ich machte, indem ich darum bat. „Kalen und ich haben über dich gesprochen und –"

Seine Augenbrauen schossen in die Höhe, und ein schiefes Grinsen umspielte seine Lippen. „Du hast über mich gesprochen?"

„Ja, ich habe ihm gesagt, dass du deine Mami dazu bringen musstest, dir eine Reservierung bei Antonio zu besorgen, und er konnte nicht glauben, dass du nicht den Einfluss hast, es selbst zu tun. Es war schockierend."

Lachend trank er einen weiteren Schluck aus seinem Glas und lehnte sich in seinem Stuhl zurück. „Du und Kalen habt über *mich* gesprochen und dann …"

Dieser Typ.

Ich würde den Köder nicht schlucken. Ich ignorierte ihn und fuhr fort. „Wir dachten, es wäre besser, wenn es von dir kommt. Ich verstehe nicht, warum sie einem Rat unterstehen muss, aber anscheinend ist es nötig."

„Jemand wie sie ist so selten, ob man sie wirklich als Übernatürliche betrachten kann, ist definitiv in der Grauzone. Ich glaube, sie könnte Neutralität argumentieren." Er trank einen weiteren langen Schluck aus seinem Glas und blickte darauf, als er es auf den Tisch stellte. „Bei näherer Überlegung denke ich, dass es eine bessere Idee ist, dass sie dem Rat der Wandler untersteht. Ja, ich denke, es wird so am besten für Savannah sein."

„Danke. Ich schulde dir etwas."

Er winkte ab und sagte: „Du schuldest mir nichts. Ich habe kein Problem damit, das zu tun, wenn es dafür sorgt, dass Savannah sicher ist. Wir sind ihr auf jeden Fall zu Dank verpflichtet. Das erklärt, warum du diesen Gesichtsausdruck hattest, als wir sie um Hilfe gebeten haben. Das hätte ich bedenken sollen. Tut mir leid."

Es war fast ein Uhr morgens, als Gareth mich zu Hause absetzte. Als ich die Tür öffnete, war alles, was ich denken konnte, ja, so ist mein Leben gerade. Lucas stand mit nacktem Oberkörper in unserer Küche, sein blondes Haar zerzaust. Seine Lippen verzogen sich zu einem Lächeln, als ich ihn anstarrte. Wahrscheinlich dachte er, ich starrte seine sehnige, schlanke Gestalt an, die definierten Muskeln, die über seine Brust, Arme und Bauch verliefen, was ich auch tat. Abgesehen davon, dass ich mich fragte, ob Vampire den Tag damit verbrachten, Crunches zu machen, konnte ich meine Augen nicht von dem Glas in seinen Händen abwenden. Einen halbnackten Vampir in meiner Küche zu sehen, der meinen Orangensaft trank, war vielleicht eines der seltsamsten Dinge, die ich je gesehen hatte, und mein Leben war eine Aneinanderreihung seltsamer Erlebnisse. Er lehnte sich an den Tresen und entspannte sich in sein Lächeln, als würde er mir einen Gefallen tun, indem er mir einen vollständigen Blick auf sich gewährte. Er stellte das Glas ab.

Bevor ich etwas sagen konnte, hob er seine Finger an die Lippen. „Sie schläft. Hatte eine anstrengende Nacht."

Das musste ich wirklich nicht wissen. Er reagierte auf den verwirrten Ausdruck auf meinem Gesicht. „Sie hat sich vor ein paar Stunden mit den Räten getroffen."

Warum hatte sie das ohne mich getan? Was war passiert? Warum hatte sie eine anstrengende Nacht gehabt?

Bevor ich ihn mit den vielen Fragen, die mir durch den Kopf gingen, löchern konnte, ging er zum Kühlschrank und stellte den Saft wieder hinein. Kurzzeitig abgelenkt konnte ich ihn einfach nicht ungefragt lassen. „Wie trinkst du Saft?"

„Livy, natürlich mit meinem Mund." Er grinste mich an.

Jetzt ist der heiße Zombie auch noch ein Komiker.

„Ich weiß, dass du mit dem Mund trinkst. Aber ich dachte, du könntest weder trinken noch essen."

Er zog seine Lippen zurück und entblößte seine Reißzähne. „Ich habe die, also kann ich natürlich essen. Wir können nicht von menschlicher Nahrung leben, und das meiste schmeckt furchtbar, also machen wir uns nicht die Mühe, aber ich mag Saft."

Ich lachte. Was war das, dass der mächtigste Vampir der Stadt, vielleicht sogar des Landes, mir von seiner Liebe zu Saft erzählte – doch ich fand es amüsant. Und das entlockte ihm einen seltsamen Blick.

„Du bist ziemlich eigenartig, nicht wahr?"

Zu jeder anderen Zeit hätte ich darauf hingewiesen, dass die meisten Leute ihn für viel eigenartiger hielten als mich. Obwohl die meisten seiner Manierismen und Redeweisen modern waren, gab es Dinge, die sein Alter verrieten, wie dass jetzt, als er ohne Hemd in meiner Küche stand, das einzige Mal war, dass ich ihn je ohne Anzug gesehen hatte. Was mich wieder daran erinnerte, dass ich mit einem halbnackten Vampir in meiner Küche stand.

Mehrere Minuten waren vergangen, und ich konnte immer noch nicht den richtigen Weg finden, ihn zu fragen, warum er kein Hemd anhatte.

„Warum hat sich Savannah heute Abend mit den Räten getroffen?"

„Sie war ziemlich abgelenkt", sagte er.

Das beantwortete die Frage nicht. Da erinnerte ich mich, dass er der Master der Stadt war und wahrscheinlich nicht daran gewohnt war, befragt zu werden, und definitiv nicht, Anschlussfragen von Sterblichen zu beantworten. Doch „sie war abgelenkt" ergab für mich keinen Sinn. Wahrscheinlich hatte er sie noch nie mit einem Buch gesehen – die Welt hörte für sie auf zu existieren. Ich war es gewohnt, dass Savannah abgelenkt war.

„Sie war abgelenkt und …?"

Er zuckte mit den Schultern. „Sie schien besorgt und abgelenkt von dem bevorstehenden Treffen mit ihnen. Ich wollte ihr Unbehagen lindern und bat darum, dass das Treffen eher früher als später stattfindet. Sie haben sich mit ihr getroffen; einige waren neugierig auf ihre Fähigkeiten, und sie hat sie demonstriert. Es war anstrengend für sie, weil sie noch eine Anfängerin darin ist." Es als Fähigkeit zu bezeichnen, jemanden an der Hand zu halten, war wirklich kreative Freiheit, doch ich hielt wieder einmal den Mund. Ich konzentrierte mich stattdessen auf den wichtigsten Teil der Informationen: Sie hatte sich mit ihnen getroffen, und ich war mir sicher, dass es mit Lucas dort besser gelaufen war als mit meiner Begleitung. Hot Zombie bewegte sich langsam auf der Liste nach oben und wurde einer meiner Lieblingsleute. Wenn ich jetzt herausfinden könnte, wo sein Hemd war und warum er sich nicht die Mühe machte, es zu finden und anzuziehen …

„Warum haben die Vampire keinen Rat?"

Er schnaubte und runzelte die Stirn, als das Wort Rat mit extremer Verachtung über seine Zunge rollte. „Wir haben schon existiert, bevor triviale Dinge wie ‚Organisationen' und ‚Räte' entstanden sind, und ich weigere mich, mich darauf zu reduzieren. Ich habe mich dafür entschieden, dass die Vampire von dieser Frivolität ausgeschlossen werden – wir bleiben ein Seethe. Sie glauben, dass es dem entspricht, was sie als Rat bezeichnen."

„Du kannst die Regel, einen Rat zu brauchen, umgehen, weil du alt bist. Ich denke, Regeln und Erwartungen mit solchen Ausreden zu umgehen, funktioniert nur bei Omas und Opas."

Er lachte. „Du bist wirklich eine Freude, Olivia Michaels. Ein wahrer Genuss. Ich verstehe, warum Gareth so von dir angetan ist." Dann beugte er sich vor und atmete ein.

Das ist überhaupt nicht gruselig und seltsam, Lucas.

„Und da sein Geruch an dir hängt, findest du ihn vielleicht genauso unterhaltsam." Das schelmische Grinsen auf seinem Gesicht war schwer zu ignorieren, und es blieb, als er an mir vorbei in die kleine Waschküche ging. Er kam mit einem nassen Hemd auf einem Kleiderbügel zurück. Er inspizierte es. „Weinfleck. Ich dachte nicht, dass ich ihn herauskommen würde. Ich will sie nicht wecken, aber lass sie wissen, dass ich ihn rausbekommen habe."

Das Rätsel um das fehlende Hemd war gelöst.

KAPITEL 11

Ich glaubte nicht an Glück, doch anscheinend hatten Gareth und ich eine Glückssträhne, weil ich die Nekrospeere ausfindig machen konnte. Gareth hatte vielleicht recht damit, dass Conner zu sehr von seinen magischen Außenseitern abgelenkt war, um daran zu denken, den Ortungszauber zu blockieren, mit dem ich sie gefunden hatte.

Jetzt waren Gareth und ich an der Stelle, an der Conner und seine neuen Rekruten gewohnt hatten, bereit, die Nekrospeere zu bergen. Sie im Besitz der Gilde zu haben, würde nicht alle absolut sicher machen, doch zumindest würde es die Situation verbessern. Ich würde irgendwie den Rest der Legacy finden, bevor Conner es tat, und sehen, was wir tun konnten. Ich mochte es immer noch nicht, vor Publikum zu zaubern, und vor allem nicht vor einem, das so fasziniert davon war wie Gareth. Die Magie des Schleiers war stark; ich drückte mit Gewalt hinein, und er prallte zurück und übte dieselbe Kraft aus. Er schwankte, riss aber nicht.

Das war Conners Spiel. Es war verstärkt, oder vielleicht war er vorher so gewesen und er hatte ihn geschwächt, um mir ein falsches Gefühl der Sicherheit zu geben. Ich rief nach stärkerer Magie. Die überwältigende Flut durchströmte mich, stach in mein Wesen und löste sich langsam auf. Ich schoss eine volle Ladung davon auf den Schleier. Er bog sich nach innen, streckte sich bis an die Grenzen, die Dicke reduzierte sich auf einen dünnen Hauch, der nur einen weiteren magischen Ruck brauchte, um ihn aufzureißen. Ich öffnete die Hände, Magie funkelte an meinen Fingern, dann traf mich eine Explosion an der Schulter und jagte ein durchdringendes Gefühl in meinen Arm. Schmerz – greller Schmerz durchzuckte mich. Noch zwei Schüsse, aber nicht auf mich. Gareth sank zu Boden. Seine Augen waren offen, doch er bewegte sich nicht. Ich sah kein Blut. Das war gut, aber warum bewegte er sich nicht?

Gareth, steh auf.

Ich beobachtete ihn ein paar Augenblicke lang, und er blieb bewegungslos und mit offenen Augen am Boden liegen.

Ich schluckte Galle herunter und zerrte an dem Pfeil, der aus meinem Arm ragte. Ich hatte versucht, ein Feld aufzubauen – nichts. Wieder rief ich Magie an, die ich zuvor nicht angezapft hatte, und nichts geschah. Im Hintergrund hörte ich Stimmen. Ich rollte mich auf die Seite und drehte immer noch meinen Arm, um an den Pfeil zu kommen. Ich riss ihn heraus, rappelte mich auf und suchte nach der Person, der ich ihn zurückgeben wollte, indem ich ihn in sie hineinrammte. Alles fühlte sich dumpf an, sogar die Magie. Sie war da, ein Rest davon bewegte sich durch mich hindurch, aber dumpf, träge, schwächer. Ich wartete, bis die Dumpfheit vorüber war, und als ich mich umsah, hörte ich die Stimmen, sah aber niemanden. Sie waren da, versteckt hinter den riesigen Bäumen.

Komm schon. Komm schon. Komm schon. Ich spürte, wie die sanfte Wärme meiner Magie mit einem langsamen Brennen wieder zum Leben erwachte. Ich wartete darauf, dass es ein prasselndes Feuer wurde. Wärme hüllte mich ein, und selbst wenn ich ihre lebhaften Farben nicht sehen konnte, konnte ich spüren, wie sich Magie zusammenrollte – meine Magie. Ich brauchte Gesichter, keine Stimmen. Ich ließ den Blick über das weite Gelände schweifen; grüne Blätter verdeckten meine Sicht. Feiglinge versteckten sich. Feiglinge schossen aus der Ferne. Ich wusste nicht, was mehr in mir brannte, die Magie oder die Wut. Ich ging auf den Wald zu, und die Stimmen wurden lauter und inbrünstiger: erteilten Befehle. Rechts von mir hörte ich das Brechen eines Astes, auf den getreten wurde. Ich schoss eine magische Kugel in diese Richtung, und jemand grunzte. Dann durchzuckte mich wieder derselbe Schmerz. Dann wieder. Die Magie ließ nach, und meine Sinne fühlten sich benommen an. Dann schoss ein weiterer Schmerz durch mein Bein. Ich klammerte mich an das Licht, obwohl die Dunkelheit schneller kam, verschmolz mit dem Flackern und dem Licht, bis sie alles ausgelöscht hatte und alles, was ich hatte, Dunkelheit war.

Das Letzte, was ich hörte, war: „Wir haben sie."

* * *

„Wir haben sie." Die Worte wiederholten sich immer und immer wieder in meinem Kopf. Ich hielt meine Augen geschlossen und mein Gesicht auf den kalten, harten Zementboden gedrückt und konzentrierte mich auf die Geräusche und Gerüche um mich herum. Doch es gab keine Gerüche, es gab nur einen Geruch – Schimmel. Er schien alle anderen zu überdecken, die existiert haben könnten. Ich öffnete meine Augen zu kleinen Schlitzen und sah mich um. Ich war in einem Keller, und meine Arme waren hinter meinem Rücken gefesselt. Scheiße.

Ich rollte mich auf die Seite und setzte mich auf. Ich war in einem großen Raum mit unfertigen Gipswänden. Minimale Möbel, nur ein altes graues Sofa und ein paar Stühle.

Hüte und andere Outdoor-Kleidung hingen an einer Garderobe. Alles andere war mit Laken abgedeckt.

Ich sah mich noch einmal um, in der Hoffnung, etwas zu finden, das ich als Waffe verwenden könnte. Da meine Hände hinter mir gefesselt waren, hätte es nicht geholfen, wenn ich etwas gefunden hätte. Als Schritte die Treppe herunterkamen, ließ ich mich zurück auf den Boden fallen und schloss die Augen. Die Schritte waren nah. „Ich dachte, du hättest gesagt, sie sei wach."

„Ich dachte, ich hätte was gehört."

Ich konnte die Hitze eines Körpers spüren, der näher kam. Menschlich. Definitiv menschlich. Das bedeutete, dass es wahrscheinlich kein Tracker war. Ich bewegte mich merklich und öffnete meine Augen, damit sie es sehen konnten.

„Ich habe dir gesagt, dass sie wach ist. Wie geht es dir? Sehe ich jetzt gemein genug aus?" Er tat es – es war der Idiot, der bei Clive gewesen war, als sie zum ersten Mal versucht hatten, mich für *Humans First* zu rekrutieren, und er sah ziemlich wütend aus. Ich hatte Witze darüber gemacht, dass er nicht bedrohlich genug ausgesehen hatte. Jetzt sah er durchaus so aus, und noch so viel mehr. Ich zuckte zusammen, als er mich an den Handschellen hochriss und mich auf einen der wenigen Stühle im Raum stieß.

„Setz dich", knurrte er.

Ich blieb stehen und weigerte mich zu sprechen.

„Hast du gehört, was wir gesagt haben?" Eine weitere Stimme hinter mir.

Ich antwortete nicht. Das Einzige, was mich vor größerer Gewalt bewahrte, war, dass sie mich brauchten; sie würden mich nicht verletzen. Aber Mr. Möchtegernfiesling behielt die ganze Zeit den finsteren Blick bei. Er musste Stunden vor dem Spiegel verbracht haben, um ihn zu perfektionieren, damit er das richtige Maß an Bosheit vermitteln konnte. Ich wollte nicht darauf hinweisen, dass niemand Grübchen bedrohlich fand.

„Kannst du uns hören?", schrie er mir ins Gesicht.

Ich antwortete immer noch nicht. Er zog mit Gewalt an den Handschellen und riss meine Schulter nach vorne. Der Schmerz durchzuckte mich, doch ich hielt mein Gesicht ausdruckslos und weigerte mich, ihm zu erlauben, meinen Schmerz zu sehen. Ich biss die Zähne zusammen und schluckte es herunter.

Als er mir das nächste Mal ins Gesicht sah, senkte ich den Kopf. Wie alle Tyrannen sah er es als ein Zeichen von Schwäche, bis ich ihn hochriss und ihn ihm auf die Nase schlug. Er stolperte zurück. Ich stampfte mit dem Fuß auf, trat gegen seinen Knöchel, und als er auf dem Boden aufschlug, rammte ich ihm meinen Fuß in den Schritt.

„Ich habe dich das erste Mal gehört." Und dann ließ ich mich auf den Sitz fallen.

Mit einem tiefen, grollenden Lachen offenbarte sich der Mann, der zuvor gesprochen hatte. Es war der Polizist, der versucht hatte, mich zu verhaften. Er biss sich auf die Wangen, ein Versuch, sich das Lachen zu verkneifen. Dann funkelte er mich an.

„Das nächste Mal, wenn du das machst ..."

„Was werdet ihr tun, mich entführen, mich wie ein Tier fesseln? Denn das habt ihr schon."

„Nein, ich werde dich in einen Käfig stecken und dich dortbehalten, bis du dich entscheidest zu kooperieren."

„Oh toll, ein langsamer Tod im Gegensatz zu einem schnellen", antwortete ich.

„Wir haben nicht die Absicht, dich zu töten, Livy, wenn du kooperierst. Doch wenn du es nicht tust ... nun, ich kann nicht garantieren, was mit dir passieren wird. Ich schätze, dein Schicksal hängt wirklich von dir ab. Ich bin sicher, wir müssen dir nicht sagen, was wir wollen."

„Wie edel das doch ist. Du bist ein aufrechter Mann."

„Schau, du solltest froh sein, dass ich dich jetzt nicht töte. Du hast einen Unschuldigen getötet. Einen guten Mann."

„Okay, wenn wir nicht gerade in einer Welt der Gegensätze leben, waren Clive und Daniel weder unschuldig noch gute Menschen. Sie wollten, dass die Säuberung genauso abläuft wie ihr Arschlöcher es beabsichtigt. Und wenn es euer Ziel ist, viele Menschen zu töten, weil Menschen, die Magie besitzen, pfui sind, kannst du sicher nicht die „gute Mann" Karte spielen. Du bist ein Arschloch. Find dich damit ab."

Sein Gesicht verhärtete sich. So angespannt, dass es unangenehm anzusehen war.

„Ich weiß, dass es leicht ist, es nicht auf unsere Weise zu sehen. Ich erwarte nicht, dass du es jemals verstehen wirst, aber du und *HF* habt viel gemeinsam."

„Ist das die Rede, die man am ersten Tag auswendig lernen muss? Bist du wirklich dumm genug, diesen Müll zu kaufen? Ts, natürlich bist du das. Nun, dann lass mich dir sagen, wie es enden wird. Du willst das tun, um es Conner heimzuzahlen. Ich mache die Säuberung, er versteckt sich hinter einem Schutzzauber, der so stark ist wie meiner oder stärker. Die Säuberung wird ihn nicht treffen, und er bleibt am Leben. Dann mobilisiert er die Armee von Legacy und Vertu, die ihm noch geblieben ist. Und nach meinem Verständnis bin ich nicht so besonders; vielleicht gibt es noch *viel* mehr von uns da draußen. Irgendwann wird er euch wie Haustiere halten. Aber ehrlich gesagt, ihr seid so verdammt langweilig, müde und leicht manipulierbar, dass ich bezweifle, dass ihr ihn sehr lange unterhalten werdet. Dann wird er euch schlachten wie Tiere. Denn das ist alles, was er in euch sieht. Ich werde schon klarkommen. Ihr?"

Sie sahen einander an, und wenn meine Worte eine Wirkung gehabt hatten, ließen sie es mich nicht wissen. Stattdessen ließen sie mich dort auf dem Stuhl sitzen, doch nicht bevor sie meine Beine mit Kabelbindern zusammengebunden hatten. Während sie weg waren, hatte ich mehrmals versucht, Magie einzusetzen. Gar nichts. Ich hasste Iridiumfesseln leidenschaftlich. Ich musste einen Zauber finden, um sie loszuwerden. Es machte mir nichts aus, meine eigene Magie zu unterdrücken und ihren Gebrauch einzuschränken, doch wenn es mir aufgezwungen wurde, fühlte es sich wie eine Verletzung an. Es tat nicht weh, doch der nagende Ärger darüber, dass sie da waren, der in mir aufwallte und darauf drängte, losgelassen zu werden, war beunruhigend.

Für ein so teures Metall kam es mir dennoch vor, als würden die Leute die Fesseln wie Süßigkeiten an Halloween verschenken. Ich erwartete, dass die Gilde der Übernatürlichen sie hatte, zusammen mit einer Menge Eisen, um Hexen, Feen und Magier einzuschränken. Silber machte Wandler kampfunfähig, und so sehr Vampire es auch hassten und zerstreuen wollten, es als Gerücht und Fehlinformation abtaten, Weihwasser und ein Pfahl durchs Herz funktionierten gut bei ihnen. Wahrscheinlich die billigste der Waffen, die man benutzen konnte, um einen Übernatürlichen anzugreifen.

Als sie zurückkamen, waren sie nervös und angespannt, doch offensichtlich nicht von ihren Zielen abzubringen. „Wir brauchen dich für eine Säuberung", informierte mich der Freund von Mr. Möchtegernfiesling.

„Das kann ich nicht." Ich musste sie von der Vorstellung abbringen, dass ich ihren Traum verwirklichen könnte.

„Dann wird das ein Problem."

Sie starrten mich böse an, während sich ihre Gesichter von meiner Weigerung genervt verzogen.

„Es ist ein Zauber, ein starker. Was denkt ihr, warum unsere Familien uns nicht an unserem dreizehnten Geburtstag beiseitenehmen, um uns beizubringen, wie man einen Zauber wirkt, der die halbe Weltbevölkerung vernichten kann?"

Ich war mir bewusst, dass die Geschichten über unsere Existenz uns als rücksichtslose, herzlose Monster darstellten, doch ist jemals jemand auf die Idee gekommen, dass einige von uns besser wären als das?

„Dann haben wir keine Verwendung für dich." Ich hörte die Drohung, die über den Worten schwebte, und die abweisende Art, wie sie mich ansahen. Mein Schicksal war entschieden. Sie glaubten, ich hätte einen von ihnen getötet, und der einzige Weg, das wiedergutzumachen, wäre, wenn ich das für sie tun könnte. Ich zerrte wieder an den Fesseln – nichts.

Ich versuchte zu zaubern. Auch nichts. Als sie sich ein paar Meter entfernten, war ich sicher, es war, um zu besprechen, was sie mit mir machen sollten, und ich sah mich im Raum um. Mit gefesselten Händen und Beinen hatte ich nicht viele Möglichkeiten.

„Conner." Ich platzte mit dem Namen heraus. „Daniel und Clive haben mit ihm gearbeitet. Wenn ihr mich mit ihm in Kontakt treten lasst, helfe ich euch. Ich bitte nur um einen Gefallen."

„Und der wäre?", fragte der Polizist.

„Lasst mich Kalen mitnehmen. Lasst mich ihn beschützen." Ich wollte auch nach Savannah fragen, doch sie wussten nicht, dass sie als eine Art Übernatürliche galt, und ich wollte sie nicht in Gefahr bringen. Wenn sie es herausfanden, würden sie versuchen, sie auszunutzen. Sie wussten, wer Kalen war, und wenn sie etwas recherchiert hatten, wussten sie, dass er eine Fee war. Es war nicht so, als versteckte er es. Wenn ein T-Shirt, auf dem in fetten Lettern „Fee" stünde, nicht so kitschig wäre, hätte er eines getragen.

Sie wandten sich ab und redeten leise. Ich dachte, sie würden es nicht tun – ich hätte es nicht getan. Doch Verzweiflung machte Menschen oft zum Narren, also sah ich immer wieder, wie wahr diese Plattitüde war.

„Ich kann das nicht länger machen. Ihr wisst, dass die Leute mich nicht akzeptieren werden. Und ihr werdet es weiter versuchen, also kann ich euch genauso gut helfen und es hinter mich bringen, oder?"

Niemand antwortete; stattdessen starrten sie mich lange abschätzend an. Ich hasste es zu lügen, aber ich war gut darin. Ich hatte die meiste Zeit meines Lebens unter falschem Namen gelebt und behauptet, ein Mensch zu sein. Gut im Lügen zu sein war das Markenzeichen eines Soziopathen, doch jemand, der irgendwie überleben musste, war in der Regel auch gut darin.

„Conner ist derjenige, mit dem Daniel und Clive zu tun hatten. Sie haben ihm nicht vertraut, und das zu Recht, doch ihr wollt alle dasselbe." Ich seufzte. „Ich will das nicht, aber ich habe nicht viele Möglichkeiten. Der Magische Rat will mich genauso wenig haben wie ihr. Zumindest gebt ihr mir eine Chance zu überleben – sie werden es nicht tun." Ich war mir nicht sicher, wie viel davon eine Lüge war. Vielleicht waren Lucas und Gareth auf meiner Seite, aber wenn es darum ging, wie Legacy den Menschen gegenüber dargestellt wurden, spekulierte ich, dass sie mich den Wölfen zum Fraß vorwerfen würden, und nicht im übertragenen Sinne, wenn ich zu einer Belastung würde, die sie beseitigen müssten. Harrah kümmerte sich nur darum, wie die Dinge vor den Kameras aussahen, und ich wusste, wie kalt und berechnend sie sein konnte.

„Wenn ihr mir die Fesseln abnehmt, kann ich ihn mit Magie rufen", sagte ich.

Die Augen des Polizisten verengten sich zu schmalen Schlitzen, während er mich musterte, und wenn er ein Wandler gewesen wäre, wäre ich nervös gewesen. Das funktionierte wahrscheinlich mit Verdächtigen und es war einschüchternd, doch wenn man um sein Leben spielte, war ein scharfer Blick einfach nicht genug.

„Das kannst du?"

Nein. Natürlich kann ich das nicht. Wie zum Teufel hast du diesen Job als Anführer bekommen? Ich nickte. „Ich denke schon." Ich sah mich noch einmal im Raum um und betrachtete die Ausgänge. Ich hatte meinen Plan ausgearbeitet. Ich musste nur die Fesseln loswerden. Dann kamen die Schritte. Schwere, stampfende Schritte, denen es an jeder Anmut mangelte und die vor Kraft strotzten. Der Mann, der die Treppe herunterkam, passte zu seinen Schritten – hart, kalt, bedrohlich. Hellblondes Haar bildete einen starken Kontrast zu seinem Gesicht, das von einem kurzen Bart verdunkelt wurde. Die abgerundeten Flächen seines Gesichts hätten seine Züge weicher machen sollen, doch sie waren steinhart und kalt. Wenn er Teil von *HF* war, fehlte ihm der menschliche Faktor, oder er war so weit davon entfernt, dass er mehr Tier als Mensch war. Aber er war ein Mensch, oder gerade genug, um immer noch als einer betrachtet zu werden. Wenn er das Gesicht von *HF* wäre, könnte man sie nicht länger als harmlose Gruppe betrachten, die nur Worte und keine Taten waren. Er war ganz Tat.

„Dass sie einen Übernatürlichen rufen kann, ist mir neu. Eine neue Fähigkeit? Erzählen Sie", erkundigte sich seine leise, raue Stimme.

„Ich kann es." Ich behielt dieselbe ruhige Stimme bei. „Aber nicht so."

Er ließ sich so lange Zeit, bis er antwortete, dass ich überzeugt war, dass er mir nicht glaubte. Das kühle Grinsen geriet zu oft ins Stocken, aber seine Augen blieben auf mir.

„Natürlich. Wenn Sie können, rufen Sie Conner. Je mehr, desto besser."

Oh schön, ein echter Psycho.

Dann ging er in die Ecke, holte eine Betäubungspistole hervor und nahm sich Zeit, sie vor mir zu laden, ohne die Augen von mir abzuwenden. *Ein Entertainer! Den muss man einfach lieben.*

„Nur für den Fall, dass Sie lügen. Wir werden wirklich sicherstellen, dass Sie nicht lügen, Olivia Michaels. Soll ich Sie nochmal fragen? Können Sie Conner herholen?"

Es gab nichts Schöneres, als mit einem Soziopathen das Angsthasespiel zu spielen. Ich spielte nur auf der dunklen Seite; dieser Mann spielte es der Tritte und des Lachens wegen.

Ich nickte.

„Gut. Ich habe so viel von ihm gehört."

Und zum ersten Mal, seit ich jemanden von *HF* getroffen hatte, der Gruppe mit dem albernen Namen, der mich an eine Bank denken ließ, hatte ich Angst vor ihnen. Sie sollten die „Menschen sind was Besonderes"-Cheerleader sein, mit albernen Visionen einer magielosen Utopie, in der all die kleinen Kreaturen, die was mit Magie zu tun hatten, verschwanden. Sie klammerten sich daran, ohne einen Weg, es geschehen zu lassen. Nicht dieser Typ.

Seinem Beispiel folgend zückte der andere Polizist seine Waffe – keine Betäubungspistole. Sie wollten mich lebend – dessen war ich mir ziemlich sicher. Er war Show pur. Doch Möchtegernfiesling war immer noch verbittert, weil ich ihm in die Leiste getreten hatte. Er stand nur wenige Meter entfernt. Das verzerrte Grinsen war ebenso zu einer Uniform geworden wie sein schwarzes T-Shirt und seine dunklen Jeans.

Als er näher zu mir kam, richtete ich meine Aufmerksamkeit auf den Neuankömmling. Den unerschütterlichen Neuankömmling. Er war ruhig, was bedeutete, dass ihm das nicht neu war. Er war versteckt worden, weil er so gar nicht zu dem Bild, das *Humans First* der Welt präsentierte, passte.

Ich rieb mein Handgelenk, als die Fesseln entfernt wurden. Die Vorstellung, dass Übernatürliche auf die verschiedenen Metalle „allergisch" seien, war falsch. Wir waren nicht allergisch, wir hatten nur eine Abneigung dagegen, dass unsere Magie eingeschränkt wurde.

„Tu es", befahl er.

„Kann ich zuerst aufstehen und mich orientieren?", fragte ich, um Zeit zu schinden. Der Cop war direkt vor mir und zielte mit seiner Waffe auf mich, und Möchtegernfiesling war zu meiner Rechten. Der Polizist würde mich nicht erschießen – ich hoffte, dass ich ihn nicht falsch einschätzte. Ich behielt den Neuankömmling im Auge, Mr. Personality, der ebenfalls zu meiner Rechten positioniert war.

„Seien Sie darauf vorbereitet, er ist nicht sehr freundlich, wenn er gerufen wird", warnte ich ihn.

„Es ist mir egal, ob er angepisst ist, solange er tut, was er gesagt hat."

„Und ihr zieht hier die Säuberung durch und was dann? Glaubt ihr, der Magische Rat …"

Ich verstummte, weil es keinen Magischen Rat mehr geben würde, wenn die Säuberung erfolgreich wäre. Es würde keine Gilde der Übernatürlichen mehr geben, keinen Feen-, Hexen-, Magier- oder Wandlerrat. Es würde keinen Master der Stadt mehr geben. *Fuck.*

Er stieß mich mit dem Ende der Waffe an. „Mach hin." Ich wollte nicht nur da raus, ich brauchte einen Weg, es erfolgreich zu tun, nachdem ich Mr. Personality in den Sack getreten hatte. Das würde viel schwieriger werden, doch ich wollte sichergehen, dass es passierte.

„Ich brauche ein Messer", sagte ich.

„Wofür?"

Damit ich dich damit aufschlitzen kann. „Mein Blut muss vergossen werden, um meinesgleichen zu rufen."

Möchtegernfiesling war der Erste, der sich bewegte und ein Messer zückte. Ich streckte die Hand danach aus, und er warf mir den verächtlichen Blick zu, den ich erwartet hatte.

„Gib mir deine Hand!", blaffte er und hatte große Freude daran, meine Handfläche aufzuschneiden. Blut quoll hervor, und ich sagte die Anrufungen. Als das letzte Wort fiel, glühte Licht in dem kleinen Raum, als eine durchscheinende Karte vor mir angezeigt wurde. Mr. Personality starrte sie interessiert an und atmete schwer ein. Für Leute, die alles an Magie hassten, konnten sie nicht leugnen, dass sie etwas Wunderbares und Faszinierendes hatte. Eine schwer greifbare Schönheit, die leicht jede Abneigung oder jeden Hass Lügen strafte. Zuerst schwebten Pastelle über die Karte und bedeckten sie, und dann zog jede Farbe aus der Melange, etwas anderes als das, was ich zuvor gesehen hatte. Und dann wurde sie schiefergrau, was sie normalerweise tat, bevor sie ihre Antworten preisgab. Eine Welle dunklerer Farben zog darüber. Das war nicht ich – diese Magie war anders. Sie war übernommen worden. *Verdammt, Conner.*

„Was ist los?", fragte Mr. Personality.

Glücklich, dass ich es nicht mit einem Wandler zu tun hatte, der wahrscheinlich meinen BS durchschaut hätte, sagte ich: „Die Magie wirkt."

„Wie lange wird es dauern?", fragte der Polizist, seine Stimme rauer als zuvor. Ich war mir nicht sicher, ob er unglücklich darüber war, dass es so lange dauerte, oder dass er Magie anders sah. Sie passte nicht in eine der ordentlichen Schachteln, die er konstruiert hatte: Menschen – gut. Magie – schlecht.

„Zuerst muss ihn finden", sagte ich. Sie sahen abgelenkt auf die Karte und versuchten, die Farben zu erkennen, um den angeblichen Conner aufzuspüren. Möchtegernfiesling lehnte sich näher, als ich es tat, spiegelte meine Bewegungen und versuchte zu sehen, was ich tat, und das war alles, was ich brauchte. Die Magie endete, und ich drängte den Polizisten gegen die Wand und hielt ihn dort fest, seine Waffe immer noch in der Hand. Er erwies sich als widerstandsfähiger, als ich erwartet hatte. Doch er war an die Wand geheftet – aus dem Weg. Ich riss an Fieslings Arm und zog ihn zu mir, als der Lauf der Betäubungspistole in meine Richtung zeigte. Er war ein Stück größer und definitiv stärker. Er kratzte an der Hand, die ich ihm um den Hals gelegt hatte, und hinterließ lange rote Striemen.

Der Polizist bemühte sich, sich von der Wand zu lösen. Mr. Personality würde den Schuss abfeuern. Zwei, wenn er mich umhauen wollte. Ich musste nicht regelmäßig mit Raubtieren zu tun haben, um zu wissen, dass ich es jetzt mit einem zu tun hatte. Er hatte ein Ziel. Mich.

Er drückte den Abzug. Ich schob Fiesling beiseite, ließ den Polizisten zu Boden fallen und traf ihn mit einem magischen Ruck im selben Moment, als der Betäubungspfeil meine Schulter traf. Schmerzen. Brennende Schmerzen. Ich riss ihn heraus, doch es war zu spät, und mir wurde schwindelig, meine Sicht verschwommen. Ich musste hier raus, und es zu wollen reichte nicht. Ich rannte zur Treppe. Zumindest wollte ich rennen. Meine Bewegungen waren träge, und ich trottete die Treppe hinauf, blinzelte das Wasser in meinen Augen und die Lethargie zurück, die nicht loslassen wollte. *Geh zu einer Tür.* Frische Luft musste helfen. Ich rannte zur Tür, schwere Schritte hinter mir. *Tür. Geh zur verdammten Tür.*

Ich stieß sie auf. Draußen war es noch hell, und ich suchte meine Umgebung mit verschwommener Sicht ab. Die Drogen breiteten sich in meinem Körper aus. Ich blinzelte mehrmals, und meine Sicht flackerte, als ich versuchte, das benebelte Gefühl zurückzudrängen, das mich zu überwältigen begann. Ich führte einen Heilzauber aus. Trotz der Magie fühlte ich mich immer noch, als würde ich gleich das Bewusstsein verlieren. Aus Angst, meine Augen zu schließen, riss ich sie weit auf.

„Livy." Ich drehte mich zu Gareths vertrauter Stimme um. Ausnahmsweise hatte ich es nicht eilig herauszufinden, wie ich seine Fähigkeit, mich zu finden, blockieren könnte. Mit mehreren schnellen Schritten war er bei mir. Er war vor mir und dann wieder nicht.

Das Gras stach in meinem Rücken, und als ich meine Augen öffnete, hatte die Müdigkeit nachgelassen. Ich hatte erwartet, mich verkatert zu fühlen oder andere Auswirkungen der Betäubung zu spüren, doch ich fühlte nichts. Wie lange war ich bewusstlos gewesen?

„Du warst nicht lange ohnmächtig", sagte Conner. Ich folgte der Stimme, die weiter entfernt zu sein schien als er es tatsächlich war. Als ich mich zwang, aufzustehen, kam er näher. Ganz nah, nur wenige Zentimeter von mir entfernt. Ich kniff die Augen zusammen und fragte mich, ob er meine Gedanken lesen konnte. Zweifelhaft, denn wenn er es gekonnt hätte, wäre er mir nicht so nah gekommen.

Ich sah mich um. Es sah nicht aus wie das feuchte, dunkle, karge Höllenloch, in das er mich zuvor gebracht hatte. In der Ferne standen große Eichen mit dicken Ästen. Eine dichte Gruppe von Bäumen mit Blättern, die in satten Orangen und Rottönen leuchteten, ergänzte das üppige Grün der Eichen, obwohl es noch nicht Herbst war. Exotische bunte Blumen blühten um die Peripherie des Landes. Inmitten der riesigen Grasfläche war ein kleiner Teich mit Enten. Seerosen zierten ihn.

„Es ist wunderschön, nicht wahr?"

Das war es, doch ich würde es ihm gegenüber nicht zugeben. Er hatte das unbewohnbare Land zu einem magischen Nirvana gemacht. Es war nicht echt. Es war Magie. Er versuchte, mich mit Schönheit von der Hässlichkeit seiner Magie abzulenken.

Er trat von mir weg, weil er die Gefahr spürte. Ich fühlte mich nicht gewalttätig, sondern verwirrt. Das Gift war nicht mehr in meinem Kreislauf. Hatte er das getan?

„Ich wurde angeschossen", flüsterte ich.

„Keine Schusswunde, nur schlechte menschliche Magie. Sie sind in vielen Dingen nicht gut, oder? Es war ganz einfach zu reparieren." In einer Khakihose und einem blassgelben Hemd sah er nicht aus wie ein Monster, das alle Übernatürlichen töten wollte. Er wirkte nicht wie ein Psychopath mit dem Wahn, eine neue Welt erschaffen zu wollen, in der nur das existierte, was er für die reinste Form der Magie hielt. Vor mir stand ein Mann, der kein Misstrauen verdient hatte und ein gewisses Maß an Mitgefühl und Verständnis erflehte. Trotz all der Dinge, die ich fühlte oder nicht fühlte, war seine Magie stark. Er schien keinen Schild zu haben, um die Aura der Magie zu verbergen, und wenn, dann war er nicht sehr effektiv. Seine Magie ging von ihm aus wie ein leichter, frischer Wind. Er ging nicht zu mir hinüber, sondern teleportierte sich – eine Show, die nicht unbemerkt blieb. Wie konnte ich jemanden aufhalten, dessen Magie ich nur begrenzt kannte? Ich wusste nur, dass er stärker war als ich.

Meine Neugier auf seine Fähigkeiten wuchs. Er hatte Magie gemeistert, und ich musste lernen, meine zu beherrschen. Nicht von einem Magier, einer Hexe oder einer Fee, sondern von meiner eigenen Art oder zumindest von jemandem mit ähnlicher Magie.

Er war so nah, dass ich einfach die Hand ausstrecken und ihn berühren konnte, doch ich tat es nicht. Ich hoffte, dass er mich auch nicht berühren würde. Es schien, als hätten wir uns auf einen unausgesprochenen Waffenstillstand geeinigt.

„Wie machst du das?", fragte ich.

Er teleportierte sich einfach über das weite Gebiet und war innerhalb weniger Augenblicke wieder vor mir. „Das?"

Ich nickte.

„Soll ich es dir zeigen?" In seinem Ton lag derselbe Hauch von Humor, der seine Lippen zu einem schelmischen Lächeln verzogen hatte.

Ich nickte erneut. Es war genau der Blick, den ich erwartet hatte. Pure Überraschung. Aber warum auch nicht? Jedes Mal, wenn wir uns begegnet waren, war es voller Gewalt gewesen. Jetzt bat ich ihn um einen Gefallen. Waffenstillstand. Meine Bitte war nicht wirklich von der Güte durchdrungen, die er zu glauben schien. Ich musste mehr über meine Magie erfahren. Ich verstand, warum meine

Eltern beschlossen hatten, mir nur Verteidigungsmagie und kognitive Manipulation beizubringen. Es hatte mir gute Dienste geleistet. Bevor sie mir mehr beibringen konnten, waren sie getötet worden, als ich ein Teenager gewesen war. Ich war neugierig auf Conner und die anderen, deren Magie weit fortgeschrittener war als meine.

„Natürlich werde ich das für dich tun." Er streckte mir seine Hand entgegen; Ich starrte sie an, als wäre sie giftig. Sie zu nehmen kam einem Date mit dem Teufel gleich.

„Anya", sagte er leise. Ich zuckte bei der Verwendung des Namens zusammen. Das war mein Name, doch ich war so weit davon entfernt und von allem, was er repräsentierte, dass der Name nicht ich war. Ich war Olivia Michaels und keine Legacy. Für einen kurzen Moment wusste ich nicht wirklich, was es bedeutete, eine Legacy zu sein, außer der Erbsünde der Säuberung. Wie war meine Magie wirklich? Alles. War ich in der Lage, eine Welt mit einer Handbewegung zu erschaffen, wie er es getan hatte? Hatte ich Zugang zu derselben Art von Magie?

„Was möchtest du tun, Anya? Was immer du tun und lernen musst, ich werde es dir beibringen."

Ich war mir sicher, dass er meine Gedanken nicht lesen konnte, doch er musste kein Gedankenleser sein, um zu wissen, dass ich neugierig sein musste. Wenn Savannah recht hatte, waren mir meine Gefühle ins Gesicht geschrieben. Ich war wie jeder Magier und wollte das Ausmaß meiner Magie wissen.

„Vertrau mir, ich werde das für dich tun, Anya, für uns."

Das zappte die Neugier mit einem Schlag aus mir. Es gab kein *uns*. Wir standen auf verschiedenen Seiten eines volatilen und destruktiven Problems.

„Einem Mann, der eine große Gruppe von Leuten töten will, kann man nicht trauen. Ich habe gesehen, wie du zwei Männer getötet hast, und aus welchem Grund? Weil du es wolltest. Also kann man dir nicht vertrauen."

Ich bemerkte ein leichtes Zucken seiner Mundwinkel, aber ich wusste nicht, ob es von dunkler Belustigung oder bedrohlicher Erregung kam. Er verschränkte die Hände auf dem Rücken und ging langsam vor mir auf und ab. „Du siehst mich als deinen Feind."

„Sollte ich dich als etwas anderes sehen? Was denkst du, würde mit mir passieren, wenn du Erfolg hättest? Ich werde nicht immun gegen die Magie sein und mit allen anderen werde ich fallen. Und was ist mit den anderen wie uns? Sie werden auch sterben. Du bist mein Feind."

Er blieb stehen und musterte mich mit einer seltsamen Mischung aus Hohn und Anerkennung. „Du wirst versuchen, mich aufzuhalten."

„Ich werde um mein Leben kämpfen. Ich kann dir versichern, dass ich nicht die Absicht habe, es zu *versuchen*, sondern fest vorhabe, erfolgreich zu sein." Ich seufzte. Der Versuch, an seine Menschlichkeit zu appellieren, hatte in der Vergangenheit nicht funktioniert; vielleicht besaß er keine und nichts weiter als Magie, was erklärte, warum neben ihm zu stehen sich anfühlte, als würde man nach einem Stromkabel greifen. Die Magie, die von ihm ausging, war sogar stärker als die meiner Eltern, die ziemlich mächtig gewesen waren. Vielleicht war ich naiv, doch ich wollte glauben, dass man mit ihm vernünftig reden konnte. Ich musste es tun, weil die Art, wie wir in Geschichtsbüchern dargestellt wurden, in den Geschichten, die ich gehört hatte, in den dystopischen Filmen, eine künstlerische Interpretation dessen war, was Conner präsentierte. Wir mussten mehr sein. *Er* musste mehr sein.

„Ich musste mich den größten Teil meines Lebens verstecken. Ich war fünfzehn, als Tracker meine Eltern getötet haben, und ich musste in Pflegefamilien leben, bis ich achtzehn war. Das erste Mal, als ich dir begegnet bin, war das erste Mal, dass ich einem Legacy begegnet bin, und du hast versucht, genau das zu tun, was uns zu den am meisten gehassten Wesen auf dieser Welt gemacht hat. Es mag nicht unser Verschulden gewesen sein, doch wir tragen den Makel der Verbrechen unserer Eltern. Ich habe isoliert von anderen Legacy gelebt, aus Angst, dass ich wahrscheinlich gefunden würde, wenn mehr in der Gegend wären. Die Leute wissen, dass es uns noch gibt – obwohl es ihnen anscheinend egal ist, angesichts des Ausmaßes der Zerstörung, die du anrichtest. Der Magische Rat weiß von unserer Existenz, und sie haben kein Problem damit."

Ich musste mich dieses Mal nicht über seinen Blick wundern oder fragen, was er dachte, denn sein Spott war klar auf seinem Gesicht zu sehen. Sein Ekel. Überlegenheit. Abscheu. „Denkst du, es interessiert mich, ob der Rat denkt, dass ich existieren sollte? Sie sind nichts weiter als eine verwässerte Version dessen, wer wir sind. Die Bastarde der Magie haben kein Mitspracherecht in meiner Existenz, doch wir *haben* die Macht zu entscheiden, ob sie existieren oder nicht." Seine Miene wurde noch finsterer, und seine Magie war mehr als ein stromführender Draht – es war der brennende Sciroccowind. Mit diesem Typen zu diskutieren, lag weit außerhalb meiner Wohlfühlzone. Ich hatte keine Worte, um seinem massiven Ego gerecht zu werden, und ich wollte es auch nicht.

„Wie viele von uns gibt es? Zwanzig, vielleicht dreißig, Kinder der Gefallenen und Gescheiterten. Ich vermute, die meisten sind wie ich, mit nur einem rudimentären Verständnis und Wissen um unsere Magie. Die Säuberung ist ein mächtiger Zauber; glaubst du, dass wir erfolgreich sein können?"

Das schwache Lächeln täuschte nicht über die Grausamkeit seines Blicks hinweg, als er mich ansah. „Ich versichere dir, dass es mehr als genug gibt, um das Notwendige zu erreichen. Anya, wir werden diese Debatte nicht jedes Mal führen, wenn wir uns sehen. Tatsächlich werden wir diese Debatte nicht noch einmal führen. Ich habe alles getan, worum du mich gebeten hast, und ich erwarte deine Allianz. Du bist meine auserwählte Gefährtin, es ist an der Zeit, dass wir unsere Differenzen beilegen und weitermachen."

„Unsere Differenzen beilegen! Wir streiten nicht darüber, was besser ist, Kaffee oder Tee. Wir reden über Leben. Auch wenn du die anderen Übernatürlichen für unsere Bastarde hältst, fein. Aber sie gehören zu uns. Wir haben die Pflicht, sie zu beschützen, nicht, sie zu töten. Mach nicht denselben Fehler …"

„Genug. Diese Diskussion ist beendet und …"

Ich hörte nicht mehr zu, weil ich genau wusste, wohin es führen würde. Das übliche „entweder du bist für mich oder gegen mich". Die erste Zeile auf der ersten Seite des Handbuchs für Tyrannen.

„Wirst du aufhören, die Pappfigur jedes Lex Luther oder Magneto der Welt zu sein? Ich habe alle Filme gesehen und kenne all die Sprüche. Yadda, yadda … für mich oder gegen mich … ich bin beliebiger Bösewicht A, B oder C, und ich muss die Welt beherrschen. Du bist ein ausgelutschtes, langweiliges Klischee."

Er grinste. „Und du bist hartnäckig und stur und hast bewiesen, dass du meiner würdig bist."

Scheiß drauf. Er hatte weder mein Mitgefühl noch die Energie verdient, die nötig war, um zu versuchen, mit ihm vernünftig zu reden. Die stärkste Magie, die ich rufen konnte, traf seine Brust, und er flog fast drei Meter zurück und keuchte. Als er sich bemühte, zu atmen und auf die Beine zu kommen, schlug ich ihn erneut mit einem ebenso kräftigen Schlag. Zorn verzerrte seine Gesichtszüge und ließ seine Augen kalt werden, als er mich böse anstarrte. Ich nahm an, dass ich meine Position als Gemahlin/Gefährtin/wasauchimmer verloren hatte und auf die Liste der Leute gerückt war, die er vernichten wollte. Ich machte weiter, Schlag um Schlag, erschöpfte mich, doch ich hatte keine Wahl. Ich würde alle Reserven nutzen, die ich hatte, kämpfen, bis ich nicht mehr stehen konnte. Mit ihm konnte man nicht vernünftig reden, und er war der Kopf dieses Schlamassels. Der Anführer. Um ein Regime zu zerstören, musste man den Anführer ausschalten.

Ohne Waffen war das Einzige, was ich hatte, Magie, und ich hatte sie nie zum Töten eingesetzt. Ich wusste nicht wie, doch es musste einen Zauber geben. Bevor ich angreifen konnte, schlug Magie in meine Brust ein, und ich wurde gegen einen Baum geschleudert, und er hielt mich daran fest. An den Baum gefesselt versuchte ich mich an all die Zaubersprüche zu erinnern, die ich in den Büchern gesehen hatte, die Blu mir gegeben hatte, und die, die meine Eltern mir beigebracht hatten. Ich war mir sicher, dass es eine Regel geben musste, die es verbot, jemandem Todesmagie beizubringen. Ich benutzte Zauber aus dem Arsenal derer, die mir zur Verfügung standen. Ich würde seinen Verstand manipulieren – ihn vergessen lassen. Ich wünschte, ich könnte seine Magie stehlen. Für jeden anderen Übernatürlichen wäre das ein Todesurteil. Magie war für einen Übernatürlichen so lebenswichtig wie Blut und Atem; nimm es ihm weg und man könnte ihm genauso gut das Herz aus dem Leib reißen, denn er war so gut wie tot. Legacy-Magie konnte uns nicht genommen werden.

Mit Magie befreite ich mich schließlich vom Baum. Ich ging vorsichtig an die Situation heran. Schnell fiel der Zauber von meinen Lippen, und ich vergaß all die Sorgfalt, die ich bei anderen angewendet hatte. Ich hatte nicht vor, seine Gedanken zu manipulieren – ich bezweifelte, dass ich das könnte –, noch hatte ich vor, sie zu verändern. Ich wollte Tabula rasa machen. Alles löschen: seine Erinnerungen an Zaubersprüche, Absichten, das Leben. Wenn ich fertig war, würde er sich nicht einmal mehr an seinen Namen erinnern. Ich vermutete, dass ihm der Tod durch meine Zwillinge lieber gewesen wäre.

Ich zerrte an seinen Gedanken, meine Magie wanderte

wahllos zu ihnen und wischte sie weg, um sie aus der Existenz zu entfernen. Ich drängte und stieß; er blockte und stieß härter zurück. Hitze stieg mir vom Kampf ins Gesicht. Er bewegte sich zurück und lehnte sich an einen großen Baum, nur ein paar Meter von mir entfernt, ohne Anzeichen von Anstrengung. Ein zynisches Lächeln breitete sich aus, und er beobachtete mich interessiert. Ich drängte weiter, rang mit der Magie und sammelte sie, bis sie eine größere Kraft war, etwas, womit man rechnen musste, doch er bekämpfte sie mit Leichtigkeit. Als ich es erneut versuchte, drückte er stärker zurück, und es fühlte sich an, als hätte mir jemand etwas in den Kopf gerammt. Ich kämpfte. Mit Magie gegen Magie hatte ich keine Chance. Meine Augen schweiften durch die Gegend und suchten nach einer Waffe. Nichts – er hatte die perfekte Welt geschaffen, in der ich nichts gegen ihn verwenden konnte.

„Gibst du so schnell auf?", fragte er mit einem Hauch von Heiterkeit in seiner Stimme. „Anya, ich habe dir eine Frage gestellt."

In meiner Verzweiflung musste ich auf barbarische Taktiken zurückgreifen. Ich zog ihn leicht vom Baum weg und rammte ihn dann wieder hart dagegen, und beim dritten Mal stieß er mit Gewalt zurück. Ich stolperte zurück und rollte gegen einen Busch. Er löste sich vom Baum. Jeder Schritt, den er machte, war gemessen, langsam, geschmeidig. Die finstere Miene, mit der er mich ansah – Enttäuschung, Wut, Rache. Alles vermischte sich zu dem, was zwischen uns existierte. Ich erwartete, dass er erneut angreifen würde, doch stattdessen errichtete er einen Schutzzauber. Mit Magie stieß ich hindurch. Ein Lichtschimmer flackerte von der durchsichtigen Wand, die ihn umgab. Als er in Reichweite war, packte er mich, und wir waren weg.

Als ich erneut blinzelte, stand ich vor meiner Wohnung, und er war mehrere Meter von mir entfernt. Ich hatte zu viel Magie eingesetzt. Ich hatte nicht die Kraft, noch eine Runde gegen ihn zu kämpfen. Er stand aufrecht, doch auch sein Äußeres hatte an Lebendigkeit verloren. Er war vielleicht nicht so geschwächt wie ich, doch er war nicht im Vollbesitz seiner Kräfte. Konnte ich es noch einmal gegen ihn versuchen?

Eine Sekunde wurde zu langen Minuten, bevor er schließlich sprach. „Eine Kämpferin. Ich habe gut gewählt … aber du nicht. Ich habe ein passendes Ende für deine Existenz." Und dann war er verschwunden. Was zum Teufel war das für eine Drohung? Warum konnte er nicht einfach damit drohen, mich zu töten, wie jeder normale Psychopath es tun würde?

Irgendwo zwischen meiner Entführung und dem Kampf gegen *HF* und Conner hatte ich meine Schlüssel und mein Handy verloren. Ich klopfte an die Tür. Lucas öffnete.

Ja, warum nicht? Ich war mir nicht sicher, doch er schien jetzt bei uns zu leben.

Seine Augen weiteten sich, als er mich sah. Ich musste so aussehen, wie ich mich fühlte, und so, wie er mich stirnrunzelnd ansah, war es wahrscheinlich noch schlimmer.

„Wer hat dir das angetan?"

Ich erklärte es schnell, bevor er mich unterbrach, sein Handy herausholte und Gareth informierte, dass ich zu Hause war.

Gareth lehnte an der Wand und sah Savannah mit zusammengekniffenen Augen an, der Wandlerring tanzte um seine Pupille, seine Augenbrauen hoben sich, und er blickte verwirrt drein.

Savannahs Arme waren verschränkt, als sie vor ihm auf

und ab ging. Lucas hatte einen ähnlich verwirrten und amüsierten Gesichtsausdruck.

„Sie war bei dir. Bei *dir*, Gareth. In dem Moment, als sie es nicht mehr war, hätte ich einen Anruf erwartet. Ich habe keinen Anruf bekommen! Warum nicht? Ist dein Handy nicht geladen? Brauchst du ein Ladegerät? Wir können dir gerne ein Ladegerät besorgen." Savannahs Stimme war hoch und scharf.

Oh, das macht fast Spaß.

Gareth war der Kommandant der Gilde der Übernatürlichen und Mitglied des Magischen Rats und galt als einer der mächtigsten Männer der Stadt, und er wurde von einem zierlichen, vielleicht viertelmagischen Bikram-Kultmitglied gescholten. Es war schwer vorstellbar, dass jemand, der ein orangefarbenes T-Shirt, eine kurze Yogahose und einen unordentlichen Pferdeschwanz trug, den Raum beherrschen konnte, doch sie tat es. Und alle sahen verwirrt aus.

Lucas' tiefe, satte Stimme war leise, als er zu sprechen begann. „Savannah –"

„Und du, Freundchen. *Humans First* war die ganze Zeit ein Problem, sie sind als Clowns in Schwarz durch die Stadt rumgerannt." Savannah war offiziell wütend, weil sie ihren Dialog auf den eines Gangsters aus den 1920er Jahren reduziert hatte. Ich vermutete, dass sie anfangen würde, mit altmodischen Ausdrücken um sich zu werfen. *Schuft, Schurke, Schlawiner.*

„Ich nenne sie Möchtegernspione ..." Ich wurde mit einem vernichtenden Blick zum Schweigen gebracht, bevor sie ihre Aufmerksamkeit wieder Lucas zuwandte.

„Warum durften sie das? Jetzt entführen sie Leute und versuchen, die Welt von Übernatürlichen zu ‚säubern'. Ist euch klar, dass ihr in diese Kategorie fallt? Unsterbliche sind nicht immun gegen die Säuberung, das weißt du schon, oder?"

Er wollte gerade antworten, doch sie warf ihm einen

Blick zu. Sie war mitten in einer Tirade, und schließlich wurde ich das nächste Ziel. „Und du! Du schleichst dich aus dem Haus, ohne mir zu sagen, dass du etwas so Gefährliches tun willst. Wie kannst du es wagen! Dann verbringe ich Stunden damit, ein Handy anzurufen, an das du wahrscheinlich nicht rangehen konntest, weil du zu sehr damit beschäftigt warst, vergiftet und entführt zu werden. Ich hätte helfen können, doch wie immer musstest du alles allein machen. Ich bin sehr enttäuscht von dir, Livy. Sehr."

Eine Legacy, ein Vampir und ein Wandler saßen in einem Wohnzimmer – das klang wie der Anfang eines lahmen Witzes. Nicht der Anfang einer Geschichte, in der sie mit einer zierlichen Blondine eingesperrt waren, die ihnen ihre kollektiven Ärsche versohlte. Gareth schien immer noch unter Schock zu stehen, von jemandem heruntergeputzt zu werden, der nicht sein Vorgesetzter war. Lucas schien die gleiche Verwirrung zu empfinden.

Lucas' Ton war honigweich und sanft, als er sie ansprach, seine Arme über der Sofalehne ausgebreitet. Irgendwie fand er in der Situation und bei Savannah, die ihn schalt, noch Ruhe. „Du hast recht, wir haben *Humans First* nicht ernst genug genommen, und das ist etwas, das wir ändern müssen."

Savannah entspannte sich etwas, doch ihre Lippen blieben aufeinandergepresst, ihr Gesicht immer noch streng. Gareth sah noch verwirrter aus, als Lucas, der Master der Stadt, versuchte, sie zu besänftigen. Ich bezweifle, dass er von ihrer Tirade mehr eingeschüchtert war als Gareth; er versuchte, ihre Wut und Frustration darüber zu besänftigen, dass sich ihre Freundin in eine gefährliche Situation gebracht hatte. Sie hatte uns irgendwie einen Teil der Schuld zugeschrieben. Mir wurde klar, dass es für Savannah beunruhigend gewesen sein musste, herauszufinden, dass die Mitbewohnerin, die sie über eine Anzeige kennengelernt und mit der sie drei Jahre lang zusammengelebt hatte und die ihre beste Freundin geworden war, eine Legacy war. Und dann zu erfahren, dass sie selbst eine *Ignesco* war. Sie hätte niemals offen zugegeben, dass es überwältigend für sie war.

Ich folgte Lucas' Beispiel. „Es tut mir leid. Ich hätte es dir sagen sollen, auch wenn ich nicht dachte, dass es eine gefährliche Situation war. Sie hatte das Potenzial dazu, und es war nicht gut von mir, dich warten zu lassen."

Sie nickte seufzend, und die finstere Miene wich einem kleinen Lächeln.

Gareths Blick wanderte von mir zu Lucas und dann wieder zu mir. Unterordnung, sogar vorgetäuschte, war ein Problem für ihn. Nach einigen weiteren Momenten angespannter Stille sprach er endlich, seine Stimme war ein tiefes, leises Krächzen. „Savannah, das war eine Situation, von der ich mir wünschte, dass wir sie hätten vermeiden können. Ich stimme zu, dass *Humans First* zu einem Problem wird, das angegangen werden muss."

Das schien das Letzte zu sein, was sie hatte hören müssen. Es ging ihr besser, oder so gut, wie es ihr meiner Einschätzung nach in diesem Moment gehen konnte. Sie entspannte sich zu einem klagenden Lächeln, breitete ihre Arme aus und setzte sich neben Lucas. Er kam näher zu ihr und legte dann seine Hand auf ihr Bein. Wenn sie einen Weg aus der übernatürlichen Welt heraus wollte, ging alles, was sie mit Lucas vor sich ging, in die falsche Richtung.

„Hast du jemanden gerufen, der die Schlösser auswechselt?", fragte Gareth.

Sie nickte. Nachdem ich ins Haus gekommen war, hatte sie mich verhört. Als ich aus der Dusche gekommen war, noch vor Gareths Eintreffen, hatte sie einen Schlüsseldienst angerufen und mein Handy gesperrt und die Nummer geändert, während sie in ihrem Zorn geschmort hatte. Als ich ins Wohnzimmer gekommen war, hatte ich festgestellt, dass sie Lucas auf das Sofa und Gareth an die Wand verbannt hatte.

„Was genau hat Conner gesagt? Was genau will er? Ist er jetzt allein?"

Ich zuckte mit den Schultern. Ich hatte keine Ahnung. Dreißig Legacy oder mehr. Ich wollte nicht, dass er zuerst mit ihnen sprach. Ich musste an sie herankommen.

„Was wirst du mit den anderen machen?"

„Harrah hat mehrere Versuche unternommen, mit ihnen zu kommunizieren, doch sie sind nicht sehr redselig, jetzt, wo sie verlegt wurden und Iridiumkragen tragen."

Kragen. Mit Iridiumkragen machtlos gemacht. Auf magische Weise kastriert zu werden, war kein gutes Gefühl, und ich fragte mich, wie sie damit umgingen. Ich nahm an, dass sie sie verlegen mussten. Sie konnten nicht dauerhaft das Personal zur Verfügung stellen, um sie ständig zu beobachten, zumal Conner wusste, wo sie waren.

„Und die Drillinge? Habt ihr den Dritten gefunden?"

Gareth schüttelte den Kopf. Ich war mir sicher, dass es keine Priorität hatte. Ohne die Macht der drei zusammen waren sie nicht so gefährlich. Nur schlecht gelaunte Magier – mehr nicht.

„Wir haben die Nekrospeere. Jetzt will ich Conner", erklärte Gareth schließlich. Es war eine Erleichterung, dass wenigstens etwas Gutes aus dieser Katastrophe hervorgegangen war. Doch ich konnte nicht umhin, mich zu fragen, wie viel des Problems Conner war. *Humans First* war jetzt genauso böse und militant. Conner schien in seiner Vorgehensweise berechnender zu sein, als ich ihm zugetraut hatte. Er hatte eine Situation geschaffen, die mich genötigt hatte, mich zu outen. Ich nahm an, er dachte, es würde mich zu einem Bündnis mit ihm zwingen. Es hatte nur Probleme gemacht. Die Gilde wusste von meiner Existenz und der Magische Rat auch. Es war nur eine Frage der Zeit, bis allgemein bekannt wurde, dass wir nicht das Geschwätz der verrückten Hüter der Ordnung waren.

„*Humans First* wird einfacher zu adressieren sein. Nach

ihrem Angriff auf mich kümmert sich die menschliche Polizei darum." Gareth verzog das Gesicht. Es war offensichtlich, dass er es vorgezogen hätte, sich selbst damit zu befassen. Er schien nicht der Typ Mensch zu sein, der so etwas loslassen konnte.

„Ich weiß nicht, ob ich Conner noch einmal finden kann. Beim letzten Mal wollte er gefunden werden. Ich glaube nicht, dass er will, dass ich ihn nochmal finde. Wenn man jemanden einmal zu oft zu töten versucht, fängt er an, es persönlich zu nehmen", sagte ich mit einem Achselzucken. Conners Drohung so abzutun war schwer. Er hatte mehrere gefährliche Übernatürliche freigelassen, nur um mich dazu zu bringen, mich zu outen. Jetzt, wo ich nicht mehr auf seiner Liste potenzieller Ehefrauen stand, konnte ich mir vorstellen, was er für mich auf Lager hatte. Zu versuchen, das vorherzusehen war zwecklos, weil ich mich nicht in die Denkweise von jemandem wie ihm hineinversetzen konnte.

Ich hasste den Plan „Abwarten und Tee trinken", aber das war so ziemlich das Einzige, was uns übrig blieb.

„Bist du okay?", fragte ich Gareth schließlich, als wir uns zusammen zurückzogen, um unter vier Augen zu sprechen. Lucas war im Wohnzimmer und versuchte, sich wieder bei Savannah einzuschmeicheln, was sie, wie ich vermutete, mit aller Macht melken wollte. Wenn er ein oder zwei Tage warten würde, wäre sie gleich wieder im Team Hot Zombie. Sie war sein Fangirl Numero Uno. Ich war mir immer noch nicht sicher, ob ich oder irgendjemand sonst irgendetwas tun könnte, um sie von ihrer seltsamen Faszination für Vampire abzubringen. Ich hatte mich oft gefragt, ob es an der Unsterblichkeit lag. Die meisten Wandler enttäuschten körperlich nicht, und wenn man über die Abneigung gegen Kleidung, Narzissmus und Selbstüberschätzung hinwegsehen konnte, die sie auf der sehr schmalen Linie zwischen Arsch und Vollpfosten hielten, war es leicht, ein Fangirl zu werden. Doch aus irgendeinem Grund schien Savannah nur von Gareth verzaubert zu sein – oder eher seltsam darauf aus zu sein, dass *ich* von ihm verzaubert wurde.

„Ich wollte dich gerade dasselbe fragen." Er nahm auf dem kleinen Stuhl gegenüber von meinem Bett Platz.

„Verwirrt?", sagte ich.

„Von *HF*, Conner oder dem Magischen Rat?"

„Dem Magischen Rat."

„Was verwirrt dich am Rat?"

Ich hatte erwartet, müde zu sein, doch ich war in höchster Alarmbereitschaft. Anstatt zu sitzen, ging ich auf und ab. „Was passiert als Nächstes mit mir und den anderen?"

Seine Zähne kratzten über seine Lippen, als er länger, als erwartet über meine Frage nachdachte. Suchte er nach Worten, um das, was er sagen wollte, verdaulicher zu machen?

„Mit dir – nichts. Dafür werde ich sorgen. Es gibt keinen Grund, dir nicht zu vertrauen. Aber es gibt andere, die nicht wie du sind, Anya."

„Nenn mich nicht so. Wirst du mir jemals erzählen, wie du herausgefunden hast, dass ein Anschlag auf mich verübt wurde? Wieso sind die Informationen über mich so gründlich, und über Conner hatten sie nichts?"

„Sie hatten Informationen über ihn – sein menschliches Pseudonym. Er und seine Leute scheinen ziemlich gute Arbeit geleistet zu haben, um zu verbergen, wer sie wirklich sind."

Ich zeigte keine Spur von Beunruhigung darüber, wie viele Informationen er über uns hatte. „Lebt seine Familie noch?"

Er schüttelte den Kopf, und ich unterbrach meine Fragen, denn je mehr ich mich mit Conner identifizierte, desto schwieriger würde es werden, das Notwendige zu tun. Doch es war zu spät – ich wusste, dass mein einziges Ziel darin bestand, ihn zu fangen, ihm einen Prozess vor dem Magischen Rat zu ermöglichen und ihn einzusperren, nicht ihn zu töten. Ohne die Hilfe anderer war er keine große Bedrohung. Okay, das war eine gewaltige Untertreibung – Conner war verdammt gefährlich. Doch er war immer noch ein Mann, der sich sein ganzes Leben lang versteckt gehalten hatte. Ich fragte mich, an welchem Punkt er aufgewacht war und es für eine gute Idee gehalten hatte, seine Tragödie in Zorn gegen andere zu kanalisieren.

„Ich bin sicher, als die ursprünglichen Legacy und Vertu die Idee der Säuberung entwickelt haben, gab es Leute, die es als unwahrscheinlich abgetan haben. Wann, glaubst du, haben sie beschlossen, sie ernst zu nehmen? Ich bin mir sicher, dass es dann zu spät war", sagte Gareth mit sanfter Stimme. „Ich glaube nicht, dass ,im Zweifel für den Angeklagten' in seinem Fall angewendet werden kann."

Ich nickte. „Wir werden ihn nicht finden, solange er es nicht will. Im Moment denke ich, dass wir die anderen finden müssen, bevor er es tut."

„Zumindest haben wir die Nekrospeere, und niemand kann ihre Magie nutzen." Zu wissen, dass nur höherrangige Magier sie für eine Säuberung verwenden konnten, war nicht beruhigend, da wir bereits gesehen hatten, dass einige bereit waren, ihresgleichen für den richtigen Preis zu verraten. Auch wenn dieser Preis nur mehr Macht war.

„Wir haben sie jetzt, und sie werden zerstört."

Wir waren derselben Meinung. Warum riskieren, dass sie noch einmal gestohlen wurden?

Gareth verschränkte die Hände hinter dem Kopf, ließ sich auf den Sessel zurückfallen und sah sich erneut in meinem Zimmer um.

„Was?"

„Ich war schon oft hier drin", sagte er mit einem verschmitzten Lächeln.

„Zählst du die Male, in denen du ungebeten hier warst, mit?"

„Es war nur eine Feststellung. Sieht so aus, als hättest du zwischenzeitlich versuchen sollen, mich zu verführen."

Er sagte es vielleicht mit einem Hauch von Belustigung, doch ich hatte das Gefühl, dass er nicht oft in Schlafzimmer eingeladen wurde, um nur zu reden. „Das hat nicht lange gedauert."

„Was?"

„Du weißt schon, dein ‚Du wirst hart dafür arbeiten müssen'-Plan."

„Ich wollte nur, dass du weißt, dass du noch eine Chance hast. Gib nicht so schnell auf."

Er stand auf und streckte sich, wahrscheinlich wegen des visuellen Effekts. Das musste er jedoch nicht – sein Hemd schmiegte sich über seine Brustmuskeln und die Konturen entlang seiner Bauchmuskeln, und da ich ihn viel zu oft mit weniger gesehen hatte, musste ich nicht meine Vorstellungskraft einsetzen, um zu wissen, wie es darunter aussah. Doch ich weigerte mich, sein Ego zu streicheln, indem ich ihn anstarrte, also fand ich Dinge in meinem Zimmer, auf die ich mich konzentrieren konnte.

Sein leises Lachen schwebte durch den Raum. „Störe ich?"

Ich nickte. „Ich fühle mich erstickt von deiner Demut. Ich finde mich selten in Gegenwart von Wandlern wieder, die so bescheiden sind wie du. Ich bin sicher, es ist ziemlich schwer, die Bescheidenheit aufrechtzuerhalten." Er war nähergekommen, und ich wich ein paar Schritte zurück, um den nötigen Abstand zu ihm zu wahren. Es gab eine Anziehungskraft, doch ich wollte bei der bewährten Interpretation bleiben: Es war die animalische Anziehungskraft, und ich würde genauso fühlen, wenn ein anderer Wandler im Raum wäre.

Er ging zur Tür. Ich war mir nicht sicher, ob es Absicht

war oder nicht, doch er hatte meine Frage zu den Trackern nicht beantwortet. Verheimlichte er mir etwas?

„Du hast meine Frage noch nicht beantwortet." Ich senkte meine Stimme, viel ernster jetzt. Ich wollte nicht, dass er mit mir flirtete, um zu versuchen, mich abzulenken.

Seine Lippen waren immer noch zu einem amüsierten Lächeln verzogen, als er sich mir zuwandte. Es stockte und verschwand dann schnell.

„Welche Frage?"

„Woher weißt du so viel über uns und die Anschläge auf uns? Wer von den Hütern getötet wurde – ich meine Tracker." Ich weigerte mich, das, was sie taten, so elitär und würdevoll erscheinen zu lassen, wie der Name, den sie sich selbst gegeben hatten. Sie spürten Leute auf und töteten sie.

Seine Finger strichen über den Bart, der zu wachsen begann. „Ich möchte, dass du mir vertraust, und ich denke, ich habe dir genug Gründe dafür gegeben."

Das ist die Einführung in etwas Schreckliches. Ich nickte nur, konnte aber nichts versprechen.

„Ich stehe immer noch in Kontakt zu zwei Leuten bei den Hütern. Einer ist ein Cousin."

Ich holte scharf Luft, als die Wut in mir aufflammte. Ich hatte gewusst, dass er immer noch Kontakt zu ihnen hatte, doch es tat trotzdem weh, ihn das sagen zu hören, und dass sein Cousin ein aktiver Tracker war, machte es noch schlimmer. Ich schloss kurz die Augen und versuchte zu begreifen, was er mir sagte. Er war mit dem einen in Kontakt und mit dem anderen verwandt.

Der Letzte, der mich gejagt hatte, war ein Wandler gewesen. Ich hatte vermutet, dass er ein Wolf gewesen war, doch er hatte nicht gewandelt. War es sein Cousin gewesen? Ich musste nicht spekulieren – ich konnte die Antwort sofort bekommen. „Ich hatte vor ein paar Wochen einen, der mich verfolgt hat, ich schätze, ich kann davon ausgehen, dass du ihn kennst, oder?"

Sein Nicken war kaum zu sehen, und seine normalerweise lebhaften blauen Augen schienen von Reue und intensivem Nachdenken dumpf.

Als er einen Schritt näherkam, trat ich zurück, um den Abstand zwischen uns aufrechtzuerhalten. Die Wärme meiner aufsteigenden Wut wurde zu einem schwer kontrollierbaren Inferno geworden. Mein Blick huschte nach links, wo meine Sai in ihren Scheiden lagen, und seiner auch. Seine Haltung änderte sich. Sie veränderte sich schnell von lässig zu etwas Gefährlichem. Wirklich Gefährlichem.

„Lass uns das von neulich nicht wiederholen", sagte er mit einer sanften, aber warnenden Stimme, die nicht die gewünschte Wirkung hatte. Anstatt mich zu beruhigen, goss es nur Öl ins Feuer. Der vertraute Stich der Magie schnürte sich um meine Finger. Abwehrmagie funktionierte ziemlich genau wie das vegetative Nervensystem und erwachte, wenn ich den Kampf- oder Fluchtimpuls spürte. Doch es war nur vernünftig, dass es so war. Wie bei anderen Übernatürlichen, die Magie ausübten, war sie in unserer Existenz und Biologie verwurzelt. Ich mochte es nicht, dass ich das Gefühl hatte, mich vor Gareth schützen zu müssen.

„Warum hängst du mit diesen Leuten rum, anstatt sie zu verhaften?", blaffte ich.

„So einfach ist das nicht, Anya …"

„Nenn mich nicht so!"

„So einfach ist das nicht, Livy." Seine Stimme war weicher, sanfter und ein scharfer Kontrast zu meiner. „Wir fangen an, sie zu verhaften und es verleiht ihren Behauptungen, dass die Legacy existieren, schnell Glaubwürdigkeit. Du hast dich gerade geoutet. Savannah, der Magische Rat und die Gilde sind die Einzigen, die wissen, dass es noch andere gibt. Kannst du dir die Panik vorstellen, wenn die Leute erfahren, dass es noch mehr gibt? Genug, um möglicherweise eine weitere Säuberung durchzuführen? Zumindest kenne ich die Tracker und bin mit ihren Methoden vertraut. Es würde eine Massenpanik geben, wenn ich sie verhaften würde und es herauskäme, warum. Du denkst, du wirst jetzt verfolgt? Stell dir vor, wenn verängstigte Bürger sie verfolgen würden. Die Organisation betrachtet mich als Freund, so funktioniert es. Ich kann sie mit falschen Informationen füttern und manche Angriffe auf Legacy verhindern. Das kann ich nicht, wenn wir sie verhaften. Einige von ihnen wurden festgenommen und eingesperrt, aber wegen Dingen, die nichts mit ihrer Tätigkeit als Hüter zu tun hatten, meistens, weil sie illegale magische Gegenstände besaßen."

Die unangenehme Spannung zwischen uns nahm kein Ende. Ich hatte mich gefragt, ob ich Gareth vertrauen konnte, und das half nichts. „Was passiert als Nächstes mit mir? Ich kann nicht dafür verantwortlich gemacht werden, was die anderen gewählt haben, und es ist nicht so, dass ich den Leuten sagen kann, was ich bin. Conner wird dreister." Ich war mir nicht sicher, ob er verzweifelt war oder ob es ihm einfach nur gleichgültig war, entdeckt zu werden. Auf jeden Fall musste er aufgehalten werden.

„Glaubst du, Conner wird sich jetzt zurückhalten?", fragte er.

„Anscheinend ist es sein Ziel, mir ein angemessenes Ende zu bereiten", sagte ich und spielte damit auf seine letzten Worte an. Ich hatte keine Ahnung, wie ich über das Innenleben des Verstandes eines Verrückten schlau werden sollte.

Gareth runzelte die Stirn. *Gut, zumindest bin ich nicht die Einzige, die verwirrt ist.*

„Du hast eine Art, einem Mann unter die Haut zu gehen, nicht wahr?"

Wieder einmal hatte er den Abstand zwischen uns verringert, und ich ließ es zu. Nachdem die Wut verschwunden war, empfand ich andere Dinge, mit denen ich mich in der Nähe von Gareth nicht ganz behaglich fühlte.

„Ich brauche deinen Ordner", sagte ich.

Er nickte.

„Ich bringe ihn dir morgen." Augenblicke vergingen, bevor sich einer von uns bewegte. Ihm schien die Nähe nicht annähernd so unangenehm zu sein wie mir. Die Spur eines Lächelns zeigte, dass er mein Dilemma ein wenig zu sehr genoss.

„Du siehst mir ständig auf die Lippen, gibt es einen Grund dafür?"

Ich nickte. „Ich frage mich nur, wie lange es dauern würde, bis etwas Selbstgefälliges herauskommt. Es hat etwas länger gedauert, als ich angenommen hatte."

Er trat zurück. „Ja, das ist die Geschichte, an der du festhalten solltest. Und wenn du es wirklich glaubst, dann tut es zumindest einer von uns." Ein hochmütiges Lächeln breitete sich auf seinem Gesicht aus. Nach ein paar Atemzügen drehte er sich um und ging.

Gareth war nicht lange weg, bevor Lucas folgte und ich die Gelegenheit bekam, Savannah von Gareth und seiner Verbindung zu den Trackern zu erzählen. Ihr Nasenrücken war immer noch gerötet, was bedeutete, dass sie immer noch frustriert war, doch ich war mir nicht sicher, ob es nur an der Situation lag oder ob etwas davon gegen mich gerichtet war. Als sie sich auf das Sofa setzte, zum Ende rutschte und neben sich auf die Kissen klopfte, wusste ich, dass alles vergeben war.

„Warum glaubst du nicht, dass du ihm vertrauen kannst? Er hätte dir jede Geschichte erzählen können, doch er hat die Wahrheit gesagt, oder?" Ich hielt Savannah für voreingenommen, wenn es um Gareth ging. Sie hatte entschieden, dass er ein guter Kerl war, nachdem sie vor ein paar Wochen ihren Ein-Frau-Protest für meine Entlassung aus *The Haven* gestartet hatte. Sie war aufgefordert worden zu gehen, und ihr waren Ultimaten gestellt worden, die nur nett formulierte Drohungen waren. Sie hatte gesagt, Gareth war der Einzige, der höflich zu ihr gewesen war, was ihm einen Platz auf ihrer Favoritenliste eingebracht habe. Sie war Team Gareth aus mehr Gründen, als ich jemals verstehen würde. Es war, als würde sie seine anderen Eigenschaften ignorieren, wie seine Eitelkeit und seinen Narzissmus, die sie nicht zu stören schienen.

Sie blickte hinter uns aus dem Fenster. Das Mondlicht strömte durch die Bäume, und es schien alles nicht so schlimm zu sein, doch das war es.

„Wenn Conner dabei jemals Erfolg hat, weißt du, dass ich sterben werde", sagte sie mit leiser Stimme.

„Ich auch." Ich wusste, dass es kein großer Trost war, aber es war die Wahrheit. Ich war jetzt sein Feind und würde dasselbe Schicksal erleiden wie alle anderen, die Magie besaßen.

Ich erzählte ihr von meinen Bedenken darüber, dass der Magische Rat wusste, was ich war.

„Ich vertraue Harrah nicht", gab sie zu. Was mich dazu brachte, Harrah noch weniger zu vertrauen, als ich es ohnehin schon tat. Wenn Savannah jemanden nicht mochte, hatte das normalerweise einen guten Grund.

Lange saß sie in nachdenklichem Schweigen da. „Sei nur vorsichtig mit ihr. Sei niemals allein mit ihr, wenn du es vermeiden kannst. Ich habe sie nach dem Vorfall mit den Magiern im *Devour* beobachtet. Sie hat mit einer solchen Leichtigkeit gezaubert, dass es beängstigend war. Sie ist reingegangen und jeder, den sie einen Moment lang berührt hat, hatte einen glasigen Blick in den Augen. Ich weiß, dass sie die Erinnerungssache gemacht hat, aber jedes Mal, wenn ich andere beim Zaubern gesehen habe, war es eine gewisse Anstrengung. Sie müssen ihre Hände bewegen oder ihren Mund; Ihre Augen weiten sich oder man sieht ihnen an, dass sie etwas tun. Bei ihr nicht."

„Wie kommt es, dass sie es nicht mit dir gemacht hat?”

„Ich bin in dem Moment rausgeschlichen, als ich es bemerkt habe, und bin nicht zurückgekommen, bis sie auf der anderen Seite des Raums in der Nähe von Gareth war.”

„Bitte halte dich einfach von ihr fern.”

Harrah war das Ratsmitglied, das ich am meisten meiden wollte. Ich hatte wirklich einiges zu reparieren, zu viel. Conner davon abzuhalten, sein Ziel erfolgreich durchzusetzen, hatte Priorität. Erschwerend kam hinzu, dass es so diskret wie möglich passieren musste, und Conner war jetzt kühner und schien nicht besorgt zu sein, entdeckt zu werden. Das würde ein Problem für Harrah werden.

„Ich muss die anderen finden. Dafür sorgen, dass sie sich nie auf seine Seite stellen. Er ist auch ohne seine Anhänger gefährlich genug. Und es muss ohne viel Aufhebens geschehen.”

Savannah fügte in vorwurfsvollem Ton hinzu: „Ja, das müssen *wir*.” Bevor ich sie korrigieren konnte, sagte sie: „Der Wandlerrat hat vorhin angerufen. Ich werde mich am Dienstag mit ihnen treffen.”

Gareth hatte schnell gehandelt. Sie sah nicht mehr so besorgt und ängstlich aus wie als wir über ihr Treffen mit den anderen Räten gesprochen hatten, was eine Erleichterung war. Sie schien sich darauf zu freuen und wirkte begeistert. Es war beruhigend zu wissen, dass sie mit einer Gruppe verbündet sein würde, die gegen Magie und politische Manipulation immun war. All die Eigenschaften, die die meisten an Wandlern hassten, waren genau die, die sie zu großartigen Verbündeten machten. Ich war froh, dass Savannah Verbündete hatte.

KAPITEL 12

Weniger als vierundzwanzig Stunden später wollte Gareth daran arbeiten, Conner zu finden. Wir konnten ihm nicht mehr Zeit geben, entweder einen Plan zu entwickeln, um seine verbleibenden Anhänger zu befreien, oder mehr zu rekrutieren. Das Ziel war, ihn festzunehmen – und ich hatte nicht vor zu gehen, ohne das erfolgreich getan zu haben.

Ich war mir nicht sicher, welches Spiel er spielte, doch ich konnte Conners Magie spüren, bevor ich in die Gegend kam. Ich hätte damit rechnen müssen: Als ich einen Ortungszauber gewirkt hatte, hatte das Licht in einer seltsamen Farbe geflackert. Er verspottete mich mit einer magischen Einladung. Ich hatte meine Sai in der Hand und bewegte mich im Kreis. Die Gilde hatte das Gebiet umzingelt, alle bereit, ihn zu verfolgen. Im Hinterkopf fragte ich mich immer wieder, ob er grausam genug war und in der Lage, einen Zauber zu wirken und uns alle auszulöschen. Verzweiflung trieb Leute zu wenig klugen Entscheidungen. Ich war mir nicht sicher, ob Conner schon verzweifelt oder einfach nur angepisst war. Er war stolz auf die Loyalität anderer gewesen, und sie hatte ihn ermutigt. Ich hatte sein Ego geschlagen, als er mich nicht überzeugen konnte.

„Anya." Ich zuckte nicht zusammen, als ich meinen Namen hörte, oder wie grob er ihn aussprach. Er spie ihn mit dem gleichen Ekel aus wie verdorbenes Essen. Fast fünfzehn Meter entfernt verschwand er wieder und tauchte weniger als einen Schritt entfernt mit einem Schwert in der Hand wieder auf. Ich nahm eine Verteidigungsposition ein, meine Sai in den Händen, bereit zum Schlag. Das Ziel war, ihn festzunehmen. Zumindest das der Gilde – ich war mir nicht sicher, ob es meins war. Sie wollten, dass er verhaftet und gezwungen wurde, Iridium zu tragen. Ich wünschte, ich könnte sagen, dass ich glaubte, dass das etwas ändern würde, doch ich tat es nicht. Es würde seine Verachtung für alle Übernatürlichen nur noch stärker machen.

Ich packte die Sai, als Conner und ich uns langsam umkreisten, sein Schwert lässig an seiner Seite.

„Werden wir das wirklich tun?", fragte er. Er blieb stehen und musterte mich. Seine grauen Augen bohrten sich in mich hinein und musterten mich wieder mit Interesse. Ein Lächeln umspielte seine Lippen.

„Ich will es nicht tun", gab ich zu. Das war nicht die Wahrheit, doch ihm zu sagen, dass ich ihm so dringend wehtun wollte, dass meine Handflächen schwitzten, war ein bisschen problematisch.

„Warum tust du es dann?"

„Du musst aufhören. Ich habe es bei dir mit vernünftigen Argumenten versucht. Sie haben nicht geholfen." Er hörte sie nicht, also gab es keinen anderen Weg. Nicht, dass es mir gefiel, aber so war es nun einmal. Ich musste den Kopf abtrennen, um das Monster zu töten. Ich hatte mich nicht entschieden, ob es wörtlich oder metaphorisch sein würde. Das lag an ihm.

„Nun, ich bin klar im Nachteil. Du willst mich tot sehen, ich wünsche dir kein solches Schicksal."

Was mein Vorteil war. Doch ich weigerte mich, an seinem schändlichen Abenteuer, die Säuberung noch einmal durchzuführen, teilzunehmen. Und ich würde alles Nötige tun, um sie zu verhindern – sogar töten. Es würde mir nie gefallen, wenn ich töten musste – vor allem nicht jemanden von meiner eigenen Art oder jemanden, der ihr so ähnlich war. Die nagende Schuld war da und sollte es nicht sein. Conner hatte seine Wahl getroffen. Ich hatte ihm mehr als genug Chancen gegeben, aufzugeben. Wenn der Tod das Ende war, war es sein eigenes Werk, nicht meins.

Conner sah mich mit zusammengekniffenen Augen an; Funken der Magie umhüllten seinen Körper, und ihre Aura war stark. Er war stärker als ich. Ich konnte ihn nicht mit Magie besiegen. Ich war mir nicht sicher, ob ich ein besserer Kämpfer war, weil er anscheinend zuvor mit mir gespielt hatte. Ich hatte das Gefühl, dass die Zeit zum Spielen vorbei war.

„Ich will dich nicht töten, aber ich werde es tun. Und deinen kleinen Freund, Gareth, nicht wahr? Savannah dürfte leichter zu –"

Ich stürzte mich auf ihn, die Klinge eines Sai verfehlte ihn nur knapp. Als er sich umdrehte, wirbelte ich rechtzeitig herum, um der Schneide seines Schwertes auszuweichen. Er lächelte. Testete er mich wieder?

„Du kämpfst gut", sagte ich.

„Es ist bedauerlich, findest du nicht? Aber wir mussten lernen, nicht wahr?"

Ich stürzte mich wieder auf ihn und stieß mit meinem rechten Sai nach ihm. Mit einer schnellen und anmutigen Wendung wich er ihm aus. Ich schlug mit dem anderen zu und verfehlte ihn erneut. Mein dritter Versuch traf seine linke Seite. Er keuchte und stolperte davon.

Er berührte seine Hand an seiner Seite, und sie war rot, als er sie hob.

„Hör auf damit." Es war mein letzter Versuch der

Vernunft. Ich musste wissen, dass ich alles getan hatte, um ihn aufzuhalten, bevor ich zum Mord überging.

Er schlug wieder mit seinem Schwert zu. Ich wehrte es mit einem Sai ab und rammte den anderen in seinen Bauch. Der Schock verfinsterte sein Gesicht, sein Hemd färbte sich noch roter. Ich riss den Sai heraus, und er heulte vor Schmerz. Ich zuckte bei dem Geräusch zusammen. Meinesgleichen zu töten, fühlte sich falsch an; andere hatten es so oft mit uns getan. Erinnerungen an meine Eltern blitzten in meinem Kopf auf, und ich versuchte, sie zu verdrängen. Das war nicht dasselbe. War es nicht.

Ein weiterer schneller Ausfallschritt, und er wirbelte herum. Dann verschwand er und tauchte einige Meter von mir entfernt wieder auf.

„Du wärst großartig für mich gewesen. Dein Leben wird genauso enden, wie du es gelebt hast." Er senkte den Kopf.

Dann war ich von Bäumen und hohem Gras umgeben. Ich blickte an dem dichten Sumpf vorbei, und in der Ferne war weites Land, aber sonst nichts. Wo zum Teufel hatte er mich hingeschickt? Ich bewegte mich langsam und durchquerte den dicht bewachsenen Bereich. Die einzigen Geräusche waren meine Schritte. Fast eine Meile lang war das alles, was ich hörte. Doch ich war nahe am Land, vielleicht zehn oder fünfzehn Meter entfernt.

Als ich mich dem Waldrand näherte, hörte ich andere Schritte. Anfangs waren sie leicht. Ich blieb stehen und musste mich anstrengen, um sie zu hören. Ein Schritt, zwei Schritte, drei und dann ragten die Pfoten vor den drei Köpfen heraus. Dolchscharfe Reißzähne und ein massiver Körper. Die Kreatur bewegte sich schnell wie eine Katze, hatte aber dicke, sehnige Muskeln. Jeder Kopf war anders: einer ein Löwe, ein anderer etwas Wolfsartiges und der letzte eine Schlange. Ich hatte keine Ahnung, was zum Teufel es war. Ich beobachtete die geschwungene Bewegung der

Schlange, weil sie eine größere Reichweite hatte als die anderen. Ihre Zunge schoss heraus und schmeckte die Luft. Ich fragte mich, welcher Kopf der gefährlichste war. Es war egal, sie alle wuchsen aus einem Körper heraus. Ich musste nur an den Körper herankommen.

Ich bewegte mich langsam zurück. Ich musste weg von den Bäumen, mir selbst Raum zum Kämpfen schaffen. Im Wald gab es zu viele Hindernisse und Stolperfallen. Ich durfte diese Kreatur nicht über mir haben.

Sie machte weiterhin langsame, bedächtige Schritte auf mich zu, während ich mich auf die Schlange konzentrierte, die aus der Seite hinauswuchs, sich wand und sich unabhängig von den beiden anderen Köpfen bewegte. Zu viel Bewegung – weniger eingeschränkt als die jeder Schlange, die ich je gesehen hatte. War das einer der „besonderen" Orte, an die der Magische Rat Kreaturen schickte, die sie sonst nicht kontrollieren konnten? Würde sie wachsen, wie es der Minotaurus getan hatte, nachdem er gefressen hatte? Sonst war nichts da, also war das Einzige, was sie fressen konnte, ich. War diese Kreatur so gefährlich, dass sie allein untergebracht war?

Sie war langsamer als ein Löwe, doch schneller als ein Wolf, und sie hatte gewisse Eigenschaften aller drei Tiere, einschließlich der sich windenden Bewegungen der Schlange. Dann blieb sie stehen und starrte mich an, als versuchte sie zu entscheiden, ob ich ein Raubtier oder eine Beute war. Die Sai in den Händen wartete ich darauf, dass sie sich bewegte. Beute. Die Schlange bog sich zurück und schlug schließlich zu, ihre Reichweite fast zwei Meter länger als ich erwartet hatte. Ein scharfer Stoß mit meinem Sai spießte ihr schuppiges Fleisch auf. Sie wich zurück, befreite sich, und Sekunden später schloss sich die Wunde. Sie hatte sich selbst geheilt. Wie meinesgleichen sich selbst heilte. Sie war kein Wandler. *Scheiße.*

Die Schlange schoss zur Seite, eine Ablenkung, als die wolfsähnliche Kreatur nach mir schnappte. Mit einem schnellen Hieb drang der Sai von unten in seine Schnauze ein. Der Wolf heulte. Ich stieß wieder mit dem anderen zu. Die Kreatur stolperte mehrere Meter zurück und riss sich von der Waffe. Blut spritzte, aber es würde nicht lange dauern, bis sie sich von selbst heilte. Ich wartete nicht darauf.

Ich rannte aus dem Wald auf das offene Land und drehte mich rechtzeitig um, um einem Hieb der Schlangenzunge zu entgehen. Dachte ich zumindest. Als mir etwas in die Seite stieß, wich ich zurück. Die dreiköpfige Kreatur machte eine Bewegung und stürzte sich auf mich. Ich sprang nach rechts, doch ihre Klauen streiften meine Seite. Als ich mein Sai in die verletzende Pfote rammte, machte das Ding ein Geräusch, das eine beunruhigende Kombination aus Heulen, Zischen und Brüllen war. Ein lauter, ohrenbetäubender Schrei, der in meinem Kopf widerhallte und dröhnte. Sie versuchte, sich zurückzuziehen. Ich hielt den Sai fest und brachte die Kreatur damit aus dem Gleichgewicht. Die Schlange schlug erneut nach mir. Ich wich zurück, und sie biss ins Leere. Diesmal landete das andere Sai in ihrer Kehle, und ein weiterer ohrenbetäubender Laut erfüllte die Luft. Ich biss die Zähne zusammen und stieß härter zu, weigerte mich, loszulassen. Ich zog beide Sai heraus und trat zurück, wobei ich die Blutlachen vermied, die das Gras bedeckten.

Ich änderte meine Strategie, ging in die Offensive und griff an, stürzte mich auf die Kreatur, wich dem Schlangenkopf aus, dessen zweite Wunde langsamer heilte als die erste. Sie wurde schwächer – Heilmagie erforderte viel Kraft. Sie wurde langsamer, verlor die Anmut ihrer Bewegung und beeilte sich, meinem nächsten Angriff zu entkommen. Ich stieß in seine Brust, und es stolperte zurück. Um ihn herum bildete sich eine durchsichtige Wand, die mit sehr geringem Einsatz von Magie fiel. Die Atmung der Kreatur wurde zu einem abgehackten Keuchen. Sie bewegte sich kaum. Langsam einen Schritt zurücktretend beobachtete ich aufmerksam ihre Bewegungen. Es gab keine mehr.

Dann eilte ich zum Rand des Feldes und suchte nach einem Ausgang. Er war nicht schwer zu finden, eine pulsierende Leitung aus Magie, die heftig klimperte. Meine Magie stieß leicht hinein; sie gab nach. Ich ließ etwas mehr Kraft fließen. Ich wollte nicht mehr Magie als nötig verwenden, weil ich nicht sicher war, was mich auf der anderen Seite erwartete. Conner spielte seine kleinen Spielchen, und ich musste vorbereitet sein und mein Bestes geben. Die Wand wankte und gab schließlich nach, oder besser gesagt, sie spie mich aus, als wäre ich nicht mehr willkommen. Ich fragte mich, ob die Kreatur etwas damit zu tun hatte. Ich stürzte durch die Wand und landete vor Conners Füßen.

„Lebt mein Haustier noch?"

Haustier. Ja, das passt ungefähr.

Er runzelte die Stirn, als ich schwieg.

Das würde enden. Ich stieß ihn hart zurück und schleuderte starke Magie in seine Brust. Er erholte sich, gerade bevor der Sai in das Fleisch seines Unterleibs sank. Er biss die Zähne zusammen, doch er wollte mir nicht das Vergnügen bereiten, weitere Anzeichen von Schmerz zu zeigen. Ich schlug ihm aufs Bein, und als er zu Boden krachte, zog ich die Waffe aus meinem Rückenholster und feuerte den Schuss ab, bevor er sich bewegen konnte. Es war nicht der Schmerz von Iridium, das durch seinen Körper geschossen wurde, sondern die Einschränkung der Magie, die ihn störte. Es war das erste Mal, seit ich ihm begegnet war, dass er etwas anderes als Selbstvertrauen und Hochmut ausstrahlte. Er hasste es, seiner Macht beraubt zu sein, wenn auch nur für ein paar Minuten.

Ich hatte keine Ahnung, wo ich gelandet war und ob Gareth rechtzeitig zu mir kommen würde. Mehr als sechs

Minuten würde ich nicht haben, bis er seine Magie zurückbekommen würde, und ich war mir nicht sicher, ob mich jemand bis dahin finden würde. Ich wünschte, ich hätte die Fesseln bei mir haben können, doch das und gleichzeitig Magie zu benutzen war unmöglich. Ich wollte nicht ohne Magie sein, wenn ich gegen Conner antrat. Seine Augen blitzten vor neuer Wut. Mein Titel hatte sich geändert: keine künftige Gefährtin mehr, wahrscheinlich jetzt eher Todfeind. Die Minuten vergingen schneller als ich erwartet hatte. Ich zog den Sai aus seinem Bauch und bereitete mich darauf vor, erneut anzugreifen, falls Gareth nicht rechtzeitig kam. Conner verschwand. *Verdammt.*

Magie traf mich hart, und ich knallte mehrere Meter entfernt mit dem Gesicht voran auf den Boden. Meine Sai lagen zu meiner Rechten, das eine kaum außer Reichweite, das andere mehrere Zentimeter entfernt. Ich sprang auf meine Füße und griff gerade rechtzeitig nach einem, um das Schwert abzuwehren, das auf mich herunterrauschte. Ich musste mich mehr bewegen, um zum anderen zu gelangen. Durch einen Zauber geschützt, damit sie nicht gegen mich verwendet werden konnten, waren sie für Conner nutzlos. Er trieb mich zurück und trat ihn weiter weg.

„So hätte es nicht sein sollen." Seine tiefe Stimme war voller Wut und Verachtung.

Ich trat mehrere Schritte zurück. „Erzähl mir, wie es hätte sein sollen – hätte ich ins Schwärmen geraten sollen von der Idee, dass du die Übernatürlichen dezimieren willst oder dass du mich mit deinem verrückten Haustier eingesperrt hast, in der Hoffnung, dass es mich töten würde? Beides steht nicht auf der recht kurzen Liste, wie man das Herz einer Frau erobert."

Er umkreiste mich langsam und hielt an, als er die Stelle erreichte, an der er zwischen mir und dem zweiten Sai stand. „Du hast die anderen", sagte er mit leiser, bedrohlicher Stimme. „Du wirst sie freilassen."

„Nein. Ich schätze, du hast nicht aufgepasst. Sie haben sich für die falsche Seite entschieden, genau wie du." Je mehr ich über die Situation nachdachte, desto frustrierter machte sie mich. Wenn es ihm gelungen wäre, hätten so viele Menschen ihr Leben verloren, und wofür – damit er und die anderen die einzigen Nutzer von Magie sein konnten? Am Ende kam das alles auf seine Ideologie zurück und auf die, die zur Säuberung geführt hatte.

Die Magie kam schnell auf mich zu, und der Schutzzauber, den ich errichtet hatte, stand kaum, als er ihn mit mehreren weiteren Magieladungen angriff. Er schwankte, wölbte sich, spannte sich an und stand kurz vor dem Fall. Ich rechnete nicht damit, dass er einen weiteren Schlag überleben würde, und ich konnte keine Energie verschwenden, um zu versuchen, ihn zu halten. Als er ihn mit einem weiteren Zauberstoß traf, ließ ich ihn fallen, hechtete nach rechts und rollte nahe genug heran, um die anderen Sai zu packen. Mit den Zwillingen in der Hand sprang ich auf ihn zu, wehrte mit einem seine Klinge ab und hielt ihn fest. Ich stieß mit dem anderen zu und traf ihn seitlich am Bein. Ich zog es heraus und stieß neben der Wunde erneut zu. Er stolperte zurück, doch ich machte weiter. Schlagen. Parieren. Zustoßen. Sein Hemd färbte sich leuchtend rot. Er keuchte, und ich erlaubte ihm, noch ein paar Meter zurückzugehen. Als er seine Hand auf sein Hemd presste und das Blut nicht verschwand, wusste ich, dass er geschwächt war. Ich schickte all meine Magie in ein Sai, und er taumelte zurück. Ein weiterer Hieb kam von dem Höhlenlöwen, der ihn von links angriff und ihn so hart traf, dass er zu Boden ging. Bevor er sich erholen konnte, wurden ihm von einem anderen Agenten Handschellen angelegt. Conner sackte zu Boden, und das nicht wegen einer seiner Verletzungen. Magielos gemacht zu werden war eine größere Verletzung als alles, was ich ihm hätte zufügen können.

„Was zum …?", keuchte Gareth, als er wieder in menschlicher Form war. Er bewegte meinen Arm, und als das Adrenalin nachließ, spürte ich schließlich die Verletzungen. Ich hatte eine Wunde an meinem Bauch, Schlangenbisse an meinem Arm und Schnitte an meinem Oberschenkel. Ich dachte, sie sahen schlimmer aus, als sie waren. Dem war nicht so. Ich holte tief Luft und hielt sie an. Ich war mir nicht sicher warum, denn das half verdammt noch mal nicht gegen die Schmerzen.

Nur nicht ohnmächtig werden. Und ich sagte es immer und immer wieder, doch mein Körper gehorchte nicht. Galle kroch meine Speiseröhre empor, und ich fühlte mich benommen.

„Kannst du wenigstens die Wunde an deinem Bauch heilen? Die sieht am schlimmsten aus." Der verschwommenen Grimasse auf seinem Gesicht nach zu urteilen, machte es keinen großen Unterschied.

„Nur einen Moment." Ich ließ mich zu Boden sinken und legte mich hin. Ich hatte mehr Magie eingesetzt als jemals zuvor in einem Kampf. Meine Absicht war, mich einen Moment auszuruhen und dann zu versuchen, mich selbst zu heilen. Wenn es nur so funktioniert hätte.

***

Das Bett, in dem ich aufwachte, war nicht meins, aber es war bequem genug. Ich sah mich im Raum um: blassgelbe Wände, generische Prints von Landschaften und spielenden Kindern an den Wänden, ein kleiner Flachbildfernseher an der anderen Wand und auf dem Sessel neben mir Gareth mit einem so tiefen Stirnrunzeln in seinem Gesicht, dass es schmerzhaft aussah. Auf einem Tisch standen mehrere Blumensträuße, von schlichten Rosen bis hin zu Orchideen und Lilien. Und ein Geschenkkorb, den ich auf der Stelle leeren wollte, sobald ich in seine Nähe kommen konnte.

„Ich habe ein paar Fragen", informierte ich Gareth. „Wer

hat mir all die Blumen geschickt, und kannst du mir den Geschenkkorb geben?" Seine Augenbrauen hoben sich, und dann stand er auf, nahm den Korb und reichte ihn mir. Ich nahm die beiden Schokoriegel heraus und fing an, sie zu essen.

Er verdrehte die Augen in Richtung der Blumen. „Du wachst in einem Krankenhaus auf, und das ist das erste, worum du mich bittest."

Ich nickte.

Er verzog das Gesicht und schüttelte dann den Kopf. „Wie du wahrscheinlich schon erraten hast, sind die Blumen und der Korb von Lucas. Ich kann mir nur vorstellen, wie der Raum aussehen würde, wenn du es wagen würdest, länger als zwei Tage hier zu sein."

Zwei Tage erklärten den Hunger. Ich fragte mich, warum sie nicht versucht hatten, mich intravenös zu ernähren.

„Der Magier hat es für angebracht gehalten, mich verhungern zu lassen?", fragte ich.

„Nein, sie haben versucht, eine Infusion zu legen, sind aber nicht an deinen Schutzzaubern vorbeigekommen. Ich schätze, nachdem sie dich das erste Mal gestochen haben, um dir intravenöse Medikamente zu geben, hat es dir nicht gefallen. Du hast jedes Mal einen Schutzzauber errichtet, wenn jemand in deine Nähe gekommen ist. Ist das normal?"

Ich zuckte mit den Schultern. „Ich war noch nie bewusstlos und weiß nicht, was ich im Schlaf tue."

„Du errichtest Schutzzauber im Schlaf", sagte er mit einem schiefen Lächeln.

„Ich habe noch eine Frage. Gibt es eine Möglichkeit, einen Cheeseburger und Pommes zu bekommen?"

Er lachte und schüttelte den Kopf. „Du willst nichts von den giftigen Schlangenbissen, den drei Kratzern an deinem Bein oder der Bauchwunde wissen?"

Ich dachte darüber nach. „Hmm. Ja, wie ist das gelaufen?"

„Wie ist das gelaufen!" Wenn er sich nicht beruhigte,

würde er eine Pille oder sowas in der Art brauchen. „Wie ist es gelaufen!"

Vielleicht was Stärkeres.

„Es ist zum Verrücktwerden, nicht wahr?", fragte Savannah, als sie durch die Tür kam. „Sie macht das ständig." Dann versuchte sie mit einem dramatischen Augenrollen und übertriebenen Gesten eine schlechte Imitation meiner Stimme. „„Es ist nur eine fünfundzwanzig Zentimeter lange Schnittwunde, ich werd's überleben.'"

„Nun, wenn alle damit fertig sind, die verletzte Frau zu verspotten, kann mir dann jemand ein paar Klamotten geben, damit ich nach Hause gehen kann?"

Ich wartete ab, wer von meiner Bitte mehr empört wäre. Savannah war die klare Siegerin. Sie zuckte mit den Schultern und reichte mir eine Tüte mit Kleidern, die sie für mich mitgebracht haben musste. „Natürlich, warum sollte man eine Frau, die fast ins Gras gebissen hätte, nicht nach Hause gehen lassen, sobald sie aufwacht? Da kann ja gar nichts passieren. Also warum nicht?", fuhr sie gereizt fort. Aber sie bestand nicht darauf, dass ich blieb.

———

Der Magierarzt bestätigte Savannah, dass es mir gutging und ich unter keinen Nebenwirkungen von den Medikamenten litt, die sie mir gegen das Gift der Schlange gegeben hatten. Die anderen Verletzungen waren mit Magie geheilt worden. Was sie jedoch hörte, war, dass ich eine Invalide, unheilbar krank war und nur noch Tage zu leben hatte – oder besser gesagt, so behandelte sie mich. Ich musste sie immer wieder daran erinnern, was der Arzt gesagt hatte. Ihr ein narbenfreies Bein und einen narbenfreien Bauch zu zeigen half. Kalen rief jede volle Stunde an, um sich nach mir zu erkundigen, weil Savannah diejenige war, die angerufen hatte, um ihm mitzuteilen, warum ich nicht bei der Arbeit war, und

ihm ihre Version der Geschichte erzählt hatte. Er war überzeugt, dass der Sensenmann jeden Moment kommen könnte,
um mich zu holen. Zwei Tage nach meiner Entlassung aus
dem Krankenhaus war sie immer noch mein Schatten. Ich
musste weg von Krankenschwester Savannah, was mir die
Entscheidung, Gareths Einladung zum Abendessen anzunehmen, sehr leicht machte. Einen weiteren Abend mit
Savannah, der übereifrigen Krankenschwester, verbringen
oder Gareth?

Ich sah mich im Restaurant um und war froh, dass ich mich
von Savannah hatte überreden lassen, ein schwarzes Träger-
kleid anzuziehen, meine Haare hochzustecken und die kleine
Kette zu tragen, die Kalen mir zu Weihnachten geschenkt
hatte, in der Hoffnung, dass ich etwas anderes als meine
Chucks und Karohemden anziehen würde. Ich hatte noch
nie von dem Laden gehört, und als ich ihn online recherchiert hatte, waren die Bilder ihm nicht gerecht geworden.
Kaskaden wogender Seidenvorhänge schmückten die großen
raumhohen Fenster. Pendelleuchten erzeugten eine Stimmung, die Exklusivität erahnen ließ. Und wenn das nicht
genug Hinweise waren, vermittelten die elegant gekleideten
Kellner in ihren komplett schwarzen Anzügen es definitiv. Es
war ein weiteres Restaurant, für das es schwierig war, eine
Reservierung zu bekommen, und das einen hohen Preis für
das Privileg hatte, hier speisen zu dürfen.

Mehrmals blickte ich von der Speisekarte auf und sah
Gareths Blick auf mich gerichtet. „Wie läuft's zu Hause?",
fragte er mit einem schwachen Grinsen.

„Du weißt, wie es läuft. Savannah hat sie nicht mehr alle.
Ich schwöre, ich habe erwartet, dass sie einen Rollstuhl ins
Zimmer bringt und mich dazu zwingt, ihn zu benutzen."

Er lächelte. „Sie ist ziemlich motiviert, nicht wahr?"

„Die Worte, nach denen du suchst, sind *gluckenhaft* und

überfürsorglich. Nicht *motiviert.* Das lässt sie klingen, als wäre sie Mary Poppins, die mir nette kleine Liedchen vorsingt, während wir aufräumen oder so. Sie war ein verdammter Feldwebel, der mich ins Bett verbannt hat, damit ich mich erhole."

Er senkte seine Stimme, leise, besorgt. „Deine Verletzungen waren schlimm. Schlimmer, als sie ausgesehen haben, als sie nicht mehr durch deine Kleidung verdeckt waren."

Ich ignorierte die Schwere der Verletzung und ging direkt zu dem Teil über das Ausziehen meiner Kleidung.

Seine Augenbrauen hoben sich gleichzeitig mit einem Winkel seiner Lippen. „Wer ist jetzt der Arrogante? Glaubst du, ich bin so verzweifelt, dich nackt zu sehen, dass ich es tun würde, während du verletzt warst?"

Wärme brannte in meinen Wangen, und ich hasste es, dass es so war. Er lächelte, lehnte sich an den Tisch und senkte seine Stimme zu einem leisen Schnurren. „Ich bin sicher, wenn du dazu bereit bist, wirst du es mich wissen lassen."

Und dann lehnte er sich wieder zurück, als würde er mir einen Blick auf ihn gewähren. Warum musste er so eingebildet sein? *Oh, weil er wahrscheinlich in der Nähe eines Spiegels gewesen war und einen Blick auf sich selbst geworfen hatte.* Ich verdrehte die Augen.

„Das mit Savannah hätte schlimmer sein können."

„Ich bezweifle es."

„Sie untersteht jetzt dem Wandlerrat und hat das Recht auf Schutz und Unterstützung, wenn nötig. Wenn sie das Gefühl hat, in Gefahr zu sein oder irgendeine Form von Hilfe zu benötigen, einschließlich in Bezug auf eine gewisse sture Mitbewohnerin, die in Gefahr ist, und sie wiederum in Gefahr bringt, hätte ein Anruf genügt, und sie hätte ein ganzes Haus voller Wandler dort haben können, um zu helfen." Belustigung tanzte in seinen Augen und fügte dem indigofarbenen Wandlerring um seine Pupillen ein Funkeln hinzu, der bereits im Licht schimmerte. „Ich frage mich, ob sie das weiß. Hmm, vielleicht sollte ich es ihr sagen."

Dass ich ihn von der anderen Seite des Tisches aus anfunkelte, trug nur zu seiner Belustigung bei.

Erst als wir zu Abend gegessen hatten und ich vom Dessert langsam in eine schokoladeninduzierte Euphorie verfiel, entspannte ich mich auf meinem Stuhl.

Er schob mir mein Weinglas entgegen, und ich trank einen Schluck.

„Was?", fragte ich, nachdem er mich einige Augenblicke lang beobachtet hatte.

„Ich mag dich so", sagte er leise.

„Was, leicht angeheitert mit einem Zucker-High?"

„Nein, entspannt. Das scheinst du nicht oft zu tun."

Mein Leben war nicht unbedingt voller entspannender Momente. Wenn ich mich zu sehr entspannte oder mich zu sicher fühlte, könnte ich es möglicherweise mit dem Leben bezahlen. Doch das sagte ich nicht. Ich zuckte nur mit den Schultern und lächelte.

„Die Nekrospeere sind wieder gestohlen worden, und wir haben keine Ahnung, wie das passieren konnte. Wir haben sie hinter magischen Barrieren gelagert, und sie sind mit Zaubern belegt gewesen, um zu verhindern, dass sie gefunden werden", sagte Gareth mit leiser Stimme, die von Ärger und Frustration durchzogen war.

„Du denkst, Conner steckt hinter dem Diebstahl?"

Er gab einen verärgerten Laut von sich. „Nein, er sagt, er hat keine Ahnung davon."

„Er ist ein Psychopath, natürlich würde er darüber lügen. Er muss wissen, wer sie hat."

Er schüttelte den Kopf und seufzte. „Nicht, während er gefesselt war und von ein paar Feen verhört wurde. Er konnte es nicht mit Magie blockieren. Also haben wir die Wahrheit."

Es waren andere Spieler beteiligt. Aber wer? Es musste jemand mit Magie sein, die Schutzzauber überwinden konnte. Und dann traf mich die Erkenntnis – nachdem Conner und seine Legacy-Komplizen eingesperrt und magielos gemacht worden waren, musste es jemanden mit derselben oder stärkerer Magie geben, um die Nekrospeere zu finden und die magischen Barrieren um sie herum zu durchbrechen.

„Wir müssen die anderen Legacy finden", sagte ich.

Es war nicht so simpel, wie ich es mir gewünscht hatte. Unwahrscheinliche Allianzen wurden gebildet. *HF* würde alles tun, um die Übernatürlichen loszuwerden, genauso wie eine andere Gruppe – vielleicht Legacy und Vertu; Sie mussten alle aufgehalten werden.

Mir wurde sehr bewusst, wie sich Gareths feste Hände auf meinen Rücken pressten. Sein Daumen streichelte mich sanft dort, und ich mochte es – sehr. Ich wollte wirklich die zwei Gläser Wein, die ich zum Abendessen getrunken hatte, dafür verantwortlich machen, dass ich ihn eingeladen hatte, als wir zu meiner Wohnung gekommen waren. Der diabolische Blick, der über sein Gesicht gehuscht war, und das sündige Lächeln, das seine Lippen verzog, waren alles Warnsignale. Ich musste vorsichtig sein. Gab es bei Gareth jemals Vorsicht? Im Moment war es mir wirklich egal.

Willst du auf einen Drink oder so reinkommen? Hatte es jemals einen dämlicheren Spruch gegeben? *Lass uns was trinken* schien stilvoller als zu sagen: „Ich habe Conner gerade in den Arsch getreten, möglicherweise die meisten Übernatürlichen vor der Ermordung gerettet, bin *Humans First* entkommen und habe einen Kampf mit einem mutierten Hund überlebt, und ich will die warmen Lippen eines sehr erotischen Mannes auf mir spüren und ihn möglicherweise nackt sehen. Lass uns das machen."

In dem Moment, als ich die Tür öffnete, drängte Gareth mich gegen die Wand; seine Lippen streichelten meine. Seine Hände bewegten sich über die Linien meines Körpers. Als ich an seinem Hemd riss, zog er sich gerade weit genug zurück, um es sich über den Kopf zu ziehen. Als er sich wieder an mich schmiegte, pinnte mich das Gewicht seines Körpers fester gegen die Wand. Er schob mein Kleid zentimeterweise über meine Schenkel empor, als meine Beine sich um ihn legten und ihn näher an mich heranzogen. Er zerrte an meinem Kleid, als er mich gierig küsste, was mein Verlangen noch mehr anfachte. Er richtete sich auf, nachdem er an meinen Lippen geknabbert und sie geschmeckt hatte. Er hielt mich fest und begann, mich in mein Schlafzimmer zu tragen, als sein Handy summte. Er ignorierte es, und es hörte schließlich auf, fing dann aber wieder an. Er ignorierte es wieder. Eine Stimme rief seinen Namen über den Lautsprecher. Ich nahm mir vor, niemals ein Handy von den Feen anzunehmen. Er hielt mich fest an sich gedrückt und riss es aus seiner Hosentasche. „Was!", knurrte er hinein.

Als die Person am Telefon sprach, löste sich Gareths Griff um mich, und er setzte mich ab. Als er auflegte, sah ich den Ausdruck von Ärger, Wut und Verrat auf seinem Gesicht. Zu wissen, dass er ein Wandler und Raubtier war, das zu Gemetzel und Zerstörung fähig war, war eine Sache, aber zu sehen, wie es sich in ihm entfaltete, war etwas anderes. Unheimlich. Schützende Magie prickelte und begann, sich langsam um mich zu legen, bereit, mich zu verteidigen, falls nötig.

„Sie sind weg. Jeder einzelne von ihnen", sagte er mit zusammengebissenen Zähnen.

Ich wusste, wen er meinte.

Verrat legte sich wie ein Schatten über Gareths andere

Gefühle. „Die *Hüter der Ordnung* haben geholfen, sie herauszuholen."

Auch in mir brodelten Emotionen, doch meine kamen von einem Ort der Verwirrung. Warum?

Bevor ich fragen konnte, hatte er sich umgedreht und war gegangen.

NACHRICHT AN MEINE LESER*INNEN

Vielen Dank, dass Sie *Kohlrabenschwarze Magie* aus den vielen Titeln ausgewählt haben, die Ihnen zur Auswahl stehen. Mein Ziel ist es, eine fesselnde Welt, faszinierende Charaktere und eine interessante Erfahrung für Sie zu schaffen. Ich hoffe, das ist mir gelungen. Rezensionen sind für Autoren sehr wichtig und helfen anderen Lesern, unsere Bücher zu entdecken. Bitte nehmen Sie sich einen Moment Zeit, um eine Bewertung abzugeben. Ich würde gerne Ihre Meinung zu diesem Buch erfahren. Egal, ob Sie ein paar Sätze oder mehrere Absätze schreiben, ich weiß Ihre Bewertung zu schätzen.

Um Benachrichtigungen über neue Cover, Werbeaktionen, Updates und Neuerscheinungen zu erhalten, melden Sie sich bitte für meine mckenziehunter.com/Mailingliste.de.